AF280865

Aus den Früchten der Erde wird der Whisky geboren.

Das Wasser löst und verbindet seine Essenzen.

Über dem Feuer entfaltet er seine Aromen.

In der Luft verliert er Alkohol und gewinnt an Tiefe.

Am Ende beflügelt er Geist und Sinne.

Whisky vereint Erde, Wasser, Feuer, Luft und Geist – alle unsere Elemente.

Impressum

Bibliografische Information der Deutschen Nationalbibliothek: Die
Deutsche Nationalbibliothek verzeichnet diese Publikation in der
Deutschen Nationalbibliografie; detaillierte bibliografische Daten sind
im Internet über dnb.dnb.de abrufbar.

Die im Buch genannten Personen und Handlungen sind frei erfunden.

© 2024, Bernd Pesch

Verlag: BoD • Books on Demand GmbH, In de Tarpen 42, 22848 Norderstedt
Druck: Libri Plureos GmbH, Friedensallee 273, 22763 Hamburg

Kontaktadresse des Autors: BerndPesch@RavenFox.de

ISBN: 978-3-7597-7923-6

Bernd Pesch

Liath

Skye

Einige Personen wurden bereits in den vorherigen Romanen vorgestellt.
Eine Übersicht der Protagonisten finden sie auch im → Anhang, Seite 347.

Dort werden auch die maßgeblichen Orte der Handlung vorgestellt.

Prologe

Niedergang

Staffin auf der Isle of Skye, 1994

Die Welt hatte sich verändert.

Nicht das Geld, sondern der Whisky war der Schmierstoff, der sie zur ständigen Rotation antrieb. Allerdings hatte dieser Schmierstoff gegen Ende des zwanzigsten Jahrhunderts seinen Reiz verloren. Er wirkte alt und verstaubt, wie ein vergessenes Geheimnis.

Nur noch verschrobene alte Männer in ihren teuren maßgeschneiderten Anzügen aus reiner Schurwolle oder Tweed tranken regelmäßig Whisky-Blends, verschnittene Whiskys ohne Charakter. Sie saßen in abgewetzten dunkelroten Chesterfield-Sesseln zwischen vergilbten Ölgemälden an mahagonigetäfelten Wänden und zogen genüsslich an ihren Zigarren von Cohiba oder Davidoff.

Hinter den Fassaden altehrwürdiger Backsteinhäuser bestimmten sie die Politik eines untergegangenen Empires oder verhandelten über Firmenimperien.

Die Brennereien waren längst zu namenlosen und austauschbaren Zulieferern der großen Spirituosenkonzerne geworden. Die *Blender*[1] kauften mal hier, mal dort. Manche Labels hatten eigene Brennereien und feste Hauslieferanten,

---

[1] *Die Übersetzung des Namens suggeriert, dass Schurken die Käufer mit ihren Mischungen blenden wollen. Im Gegenteil warnen Blender hochangesehene Spezialisten, denen es immer wieder gelang, aus unterschiedlichen Whiskyabfüllungen ein gleichbleibendes Produkt zu erzeugen.*

während andere zusehen mussten, wie sie ihre Fässer verkaufen konnten.

Mit nachlassendem Interesse am Whisky sanken die Preise, während in vielen europäischen Ländern die Alkoholsteuern stiegen. Einige Brennereien sahen sich gezwungen, aus schierer Not große Teile ihres Lagerbestandes zu verkaufen, um zu überleben.

❧ ❧ ❧

Auch für die Staffin Bay Distillery auf der Isle of Skye spitzte sich die Lage dramatisch zu. Früher gab es sieben Distilleries auf der Insel, doch nur eine hatte überlebt.

Auf der Insel baute man kaum noch Gerste an. Die Böden waren karg und ertragslos. Minderwertiges Getreide musste auf dem Festland gekauft werden. Der Widerstand gegen den Torfabbau zum Mälzen des Getreides wurde immer vehementer, und die Insel geriet im Vergleich zu Islay ins Hintertreffen. Die Kohle für die Brennkessel musste per Schiff aus England herangeschafft werden. Die Preise für die unverzichtbaren Eichenfässer schossen unaufhörlich in die Höhe. Gute Fässer waren immer schwerer zu beschaffen.

Dann, im verhängnisvollen Jahr 1994, ereignete sich eine Katastrophe. Unbemerkt trat frisch gebrannter Alkohol aus einem Leck hinter der Kühlkaskade aus. An der heißen Brennblase begannen gefährliche Alkoholdämpfe zu wabern. Das Gemisch aus Alkohol und Sauerstoff wurde von Augenblick zu Augenblick explosiver und irgendwann kritisch.

Schließlich geschah das Unausweichliche: Mit einem ohrenbetäubenden Krachen entlud sich eine gewaltige Explosion in der Halle, gerade als zwei mutige Mitarbeiter verzweifelt versuchten, das Leck zu verschließen.

Die Schockwellen hallten durch den kleinen idyllischen Ort Staffin. Die Detonation erschütterte die Insel.

Der materielle Schaden war begrenzt. Teile des Gebäudes lagen in Trümmern, die Kühlkaskade war zerstört, und der Maischebottich zerriss, als wäre er aus Wut von einem anti-alkoholischen Troll zertrümmert worden. Ironischerweise überstand das Herz der Brennerei, die kupferne Brennblase, die gewaltige Explosion nahezu unbeschadet und ragte wie ein stummes Zeugnis alter Whiskymacherkunst aus dem Chaos empor.

Die beiden unglücklichen Arbeiter in der Halle überlebten die Katastrophe nicht. Einer verstarb augenblicklich im Inferno, und der andere erlag wenig später seinen schweren Brand-verletzungen, da der Weg zum nächsten Krankenhaus viel zu lang war.

Für Ernest Greene war dies der zerstörerische Tropfen, der ihn schweren Herzens zur Aufgabe des Betriebs drängte. Die Brennerei war bereits mehr und mehr zu einem kostspieligen Zeitvertreib geworden, während seine Familie ein komfortab-les Einkommen aus den eigenen Ländereien und einer Betei-ligung an einer kleinen Werft auf der anderen Seite der Insel bezog. Trotz allem ließ Ernest die Schäden reparieren. Er hegte die leise Hoffnung, dass sich eines Tages die wirtschaftliche Lage für das Whiskybrennen wieder zum Besseren wenden würde.

Wahnsinn

Auktionshaus Sotheby's, London, 1994

Zunächst war es nur ein leises Raunen im großen Auktionssaal. Doch als zwei anonyme Bieter per Telefon jedes Gebot überboten, sobald es platziert wurde, erhob sich das Gemurmel zu einem aufgeregten Flüstern. Die Spannung war greifbar. Würde die Flasche Whisky einen neuen Rekord aufstellen?

Die Flasche, die zum Verkauf stand, war ein Relikt aus einer längst vergangenen Zeit: ein Staffin Bay Single Malt, single cask, sherry cask matured[2], aus der letzten Abfüllung des Jahres 1994.

Die Anwesenden rieben sich ungläubig die Augen. Gerade eben waren noch für eine Flasche Macallen 100 000 Pfund bezahlt worden. Doch nun schoss der Preis für einen deutlich jüngeren Whisky in die Höhe, und die Bietenden schienen besessen von einem unbändigen Verlangen. Erst bei 147 000 Pfund ließ der Auktionator seinen Hammer fallen.

Ein verblüffter und ehrfürchtiger Respekt durchzog den Raum. »Ein Getränk. Noch nicht mal ein Liter. Tausende Pfund für jedes kleine Gläschen Alkohol.« Die enttäuschten Verlierer der Auktion suchten nun rationale Argumente gegen diese Preise. Davon gab es viele. Aber warum hatten sie sich bis eben an diesem sportlichen Wettkampf beteiligt? Größenwahn? Egomanie? Ich habe was, was du nicht hast?

---

[2] *Ein Whisky aus einer einzigen Brennerei (Single Malt), aus einem einzigen Fass (Single Cask) und in einem Sherryfass gereift*

»Wir sprechen über eine Flasche Alkohol, von der keiner weiß, ob sie überhaupt noch genießbar ist«, raunte ein glückloser Bieter enttäuscht seinem Nachbar zu.

»Dies ist nicht nur ein einfacher Whisky; es ist ein Zeuge vergangener Tage, ein Geheimnis in Flaschenform.«

Diese Geheimnisse entfachten die Gier der Sammler und Anleger, aber weniger der Genießer. In dieser Flasche verbarg sich nicht nur Whisky, sondern auch eine Geschichte, die entdeckt werden wollte.

Preparing

Bevor aus Wasser Whisky werden kann, müssen alle Zutaten sorgfältig ausgewählt und angeliefert werden. Nur aus den besten Rohstoffen kann guter Whisky entstehen.

Die Wahl der Gerste ist von großer Bedeutung. Malzgerste ist die gebräuchlichste Sorte, aber einige Destillerien bevorzugen auch andere Sorten aufgrund ihrer speziellen Eigenschaften. Die Qualität und Reinheit der Gerste sind entscheidend, da sie den Zuckergehalt und die Geschmacksstoffe im späteren Whisky beeinflussen.

Whisky ist „verzaubertes Wasser", daher ist die Quelle des Wassers von großer Bedeutung. Das Wasser muss sauber und frei von Verunreinigungen sein. Einige Destillerien verwenden Quellwasser spezifischer Regionen, das für seinen mineralreichen Charakter bekannt ist und dem Whisky besondere Geschmacksnuancen verleiht.

Die Hefe ist verantwortlich für die Gärung des Zuckers in der Maische und beeinflusst sowohl den Alkoholgehalt als auch das Aroma des Whiskys. Die Auswahl der Hefe ist oft ein gut gehütetes Geheimnis.

Bauern liefern das Getreide, während die Hefe von spezialisierten Lieferanten zugekauft wird.

Alle notwendigen Gerätschaften werden gründlich gereinigt, bevor die erste Maische angesetzt werden kann.

Barn #1

Staffin auf der Isle of Skye

Obwohl die Scharniere des Lagerhauses #1 gut geölt waren und die schweren Tore täglich bewegt wurden, knarzten die Torflügel bei jeder Bewegung. Das Geräusch erinnerte Ernest an das Geschrei der Möwen, die täglich auf der Suche nach einem schnellen Happen über das Gebäude hinwegzogen. Es erinnerte ihn auch an seine eigenen Gelenke, die sich jeder Bewegung widersetzten. Die Tore waren eigentlich nicht zu schwer, aber seine Kraft ließ täglich nach. Bald würde er sie nicht mehr aus eigener Kraft öffnen können.

Das Lagerhaus, Barn Number 1 oder einfach #1, lag an der Ostküste der Hebrideninsel Skye im ständigen Seewind. Der Name war irreführend und dem Marketing geschuldet. Eigentlich bedeutet „*Barn*" Scheune. Für die Werbung war es wohl interessanter, es Barn als Warehouse zu nennen, wie ein übergroßer Whiskey[3]-Produzent aus Tennessee seine Lager bewarb.

Ernest Greene, der letzte Firmenpatriarch der Distillery, hegte eine unverhohlene Abscheu gegen diesen Warehouse-Whisky. »Mit diesem amerikanischen Zeug kann man gerade einmal Cola so weit verdünnen, bis dass sie nicht mehr nach Zucker schmeckt.« Er schüttelte sich bei dem Gedanken, seinen Whisky in eine schwarze Brause zu kippen. »Wohlmöglich auch noch über Eis.« Wieder schüttelte es ihn.

The Barn war das einzige Lagerhaus der ehemaligen Distillery. Es hatte nie eine Number Two oder gar Number Three gegeben. Das Gebäude war aus Naturstein und – Nomen est Omen – in seiner Form einer traditionellen Scheune nicht

---

[3] *In Schottland schreibt man Whisky, wohingegen die Amerikaner Whiskey schreiben.*

unähnlich. Irgendwie passte der Name dann doch. Andererseits wirkte das Lagerhaus wie eine hellbraune Festung. Die schweren Natursteinblöcke wurden von Fugen aus ehemals noch hellerem Mörtel zusammengehalten. Mittlerweile bekamen die Fugen und Steine durch die Vielzahl an Moosen und Flechten das Farbenspiel einer uralten Trutzburg.

Die dicken Mauern bargen einen besonderen Schatz: die letzten Whiskyfässer der Staffin Bay Distillery.

»Es sind nur noch neun Fässer.« Früher betonte Ernest Greene immer, dass der Staffin Bay Whisky der beste Single Malt auf dieser Welt sei. Vielleicht gab ihm der letzte Auktionserfolg Recht.

Der Patriarch stand zwischen den geöffneten Torflügeln und saugte den Geruch aus modriger Erde und altem Holz ein. Wenn er einen Augenblick inne hielt, vermischten sich die Gerüche aus #1 mit dem Salz und Tang des nahen Atlantiks. Diese Melange war ihm wohlbekannt, auch wenn er meinte, jeden Tag andere Noten zu entdecken.

Er betrat sein Lagerhaus wie immer andächtig. Es wurde zu einem Ritual. Rechts standen zwei Oldtimer. »Irgendwann werde ich die restaurieren. Wenn ich einmal Zeit habe«, dachte er. Er wusste, dass es nie dazu kommen würde. Die Zeit des Lebens lief ihm schneller davon, als er neue Pläne machen, geschweige denn die alten realisieren konnte. »Zunächst werde ich aber meinen alten Segler fertigstellen.« Dieser Gedanke lag ihm näher. »Es fehlt nicht mehr viel. Irgendwann mache ich das.« Zu viele Irgendwann, musste Ernest sich eingestehen. ‚Irgendwann muss ich … Nein! Schon wieder.‘

Ernest seufzte. Das Boot hatte für ihn Priorität. Es lag in einer Halle in Uig[4]. Dort hatte er eine Beteiligung an einer kleinen Werft, welche eigentlich Fischerboote baut und instand

---

[4] *Kleine Hafenstadt im Westen der Insel Skye*

setzt. In letzter Zeit zudem immer öfter auch private Segelboote und Yachten. Mittlerweile hatte sich die Beteiligung an der Werft zu seiner wichtigsten Einnahmequelle entwickelt.

Seinen historischen Segler konnte er nicht unvollendet der Nachwelt hinterlassen. Er hatte das Boot vor vielen Jahren einem Kunden abgekauft, der in Anbetracht der Instandsetzungskosten schnell das Interesse an diesem Boot verlor.

Dabei konnte er nicht segeln. Überhaupt hatte er nie einen Bezug dazu, das Meer befahren zu wollen. ‚Irgendwann werde ich noch Segeln lernen', bestätigte er sich schon seit Jahrzehnten und rechtfertigte so seinen damaligen spontanen Kauf. Dabei kaufte er es wegen der Optik. Ernest war ein Feingeist und liebte die Eleganz feiner Linienführungen und komponierter Flächen. Immer mal wieder verglich er das Boot und die damalige Situation mit seiner Frau Isabella. Der Gedanke lag nicht fern, dass er Isabella primär auch nur wegen der Linien ihres Körpers geheiratet hatte, wie er das Boot auch aus optischen Gründen gekauft hatte. Beide, Isabella, wie auch das Boot glänzten durch eine Sportlichkeit, die beherrscht werden wollte. Beide lagen nicht mehr in Ernest Fokus: das Boot auf der anderen Seite der Insel in Uig und Isabella meist auf der anderen Seite des Anwesens im Reitstall, während Ernest hier in The Barn, in der ehemaligen Distillery oder unterwegs in seinen Ländereien war.

Das Boot, die Oldtimer – vielleicht sogar Isabella – waren nur Substitute. Ernest überwand nie, dass sein Lagerhaus immer leerer wurde und sich Isabella emotional immer weiter entfernte. Immer mehr der geliebten Fässer hatten seit der Schließung der Distillery The Barn verlassen. Es war schizophren. Er selbst verkaufte die Fässer und ärgerte sich über jedes verlorene Fass, als hätte er seine Kinder weggeben müssen. Andererseits wollte er, dass sein Whisky getrunken und genossen wurde.

»Mein Whisky ist keine Geldanlage. Er soll den Menschen Spaß bereiten«, sagte er sich immer. Aber er wusste, dass spätestens seit dem Schließen des Betriebs weltweit viele Flaschen ungeöffnet in den Sammlungen standen und auf Auktionen hohe Beträge erzielten, ohne dass die Käufer wussten, wie dieser Whisky schmeckte. Ob er überhaupt schmeckte. Ernest hatte sich gezwungenermaßen mit der Situation abgefunden.

Ernest schlurfte an seinen Oldtimern vorbei und wandte sich nach links. Die Fässer sahen in der fast leeren Halle verloren aus. ‚Wie Kinder, die in der Wildnis zurückgelassen wurden‘, verglich Ernest manchmal die Situation. Er zählte die verbliebenen Fässer. Eigentlich war es überflüssig. Es waren nur noch neun Fässer. »Unten vier Fässer, darüber drei und in der obersten Reihe noch zwei Fässer.« Diesen Satz hatte er schon hunderte Male aufgesagt. Und dann murmelte er zur Bestätigung: »Vier plus drei plus zwei. ... Das ist alles, was von Staffin Bay geblieben ist.«

Das Zählen war eine Routine aus der Zeit, als es noch mehr Fässer waren. Nachdem er diese Pflicht erledigt hatte, atmete er noch einmal den Geruch von The Barn tief ein und dachte: Erde, feuchtes Mauerwerk, Salz, Tang und Heidekraut. ‚Der Geruch nach Heidekraut nimmt im Herbst wieder zu‘, bemerkte er.

Mit einem tiefen Seufzer verließ Ernest #1.

Draußen lehnte er sich gegen das Eichentor und drückte die Flügel wieder zu. »Das Tor wird immer schwerer«, redete er sich ein. Mit Bedacht legte er den Riegel wieder vor und verschloss das Tor. Letztendlich schaltete er die Alarmanlage wieder scharf. Es war eine Auflage der Versicherung und der Zollinspektion.

Ernest schaute auf seine alte, mechanische Armbanduhr mit ihrem verkratzten Uhrglas und meinte zu sich selbst: »Es wird Zeit. Der Tag wird noch sehr lang.«

Übertragung

Portree, auf der Isle of Skye

Vor etwa einem halben Jahr hatte Ernest eine Überraschung erlebt: Sein Sohn Reginald kehrte unangekündigt aus der Region Speyside, dem größten Whiskygebiet Schottlands, zurück und erklärte seinen Entschluss, die Staffin Bay Distillery wiederzubeleben.

Ernest sah nun die Zeit gekommen, loszulassen. Er nahm dies zum Anlass, das Geschäft an seine Kinder zu übergeben, damit diese ihren eigenen Weg gehen konnten. Zunächst spielte er mit dem Gedanken, seine Ländereien seiner Tochter Joan zu überlassen, während Reginald die Distillery übernehmen würde. Doch das wäre ein ungleiches Geschäft gewesen, denn die Ländereien besaßen einen weitaus höheren Wert. Als nächstes überlegte er, die Beteiligung an seiner Werft ebenfalls Reginald zu übertragen. Dann wären die Erbteile ungefähr gleich verteilt.

Ernest verwarf diesen Gedanken schnell wieder. So alt fühlte er sich noch nicht, dass er alles aufgeben würde. Er entschied sich für eine andere Lösung. Beide Geschwister sollten sich zunächst beweisen, indem sie gemeinsam die Distillery wiederaufbauten. ‚Reginald könnte sich um die technische Leitung und das Brennen kümmern während Joan den geschäftlichen Teil übernimmt.'

Büro des Notars, Portree, am gleichen Tag gegen Mittag

Es war ein gewöhnlicher Spätsommertag. Der Regen, der langsam abklang, kündigte bereits den herannahenden Herbst mit stürmischen Böen an. Die Wolken hingen tief und schwer am Himmel, und die Luft roch nach Feuchtigkeit und Veränderung.

In Portree wartete Harald Humphries, Ernests langjähriger Anwalt, vor der Tür des Notars. Seinen Kragen hatte er hochgeschlagen, um sich vor dem anhaltenden Regen zu schützen. Seine stattliche Statur allein strahlte eine gewisse Autorität aus, die selbst der Regen nicht mindern konnte. Trotz des ungemütlichen Wetters stand er aufrecht wie ein Fels im Wind und trotzte den Elementen.

‚Hinter diesem Anwalt kann man sich verstecken', dachte Ernest.

An Haralds Seite stand Reginald, der ebenso stoisch im Regen verharrte, in Erwartung von Ernests Ankunft.

Im Gegensatz dazu wartete Joan im Trockenen ihres Minis. Die Seitenscheibe war einen Spalt geöffnet, und sie zog kräftig an einer Zigarette, um ihre Nervosität zu verbergen. Dabei hatte sie das Rauchen längst aufgegeben. Als sie Ernests Annäherung bemerkte, stieg sie aus dem Wagen und eilte mit schnellen, geschmeidigen Schritten zur Haustür.

»Warum wartest du im Regen?«, fragte Ernest Harald.

Harald murmelte etwas Unverständliches, das offenbar nicht sonderlich wichtig war.

Der formale Akt der Eigentumsübertragung der Distillery verlief rasch und unkompliziert. Harald hatte die Verträge sorgfältig vorbereitet, und der Notar verlas die Schenkungsurkunde und bestätigte die Übertragung. In wenigen Augenblicken waren die Geschwister stolze Eigentümer der Distillery.

Mit unterschiedlichen Gesichtsausdrücken verließen die Familienmitglieder und der Anwalt das Notarbüro.

Harald schlug erneut den Kragen seines Tweedmantels hoch, um sich vor dem anhaltenden Regen zu schützen.

Reginald schaute nachdenklich, sich der neuen Verantwortung bewusst, die nun auf seinen Schultern lastete.

Joan hingegen lächelte vor sich hin; ein Lächeln, das schwer zu deuten war.

Ernest beobachtete seine Kinder mit ernster, möglicherweise auch erleichterter Miene. Er konnte nicht ergründen, was Joans Lächeln bedeutete, und rätselte, ob es Stolz auf den neuen Besitz oder etwas anderes war. Er hatte nie ganz den Zugang zu seiner Tochter gefunden; sie schien mehr von ihrer Mutter zu haben, als ihm recht war.

Trotz der Schenkung konnte Ernest sich noch nicht vollständig von der Vergangenheit lösen. The Barn mit den letzten Whiskyfässern aus vergangenen Zeiten oder der unverwechselbare Markennamen „Staffin Bay" blieben in seinem alleinigen Besitz.

Barley

Während Ernest noch in der Vergangenheit verweilte, begann für seinen Sohn Reginald die Gestaltung der Zukunft. Die Geräusche des alten Traktors, der die Straße zur Distillery hinunterrollte, wurden von beiden Männern schon lange vor seinem Erscheinen wahrgenommen.

»Das muss Steven mit der Gerste sein«, dachte Ernest laut und ging dem Fahrzeug entgegen.

Reginald winkte dem Fahrer zu, als dieser schließlich um die letzte Kurve bog. Auf dem verwitterten Ungetüm, dessen Farbe irgendwo zwischen Rost und Rot lag, saß ein ebenso gealterter Mann in Tweedjacke, Cordhosen und robusten Gummistiefeln. Die verschlissene Kappe hatte er tief ins Gesicht gezogen, um sich vor dem Wind zu schützen, während er den Traktor vor das Tor der Distillery lenkte.

Die Männer begrüßten einander knapp, aber herzlich.

»*Whit's the craic?*[5]« rief Steven und versuchte, das Tuckern seines Traktors zu übertönen. Ohne Zeit zu verlieren, stieg er umständlich von seinem Dieselross, entriegelte die Heckklappe des Anhängers, und die Gerste rutschte staubend auf den betonierten Hallenboden.

Timothy McGregor, der ehemalige Brennmeister, beobachtete die Lieferung skeptisch. Es war lange her, seit er zuletzt Whisky gebrannt und noch länger, seit er mit Gerste von der Insel gearbeitet hatte. Er prüfte das Getreide gründlich. Es handelte sich um die erste Ernte von Gerste auf der Insel seit

---

[5] *„Whit's the craic?" [engl., schottischer Dialekt]: "Was gibt's Neues?" oder "Was ist los?"*

vielen Jahren. Das Klima und der Boden waren nur wenig geeignet für den Getreideanbau.

Reginald hatte es geschafft, einige Bauern, darunter auch Steven, dazu zu bewegen, wieder eine alte Sorte Gerste anzubauen. Um dies zu ermöglichen, hatte Steven seine alten landwirtschaftlichen Geräte instand setzen lassen und sich einen Mähdrescher vom Festland leihen müssen. Zum Glück übernahm Reginald die Kosten und begeisterte andere mit seinen Ideen. Der neue Staffin Bay Whisky sollte ein möglichst regionales Produkt sein, auf das die gesamte Insel stolz sein konnte.

Timothy ließ die Gerste durch seine Finger rieseln und bemerkte schließlich: »Das Getreide ist etwas feucht, aber ohne Schimmel. Nur sind die Körner kleiner als die Festlandgerste.«

Reginald sah ihn fragend an. »Ist das in Ordnung, wenn das Getreide nicht ganz trocken ist?«

Ernest antwortete an Timothys Stelle: »Das ist kein Nachteil. Wir wässern es sowieso gleich, damit es anfängt zu sprießen. Hauptsache, es ist kein Schimmel auf dem Getreide. Bei diesen Körnern ist der Ertrag zwar geringer, aber die Qualität ist hervorragend.«

Timothy rieb die Gerstenkörner zwischen seinen Fingern, roch daran und versuchte sogar, einige Körner mit dem Daumennagel zu öffnen, um den Fruchtkörper zu prüfen. Schließlich lächelte er. Für Reginald war dies das ersehnte Zeichen, dass die Lieferung brauchbar war. Alles andere hätte für die Wiedereröffnung der Distillery in wenigen Tagen katastrophal sein können.

In Ernests Augen war Timothy ein Genie. Timothy hauchte dem Wassergeist Leben ein, und Ernest hoffte inständig, dass Timothy noch viel von seinem Wissen an Reginald weitergeben konnte.

Während in der Ferne das Geräusch von Stevens Traktor noch lange zu hören war, arbeiteten Liam und Shona unermüdlich auf dem Mälzboden daran, die Gerste zu verteilen. Liam mochte diese Arbeit; sie war einfach und erforderte nicht zu viel Konzentration.

»Wo hast du die beiden Hilfen aufgetrieben?« wollte Timothy von Reginald wissen.

»Liam kommt hier aus dem Ort. Er hatte keine Arbeit auf der Insel gefunden. Er ist – wie soll ich es formulieren – einfach strukturiert, aber kräftig und weiß zuzupacken. Und er ist sich nicht zu schade, bei Bedarf auch mal am Wochenende vorbeizukommen.«

»Und das Mädchen?«

»Das ist Shona. Ihre Eltern haben ein kleines *B&B*[6] weiter oben am Berg. Sie ist wohl eher aufgeweckt und vielleicht etwas zu vorlaut. Aber sie ist auch kräftig und motiviert.«

Ernest blieb im Hintergrund, hörte zu und beobachtete, wie Timothy seinen Sohn Reginald anleitete. ‚Bald wird Reginald so weit sein, dass er seinen eigenen Whisky herstellen kann‘, erkannte er. ‚Schließlich hat er im *Speyside*[7] genug gelernt.‘

Dabei ist „genug gelernt" für einen Meisterbrennmeister ein relativer Begriff. Reginald war erst dreiunddreißig Jahre alt. Er wird noch viele Jahre von Timothys Erfahrung und Unterstützung profitieren müssen.

---

[6] *B&B: Bed & Breakfast, zumeist ein einfaches Hotel oder Privatunterkunft*

[7] *Bekannte schottische Whiskyregion. Hier stehen die meisten Brennereien*

Pik Dame

Pokern war eine Sucht, eine gefährliche, verlockende Sucht. Manchmal gewann man und stand – je nach Temperament – zufrieden lächelnd oder jauchzend vom Pokertisch auf. Meistens verlor man. Fast immer.

Die Hoffnung, als Gewinner das Spiel zu verlassen, trieb Joan immer wieder in dieses verrauchte Hinterzimmer im Obergeschoss eines Londoner Pubs. Hätte man hier nicht pokern können, hätten tausend Pferde sie nicht hierher-gebracht. Doch sie kam freiwillig. Vermutlich hatten die Pokerkarten magnetische Fähigkeiten. Bevor Joan den Pub betrat, hatte sie ihr Konto geplündert und 5000 Pfund in bar eingesteckt.

Sie ließ ihren Blick über die Runde schweifen. Die Namen der Mitspieler kannte sie nicht; beim illegalen Pokerspiel blieb man anonym. Sie kannte lediglich Vincent, den Veranstalter, beim Namen und wusste nicht einmal, ob er wirklich so hieß.

Joan gab den Mitspielern Spitznamen: Da war das fette Schwein, das ihr gegenüber saß. Es schnaufte wie ein asthma-krankes Pferd und schwitzte so stark, dass Schweißperlen in sein Whiskyglas tropften. Schwein oder Pferd? Egal. Joan befürchtete Herpes zu bekommen, wenn sie ihn länger beo-bachtete. Aber sie musste es. Sie brauchte die winzigen An-zeichen, um einschätzen zu können, ob das Schwein ein gutes Blatt auf der Hand hielt, oder versuchte zu bluffen.

Rechts neben ihr saß der Cowboy, mit Stetson und dem nervösen Zucken des rechten Augenlids, das jedes Mal verriet, wenn er bluffte. Er würde heute verlieren, war sich Joan sicher. Der Cowboy war für dieses Spiel zu berechenbar.

Ein anderer Spieler sah aus, als wäre er gerade erst aus dem Büro gekommen – billiger Anzug, zu bunte Krawatte und weißes Hemd. Auch er schwitzte, und sein dunkelblaues Jackett zeigte schon weiße Schweißränder unter den Achseln. Auch er war berechenbar. Nervös lockerte er seinen Krawattenknoten bei jedem schlechten Blatt.

Der Rockstar, mit langen dünnen schwarzen Haaren, einer Sonnenbrille und einem Silberring mit Totenkopf, saß lässig da. Ob er wirklich Musik machte, wusste Joan genauso wenig, wie sie sein Blatt kannte. Er wollte den coolen Macker geben, aber seine unkontrollierten Atemzüge verrieten ihn.

Aber da war noch ein Spieler am Tisch. Am schwierigsten war der Normalo einzuschätzen. Typ Familienvater, der vermutlich um das Reihenhaus in einer der vielen spießigen Londoner Vorstädte spielte. Er war verbissen bemüht, ein Pokerface aufzusetzen. Seine verzweifelte Miene verriet, dass er die Existenz seiner Familie in Form von fünf Spielkarten in seinen Händen hielt. Er musste schwitzen. »Auch der verliert«, war sich Joan sicher und sah ihn schon mit Frau, zwei Kindern und einem Wellensittich im Käfig vor seinem Haus auf den Möbelwagen warten.

Joan fühlte sich ihnen überlegen.

Die erste Runde begann, und Joan gewann. Es fühlte sich gut an, sehr gut. Sie ließ sich in den Stuhl sinken und trank einen Schluck Whisky, der auf ihrer Zunge brannte. Er war billig. Kein Vergleich zu Staffin Bay. Das fette Schwein grunzte missmutig, der Cowboy zuckte nervös mit dem Augenlid, der Büroangestellte versuchte den Krawattenknoten zu lockern und der Normalo verstand die Welt nicht mehr. Lediglich dem Rockstar konnte man auch in seiner offensichtlichen Niederlage nichts anmerken.

Nach ein paar weiteren Runden begann das Blatt sich zu wenden. Der Bürohengst, der eben noch so berechenbar schien, gewann eine Hand nach der anderen. Das fette Schwein grunzte dreckig, als es einen großen Pot einsackte, und der Cowboy bluffte sie gekonnt aus. Jeder schien urplötzlich besser zu sein, als sie selbst. Jeder. ‚Was mache ich falsch?', fragte sie sich verzweifelt. Joan spürte, wie die Spannung in ihren Nacken stieg. Ihr Puls beschleunigte sich, die Hände wurden feucht. Sie musste gewinnen, sie durfte jetzt nicht verlieren.

Die Nacht zog sich hin, und Joan verlor mehr und mehr. Ihr einst prall gefüllter Geldbeutel schrumpfte mit jeder verlorenen Hand. Sie versuchte, sich zusammenzureißen, ihre Nerven zu beruhigen, aber es half nichts. Die Karten waren gegen sie.

Joans letzte Runde begann. Sie hatte nur noch wenige Chips vor sich liegen. Der Einsatz war hoch, viel zu hoch, und trotzdem ging sie all-in. Das Adrenalin rauschte durch ihre Adern, als die Karten aufgedeckt wurden.

Der Cowboy hatte ein Full House, das fette Schwein eine Straight. Joan schaute auf ihre Karten und konnte es nicht fassen. Ein Paar Damen, nichts weiter. Die Realität traf sie wie ein Schlag ins Gesicht. Sie hatte alles verloren.

Mit einem bitteren Lächeln stand sie auf. Ihre 5000 Pfund waren weg, und mit ihnen die Hoffnung auf einen großen Gewinn.

Joan wusste, dass sie wiederkommen würde. Die Sucht ließ sie nicht los. Sie würde sich ihr Geld zurückholen. Und viel mehr. Doch für heute war sie besiegt.

Mit schweren Schritten verließ sie das verrauchte Hinterzimmer, das letzte bisschen Stolz rettend. Das laute Gelächter und das Klirren der Gläser hallten ihr nach, während sie in die kühle Nacht hinaus trat.

Bis zum nächsten Mal.

ಒ ನಿ ೧

Rauch

Staffin

Die Gerste keimte nun schon seit drei Tagen auf dem Mälzboden. Reginald und Ernest kontrollierten den Fortschritt. Ursprünglich hatte Reginald, der nur die größere Festlandgerste kannte, mit zwei Tagen gerechnet.

»Die kleineren Körner benötigen etwas mehr Zeit zum Keimen«, erklärte Ernest. Er hatte es fast selbst vergessen.

Reginald erkannte: »Auf Skye geht alles etwas langsamer. Ich muss mich erst wieder daran gewöhnen.« Ernest lächelte bestätigend und klopfte Reginald auf die Schulter.

In den vergangenen Tagen hatten die Enzyme ganze Arbeit geleistet. Die Stärke im Gerstenkorn war weitgehend in Maltose, einen Malzzucker, umgewandelt worden. Nun war es an der Zeit, den Prozess zu stoppen.

Unter dem Mälzboden wurde ein stark qualmendes Torffeuer entzündet, wie es bei den Destillerien auf den Hebriden üblich war. Der dichte Qualm zog durch die Ritzen der Dielen nach oben und sammelte sich im Mälzboden. Mit dem Rauch wurden Phenole transportiert, die sich auf dem Korn niederschlugen. Später würde der Whisky stark nach Rauch schmecken. Das würde nicht jedem gefallen, aber es würde ein Getränk für Kenner werden. Es war das charakteristische Merkmal der Whiskys von den Inneren Hebriden.

Es war offensichtlich, dass hier bald wieder Leben einkehren würde. Ernest fühlte sich sofort in das Jahr 1994 zurückversetzt. »Mir hat der Duft des Torffeuers gefehlt«, sagte er zu Reginald, während Timothy zustimmend nickte.

»Der Torf wird zukünftig in der Erde bleiben, um Kohlendioxid zu speichern«, erklärte Reginald. »Wir werden nicht mehr über Torffeuer mälzen.«

»Der Whisky wird seinen Charakter verlieren, wenn du das machst«, erwiderte Ernest. Sie hatten selten unterschiedliche Ansichten, aber der Torf war ein zentraler Punkt ihrer Diskussionen. »Der neue Whisky wird weicher sein, ohne das Torfaroma in der Nase.«

Ernest überlegte, die Tradition zu betonen, entschied sich aber dagegen. Er erinnerte sich daran, dass die Distillery nun der nächsten Generation gehörte. 'Sie machen es anders', erkannte er wehmütig. Ernest hatte nicht erwartet, dass Reginald es schaffen würde, die Brennerei wiederzubeleben; vielleicht sogar wie ein Phönix aus der Asche steigt. Jetzt war es an der Zeit, den Wandel zu akzeptieren. 'Der neue Whisky wird Reginalds Handschrift tragen, nicht mehr meine.'

Unter dem Maischebottich mit Wänden aus Lärchenholz und einem Stahlboden brannte jetzt ein Feuer aus Holzschnitzeln, eine Veränderung, die Ernest bemerkte.

Während das Wasser vorgewärmt wurde, kam Shona mit einem Handkarren, beladen mit geschrotetem Gerstenmalz, zum *Mash Tun*[8]. »Halli-Hallo! Das ist die erste Lieferung«, rief sie fröhlich, obwohl es offensichtlich war.

Ernest gab Timothy und Reginald jeweils etwas Schrot in die Hand. »Riecht daran«, forderte er sie auf, vielleicht um an das Torffeuer zu erinnern. »So riecht torfgemälztes Getreide.«

Reginald verstand die Botschaft. Timothy überprüfte den Mahlgrad des Malzes, um sicherzustellen, dass es weder zu fein noch zu grob gemahlen war. Es war wichtig, um die Siebe am Boden des großen Bottichs nicht zu verstopfen und gleichzeitig genug Zucker aus dem Malz zu extrahieren. Timothy schien zufrieden zu sein.

Ein beauftragter Fotograf trat aus dem Hintergrund. »Das müssen Sie festhalten«, rief Reginald ihm zu. Die drei Männer

---

[8] *Mash Tun: Maischebottich*

lächelten in die Kamera und präsentierten stolz das Malz. Timothy wirkte ernst, Ernest leicht gequält, und Reginald, in der Mitte, grinste breit.

Der Fotograf ließ nicht locker und forderte mehr Fotos, was ganz im Sinne von Reginald und der Neugründung des Unternehmens war. Nur für die Aufnahmen griffen die Männer zu Schaufeln und füllten die erste Gerste in den Maischebottich. Nachdem die Fotos im Kasten waren, nahm Liam den Schlauch eines überdimensionalen Staubsaugers. Das übrige Malz wurde mit diesem Gerät in den Maischebottich gesaugt.

»Zurücktreten«, forderte Reginald die anwesenden Männer auf, obwohl sie alle wussten, dass nun heißes *Kilmartin*[9]-Wasser in den Bottich geleitet wurde und das Malz – wie Tee – aufgebrüht wurde.

---

[9] *Kilmartin: Kleiner Bach, der bei Staffin im Meer mündet.*

Ceilidh

»Es wird ein langer Tag«, dachte Isabella, Reginalds Frau, und spürte die aufkeimende Frustration. Überall um sie herum herrschte bereits geschäftiges Treiben. Ernest und Reginald hatten sich früh in die Brennerei zurückgezogen, und sie fühlte sich im Haus allein gelassen.

Im Hof würde gleich Joan das Kommando übernehmen. Seit Mitte der Woche stand dort ein riesiges Festzelt. Tische, Stühle, eine Bühne, die Theke und eine mobile Küche waren längst vor Ort.

»Es läuft irgendwie an mir vorbei. Ich habe keine echte Aufgabe«, murrte Isabella in Gedanken. »Wie immer.« Es lag nicht daran, dass Ernest ihr nichts zutrauen würde. Vielmehr sollte Joan sich als Geschäftsführerin auch organisatorisch bewähren.

»Ich kann ja schon mal helfen ...«, wollte Isabella Joan ihre Unterstützung beim hektischen Frühstück anbieten.

Joan lehnte das Angebot brüsk ab. »Das ist mein Job, Mum!« Mit diesen Worten drehte sie sich um und verließ das Haus. Gleich vor der Tür begann Joan, laute, überflüssige Kommandos zu geben: »Die Tische müssen alle sauber sein!« oder »Sorgt dafür, dass heute Nachmittag alles fertig ist!«

‚So schafft sich Joan hier keine Sympathien‘, wusste Isabella.

Mit einem Gefühl zwischen Frustration, Verärgerung und Melancholie zog sich Isabella in ihr Zimmer zurück. Sie dachte kurz daran, in den Pferdestall zu fliehen, unterließ es jedoch, um dies nicht als Affront gegen die eigene Familie erscheinen zu lassen. Sie schaute auf die Uhr. Ihr blieben noch Stunden bis zum Beginn der Festlichkeiten.

Isabella begann ohne wirklichen Grund, im Haus Staub zu saugen und zu putzen, nachdem sie zuvor die Küche aufgeräumt hatte. Eigentlich waren beides Sarahs Aufgaben und ihre Haushälterin erledigte diesen Job mit Akribie. All diese Tätigkeiten waren für Isabella wenig erfüllend.

Nun saß sie wieder in ihrem Zimmer und schaute aus dem Fenster auf das große Festzelt und die hektische Betriebsamkeit. Sie drehte sich um und wandte sich ihrem Schrank zu. ‚Was soll ich heute Abend anziehen?‘, fragte sie sich, während sie sich nutzlos und unbeachtet fühlte. Isabella legte ein flammrotes, kurzes Kleid heraus. ‚In diesem Kleid werde ich sicher Aufmerksamkeit erregen.‘ Dann schweifte ihr Blick erneut nach draußen. Obwohl es trocken war, zeigte der September mit starken Windböen und kühlen Temperaturen, dass der Herbst Einzug hielt.

‚Nicht für heute‘, dachte Isabella und hängte das Kleid mit einem Seufzer zurück in den Schrank. Stattdessen wählte sie ein längeres schwarzes Strickkleid. ‚Elegant, sexy, aber nicht overdressed‘, bewertete sie das Kleid, während sie es an die Schranktür hängte und einige Schritte zurücktrat. Sie war auch mit dieser Wahl nicht zufrieden. Sicher würde ihr das Kleid wunderbar stehen und angemessen sein, aber eigentlich hatte sie Lust auf etwas Extravagantes. Dann änderte sie erneut ihre Meinung. ‚Warum soll ich das Aushängeschild spielen?‘, dachte Isabella frustriert. Ihre Stimmung pendelte hin und her. »Nutzlos. Ich bin hier überflüssig.« Sie hing auch dieses Kleid zurück in den Schrank und beschloss, es bei Jeans und Bluse zu belassen.

Ernest Greene begrüßte die Gäste überall, wo es möglich war, und war in Hochform. Ein freundliches »Hello!« hier, ein »How are you?« dort, oder ein »Long time, no see.« Ernest kannte viele der Anwesenden, und es schien fast so, als wären sie heute alle enge Freunde.

Die Gäste wurden mit köstlichen Häppchen verwöhnt und konnten sich an Ale von der Insel sowie mit altem Whisky der Distillery erfreuen. Ernest erklärte mit einem Lächeln: »Es sind nur noch Restbestände. Wir müssen wohl bald wieder ein paar Fässer abfüllen.«

Dann richtete er einige Worte an die Gäste und sprach über die lange Geschichte der Staffin Bay Distillery, die einst das Herz des Ortes war. »Wir existieren seit dem Whisky Act von 1823 und sind immer das Zentrum des Dorfes gewesen.«

Die Zuhörer lächelten und applaudierten verhalten.

Während seiner Rede würzte Ernest seine Worte mit der einen oder anderen Anekdote aus der langen Geschichte. Allerdings erwähnte er das Unglück von 1994 und die wirtschaftlichen Schwierigkeiten, die zur Schließung der Distillery geführt hatten, nur am Rande.

»Wie Sie wissen, soll heute ein neues Zeitalter für die Staffin Bay Distillery beginnen, und wir möchten, dass der gesamte Ort, die ganze Insel Skye – ach was, ganz Schottland – daran teilhat.« Ernest breitete die Arme aus und wandte sich den Zuhörern zu.

Ein Gast rief: »Ganz Großbritannien!« Das brachte lautes Gelächter hervor. »Nur ohne *Sassenacks*[10], ohne Engländer!« rief eine andere Stimme laut.

Ernest stimmte in das Lachen ein und Ernest fügte hinzu: »Aber ernsthaft, wen interessiert Großbritannien, wenn wir nicht einmal mehr eine Rolle in Europa spielen? Oder im Commonwealth, wo uns Australien, Kanada und sogar Indien längst den Rang abgelaufen haben.«

Die Reaktionen waren gemischt, mit Lachen und Buh-Rufen. Ernest erkannte schnell, dass er von der politischen Diskussion Abstand nehmen musste, um die Stimmung nicht kippen zu lassen. »Lassen Sie uns auf Skye, auf die Hebriden und auf *Alba*[11] konzentrieren!«

Nun hatte Ernest die Zustimmung des Publikums wieder auf seiner Seite. »Wissen Sie, warum mein Sohn Reginald hier neben mir steht?« Ernest blickte in die Runde und sah wissende Gesichter. »Er wusste schon früh, dass er die Distillery eines Tages übernehmen würde.« Ernest machte eine kurze Pause und blickte zur anderen Seite. »Und meine Tochter Joan? Sie wird ab jetzt die Geschäfte führen. ... Und nun lassen Sie uns die Zukunft feiern.«

Am späten Nachmittag kehrte im Festzelt zunächst etwas Ruhe ein. Die Wände waren mit den Tartanmustern der Hebriden-Clans geschmückt. In der Mitte des Festzeltes gab es eine freie Fläche für die Tänzer. Lange Holztische waren mit Kerzen und Papiertischdecken in Blau und Weiß, den schottischen Nationalfarben, dekoriert, während der Duft von deftigen Imbissgerichten in der Luft lag.

Das Publikum beim Ceilidh war bunt gemischt: Jung und Alt, Schotten und Zugezogene. Aus Sicht der Alteingesessenen gab es mittlerweile viel zu viele von ihnen auf Skye. Gegen Nachmittag wechselte das Publikum. Mütter und Väter brachten unter lautem Gezeter ihre widerspenstigen Kinder nach Hause und die Heranwachsenden und Erwachsenen blieben unter sich.

Der Übergang vom Volksfest zum Tanzabend wurde durch einige traditionelle Rituale markiert: Es gab einen Dichterwettbewerb, einen Poetry Slam, und auch einige improvisierte Highland Games, bei denen die Teilnehmer ihre Kräfte beim Tauziehen maßen.

Zum Tanzen gab es auf den Inseln nicht allzu viele Gelegenheiten. Die alten Traditionen starben aus. Umso dankbarer waren die Bewohner von Staffin und der gesamten *Trotternish Peninsula*[12], dass zur Eröffnung der Distillery ein Ceilidh stattfand.

Die Klänge einer traditionellen Ceilidh-Band erfüllten das Zelt und hallten über den Hof wider. Geigen, Akkordeon, Gitarren und Schlagzeug bildeten einen harmonischen Klangteppich. Die Musiker spielten fröhliche und mitreißende schottische Melodien, die das Herz erwärmten. Manchmal wurde das Akkordeon oder die Geige durch einen Dudelsack ersetzt. Dann

---

[12] *Trotternish Peninsula: nördliche Halbinsel von Skye*

stieg die Stimmung, und das Publikum grölte oder wurde melancholisch.

Fergus Nicholson, Clanchief der Nicholsons of Trotternish aus dem Norden der Insel, war eigentlich ein verschrobener und introvertierter Mann. Vielleicht war er siebzig. Vielleicht älter. Fergus feierte seinen Geburtstag schon seit vielen Jahren nicht mehr. Manchmal vergaß er sein Alter. Normalerweise mied er gesellschaftliche Ereignisse, aber er fühlte sich seinem alten Freund Ernest verbunden. Doch an diesem Abend, in seiner violett-grün-schwarzen Tartan-Tracht, fand er sich in der Rolle des Landesherren wieder. Er trug den Kilt mit Stolz, während das edle schwarze Prince Charlie Jackett und die Weste seine Würde unterstrichen. Eine Nadel mit dem Wappen des Clans Nicholson schmückte seinen Kilt. Der Sporran, eine Tasche aus Seehundfell, die vor dem Bauch getragen wurde, barg die kleinen Notwendigkeiten eines Scotsman: Schlüssel, Geld und ein Taschentuch. Manchmal auch Kondome. Kleine Fähnchen in den Tartan-Farben des Clans zierten seine Woll-socken. In seiner rechte Socke steckte traditionell der *Sgian Dubh*, ein kleiner Einsteckdolch, der auch als Allzweckmesser genutzt wurde.

Da Staffin einst zum Land der Nicholsons gehörte, wurde Fergus noch immer als eine Art Landesherr angesehen und respektvoll als „Chief Fergus" angesprochen.

Fergus schaute sich um. Er fühlte sich an eine Dorfkirmes erinnert. So wie früher, als er noch jung war, selbst viel tanzte und das Leben anders genoss. Schnell fand er sich inmitten von Menschen wieder, die ebenfalls ihre jeweilige schottische Tracht trugen. Andere wiederum trugen alltägliche Kleidung, und eine dritte Gruppe festliche Anzüge oder Abendkleider. Jeder so, wie es ihm beliebte.

Ein erfahrener Tanzmeister erklärte den Neulingen die Schritte der traditionellen schottischen Tänze. Fergus wurde immer wieder aufgefordert mitzutanzen. Es war lange her, dass er viel getanzt hatte. Er war immer wieder überrascht, wie viele verschiedene Tänze man auf Skye tanzte, die er alle noch kannte. Er wurde von der Energie der lachenden und fröhlichen Menschen erfasst.

Das Ceilidh war nicht nur ein Ort des Tanzes, sondern auch der Geselligkeit und Gemeinschaft. Zwischen den Tänzen hatten die Gäste Zeit, sich auszutauschen, neue Freundschaften zu schließen und Erinnerungen zu teilen. Viele Menschen kannten Fergus, was umgekehrt nicht der Fall war. Fergus lebte sehr zurückgezogen in Flodigarry, nördlich der Distillery, und besuchte selten andere Menschen.

Ernest gesellte sich immer wieder zu Fergus. Fergus erzählte dann viel von seiner Familie, von seinem Vater, der nach Tasmanien ausgewandert war und ihm die Clanführung, leere Bankkonten und die Verantwortung für viel Land überlassen hatte. Man merkte ihm an, dass er sonst kaum jemanden hatte, mit dem er reden konnte.

Auch Ernest hatte viel zu erzählen. Beide Männer waren stolz auf ihre Geschichte.

Reginald führte am Rande des Ceilidh Gäste in Gruppen durch die wiedereröffnete Distillery. Die glänzende Kupferbrennblasen ruhte noch, aber Reginald nahm sich die Zeit, die Vor- und Nachteile von langen Halsen und gedrungenen Blasen zu erläutern. Er erklärte die Kühlvorrichtungen und zeigte, wo – hinter Glas und von der Zollbehörde verplombt – letztendlich der kostbare Brand herausfließen würde. Dann führte er die neugierigen Gäste weiter in den Raum mit dem frisch gefüllten Maischebottich. Die Maische war noch heiß, und die Luft war drückend warm. Der süßlich-schwere Geruch der Maische nahm den Besuchern fast den Atem, und bei einigen brach der Schweiß aus.

Eine ältere Dame raunte ihrem Begleiter zu: »Steven, dass du noch einmal ins Schwitzen kommst, glaube ich ja nicht.«

Steven schnauzte laut zurück: »Anstrengungen beim Sex waren früher. Heute ist es Whisky, Phoebe. ... Whisky hat auch nie Migräne!«

»*Yo' bumpot*[13]«, fauchte Phoebe ihrem Mann entgegen.

Die Gäste lachten, und Steven erkannte, dass er zu laut gesprochen und ungewollt die Aufmerksamkeit auf sich gezogen hatte. »Die Gerste ist übrigens von mir«, fügte er stolz hinzu und wollte ablenken.

Reginald wollte wieder auf das Thema zurückkommen und sagte: »Das ist das Problem mit den alten Bottichen.«

Steven hatte ihn nur zur Hälfte verstanden und unterbrach ihn: »Ich bin kein alter Bottich. Oder meint er vielleicht dich, Phoebe?«

Phoebe versetzte Steven mit ihrer Handtasche einen laut hörbaren Schlag in den Nacken.

Steven stöhnte vor Schmerzen auf.

Reginald erkannte, dass er in ein Fettnäpfchen getreten war und versuchte, die Situation zu retten: »Sie sind nicht so dicht wie die Bottiche in diesen neuen, klinisch reinen Whisky-Industrien.«

Phoebe meldete sich: »Stimmt! Dicht ist Steven auch nicht mehr. Er läuft immer ungeplant aus. Nennt man das bei diesem Bottich auch Inkontinenz?«

---

[13] *Du Dummkopf*

Einige Gäste schmunzelten verlegen. Andere lachten laut. Reginald versuchte, thematisch wieder auf den Whisky zu kommen.

Liam bediente ein Rührwerk, das die Maische langsam im Bottich bewegte. Fasziniert schaute er den sich ständig drehenden Kellen zu. Manchmal imitierte er das Quietschen der Mechanik derart originalgetreu, dass es vom Original nicht unterschieden werden konnte.

Reginald erklärte: »Morgen, wenn die Maische kühler ist, füllen wir sie in die Gärtanks um und fügen Hefe zu, um die alkoholische Gärung zu starten. In zwei oder drei Tagen waschen wir noch dann den Zucker aus dem Malz.«

Ein Gast kommentierte: »Es riecht sehr torfig.«

Reginald antwortete: »Das sind die Phenole, die Sie noch immer als rauchiges Aroma wahrnehmen können. Aber dazu später mehr.«

Reginald dachte mittlerweile nochmals darüber nach, ob sie in Zukunft wirklich auf Torffeuer verzichten sollten. Es schien, als ob der Markt genau das erwartete. ‚Dies ist der Geschmack der Hebriden‘, kam ihm wieder in den Sinn.

Ein Gast wollte wissen: »Wie lange dauert dieses ... *Mashen*?«

Reginald antwortete: »Wie ich sagte ... etwa bis Morgen. Und dann etwa drei bis vier Tage für die Gärung. Je nach Qualität des Malzes.«

Ein anderer Gast fragte: »Und was passiert mit der ausgelaugten Gerste?«

Reginald erklärte: »Wir geben sie kostenlos an die Bauern als Tierfutter ab.«

Steven bestätigte umgehend: »Die *Highland Coos* lieben es. Und meine Frau ...« Er konnte diesen Satz nicht mehr beenden.

Phoebes eisige Blicke schienen Steven wie Dolche zu durchdringen.

Dann konnte er seine Bemerkung doch nicht für sich behalten: »Sie bereitet morgens das Porridge aus ...« An dieser Stelle endeten seine Ausführungen abrupt und der angefangene Satz endete in Schmerzen einer weiteren Ohrfeige.

Die Fragen der Gäste erfreuten Reginald, und er forderte sie auf, sich an der Arbeit zu beteiligen: »Jeder, der mitmachen möchte, darf gerne eine Schaufel Malz nachfüllen. Als Belohnung drucken wir Ihren Namen auf das Jubiläumsetikett. In zwölf Jahren können Sie dann einen Whisky kaufen, auf dessen Etikett auch Ihr Name steht.«

Reginald wandte sich wieder den Gästen zu: »Hier beeinflussen wir den späteren Geschmack ein weiteres Mal. Wenn die Würze langsam in den Gärtank, den Wash Back, abgelassen wird, ist sie kristallklar und enthält keine oder kaum Schwebstoffe. Der Brand wird milder. Wenn das Ablassen schneller erfolgt, gelangen mehr Schwebstoffe in den Gärtank. Der Brand erhält Noten vom Getreide, die ein nussiges Aroma erzeugen.«

Ein Junge, der für den Whisky noch nicht alt genug war, fragte: »Und wohin geht die Suppe dann?«

Reginald lächelte: »Junger Mann, die zuckerhaltige Flüssigkeit, die sogenannte Würze oder *Wort*, wird durch den perforierten Boden des Maischebottichs abgelassen. Das funktioniert wie bei einem Kaffeesieb. Um einen hohen Ertrag zu erzielen, wiederholen wir den Prozess, solange sich Zucker extrahieren lässt.«

Ein Gast kommentierte: »Meine Grandma schüttet den Kaffee auch immer mehrmals auf. Besser wird er dadurch aber nicht.« Das führte zu schallendem Gelächter in der Gruppe, und der Junge verstand nicht, warum.

»... Und beim Whisky ist das anders.« Reginald wandte sich wieder dem Jungen zu: »Und wenn du alt genug bist, Whisky zu trinken, wird der Single Malt rechtzeitig für dich fertig sein. Du bekommst dann eine Flasche gratis.«

Die Gäste lachten, und die Führung ging weiter, während Steven und Phoebe ihren Zank fortsetzten.

Isabella und Timothy hatten sich seit 1994 nicht mehr gesehen. Und nun tauchte er zur Wiedereröffnung des Betriebs plötzlich wieder auf und war beim Ceilidh. Sie hatte ihn in den vergangenen Tagen bereits mehrfach über den Hof laufen sehen. Eine Gelegenheit zum Smalltalk hatte sich jedoch nicht ergeben.

Damals, vor fast dreißig Jahren, war Isabella noch blutjung; gerade erwachsen. Nach einem kurzen Flirt mit Timothy waren sie sich schnell wieder aus dem Weg gegangen. Vermutlich hatte Timothy den weiteren Kontakt bewusst vermieden, um keine Kollision mit Ernest zu riskieren. Isabella arbeitete in der Buchhaltung der Brennerei, während Timothy kaum die Brennerei verließ.

Doch nun, auf dem Ceilidh, war alles anders. Isabella war von Timothys Dominanz nach wie vor beeindruckt und die dreißig Jahre alten Erinnerungen flammten wieder auf. Er war so anders als Ernest. Sobald Timothy das Festzelt betrat, zog er alle Blicke auf sich. Die Anwesenden spürten seine Aura. Als er Isabella zu einem engen Tanz aufforderte, war sie zunächst überrascht, ließ sich dann aber von ihm führen.

Timothy trug den Kilt des McGregor Clans, sein Tartan war schwarz-rot. Dazu trug er ein schwarzes Prince Charlie Jackett und eine Weste. Isabella hatte sich für eine eng sitzende Jeans und eine weiße Bluse entschieden. Ihre rotblonden Haare fielen ihr in Wellen über die Schultern. Ihre Augen waren eine faszinierende Mischung aus Grün und Braun.

Timothy und Isabella tanzten vielleicht zu viele Tänze miteinander. Timothy war ein guter Tänzer und führte Isabella sicher über die Tanzfläche. Er tanzte eng an sie heran, und seine Hand lag fest auf ihrem Rücken. Isabella spürte seine Erregung und fühlte sich selbst erregt.

Als die Musik langsamer wurde, führte Timothy Isabella an den Rand des Festzeltes. Er drehte sie zu sich und legte seine Hand auf ihren Po.

Isabella erschrak, doch sie ließ es geschehen.

Timothy sah ihr in die Augen und lächelte. Er wusste, dass sie ihm ausgeliefert war. Seine Hand glitt langsam über ihren Po, und er drückte sie fester an sich.

Isabella konnte sich seinem Charme nicht entziehen. Sie legte ihre Hand auf seinen Oberarm und spürte seine Muskeln. Sie wollte ihn, aber sie wusste, dass sie vorsichtig sein musste.

Plötzlich überkam sie ein Gefühl der Verwirrung. Warum ließ sie das zu? Was bedeutete das? Isabella riss sich los und rannte davon. Sie musste sich sammeln. Sie war verwirrt und aufgewühlt. Ihre Gedanken wirbelten durcheinander. Sie fühlte sich schuldig. Sie wusste nicht, was sie wollte, und diese Ungewissheit nagte an ihr.

Seit Jahren litt Isabella unter der erloschenen Liebe zu Ernest. Ihre Ehe war eine leere Hülle, eine Fassade, hinter der sie sich versteckte. Sie hatten sich auseinandergelebt, und jeder Tag war ein Kampf gegen die Einsamkeit, die sie trotz seiner Anwesenheit empfand. Ernest war nicht mehr der eloquente, selbstironische Mann, den sie einst geliebt hatte. Er war ein introvertierter Schatten seiner selbst, vertieft in seine Arbeit, und seine Ausflüge über seine Ländereien.

Isabella hatte lange versucht, diese Kluft zu überbrücken, aber sie war gescheitert.

In dieser trostlosen Situation traf sie auf Timothy, und die Erinnerungen an vergangene Tage und die Möglichkeit einer neuen Leidenschaft verwirrten sie.

Isabella fand sich in einer Ecke des Festzeltes wieder, atemlos und unsicher. Sie lehnte sich an einen Pfosten und schloss die Augen. Ihr Herz raste, und die Erinnerungen an den Tanz wirbelten in ihrem Kopf. Ihr war es fast egal, ob sie gesehen wurde, oder nicht. Was war es an ihm, das sie so anzog? Und warum fühlte sie sich jetzt so verloren?

Die Musik spielte weiter, und die Stimmen der Feiernden drangen gedämpft an ihre Ohren. Isabella wusste, dass sie eine Entscheidung fällen musste. Aber welche? Flirt? Beziehung? Unterwerfung? Flucht? Die Verwirrung in ihrem Inneren war überwältigend, und sie hatte keine Antworten auf die quälenden Fragen.

In diesem Moment spürte sie, dass sie einen klaren Kopf brauchte, um ihre Gefühle zu ordnen und herauszufinden, was sie wirklich wollte. Isabella verließ fluchtartig das Festzelt, um in der Stille der Nacht einen Moment der Klarheit zu finden. Sie würde – um sich abzulenken – nach Reginald suchen, den sie an diesem Abend nicht mehr beim Fest gesehen hatte.

Spät am Abend musste Fergus feststellen, dass er viel zu viel Alkohol auf dem Ceilidh getrunken hatte. Immer wieder wurde der Chief aufgefordert, mitzutrinken. Manchmal konnte er höflich ablehnen, meistens jedoch nicht. Der Pfarrer erwartete ein gemeinsames »Cheers« oder »Slàinte mhath«, der Bürgermeister ebenso, der Oppositionsführer, der Landarzt wie auch Ernest oder einige andere Mitglieder der Gemeinde, die ihr Clanoberhaupt zu selten zu Gesicht bekamen.

Dennoch hatte Fergus vor, selbst nach Hause zu fahren.

»Das lasse ich nicht zu«, sagte Ernest knapp. Er schaute sich um und entdeckte Shona in der Nähe. »Shona, komm mal her«, rief Ernest. »Kannst du den *Chief* nach Hause fahren?«

»Aye Sir!« Sie betrachtete es als Ehre.

»Hier die Schlüssel. Nimm meinen Land Rover.« Noch eine Ehre. Shona richtete sich stolz auf.

»Aber ich kann noch fahren«, insistierte Fergus, doch Ernest schüttelte den Kopf. »Hier fährt niemand mit Alkohol vom Hof ... es sei denn mit Whisky in Flaschen oder in Fässern.«

Fergus ergab sich in sein Schicksal.

Zuerst zurückhaltend ergriff Shona Fergus Arm.

Fergus zeigte keine Anstalten, zu folgen.

Dann griff Shona Fergus Arm resolut und meinte: »Chief, sie haben Ernest gehört. Auf geht's.«

Auf dem Weg zu Ernest Land Rover liefen die beiden direkt an der Distillery vorbei. Die Türe zur Halle mit dem Mash Tun war nur angelehnt. Fergus blieb an der Türe stehen. Er meinte, laute Stimmen aus der Distillery gehört zu haben. Auch Shona hörte die Stimmen. Ihre Augen und Ohren weiteten sich. »Das muss der Chef ... also der Juniorchef sein«, flüsterte sie, um kein Wort zu verpassen.

Fergus nickte zustimmend. »Reginald! Er ist sauer über irgendetwas.«

»Und diese Frauenstimme ist von der Chefin«, meinte Shona leise.

Fergus nickte. »Das kann stimmen. Sie streiten sich.«

»Scheint heftig zu sein«, bestätigte Shona.

Ungewollt war auch Fergus neugierig, aber der Alkohol benebelte seine Sinne.

»Du hättest nicht zurückkommen sollen«, hielt die Frau Reginald vor.«

»Meine Chance liegt hier. Nicht auf dem Festland!«, schrie Reginald.

»Ach was. Es war gut so, wie es ist. Die Distillery hätte ewig schlafen dürfen. Niemand braucht unseren Whisky. Nicht auf dieser Welt.«

Reginald lachte bitter. »Doch, die Menschen hier brauchen uns. Wir beginnen mit allem neu. Ein Reset für Staffin Bay.«

»Die Menschen? Die Menschen können uns egal sein. Die finden überall wieder Arbeit.«

Shona wurde wütend. Beinahe wäre sie in das Gebäude gestürmt, aber Fergus hielt sie zurück und der Streit in der Halle nahm ein abruptes Ende. Stille trat ein.

»Alles ist in Ordnung«, meinte der Laird in die plötzliche Stille hinein zu Shona. »Solange Reginald den Laden leitet, hast du nichts zu befürchten.«

»Lass uns gehen«, sagte Shona. »Das geht uns nichts an.« Sie versuchte, ihre neuen Chefs zu schützen.

Fergus nickte. Er war erschüttert von dem, was er gehört hatte. Shona setzte sich ans Steuer und startete den Motor. Sie fuhr schnell davon, ohne sich noch einmal umzudrehen. Sie wusste, dass sie das, was sie gehört hatte, nicht vergessen würde.

Totentanz

Am nächsten Tag wurden die Reste des Ceilidh weg-geräumt. Während die meisten Dorfbewohner in die Kirche gingen, um den Sonntagsgottesdienst zu besuchen, waren andere, wenige, zur Distillery gekommen, um beim Aufräumen zu helfen.

Das Festzelt sah nach dem rauschenden Fest wie ein Schlachtfeld aus. Überall lagen zerbrochene Gläser, zerknüllte Servietten und halb geleerte Flaschen herum. Auf den Tischen standen noch Pappteller mit Imbissresten, die niemand mehr angerührt hatte. Die Papiertischdecken waren von verschütteten Getränken durchweicht.

Shona hatte bereits in aller Frühe zusammen mit Liam den Land Rover des Chiefs nach Flodigarry gebracht. Beide waren unter den Ersten, die sich ans Aufräumen machten. Liam sammelte ein paar Gläser ein und hielt eines hoch, das halb voll mit einer dunklen Flüssigkeit war. Er schnüffelte neugierig am Glas. »Schau dir das an, Shona. Wer lässt ein halbes Ale einfach stehen?«

Shona schmunzelte. »Vielleicht jemand, der nach dem dritten Glas nicht mehr wusste, was er tat. Stell dir vor, wir würden jedes Glas, das hier steht, leer trinken müssen.«

Liam gefiel der Gedanke. Er lachte. »Wir wären in einer Stunde betrunken und könnten nicht mehr aufräumen.«

Sie machten weiter und fanden unter einem Tisch ein Paar Schuhe. »Wem gehören denn diese hier?« fragte Shona, während sie die abgetragenen Schuhe hochhielt. »Wer geht denn barfuß nach Hause?«

Liam zuckte mit den Schultern. »Vielleicht jemand, der dachte, er könnte fliegen, wenn er keine Schuhe anhat. ... Oder jemand, der lieber barfuß tanzt. Oder jemand mit stinkenden Füßen, der seine Quanten lüften wollte.«

Shona weigerte sich innerlich, sich dieses Bild vorzustellen. Aber sie bekam es nicht aus ihrem Kopf.

Während sie weiter aufräumten, fanden sie immer wieder kuriose Gegenstände. Ein Hut mit einer Feder, der offensichtlich von einem älteren Gast stammte, ein abgerissener Hemdsärmel und sogar ein Spielzeugauto, das wohl ein Kind bereits am Nachmittag vergessen hatte.

»Manchmal frage ich mich, was in den Köpfen der Leute vorgeht«, sagte Liam, als er eine verbeulte Blechdose in den Müll warf. »Es scheint, als ob sie alles verlieren, wenn sie feiern.«

Shona nickte. »Ja, und wir dürfen es dann wieder einsammeln. Aber immerhin hatten sie Spaß. Das ist das Wichtigste.«

Im Laufe des Vormittags kamen weitere Helfer dazu. Einige der Kirchenbesucher kamen direkt nach dem Gottesdienst, noch in ihrem Sonntagsstaat, und packten mit an. Es wurde mehr und mehr zu einem Frühschoppen und ihre Hilfe blieb überschaubar. Die letzten Fässer Ale wurden geleert. »Leere Fässer sind leichter als volle«, meinte ein Gast.

Es war ein buntes Treiben aus Menschen, die lachten, scherzten und dennoch gemeinsam dafür sorgten, dass der Platz bald wieder in Ordnung war.

Auch wenn heute Sonntag war, durften manche Vorgänge nicht unterbrochen werden. »Hast du den Chef ... den Juniorchef gesehen?«, fragte Liam Shona nach seinem Rundgang. Er sah wohl noch Ernest als den eigentlichen Chef an, obwohl Liam noch gar nicht geboren war, als Ernest den Betrieb schließen musste.

»Der schläft wohl noch. Zumindest gestern Abend war er ständig in Bewegung und hat immer wieder die Maische kontrolliert«, erwiderte Shona.

Beide lachten. »Die Maische macht ihren Job ganz allein. Da kann er so oft in den Bottich schauen, wie er mag. Die Enzyme werden sich kaum von ihm irritieren lassen.«

Von Reginald fehlte weiterhin jede Spur.

»Dann sage ich nun Ernest Bescheid«, meinte Shona nach längerem Warten. »Er muss entscheiden, wann der *Wash* abgelassen wird.«

Nach kurzer Zeit kam Shona unverrichteter Dinge zurück. »Ernest ist gerade unterwegs. Er fährt irgendetwas weg.«

»Vielleicht Timothy?«, fragte Liam. »Der hilft beim Zeltabbau.«

⋙ ⋘

Liam hatte Timothy – wie vermutet – beim Abbau des Zeltes angetroffen und ihn darauf angesprochen, dass jemand den richtigen Zeitpunkt für das Filtern der Maische bestimmen müsse.

»Ist Reginald nicht da?«, fragte Timothy.

»Wir haben ihn nicht gesehen.«

»Und Ernest?«

»Der ist unterwegs.«

Timothy McGregor nickte und sagte: »Ich komme in einem Augenblick rüber.«

Isabella bemerkte Timothy, als er über den Hof zur Distillery schlenderte. Sie zog sich schnell hinter den Vorhang in ihrem Zimmer zurück. Die Erinnerungen an den gestrigen Flirt waren noch zu frisch.

Mittlerweile war auch Ernest wieder eingetroffen.

Nachdem Timothy zusammen mit Ernest noch einige Zeit gewartet hatte, meinte er zu Ernest: »Weißt du, wo Reginald bleibt? Es wird Zeit, die Maische abzulassen. Er muss wohl noch lernen, den richtigen Zeitpunkt für das Filtern zu erkennen.«

Ernest blickte auf seine Uhr. »Er war wohl die halbe Nacht unnötigerweise am Bottich und nun, wenn es ernst wird, ist er zu spät. Ich werde schauen, wo er steckt. Du kannst schon mal zur Maische gehen, und wir treffen uns gleich dort.«

Die beiden Männer trennten sich.

Ernest suchte Reginald, nachdem er ihn auch telefonisch nicht erreichen konnte.

Timothy nahm den Weg in die Distillery und kontrollierte auf dem Weg die verschiedenen Gerätschaften zum wiederholten Male. Er dachte mit Wehmut an die Jahre zurück, als er hier der Master Distiller war. Er betrat den Raum mit dem Maischebottich, wie er es früher so oft getan hatte. Er kannte jeden Millimeter des Raumes und jede Nuance der Gerüche. Am Bottich steckte Timothy gewohnheitsmäßig seine Hand in die Maische, um die Temperatur abzuschätzen. Er benötigte hierzu kein Thermometer wie seine Kollegen. Die Gerste trieb bereits oben auf der Maische. Es war alles so, wie es sein sollte. Wie es sich seit Jahrhunderten immer wiederholte.

Das trübe Licht wirkte auf den ersten Blick gewohnt. Selbst die alte Glühbirne kannte er noch. Timothy lächelte kurz. »Die habe ich damals noch selbst in die Fassung geschraubt.« Seine

Hände kannten jede Unebenheit der Gerätschaften, seine Nase erfasste den Duft der Gärung. Doch diesmal durchzog ihn eine undefinierbare Unruhe, die seine Sinne schärfte.

Als er genauer hinsah, wurde ihm schlagartig klar, dass etwas ganz und gar nicht stimmte. Auf der Oberfläche der Maische befand sich eine seltsame Wölbung, als ob sich das Malz hier zusammenschob und eine Insel bildete. Timothy hatte eine unheilvolle Ahnung. Ein Fluch entwich seinen Lippen. »*Damn it*!« murmelte er, seine Stimme hallte in der Halle wider. »Da treibt etwas im Bottich. Ich hoffe, es ist nicht irgendein Müll beim Ceilidh in den Bottich geworfen worden.«

Timothy befürchtete, dass die Maische für den Brand unbrauchbar sein könnte. Mit allem Ärger beugte er sich über den Bottichrand. Sein Atem stockte. Seine Finger zitterten leicht, als er vorsichtig versuchte, den mysteriösen Gegenstand näher zu erkunden. Er war nicht in seiner Reichweite. Timothy umrundete den hölzernen Bottich. Von der gegenüberliegenden Seite kam er an den Gegenstand.

»Eine Jacke in der Maische?«

Ein eiskalter Schauer durchfuhr seinen Rücken, als er die unheilvolle Präsenz unter der Oberfläche spürte. Sie war zu schwer für eine Jacke.

Währenddessen näherte sich Ernest vorsichtig, sein Blick auf Timothy gerichtet. Die Luft war erfüllt von einer bedrückenden Spannung, und Ernest brachte besorgt hervor: »Ich bekomme Reginald einfach nicht ans Telefon. Vielleicht schläft er noch, wenn er die Nacht durchgemacht hat.«

Timothy drehte sich langsam zu Ernest um, sein bleiches Gesicht von einem schattenhaften Licht umspielt. Seine Worte klangen düster und geflüstert, als er antwortete: »Reginald kann nicht mehr telefonieren, Ernest … Er treibt in dieser verdammten Maische.«

Der Rettungsdienst kam zu spät. Die ersten Polizeikräfte waren schneller vor Ort und sperrten den Zugang zur Distillery mit einem blau-weißen Absperrband und dem Aufdruck „*Police Line – Do not cross*". Die Anwesenden warteten untätig auf die Spurensicherung, ohne die zunächst nichts weiterging.

Shona murmelte etwas von einem bösen Omen und taufte den Maischebottich auf den Teufel – oder Elon Musk höchstpersönlich.

Timothy versuchte, Ernest so gut es ging abzuschirmen.

Isabella hatte von der Aufregung zunächst nichts mitbekommen, da sie sich mit Ohrstöpseln und einer Schlafmaske ins Bett verzogen hatte, um ihrer Migräne zu entfliehen.

Joan war noch nicht wach, als Ernest sie über Reginalds Tod informierte.»Reggie ist tot?«, fragte sie nur knapp, ohne nach weiteren Details zu fragen.

Ernest war irritiert, dass Joan nicht wissen wollte, was passiert war.

Sie versprach, umgehend zur Distillery zu kommen, aber es würde etwas dauern, da der gestrige Tag lang war.

Joan kam für ihre Verhältnisse innerhalb kürzester Zeit, aber perfekt geschminkt, nach knapp einer Stunde aus Portree an. Reginalds Tod schien sie nicht zu berühren. Der Lippenstift hatte Vorrang. Andere würde Reginald wohl fachgerecht „entsorgen", aber für den Lippenstift war sie selbst zuständig.

Vor Ort betrachtete Joan die Situation teilnahmslos und kondolierte Ernest.»Wie ist es passiert?«, fragte Joan.

»Er ist vermutlich in den Maischebottich gefallen und kam nicht mehr raus«, erklärte Timothy an Ernest Stelle.

»Die Maische war doch gestern kochend heiß, oder?«, fragte Joan weiter.

Timothy nickte. »Ja, das Malz wurde heiß überbrüht.«

»Und ... Reggie ist da rein? Irgendwie? Wurde er mit-gekocht?«

Ernest starrte Joan wütend an. »Dein Bruder ist verstorben. Wie kann man nur so teilnahmslos sein.«

»Halbbruder«, korrigierte Joan gereizt.

»Nun, die Temperatur war am Abend bereits etwas abge-klungen«, meinte Timothy überflüssigerweise.

»*Sous-vide*. Dann wurde er eher gebrüht als gekocht«, fol-gerte Joan kühl.

Zwischenzeitlich wurde Isabella von Sarah, ihrer Haus-haltshilfe, vorsichtig geweckt und über die aktuellen Geschehnisse informiert. Isabella war orientierungslos. Es war nicht nur der Tod von Reginald, sondern auch die Erlebnisse der letzten Tage, die sich zusammen mit der Migräne zu einem Brei an Gefühlen vermischten. Die Freude, die Spannung, der Schmerz und der Tod lagen so nahe beieinander, dass Isabella damit nicht klarkam.

Von Sarah gestützt, nahm Isabella die Treppe nach unten und ging zaghaft mit verschränkten Armen auf den Hof hinaus.

Einige Schaulustige hatten sich versammelt und standen in dicken Jacken mit hochgezogenen Krägen hinter der Absper-rung und tuschelten, als Isabella erschien. Die Polizisten vom Area Command Western Isles schienen routiniert ihrem Job nachzugehen.

Ernest stand abseits und wurde von einem Polizeibeamten befragt.

Das Herbstwetter bereitete Isabella Probleme. Es war noch nicht kalt, aber die Windböen schlugen ihr entgegen. Sie ent-deckte Timothy im Schutz des Tores der Distillery. Isabella brach zusammen. Man schob es auf die Trauer, aber sie konnte den Anblick von Timothy in diesem Augenblick nicht aushalten.

Sie wurde vom Rettungsdienst in ihr Zimmer gebracht. Der anwesende Arzt änderte schnell die Prioritäten. Anstatt den Tod von Reginald zu bescheinigen, kümmerte er sich zunächst um Isabella.

Reginald hatte nun viel Zeit.

Noch bevor es Mittag wurde, wussten in Staffin alle Bescheid. Im Ort kreiste die Information schon wenige Minuten später. Phoebe brachte die neuen Erkenntnisse vom Besuch auf dem Friedhof mit, wo sie die Gräber der Familie pflegte.

»Er ist tot. Mausetot. Gekocht.«, gab sie ihre Erkenntnis brühwarm an Steven weiter, noch während sie ihren alten, abgewetzten Mantel und den Filzhut mit den künstlichen Blumen an der Garderobe aufhängte.

Steven schaute über den Rand seiner Zeitung *The Scotsman* fragend auf. Er hatte nur die Hälfte verstanden. »Was hast du wieder versucht zu kochen?«

Phoebe suchte nach handfesten Gegenständen, mit denen sie nach Steven werfen konnte. Aber die blauen Flecken der letzten Konfrontation in seinem Gesicht hielten sie davon ab. ‚Erzieherische Maßnahmen müssen dosiert angewendet werden.‘

»Ich komme gerade vom Friedhof. Ich habe noch nicht gekocht.« Phoebe hielt kurz inne. »Hörst du mir eigentlich zu, wenn ich mit dir rede?«

Steven wollte die Frage gerade wahrheitsgemäß mit „Nein" beantworten. Er besann sich eines Besseren und ging lieber weiteren Attacken aus dem Weg.»Natürlich, mein *Cuddlebug[14]*. Aber immer.«

Phoebe wusste, dass dies gelogen war.

Steven versuchte zu demonstrieren, dass er sehr wohl zugehört hatte:»Was ist tot?«

»Nicht was, sondern: wer!«

»Also, *Dearie[15]*, wer ist tot? Hat es mit den Sirenen heute Morgen zu tun?«

»Natürlich hat es mit den Sirenen zu tun!«

»Also wer? Spann' mich nicht auf die Folter.« Steven schaute genervt.»Ich möchte endlich den Sportteil lesen.«

Dies war wieder die falsche Antwort.

»*Another Glasgow kiss?* [16]«

Steven seufzte.»Also, wer ist es?«

Phoebe nahm einen tiefen Atemzug, um sich zu beruhigen. »Reginald. Er ist tot. Sie haben ihn in der Maische gefunden. Vermutlich ist er reingefallen und ertrunken oder gekocht worden.«

»Reginald? Reginald Greene?« Steven ließ seine Zeitung sinken.»Wie das?«

»Wer weiß das schon. Aber es scheint, als wäre er in den Maischebottich gefallen. Die Leute sagen, die Maische war heiß.«

Steven kratzte sich am Kopf.»Vielleicht war er betrunken? Sicher ein tragischer Unfall?«

---

[14] *Dies kann nur ironisch gemeint sein. Cuddlebug [engl. schottischer Dialekt] bedeutet etwa: „ein Käfer, den man knuddeln kann".*

[15] *Dearie [engl. schottischer Dialekt]: Liebes oder Schatz*

[16] *Glasgow kiss [engl.]: Kopfnuss*

Phoebe nickte nachdenklich. »Das könnte sein. Es ist schon ein seltsamer Unfall. Meinst du, jemand wollte ihm etwas Böses?«

»Wer könnte das sein?«, fragte Steven. »Wohl kaum jemand aus der Brennerei?«

Phoebe zuckte mit den Schultern. »Schwer zu sagen. Aber es muss jemand sein, der Zugang zur Distillery hat. Vielleicht gab es Streit um die Leitung der Distillery?«

Steven runzelte die Stirn. »Möglich. Vielleicht wusste Reginald zu viel oder war jemandem im Weg.«

»Dann muss es Joan gewesen sein. *She's always crabbit*[17]. Und eiskalt. Und sicher keine echte Greene, sie gehört nicht dazu.«

Phoebe setzte sich neben Steven. »Und was ist mit Timothy? Er ist plötzlich wieder aufgetaucht, und schon gibt es diesen Unfall.«

Steven nickte zustimmend. »Er war früher mal der Meisterbrenner.«

»Vielleicht wollte er seinen alten Posten zurück«, spekulierte Phoebe. Sie schloss die Augen und seufzte wissend. »Die Distillery war immer ein Ort der Geheimnisse und Intrigen. Es überrascht mich nicht, dass es jetzt auch wieder so weitergeht. Aber dass es so endet ...«

Phoebe lehnte sich an Steven, was ihn sehr irritierte. »Irgendwie habe ich das Gefühl, dass dies erst der Anfang ist.«

Steven nickte langsam, seine Gedanken wanderten zurück zu den seltsamen Ereignissen der letzten Tage. »Das wird sich zeigen, Phoebe. Das wird sich zeigen.«

---

[17] *Sie ist immer schlecht gelaunt.*

Reginald wurde geborgen und abtransportiert. Es war eine Schweinerei. Überall in den Kleidern und am Körper klebte das Malz, aber Bestatter waren Schlimmeres gewohnt. Bereits gegen Mittag war vom Unglück nichts mehr zu erkennen. Die Polizeiabsperrung wurde aufgehoben, die Fahrzeuge standen nicht mehr auf dem Hof. Es war surreal friedlich.

Ernest hatte sich mit Timothy ins Wohnzimmer seines Hauses zurückgezogen. Isabella lag wieder in ihrem Zimmer, und Joan war zurück nach Portree gefahren. Trauer zeigte sich bei jedem anders.

Das Aufräumen wurde leise von Shona und Liam fortgesetzt. Die Menschen aus dem Ort gingen wieder ihren gewohnten Tätigkeiten nach und sprachen betont leise miteinander.

Eigentlich wäre nun der richtige Zeitpunkt, den Wash abzulassen und die zuckerhaltige Flüssigkeit in Tanks aufzufangen. Niemandem stand der Sinn danach, den Wash für den Brand zu nutzen, in dem Reginald vor kurzem noch geschwommen hatte.

Timothy stimmte sich kurz mit Ernest ab und ging zur Distillery rüber. Anstatt den Wash aufzufangen, ließ er ihn in die Kanalisation abfließen. Langsam floss die Flüssigkeit durch die Siebe im Boden des Maischebottichs. Das ausgelaugte Gerstenmalz blieb am Boden des Bottichs zurück. Timothy überlegte kurz, ob er das Malz auf den Wiesen verstreuen sollte. Er entschied pragmatisch, dass Steven die Reste für seine Kühe und Schafe abholen sollte.

Verdacht

In den stickigen Räumen des Area Command Western Isles herrschte eine seltsame Mischung aus Desinteresse und routinierter Effizienz. Die Bewertung des Vorfalls wurde mit einer Geschwindigkeit vorangetrieben, die jeden Beobachter hätte misstrauisch machen müssen. Es schien fast so, als hätte man sich schon im Vorhinein auf das Ergebnis festgelegt.

Der leitende Beamte, Chief Inspector MacLeod, saß hinter seinem Schreibtisch und starrte auf die Berichte vor sich. »Es gibt einfach keine andere Erklärung«, murmelte er vor sich hin, bevor er seine Kollegen in den Besprechungsraum rief. Die Stimmung war angespannt, doch MacLeod hatte offensichtlich bereits seine Schlussfolgerung gezogen.

»Also, was haben wir hier?«, begann er, als die anderen Beamten den Raum betraten. »Ein Mann fällt in einen Bottich kochender Maische und ertrinkt. Klingt tragisch, aber es passiert.«

Sergeant Fraser nickte zustimmend. »Die Zeugenberichte bestätigen, dass Reginald Greene exzessiv Alkohol konsumierte. Joan Greene hat angegeben, dass er während des gesamten Wochenendes unermüdlich zum Maischebottich gelaufen ist. Sie sagte, er sei definitiv nicht nüchtern gewesen.«

MacLeod hob eine Augenbraue. »Und das unterstützt unsere Unfalltheorie. Keine Anzeichen von Fremdeinwirkung. Keine offensichtlichen Verletzungen außer den sturzbedingten Verletzungen.«

Detective Smith, ein jüngerer Beamter, wagte einen Einwand. »Aber Sir, sollten wir nicht zumindest eine Obduktion in Betracht ziehen? Die Umstände sind doch etwas ... seltsam.«

MacLeod schüttelte den Kopf. »Es gibt keinen offensichtlichen Grund, das Verfahren zu verzögern. Wir haben genug Berichte, die seinen Zustand bestätigen. Das reicht.«

Fraser fügte hinzu: »Joan Greene sagte, ihr Bruder sei oft betrunken gewesen und habe sich nicht immer an die Sicherheitsvorkehrungen gehalten. Sie war selbst überrascht, dass es nicht schon früher zu einem Unfall gekommen ist.« In der Tat stützten sich die Schlussfolgerungen maßgeblich auf Joans Schilderungen, die nicht nur aus Eigennutz übertrieben waren.

MacLeod seufzte und lehnte sich in seinem Stuhl zurück. »Dann sind wir uns einig? Ein tragischer Unfall, verursacht durch Unachtsamkeit und Alkoholkonsum. Wir geben den Leichnam zur Beerdigung frei.«

Die anderen Beamten nickten, sichtbar erleichtert, dass der Fall so schnell abgeschlossen werden konnte. Es war offensichtlich, dass niemand die nötige Energie oder das Interesse hatte, tiefer zu graben.

»Gut«, sagte MacLeod abschließend. »Lasst uns die Sache abschließen und zu den Akten legen. Es gibt noch genügend andere Fälle, die unsere Aufmerksamkeit benötigen.«

Mit dieser Entscheidung wurden die Dokumente zusammengeschoben und der Raum begann sich zu leeren. Die Ermittler waren froh, diesen Fall hinter sich zu lassen, ohne sich die Mühe zu machen, die komplizierten Details zu hinterfragen. Der tragische Tod von Reginald Greene wurde offiziell als Unfall zu den Akten gelegt, während die Wahrheit möglicherweise für immer unentdeckt blieb.

Kurz vor Mittag erreichte Ernest ein Anruf. Mit zitternden Händen nahm er den Hörer ab.

»Mr. Greene, hier spricht Chief Inspector MacLeod von der Police. Ich wollte Sie darüber informieren, dass wir den Tod Ihres Sohnes Reginald als Unfall eingestuft haben. Es gibt keine Anzeichen von Fremdeinwirkung, und die Zeugenaussagen bestätigen, dass er stark alkoholisiert war. Der Leichnam wird zur Beerdigung freigegeben.«

Ernest fühlte einen eiskalten Schauer über seinen Rücken laufen. »Keine weiteren Untersuchungen? Aber ... das kann doch nicht alles sein. Da muss mehr dahinterstecken.«

»Mr. Greene, ich verstehe, dass dies eine schwere Zeit für Sie ist, aber alle Hinweise deuten auf einen Unfall hin. Es gibt keinen Grund, weitere Untersuchungen durchzuführen. Ich werde Ihnen die notwendigen Unterlagen zukommen lassen.«

Ernest starrte auf das Telefon, als wäre es ein lebendiges Wesen, das ihm diese schreckliche Nachricht persönlich überbrachte. »Danke, Inspector«, murmelte er schließlich und legte auf.

Die Dunkelheit, die diesen tragischen Vorfall umgab, schien sich zu verdichten. Ernest konnte die Nachricht nicht akzeptieren. Er wusste, dass etwas nicht stimmte. Aber in diesem Moment fühlte er sich machtlos.

Er setzte sich schwerfällig in seinen Sessel und ließ die Worte des Inspectors in seinem Kopf widerhallen. ‚Ein Unfall ... stark alkoholisiert ... keine Fremdeinwirkung ...‘ Die Worte klangen hohl und bedeutungslos. Er dachte an Reginalds Begeisterung für die Wiedereröffnung der Distillery, an seine Pläne und Träume. Es war einfach nicht vorstellbar, dass sein

Sohn in einem Moment der Unachtsamkeit in den Bottich gefallen war.

Isabella kam in den Raum, ihre Augen noch gerötet. Ernest schloss daraus, dass seine Frau geweint haben musste. »Wer war am Telefon?«

Ernest hob den Kopf und versuchte, eine Fassade der Stärke aufrechtzuerhalten. »Es war die Polizei. Sie haben Reginalds Tod als Unfall eingestuft und werden keine weiteren Untersuchungen durchführen.«

Isabella setzte sich neben ihn, ihre Hand auf seinem Arm. »Es fühlt sich nicht richtig an, Ernest. Aber wir müssen es akzeptieren.«

Er nickte, unfähig, die wachsende Verzweiflung in seinem Inneren zu verbergen. »Ich weiß. Die Polizei scheint nicht interessiert, weiter nachzuforschen. Sie haben ihre Entscheidung getroffen.«

Isabella dachte einen Moment nach und sagte dann leise: »Sie werden schon wissen, was sie tun.«

Ernest erkannte, dass er ohne die Wahrheit zu kennen, nie seinen Frieden finden würde. In diesem Moment fasste er den Entschluss, die Wahrheit über den Tod seines Sohnes selbst ans Licht zu bringen. Die dunklen Wolken der Ungewissheit, die über ihnen hingen, würden ihn nicht davon abhalten, die Antworten zu finden, die er so dringend brauchte.

Ernest erkannte, dass er nicht vor der Wahrheit davonlaufen konnte. Jeder Schritt schien ihm das Gewicht seiner Verantwortung und die Last des Unbekannten noch schwerer auf seine Schultern zu legen. Er musste etwas unternehmen. Auf irgendeine Art und Weise musste er seinen Frieden finden.

Ernest nahm den Schlüssel vom Schlüsselbrett seines Hauses und überquerte schwermütig schlurfend den Hof. Innerhalb weniger Stunden schien er Jahre gealtert zu sein. Der Schmerz und die Zweifel nagten an ihm und verliehen ihm eine Entschlossenheit, die er lange nicht mehr gespürt hatte. Er drehte den Schlüssel im Schloss der grün lackierten Holztür der Distillery und gelangte in einen kleinen Empfangsbereich. Auf seinem Rundgang durch das stille Gebäude hörte er hier und da ein Knarzen oder Knistern. ‚Die Geräte wollen arbeiten', meinte er zu hören. Es erschien ihm, als wollte das Gebäude ihm irgendetwas mitteilen. Aber es war der Wind unter dem Dach und die Temperaturunterschiede, welche das Material arbeiten ließen.

Ernest kam in den Raum, in dem der große Maischetank stand. Abgesehen von der Tatsache, dass die Maische abgelassen wurde und Steven bereits das zurückgebliebene Malz als Viehfutter abgeholt hatte, gab es hier keine Veränderungen.

Noch immer standen die Leitern an der Empore neben dem Bottich, mit denen die Polizisten und die Sanitäter in den großen Bottich gestiegen waren. Noch immer konnte man eine Rolle Handtuchpapier sehen, die benutzt wurde. Die surreale Szenerie erinnerte ihn an die fröhlichen, stolzen Menschen, die hier vor Kurzem standen. Gestern noch hatte Reginald hier gestanden und sich um den Maischeprozess gekümmert.

»Wie konntest du in den Bottich stürzen?«, fragte Ernest mit gebrochener Stimme.

Er stieg die drei Stufen auf die Empore, maß die Höhe des Bottichrands. Auf der Empore stehend verlief die Kante des Bottichs oberhalb seines Bauchnabels. »Bei dir muss es ähnlich gewesen sein, Reginald«, murmelte Ernest. »Wir sind ... waren etwa gleich groß.« Es erschien ihm unwahrscheinlich, dass man das Gleichgewicht verlor und ohne weiteres Zutun nach vorne in den Bottich stürzen konnte. Ernest schaute sich im Raum um.

Es gab keine weiteren Tritte oder Erhöhungen, die man hätte nutzen können.

»Wie bist du in den Bottich gekommen, Reginald?«, fragte Ernest laut. Aber der Bottich antwortete nicht. Der alte Mann hatte eine dunkle Ahnung, dass alles ganz anders abgelaufen sein musste. Immer mehr beschlich ihn das Gefühl, dass Reginald in den Bottich gestoßen wurde.

Sein Herz pochte heftig, als er diese Möglichkeit in Erwägung zog. »Das war kein Unfall, Reginald«, flüsterte Ernest. »Es kann kein Unfall gewesen sein.« Die Gedanken wirbelten in seinem Kopf und formten eine Entschlossenheit, die er lange nicht mehr gespürt hatte.

Ernest verließ den Raum, stieg in seinen Land Rover und machte sich auf den Weg zu Fergus. »Reginald, ich werde nicht ruhen, bis ich weiß, was wirklich geschehen ist«, murmelte er. In seinen Augen blitzte eine Entschlossenheit, die lange erloschen war. »Ich verspreche es dir, mein Sohn.«

❧ ❧ ❧

Flodigarry, weiter nördlich auf Skye

Fergus war überrascht, als er die Scheinwerfer des Autos bemerkte, das langsam auf das Haus zukam. Besucher waren hier seit langem eine Seltenheit. Als er genauer hinsah, erkannte er das Fahrzeug von Ernest.

»Ernest?«, murmelte Fergus ungläubig. »Der war gefühlt seit Jahrzehnten nicht mehr hier.«

Er öffnete die Tür und sah Ernest unschlüssig auf der Schwelle stehen, eine Flasche Whisky in der Hand haltend. Fergus ahnte, dass dies mit Reginalds Tod zu tun haben musste.

»Komm rein, Ernest«, sagte Fergus und trat zur Seite, um den Weg ins Haus freizugeben.

Ernest folgte Fergus ins Wohnzimmer, wo das Feuer im Kamin knisterte. Fergus nahm die Whiskyflasche entgegen und öffnete sie. Er goss zwei Gläser ein und reichte eines an Ernest.

»Setz dich ans Feuer«, bot Fergus an und bemerkte, wie alt und müde Ernest aussah. »Was führt dich her?«

Ernest nahm einen tiefen Schluck Whisky, bevor er antwortete. »Es geht um Whisky. Es war kein Unfall, Fergus. Reginald ... er wurde in den Bottich gestoßen. Ich weiß es.«

Fergus runzelte die Stirn. »Die Gerüchte besagen, dass die Polizei es als Unfall eingestuft hat. Was lässt dich daran zweifeln?«

»Ich war heute noch einmal am Maischebottich. Die Brüstung ist zu hoch, um einfach hineinzustürzen. Man müsste ein, zwei Stufen höher klettern. Aber es gibt weder eine Leiter noch einen Tritt. Man kommt nicht so einfach hoch.«

Fergus schüttelte den Kopf. »Ernest, ich verstehe nicht. ...«

Ernest schlug mit der Faust auf den Tisch. »Verdammt, Fergus! Ich habe es genau untersucht. Es gibt keinen logischen Weg, wie er von alleine in den Bottich gefallen sein könnte. Die Polizei will nicht ermitteln. Sie haben es einfach abgehakt.«

Fergus sah den verzweifelten Blick in Ernests Augen und seufzte tief. »Also gut, Ernest. Ich weiß noch nicht wie, aber ich werde schauen, was ich machen kann.«

Ernest ließ sich in den Stuhl sinken, die Spannung wich ein wenig von seinen Schultern. »Danke, Fergus. Ich wusste, dass ich auf dich zählen kann.«

Fergus blieb lange wach, nachdem Ernest sein Haus verlassen hatte. Er wollte zuerst sicherstellen, ob Ernest mit seiner Sichtweise nicht irrte. War sein Blick vom Schmerz getrübt? Letztendlich kam Fergus zu dem Schluss, dass Ernest wohl recht haben könnte. Langsam kristallisierte sich eine Idee heraus, wie er Ernest helfen könnte.

Spät am Abend griff er dann zum Telefon und rief seinen alten Freund Sir Bram Scobie[18] auf einer kleinen Insel nahe Oban an. Trotz der späten Stunde war Sir Bram schnell am Telefon. Nach wenigen Sätzen Smalltalk kam Fergus zur Sache. Es brauchte einige Zeit, die Vorgeschichte und Ernests Gedanken zusammenzufassen.

Sir Bram kannte Ernest nicht und musste sich erst einen Eindruck verschaffen. Fergus' Stimme verriet ihm schnell, dass die Vermutungen Substanz hatten.

»Wie kommst du gerade darauf, dass ich dir – quasi von *Laird*[19] zu *Laird*, von *Chief*[20] zu *Chief* – in dieser Sache helfen kann?«, fragte Sir Bram.

»Einerseits können wir wohl von der hiesigen Polizei keine Unterstützung erwarten und andererseits ...« Fergus zögerte.

»... und andererseits?«, forderte Sir Bram Fergus zum Weiterreden auf, obwohl er wusste, was nun kommen würde.

»... andererseits habe ich in Erinnerung, dass du gewisse Fähigkeiten hast, das Unterbewusste und die verborgenen Gedanken wahrzunehmen. Eine gewisse ... Sensibilität.«

---

[18] *Sir Bram Scobie aka Sir Bram Stoker: der Autor der Graf Dracula erschuf. Nie gestorben. Ewig lebend. Siehe auch „Liath – Die Farbe des Himmels", oder „Liath – Grün, wie der Tod"*

[19] *Laird: Adliger Landbesitzer in Schottland, meistens zugleich auch ein Clanchief. In England würde man eher „Lord" sagen.*

[20] *Chief: Oberhaupt eines schottischen Clans.*

Sir Bram nahm den Gedanken sachlich auf. »Nicht ich habe diese Fähigkeiten, aber ich habe Kontakte.« Er wollte die Details nicht näher ausführen. Insbesondere wollte er nicht erwähnen, dass er in einem alten Hexencoven war und sehr wohl weiße Hexen kannte, die zwar nicht zaubern konnten, aber die Gabe der Hypersensibilität hatten und viel mehr wahrnahmen als andere Menschen – Gefühle und Gedanken beispielsweise oder die Kommunikation mit den Elementen.

‚Fergus würde es nicht verstehen', überlegte Sir Bram. »Ich telefoniere gleich mit einer Bekannten auf der Insel Lewis and Harris. Sie wird dir sicher weiterhelfen können und sich morgen bei dir melden.«

Fergus fand keinen Schlaf. Die Situation erinnerte ihn an das Kinderspiel „Stille Post":

- Ernest kennt mich.

- Ich kenne Sir Bram.

- Sir Bram wiederum leitet die Nachricht an eine „Enya" auf Lewis and Harris weiter.

- Und morgen schließt sich der Kreis. Enya wird mich vermutlich anrufen.

- Ich wiederum benachrichtige Ernest.

Fergus seufzte tief. ‚Ich werde zu alt für so etwas.'

Die Nacht zog sich hin, während er gedanklich immer wieder die Ereignisse des Tages und die bevorstehenden Herausforderungen durchspielte. Der Wind pfiff um das Haus, und das Knistern des Kamins verstärkte die melancholische Stimmung. In dieser stillen Nacht hoffte er, nicht zu sehr in die Situation hineingezogen zu werden.

Es war Enya schnell klar, dass sie sich der Aufgabe auf Skye stellen musste. Sie führte den Gälischen Coven, den Bund weißer Hexen in Schottland. Sie hatte Verpflichtungen, insbesondere gegenüber Sir Bram Scobie, ihrem Mentor. Enya hatte die Gabe der besonderen Sensibilität einer Hexe. Sie würde spüren, wenn sich Geheimnisse um den Tod Reginalds verbargen.

Enya war erst seit kurzer Zeit in Schottland und auch noch nicht lange eine Hexe. Sie war nun fast fünfzig, und die Wirren um das magische Buch Liath hatten sie bis zu den Äußeren Hebriden geführt. Aber in der kurzen Zeit hatte sie schon einige Fälle gelöst, die normalen Menschen verborgen blieben.

Enya schaute noch einmal auf das ruhige Meer hinaus. Die Farben der Wellen und des Himmels wurden vom Umschlag des magischen Buchs Liath widergespiegelt.

Enya griff zum Telefon, und es dauerte einige Zeit, bis am anderen Ende das Gespräch angenommen wurde. Zwischenzeitlich begann sie unrhythmisch mit den Fingern auf den Tisch zu trommeln. Enya konnte schlecht warten. In diesen Momenten der Ungeduld schaute sie sich manchmal um und suchte nach Zigaretten. Schnell erinnerte sie sich wieder, dass sie bereits vor Jahren damit aufgehört hatte.

»Halò«, meldete sich eine sonore Stimme, die Enya sofort einem älteren Herren zuordnete. Die Stimme klang gefestigt. Enya konnte keine besonderen Regungen bei Fergus feststellen. Sie stellte sich kurz dem Gesprächspartner vor und verwies auf Sir Bram als Referenz.

Am anderen Ende, in Flodigarry, entspannte sich Fergus. »Ach, Sie sind es! Schön von Ihnen zu hören. Unser gemeinsamer Freund Sir Bram meinte, Sie würden sich melden.«

Enya verschwendete nicht viel Zeit. »Ich werde versuchen zu helfen.«

»Wie wollen Sie das von Lewis aus bewerkstelligen?«

Enya lachte kurz. »Ich packe gleich das Wichtigste ein und nehme die nächste Fähre von Tarbert nach Uig. Heute Abend kann ich auf Skye sein.«

Fergus fühlte sich fast überrumpelt. »So schnell?«

»Je weniger Zeit verstreicht, desto mehr kann ich ...« Eigentlich wollte Enya „wahrnehmen" sagen, aber sie befürchtete, dass Fergus mit diesem Ausdruck noch nichts anfangen konnte. Stattdessen meinte sie: »... versuchen, Spuren zu finden.« Diese Formulierung war unverfänglich. »Die ersten Stunden und Tage sind bereits verstrichen. Mehr Zeit sollte nicht vergehen.«

Moira, Enyas Border Collie, schaute kurz zu ihrer Herrin auf. Auch der Hund hatte das Zögern bemerkt.

»Ist es möglich, schnell eine Unterkunft in der Nähe zu finden?«, fuhr Enya fort.

Fergus überlegte kurz. »Nun ja. Es ist Hochsaison. Überall wimmelt es von Touristen. Es wird nicht einfach ... Moment. Ich muss kurz überlegen.«

Enya merkte trotz der Entfernung, dass Fergus irgendeine Idee hatte. Und sie lag mit ihrer Vermutung richtig.

»Es ist nicht groß. Es ist nicht sauber, nicht aufgeräumt und auch noch nicht bequem.«

»Woran denkst du gerade?«

»Ich habe hier auf meinem Grund ein altes Cottage. Früher lebte mal mein Verwalter hier. Das ist lange her. Ich glaube, wir bekommen das schnell wohnlich. Ansonsten kann ich sicher irgendwo noch ein privates Zimmer auftreiben. Ein paar Kontakte habe ich ja noch.«

Mashing

Das gemälzte Getreide kommt nun in den Maischebottich. Hier wird heißes Wasser hinzugegeben. Durch Enzyme wird die Stärke aus den Getreidekörnern in Maltose verwandelt. Dieser Vorgang wird als „Maischen" bezeichnet und ist entscheidend für die spätere Qualität des Whiskys.

Maltose und andere Zuckerarten bilden später den Nährstoff für Hefepilze, die aus dem Zucker Alkohol produzieren. Der Prozess dauert mehrere Stunden, in denen das Wasser in mehreren Phasen hinzugefügt wird, um sicherzustellen, dass die maximale Menge an Zucker extrahiert wird.

Sobald die Maische fertig ist, wird die Flüssigkeit, die nun als „Wort" bezeichnet wird, in Gärbehälter umgefüllt. Hier wird die Hefe hinzugefügt, die die Gärung startet und den Zucker in Alkohol und Kohlendioxid umwandelt. Der Gärungsprozess dauert mehrere Tage und wird sorgfältig überwacht, um die gewünschten Aromen und den Alkoholgehalt zu erreichen.

Übernahme

Die Nachricht von der Wiedereröffnung einer alten Distillery verbreitete sich in der Whisky-Szene schneller, als man einen Whisky austrinken konnte. Sie erreichte Miyazaki Haruto beim Frühstück in einem Hotel in Osaka. Haruto war Whisky-Produktmanager bei der Moon Spirit Holding (msh), einem japanischen Unternehmen, das eine beeindruckende Palette von Alkoholmarken verwaltete und Produktionsstätten auf der ganzen Welt besaß.

Eigentlich residierte er in London, aber später an diesem Tag musste Haruto vor seinem Vorgesetzten, Nakamura Daiki, und dem Vorstand der msh berichten, wie er die Weiterentwicklung des Whisky-Markts in Europa sah. Die Angst vor diesem Treffen nagte an ihm.

»Ich brauche eine revolutionäre Strategie für die Zukunft«, murmelte er, während er nervös in seinem Frühstück herumstocherte. »Für meine Zukunft.«

Er schob das Rührei beiseite und bestellte Sushi zum Frühstück. Das Hotelpersonal reagierte ohne Fragen zu stellen, da es seltsame Wünsche gewohnt war. Doch Haruto fand keinen Anhaltspunkt, wie er die Mitglieder des Vorstands beeindrucken könnte. »Du brauchst eine neue Distillery oder zumindest eine neue Marke«, diskutierte er mit seinem Sushi und ertränkte die Fischhäppchen in Sojasoße.

Haruto nutzte diese Selbstgespräche oft, um seine Gedanken zu ordnen. Eine neue Distillery, vielleicht in der Mongolei, Grönland oder einem arabischen Land, wäre eine Idee. Doch er verwarf den Gedanken schnell. »Die Logistik muss stimmen, und arabischer Whisky? Zu exotisch.«

Er ließ den mittlerweile kalten grünen Tee zurückgehen und bestellte englischen Tee. Vielleicht könnten neue Ansätze mit Whiskyfässern, die zuvor mit Rum befüllt waren, punkten. »Das ist kostengünstig«, erklärte er seiner Teetasse, aber der Tee widersprach: »Das machen schon viele.«

Am Nachbartisch begannen Gäste zu tuscheln. »Sprach der Mann mit seiner Teetasse?« Langsam wurde Haruto bewusst, dass er mit leeren Händen zur Firmenzentrale gereist war. Diesmal konnten seine Kreativität und impulsiven Gedanken ihm nicht weiterhelfen.

Frustriert schob er das Sushi auf seinem Teller hin und her, wie ein Feldherr seine Truppen auf dem Schlachtfeld. »Whisky mit Wasabi-Geschmack, Teriyaki-Whisky, Soja-Whisky«, murmelte er, was die Aufmerksamkeit der Nachbartischgäste erregte, wo man ungläubig den Kopf schüttelte.

Haruto verließ den Frühstücksraum, ohne sein Sushi angerührt zu haben. In der Hotellobby zog er seine Zigaretten hervor und atmete die von Autoabgasen schwangere Luft von Osaka ein. Routinemäßig holte er sein Handy hervor, um die Zeit mit dem Rauchen zu überbrücken. Doch sein E-Mail-Postfach blieb ungewöhnlich leer.

Lustlos las er die internationalen Nachrichten und stieß auf ein Bild: Eine junge Frau mit langen, rotblonden Haaren präsentierte eine Whiskyflasche vor der Kamera. »Wieder so ein ahnungsloses Model«, dachte er und überging die Nachricht. Später sah er das gleiche Bild auf LinkedIn und bemerkte, dass es anders war. Das Bild wirkte bodenständig, vielleicht altmodisch, mit einer alten Farm-Distillery im Hintergrund. »Wer kommt mit einem alten Produkt auf den Markt?«

Erst nach den Bildern blieb seine Aufmerksamkeit an der Schlagzeile „Wie Phoenix aus der Asche" hängen. »Wer ist eigentlich dieser Phoenix?«, fragte er sich.

Ein europäischer Hotelgast, der neben ihm stand, fühlte sich angesprochen: »Der Phoenix war ein mythischer Vogel, der sich selbst verbrennt und aus seiner Asche wiedergeboren wurde.«

Haruto verstand den Zusammenhang nicht und fand die europäische Mythologie seltsam. Doch langsam begann sich eine Idee zu formen. Innerhalb weniger Minuten hatte er die Inspiration gefunden, die er seit seiner Rückkehr nach Japan gesucht hatte. Die Umsetzung des Konzepts für seine Präsentation am Nachmittag dauerte nur eine Stunde. Zum ersten Mal seit seiner Heimkehr lächelte Miyazaki Haruto, der sich als Samurai sah. »Ich werde das Schlachtfeld mit einem scharfen Katana[21] betreten.«

Der große Besprechungsraum mit seinem endlosen, hochglänzenden Tisch aus edelstem Holz erfüllte Miyazaki Haruto immer wieder mit Ehrfurcht und Angst. Es war, als würden sich zwei gewaltige Armeen an den gegenüberliegenden Enden eines leeren Schlachtfeldes aufstellen. An den Längsseiten des Tisches standen die Hilfstruppen, die sich in ihren Uniformen aus Brioni- und Armani-Anzügen und perfekt gebundenen Krawatten versammelt hatten.

Haruto streckte sich, um größer und stolzer zu wirken. »Ruhe bewahren, die Schlacht beginnt«, flüsterte er, als er den Raum betrat. »Ist der erste Zug falsch, ist die Schlacht verloren, bevor sie begonnen hat.«

In diesem Raum wurden Karrieren in Sekundenschnelle geboren oder zu Fall gebracht. Als Nakamura Daiki Haruto aufforderte, seine Strategiepräsentation zu beginnen, fühlte sich Haruto wie ein Samurai auf dem Schlachtfeld des Geschäftslebens, der nun sein Schwert zog. Er hatte den Weg des Krie-

---

[21] *Katana: Japanisches Kampfschwert*

gers, den Bushido, gewählt, und er hatte nicht vor, auf dem Schlachtfeld zu unterliegen.

Er atmete tief durch, verbeugte sich vor seinem *CEO*[22] und begann, seine Präsentation mit Leidenschaft zu halten. »Überall auf der Welt werden neue Brennereien ohne Kapital und ohne alten Bestand an Fässern gebaut, um am aktuellen Whiskyboom teilzuhaben. Diese Neugründungen haben alle einen taktischen Nachteil. Es dauert mindestens sechs bis acht Jahre, bis der erste hochwertige Whisky verkauft werden kann, wenn die Produktion heute beginnt. Und sie haben dann noch keinen etablierten Namen. Diesen müssen sie sich erst erarbeiten. Einige werden vielleicht vorab junge, dreijährige Whiskys[23] auf den Markt bringen, um sich über Wasser zu halten und die Mitarbeiter zu bezahlen. Das ist eine gewagte Strategie. Sie ruinieren wohlmöglich ihre Marke mit zu jungem Whisky, bevor sie überhaupt existiert. Manche werden überleben, andere nicht, wenn ihre finanzielle Basis zu dünn ist. Alle diese Unternehmen benötigen langfristiges Startkapital.«

Nakamura Daiki räusperte sich, und Haruto bemerkte, dass er den Ton verfehlt hatte. ‚Ich langweile sie‘, stellte er fest. Der Samurai unterbrach seinen Vortrag, um neu anzusetzen und direkt zur Essenz seiner Idee zu kommen.

»Vor nicht allzu langer Zeit«, behauptete er, »habe ich von einer kleinen Familienbrennerei auf der schottischen Hebrideninsel Skye gehört. Ich habe umfangreiche Recherchen durchgeführt.« Auch dies war eine weitere Lüge.

---

[22] *CEO: Chief Executive Officer oder Geschäftsführender Vorstandsvorsitzender*

[23] *Ein schottisches Destillat darf sich erst dann Whisky nennen, wenn er mindestens drei Jahre und einen Tag in einem Eichenfass in Schottland gereift ist.*

»Diese Brennerei, *Staffin Bay*«, betonte Haruto den Namen, damit seine Zuhörer ihn sich einprägten, »hat einen legendären Ruf in der Branche und wurde vor mehr als dreißig Jahren geschlossen.«

»Es sieht so aus, als ob die Distillery nun wieder in Betrieb genommen werden soll. Wir könnten sie unterstützen«, begann er vorsichtig.

»Verfügen sie über ausreichend Kapital?«, fragte der Finanzvorstand der Gesellschaft.

Haruto hatte keine Informationen darüber, aber er ging davon aus, dass es so war. »Wie sonst könnten sie die Firma wiedereröffnen?«, fragte er rhetorisch. »Natürlich habe ich die Finanzsituation analysiert«, log er erneut und suchte nach vagen Umschreibungen. »Sie scheinen nur bedingt liquide zu sein. Das könnte unsere Gelegenheit sein, einzusteigen.«

Haruto berichtete kurz von der Eröffnungsfeier und schilderte die Situation, als wäre er vor Ort gewesen. Niemand konnte es aus Osaka überprüfen.

Er unterbrach erneut seine Ausführungen, um die Reaktionen im Besprechungsraum zu beobachten. Er blickte in ernste Gesichter, hatte aber den Eindruck, dass die versammelten älteren Herren zumindest neugierig waren.

»Wollen wir die Abfüllungen kaufen, bevor sie auf den Markt kommen?«, fragte ein Vorstandsmitglied beiläufig. »... um sie dann unter einem unserer Labels zu verkaufen?«

Haruto hatte auf diese Frage gewartet. »Nein!« antwortete er zu schnell und erkannte seinen Fehler zu spät. »Ich darf nicht im Widerspruch zu den Herren stehen!« Haruto nickte dem Fragenden zu und entschuldigte sich oberflächlich. Sogleich erhob er seine Stimme wieder: »Nein, wir kaufen nicht nur die Abfüllungen, sondern gleich die ganze Brennerei und vermarkten den Namen einer Legende. Jetzt, da das Unternehmen noch auf wackeligen Beinen steht, können wir dieses schottische

Juwel der Tradition auf den Markt bringen! Vor allem gewinnen wir eine der großen Traditionsmarken. Etwas, was wir bisher nicht anbieten können. Wir haben viel Whisky, aber keine schottische Tradition.«

Haruto lachte und versuchte, den Vorstand für seine Idee zu gewinnen. »Wir haben endlich die Hebel, um diesen Markt neu zu gestalten.«

Diese Aussage war riskant. Bis vor wenigen Stunden kannte Haruto nicht einmal den Namen der Distillery. Details über den Zustand des Unternehmens, die Anzahl der möglicherweise noch vorhandenen Fässer, Firmenstruktur und die Besitzverhältnisse waren ihm unbekannt. Doch er wusste bereits, dass die rotblonde Frau aus dem Artikel der Schlüssel zu all dem sein würde.

»Wir werden Whisky aus unseren anderen Distillerien nach Skye bringen, ihn dort mit dem gelagerten Whisky von Staffin Bay mischen und den Markt sehr schnell mit „Traditionswhisky" überfluten.«

»Was ist mit dem Alter des Whiskys und seiner Herkunft?«, fragte ein Vorstandsmitglied.

»Wir bleiben natürlich im gesetzlichen Rahmen. Es wird ein Blend sein, und der Großteil des Whiskys stammt von außerhalb. Aber lassen Sie mich die Details regeln ...«

Die Details waren Harutos geringste Sorge. Zuerst musste er die Staffin Bay Distillery in seine Finger bekommen.

Haruto sah ein leichtes Lächeln auf Nakamura Daikis Gesicht. Er wusste, er hatte die erste Schlacht gewonnen. Jetzt musste er nur noch den Krieg gewinnen. Als Samurai wusste er, dass er seine Versprechen um jeden Preis erfüllen musste. Scheitern bedeutete Schande, und für einen Samurai war dies undenkbar. Er hatte sich in eine Zwangslage manövriert und wusste, dass er liefern musste.

London

Miyazaki Haruto befand sich wieder in seinem Büro in London. Er wollte sich in Ruhe auf sein Übernahmeangebot vorbereiten. Er plante, ein instabiles Unternehmen zu erwerben, das bisher nicht im Fokus der Öffentlichkeit stand. Doch die plötzliche Aufmerksamkeit der Fachpresse und der Enthusiasmus der Whiskysammler könnten die Übernahme erheblich verteuern.

Haruto vertiefte sich in die wenigen belastbaren Informationen, die er im Internet über die Staffin Bay Distillery finden konnte. Historische Daten zur Brennerei waren rar, abgesehen von einigen vermutlich übertriebenen Berichten über die damalige Tragödie. Zudem stieß Haruto auf einige ältere, aber durchweg positive Bewertungen des Whiskys in einer Datenbank. »Darauf lässt sich später aufbauen«, erkannte er.

Er versuchte, eine Kiste der letzten Abfüllung zu beschaffen, aber alle seine Kontakte führten ins Leere. Schließlich lehnte er sich in seinem nüchtern eingerichteten Büro zurück und rief seine Sekretärin herbei. »Gillian, haben Sie eine Idee, wo ich diesen Whisky finden kann? Die Großhändler und meine üblichen Kanäle bieten ihn nicht an.«

Gillian Smith, eine 38-jährige Frau, die sich allmählich mit ihrem bevorstehenden 40. Geburtstag auseinandersetzte, kam in letzter Zeit mit übermäßigem Make-up zur Arbeit. Zu viel Lippenstift, zu viel Puder, zu viel Parfüm. Zu viel von allem. Zum Ausgleich reduzierte sie an manchen Stellen der Stoff ihrer Kleidung, soweit es in diesem Beruf angemessen war. All das konnte jedoch ihr Alter nicht verbergen.

»Bitte recherchieren Sie weiter zur Brennerei. Ich möchte alles über das Unternehmen wissen«, forderte Haruto seine

Sekretärin auf. »Beauftragen Sie zur Not einen Privatdetektiv oder eine Wirtschaftsdetektei.«

Gillian nickte knapp und verließ das Büro mit einer eleganten Drehung auf ihren hohen Absätzen.

Währenddessen wandte sich Haruto wieder dem leeren Blatt Papier auf seinem Schreibtisch zu und drehte einen Bleistift zwischen seinen Fingern hin und her. »Wie bewertet man ein Unternehmen, das eigentlich noch nicht existiert?«, fragte er seinen Bleistift. Sorgfältig notierte er in japanischen Schriftzeichen einige Begriffe am rechten Rand des Blattes:

- *Perspektive am Markt*
- *Wert der Immobilien*
- *Einrichtungen*
- *Sonstiges Vermögen*
- *Know-how*

»So kommen wir nicht weiter«, ermahnte er seinen Bleistift. »Streng dich an!« Doch der Bleistift gab ihm keine Antwort. »Die wenigen verfügbaren Informationen lassen kaum auf nennenswerte Vermögenswerte schließen.« Dann schrieb er in großen Buchstaben auf die linke Seite des Blattes:

Namen und Renommee

»Im Grunde brauche ich nur den Namen. Alles andere ist lediglich Beiwerk, um die Legende auf dem Markt aufrechtzuerhalten«, sprach Haruto zu dem Blatt Papier, das keine Antwort gab. Er wechselte den Stift und griff nach einem roten Buntstift.

250.000 Pfund

... schrieb er auf das Blatt. Haruto lehnte sich zurück und betrachtete die Zahl. Er versuchte, sich in die Gedanken der Eigner-Geschwister zu versetzen. »Wie würden sie dieses Angebot aufnehmen?«

Haruto rief nach Gillian. »Was würden Sie sagen, wenn Ihnen dieses Angebot für eine Distillery gemacht würde, die eigentlich noch gar nicht wieder auf dem Markt ist?«

Die Sekretärin betrachtete die Zahl kurz und fragte: »Also eher für den Namen, oder?«

»Selbstverständlich«, antwortete Haruto.

»Dann würde ich das Angebot vermutlich einfach belächeln und direkt in den Papierkorb werfen«, sagte sie spontan. »Schotten denken zwar pragmatisch, aber wenn es um Ehre und Tradition geht, sind sie den Japanern nicht unähnlich.«

Sie strich die Zahl und schrieb stattdessen 1 000 000.

Haruto schaute erst auf die Zahl und dann zu Gillian.

»So würde ich wahrscheinlich anfangen, über den Verkauf nachzudenken«, meinte Gillian.

»Was meinen Sie mit ‚anfangen nachzudenken‘?«

»Das wäre ein angemessenes Einstiegsangebot. Eine Million ist eine magische Schwelle, oder besser noch 1,14 Millionen.«

»Und warum ausgerechnet 1,14 Millionen?«

Gillian lächelte. »Bei einer Million könnte man denken, dass es ein spontanes Angebot ist, ... was es tatsächlich ist. Bei einer krummen Zahl könnte der Eindruck entstehen, dass intensive Berechnungen dahinterstecken.«

Haruto nickte. »Und wie haben sie jetzt die 1,14 Millionen berechnet?«

»Überhaupt nicht. Ich nur ein wenig erweitert. Nicht zu viel, aber auf jeden mit etwas Abstand zur Million. Es ist eben eine psychologische Schwelle.«

»In Ordnung, dann eben 1,14 Millionen.«

»Übrigens ... Der Seniorchef der Distillery und sein Master Distiller waren Legenden in der Branche. Oder sind es noch immer. Die Männer wissen, wie man Whisky macht.«

»Zum Glück führt wohl das kleine Blondchen nun den Laden«, lächelte Haruto und vergaß, dass seine Sekretärin auch blond war und den Kommentar hörte.

Seeluft

Zwischen der Isle Of Lewis and Harris und der Isle of Skye

Die Stunden vergingen wie im Flug. Anfangs trödelte sie. Gegen Mittag musste sich Enya sputen, um rechtzeitig an der Fähre zu sein. Sie musste quer über Lewis und Harris bis nach Tarbert fahren.

Beim Check-in am Fährterminal herrschte reger Betrieb. Das Terminal in Tarbert war gut organisiert, und das Personal wies Enya freundlich den Weg. Sie musste ihr Auto in einer der Wartespuren parken und ging dann zum Ticketschalter, um ihre Bordkarte abzuholen.

Auf der Fähre wurde Enya von den Marshals eingewiesen, wo sie ihren Alfa Romeo parken sollte. Die Überfahrt dauerte knapp zwei Stunden. An Deck wehte eine frische Brise, und Enya zog ihren Pullover enger um sich.

Enya lehnte an der Reling der Fähre und ließ ihren Blick über die anderen Passagiere schweifen. Der Wind zerrte an ihren Haaren, und die salzige Luft prickelte auf ihrer Haut. Moira saß ruhig neben ihr und beobachtete aufmerksam die Umgebung.

Enya war ungeduldig. ‚Wie lange dauert so eine Überfahrt?', dachte sie, während sie auf ihre Finger sah. Sie begann, ein kleines Spiel zu spielen, um sich die Zeit zu vertreiben: Sie versuchte, anhand des Aussehens der Menschen ihre Berufe zu raten. Direkt vor ihr stand ein Mann mittleren Alters mit wettergegerbter Haut und tiefen Lachfalten. Er trug einen schweren Wollpullover und Gummistiefel. Enya lächelte und dachte: ‚Fischer, vielleicht. Er sieht aus, als wäre er jeden Tag draußen auf dem Meer. Aber wieso dann dieses Lachen auf dem Gesicht? Die Arbeit ist schwer. Oder er nimmt sich gerade eine Auszeit und besucht vielleicht seine Kinder auf dem Festland.'

Neben dem Fischer stand eine Frau in einem eleganten Trenchcoat, die eine Ledertasche trug und ständig auf ihr Handy schaute. ‚Geschäftsfrau oder Anwältin,' überlegte Enya. ‚Wahrscheinlich auf dem Weg zu einem wichtigen Meeting. Die Überfahrt dauert ihr viel zu lange. Sie ist nervös.'

Ein junges Paar, beide in bequemen Wanderkleidern und mit großen Rucksäcken, fiel ihr ins Auge. Sie sahen erschöpft, aber glücklich aus. ‚Müde Wanderer,' dachte sie sofort. ‚Vielleicht Lehrer, die ihren Sommerurlaub nutzten, um die Inseln zu erkunden und nun zurückfahren.'

Enya ließ ihren Blick weiter schweifen und entdeckte einen älteren Mann mit einer Kamera um den Hals und einem Notizbuch in der Hand. ‚Reporter oder vielleicht ein Fotograf,' vermutete sie. ‚Er scheint immer auf der Suche nach der nächsten großen Geschichte oder dem perfekten Foto zu sein.'

Eine Gruppe von Jugendlichen, die ausgelassen lachten und Selfies machten, zog als nächstes ihre Aufmerksamkeit auf sich. Sie waren nicht zu überhören. Sie trugen alle T-Shirts mit dem Logo der Napier University in Edinburgh und lustigen Hüten. ‚Studenten,' dachte Enya, ‚Wahrscheinlich auf der Rückfahrt von einer nicht allzu ernsten Studienreise.'

Enya lehnte sich zurück und genoss das Spiel, das sie mit sich selbst spielte. Sie fragte sich, ob sie richtig lag, doch das war nicht so wichtig. Es war eine willkommene Ablenkung und half ihr, die Zeit auf der Fähre zu vertreiben.

Plötzlich fühlte sie eine sanfte Berührung an ihrem Bein. Moira stupste sie mit der Nase an und schaute sie erwartungsvoll an. Enya lächelte und kraulte Moira hinter den Ohren. »Ja, ich weiß, du willst wieder festen Boden unter den Pfoten haben. Bald sind wir da. Versprochen.«

Die Fähre schaukelte sanft auf den Wellen, und die Küste von Skye kam langsam in Sicht. Schließlich brachte die alte, schwarz-weiß gestrichene CalMac-Fähre Enya, Moira und ihren blauen Alfa Romeo nach Uig. Die Sonne begann, hinter dem Horizont zu verschwinden, als die Fähre schließlich in Uig anlegte.

Moira war froh, wieder festen Boden unter den Pfoten zu haben.

Enya meldete sich bei Fergus, als sie von der Fähre fuhr.

Auch wenn das Navi ihr sicher den Weg weisen würde, hielt es Enya für angebracht, sich bei Fergus anzukündigen und pro forma nach dem Weg zu fragen. »Welchen Weg nehme ich am besten?«, fragte sie am Telefon.

»Ich empfehle die kürzeste Route. Das ist eine Single Lane und führt quer über die Insel am Quiraing vorbei.«

Bevor sie jedoch die Fahrt antrat, musste sie noch einige Schritte mit Moira zu den Bäumen laufen. Mittlerweile war Enya zwar geübt im Fahren auf Single Lanes, aber sie fuhr nicht gerne eine unbekannte Route in der einsetzenden Dämmerung.

Fergus wusste, dass die Route am Quiraing vorbei nicht nur eine der landschaftlich reizvollsten, sondern auch eine der beeindruckendsten Strecken auf der Isle of Skye war. Daher empfahl er trotz Enyas Bedenken nochmals diesen Weg, um dieses Naturwunder zu erleben. Allerdings hatte er nicht bedacht, dass in der einsetzenden Dunkelheit wenig von Skye zu sehen war. »Die Straße schlängelt sich durch eine dramatische Landschaft, mit steilen Felsformationen und weiten Ausblicken über die Insel. Du wirst das Gefühl haben, in eine andere Welt einzutauchen. Es ist so anders als deine Insel. Es gibt mehrere Aussichtspunkte, an denen du anhalten und die Landschaft genießen kannst. Vielleicht möchte dein Hund dort mal raus.«

»Woher weißt du von Moira?«, fragte Enya verblüfft.

»Ich habe sie eben im Hintergrund hecheln gehört.«

»Wenn du den Quiraing hinter dir lässt, folgst du einfach der Straße wieder runter zum Meer und dann nach Norden. Du kommst automatisch nach Flodigarry. Ich werde die Lichter an der Zufahrt einschalten. Du kannst es nicht verfehlen.«

Enya bedankte sich bei Fergus für die detaillierte Beschreibung. Sie hatte seine Beschreibung mit der Darstellung auf ihrem Navi verglichen. Die Bild und die Worte passten überein. Sie war gespannt auf die Fahrt.

»Und vergiss nicht,« fügte Fergus hinzu, »Lass dich von der Magie der Insel verzaubern.«

‚Wenn Fergus wüsste, was wirklich Magie ist', dachte Enya und schmunzelte. Sie dachte eher daran, dass die schmale Single Lane über den Berg bei schlechter Sicht sicher eine Herausforderung sein würde.

Fergus erinnerte sich nach dem Gespräch daran, dass er gar nicht wusste, ob die Wegbeleuchtung von der Hauptstraße zu seinem Haus funktionierte. ‚Wann habe ich die Lichter eigentlich das letzte Mal eingeschaltet?', fragte er sich. Er musste kurz lächeln. ‚So lange ist es her, dass ich das letzte Mal hier Gäste empfangen habe.' Dann dachte er wehmütig an die Zeiten zurück, zu denen hier am Flodigarry Mansion berauschende Feste gefeiert wurden. Schließlich besann er sich wieder anders. ‚Ich habe es so gewollt, dass mein Leben andere Schwerpunkte gefunden hat. Natur anstatt falsche Freunde!'

Zu seiner Freude funktionierten noch immer alle Lichter an der Zufahrt des großen, versteckt liegenden Anwesens. Nun sollte Enya die Abfahrt von der Hauptstraße, die diesen Namen kaum verdiente, nicht verfehlen. Ansonsten war es nicht einfach zu erkennen, dass hier ein Weg zu seinem Anwesen lag. Nur wenige Fahrzeuge nutzten den Kiesweg.

Um sich die Zeit zu vertreiben, beschloss Fergus, etwas Sinnvolles zu tun. Er ging über die Wiese zum ehemaligen Verwalter-Cottage, das etwa fünfzig Meter vom Haupthaus entfernt lag. Das kleine Häuschen war seit einiger Zeit unbenutzt. Fergus drehte den schweren Schlüssel im Schloss. Die Tür ließ sich erstaunlich leicht öffnen, als wäre gerade noch Leben in diesem Haus gewesen und die Tür ständig bewegt worden. Fergus schaute sich um. »Hier und da muss vielleicht ein wenig Staub gewischt werden. Es riecht muffig und feucht«, murmelte er leise vor sich hin. Dies war deutlich untertrieben. Er nahm es nur nicht anders wahr. »Ein wenig Lüften wird helfen.«

Fergus ging von Raum zu Raum und stellte fest, dass zumindest kein Schimmel zu erkennen war. Die alten Möbel standen noch im Haus und waren in Ordnung. »Es ist schnell wieder wohnlich«, sagte er sich selbst, um sich zu beruhigen.

Fergus verließ das Haus, um Feuerholz zu holen. Schon bald knisterte ein behagliches Feuer im Kamin und vertrieb die Schatten der Vergangenheit. Er verließ nochmals das Cottage, um frische Bettwäsche, eine warme Decke und Handtücher aus seinem Haus zu holen. Anschließend reinigte er noch das Bad. Er war erschöpft, aber zu Recht stolz auf sich.

Kaum hatte er das Badezimmer gereinigt, erkannte er Scheinwerfer in der Dunkelheit. »Das muss sie sein«, dachte er und verließ das Cottage. Er überquerte zum wiederholten Male an diesem Abend den Hof und traf etwa zeitgleich mit Enya an seinem Haus ein. Während der Alfa Romeo vor seinem Haus zum Stehen kam, erreichte auch er die Treppe zu seinem Haus.

Enya schälte sich müde aus ihrem Wagen, öffnete sogleich die Tür am Fond und Moira sprang auf den Hof. Sie lief unruhig und neugierig hin und her, ignorierte zunächst Fergus, um ihn anschließend ausführlicher zu beschnuppern.

Fergus hatte Respekt vor Hunden, ganz gleich, wie groß oder klein sie waren. Moira war etwa kniehoch und schnupperte auf diesem Niveau an Fergus' Stiefeln und Hosenbeinen.

»*A cute doggie* - ein nettes Hundchen«, brach er verlegen das Eis.

»Ja, das ist Moira«, entgegnete Enya. »Es sieht hier gemütlich aus.«

»Ich habe gerade das Cottage vorbereitet. Ich hoffe, es ist für eine gewisse Zeit ausreichend. Ansonsten werden wir Platz im Haupthaus suchen.«

»Wir werden uns schon einrichten.«

»Kommt erst einmal mit ins Haus. Ihr seht müde aus.«

Enya folgte Fergus in sein Haus und atmete sofort den aristokratischen Mief der Jahrhunderte ein. Sie schaute sich um. Das Anwesen erinnerte sie an Sir Brams Burg auf der Insel Siùna. »Wohnen alle Adligen so?«, fragte sie.

»Alle, welche die Last eines solchen Anwesens geerbt haben. Diese Häuser sind fast unverkäuflich, fressen aber unendlich viele Ressourcen, wie Geld, Zeit und Liebe.«

»Aber die Engländer oder die Amerikaner kaufen hier doch alles?«

Fergus rümpfte die Nase. »Wir verkaufen weder an Sassenacks noch an Amerikaner. Lieber gehen wir mit unseren Häusern unter.«

Enya nickte und verstand zu gut. »Es wäre der Ausverkauf.«

Moira hatte bereits Markierungen hinterlassen. Fergus wollte zunächst schimpfen, beschloss dann aber, den Hund zu ignorieren.

Wenig später saß Enya auf einem alten dunkelroten Sofa und Moira lag unter dem Couchtisch.

Fergus hantierte in der Küche mit einigen Geräten und erschien bald mit einer Kanne Tee und zwei Tassen auf einem Tablett.

Moira schnaufte. Enya schnarchte. In den wenigen Minuten, die Fergus in der Küche benötigte, war sie eingeschlafen.

Fergus stand ratlos mit seiner Teekanne und betrachtete das Bild. »Soll ich sie wecken?«, überlegte er. Drüben ist das Cottage geheizt. Er stellte das Tablett ab. Unsicher holte er eine Decke und ließ Enya auf dem Sofa schlafen.

Morgen sehen wir weiter.

Angebot

London, spät am Abend

Joan vertiefte sich in die E-Mail, die sie auf ihrem Smartphone entdeckt hatte. Die Zahl „1,14 Millionen Pfund" stach besonders hervor, weil sie nicht in das gewohnte Schema der Gewinnversprechen passte, die sonst immer runde Summen nannten.

Sie überflog den Inhalt der E-Mail, stoppte ihr Strampeln auf dem Ergometer und las die Mail erneut. Ihre erste Frage war: ‚Ist das genug?' Sie begann, einige Zahlen im Kopf durchzurechnen, während sie mechanisch wieder strampelte. ‚Allein mein Apartment kostet mehr. Wesentlich mehr. Aber das muss ich langfristig bezahlen. Das Haus in Portree ist bezahlt. ... Wenigstens etwas.' Ihre Trittfrequenz ließ nach. Dann dachte sie an die Pokerrunde. ‚Nicht viel. Vielleicht Zehntausend. Aber die wollen ihr Geld schneller, als ich es auftreiben kann.'

Joan fluchte und stoppte das Training für diesen Tag. Sie erkannte einen Fehler in ihrer Rechnung: »Das reicht nicht.«

Gillians List ging auf, wie sie es Haruto vorausgesagt hatte.

Joan begann, über die Summe nachzudenken. ‚Wie kommen sie auf diese Bewertung? Was haben die alles einkalkuliert?', grübelte sie. ‚Und wie viel Spielraum haben sie noch?'

Für Joan waren solche Verhandlungen ungewohnt. Nach dem duschen saß sie wieder vor ihrem Laptop im Wohnzimmer und begann, eine Antwort-E-Mail zu verfassen. Obwohl sie keine erfahrene Strategin war und eher impulsiv handelte, war ihr klar, dass ihr Vorgehen flexibel sein musste, um auf Abweichungen und unvorhergesehene Ereignisse reagieren zu können.

Zunächst musste Joan herausfinden, wer diese msh oder Moon Spirit Holding überhaupt war. Sie fand schnell Informationen über die japanische Firma mit einer Niederlassung in London. Immerhin schien sie zu den Größen im Bereich der Spirituosen zu gehören und hinter den Kulissen vieler Markennamen aktiv zu sein.

Sie überlegte, wie sie msh dazu bewegen konnte, das Angebot auf eine akzeptable Höhe anzuheben. Ihr Vorgehen musste subtil, aber dennoch deutlich sein. Ihr war bewusst, dass sie nicht mit ihren üblichen Geschäftspartnern verhandelte, sondern mit Japanern, über deren Strategien sie nur wenig wusste.

Joan stand auf und ging im Zimmer auf und ab, während sie über verschiedene Optionen nachdachte. ‚Kann das Angebotspaket erweitert werden? Und wenn ja, mit welchen Zugeständnissen?' Diesem Gedanken folgte sie nicht weiter. Joan sah keine Optionen, das Angebot zu verbessern. Es gab weder Whiskyreserven noch eine aktuelle technische Brennereiausstattung, die eingebracht werden könnten.

»Dann muss es anders gehen«, sagte sie laut zu sich selbst. »Aber wie? Denk nach!«, motivierte sie sich.

Joan setzte sich wieder auf das Rad, begann aber nicht zu strampeln. Der Himmel wurde dunkler, wechselte vom monotonen Grau zu einem tiefen Grau. Die ersten Regentropfen prasselten gegen die Balkontür. Joan öffnete dennoch die Tür und ging für einige Minuten auf den Balkon. Sie blickte auf eine belebte Straße und zündete sich eine Zigarette an, während sie sich gleichzeitig über den Regen ärgerte. Aber in diesem Moment hatte die Zigarette Priorität. Dann sammelte sie sich erneut.

Joans Laune war am Nullpunkt. Sie hatte nicht nur gerade erst vor einer Woche das Geld verloren, das sie zum Pokern mitgebracht hatte, sondern sich auch noch weiter verschuldet. ‚Und dann Reggies Tod.'

Joan erkannte, dass Geld in ihren Gedanken den höheren Stellenwert hatte. Für einen kurzen Augenblick erschrak sie über sich selbst und grinste anschließend verbissen.

Da kam das japanische Übernahmeangebot für ihre Distillery gerade recht. Es war wohlmöglich eine Chance, ihre finanziellen Probleme zu lösen. Doch sie war hin- und hergerissen, ob sie den Japanern vertrauen konnte. Würde sie nicht doch wieder verlieren, wie beim Pokern?

Joan setzte sich auf das moderne Designersofa am Fenster und starrte in die Dunkelheit. ‚Ich mache es wie beim Pokern. Ich bluffe und treibe meine Mitbieter vor mir her, bis sie ihr Gebot ausgereizt haben. Aber ... aktuell habe ich nur eine tote Distillery. Auf dem Pferd kann man nicht reiten.'

Unsicherheit nagte an ihr. Sie fühlte sich wie eine Anfängerin, die gegen erfahrene Profis antreten musste. Doch dann kam ihr ein Gedanke. ‚Auch wenn das Pferd tot ist, von außen muss es aussehen, als würde es auf den eigenen Hufen stehen. ... Und es soll laufen können.'

Joan feierte sich kurz selbst für diesen – aus ihrer Sicht – gelungenen Vergleich. Ihre Unsicherheit war verflogen. »Das Pferd muss nicht nur stehen und laufen. Es muss traben! Es muss galoppieren! Es muss springen! ... Ich brauche Whisky.«

Das diabolische Lächeln auf ihren Lippen verschwand schnell, als sie an die bevorstehenden Verhandlungen dachte. Joan wusste wenig über die japanische Geschäftskultur. In den USA war das Verhandeln wie Krieg – man kämpfte, bis es einen Sieger und einen Verlierer gab. In Europa versuchte man zumindest, einen Anschein von Fairness zu wahren. Doch in Japan gab es unzählige subtile Regeln und Nebenbedingungen, und niemand durfte sein Gesicht verlieren. ‚Wie soll ich da bloß vorgehen? Oder wichtiger: wie geht der Gegner vor? Wer macht wann welche Züge auf dem Spielfeld?'

Joan verschwendete keine Zeit. Der Regen prasselte stärker gegen die Fenster, und sie musste sicherstellen, dass kein Wasser hereinkam. Nachdem sie durch alle Zimmer gelaufen war, um die Fenster zu schließen, setzte sie sich wieder an ihr Notebook. Sie musste die msh London Ltd. kontaktieren. Ursprünglich wollte sie direkt nach Osaka schreiben, hatte aber festgestellt, dass alle Kommunikation über das Londoner Büro lief. »Nun denn. Dann verhandele ich mit dem lokalen Stadthalter.« Sie grinste entschlossen: »unser Land, unsere Regeln.«

Joan grübelte über ihr weiteres Vorgehen nach. Zunächst würde sie lediglich den Eingang des Angebots bestätigen. Doch dann stolperte sie über einen ersten Anfängerfehler. Ohne zu wissen, dass Haruto der Vorname von Miyazaki Haruto war, begann sie ihre E-Mail:

»Sehr geehrter Herr Haruto ...«

London, später am selben Tag

Miyazaki Haruto las die E-Mail, die mit »Sehr geehrter Herr Haruto« begann. Ein Seufzen entwich ihm. »Lernen die *Gaijin*[24] das denn nie?«, ärgerte er sich, bevor er den Inhalt der Nachricht zur Kenntnis nahm. Die E-Mail selbst war direkt und schnörkellos. Joan schien das Angebot der Moon Spirit Holding positiv aufzunehmen.

---

[24] *Japanisch für: Außenstehende, wie beispielsweise Europäer*

Haruto runzelte die Stirn. »Eine Zusage ist das noch nicht«, musste er erkennen und schaute auf sein Notebook, als könnte es ihm die Antwort geben. Doch die E-Mail enthielt keine Zahlen.

»*Hidoi*[25], wie bekomme ich eine konkrete Zusage?«, fluchte Haruto frustriert.

Selten hörte Gillian ihren Chef fluchen. ‚Er hat verdammt schlechte Laune', dachte sie besorgt.

Es dauerte nicht lange, bis Haruto nach ihr rief. Sie rückte ihre Bluse nochmals zurecht, betrat dann sein Büro, stets darauf bedacht, möglichst ruhig und professionell zu wirken. Haruto erklärte ihr kurz den Inhalt der Mail, leitete sie an Gillian weiter.

Gillian hob eine Augenbraue. »Haben sie mit einer direkten Zusage bereits nach der ersten Mail gerechnet?«, sprach sie kühl den Gedanken aus.

Haruto fühlte, dass Gillian gerade seinen Erwartungen widersprochen hat. »Dann stellen wir nun unsere Truppen für die Schlacht auf. Vermutlich reicht ein kurzes Gemetzel, ohne dass es zum Krieg ausartet.«

‚Hat er gerade wirklich von Krieg gesprochen?', überlegte Gillian. Aber sie wusste, dass Haruto manchmal so dramatisch war. In solchen Momenten versuchte sie, möglichst schnell wieder Distanz zu gewinnen und das Büro zu verlassen.

Kaum hatte sie sich wieder an ihren Schreibtisch an der Rezeption gesetzt, rief Haruto erneut nach ihr. »Ach ja«, sagte er beiläufig. »Diese Frau Greene bittet um einen zeitnahen Termin für ein Gespräch. Leiten Sie das in die Wege.«

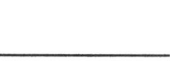

---

[25] *Japanisch für: Schlecht*

Haggis

Flodigarry, zum Frühstück

Enya wachte früh am Morgen mit einem schweren Kopf auf. Sie hatte auf dem Sofa nicht besonders gut geschlafen und brauchte einen Moment, um sich zu orientieren. Zuerst fragte sie: ‚Wo bin ich?' Doch dann erkannte sie ihre Umgebung.

Moira saß vor dem Sofa und starrte aus dem Fenster auf die neue Umgebung. Sobald sie bemerkte, dass Enya wach war, kam sie zu ihr. Sie wollte klarmachen, dass es Zeit war, eine Runde spazieren zu gehen.

Irgendwo im Haus hörte Enya Geräusche. ‚Fergus scheint auch schon wach zu sein', dachte sie. »Fergus?«, rief sie verhalten in den Raum hinein.

»Hier in der Küche. Ich bereite das Frühstück.«

»Das ist toll.« Enya fühlte sich unwohl ohne Zahnbürste und ohne die Möglichkeit, sich frisch zu machen. »Ich möchte mich erst einmal waschen und die Zähne putzen. Vielleicht etwas anderes anziehen. Und Moira muss raus.«

»Du könntest mit dem Hund eine Runde um das Anwesen bis zum Meer laufen und am Cottage auskommen. Dort kannst du dich frisch machen. Handtücher liegen drüben im Bad bereit.«

Enya nickte zustimmend. »Ein guter Plan. Hast du einen Schlüssel zum Cottage für mich?«

Fergus schaute verblüfft. »Es ist nie abgeschlossen. Wie fast alle Häuser auf der Insel. Ich bringe gleich das Frühstück rüber.«

»Das nenne ich Service«, freute sich Enya.

»Du solltest dich nicht daran gewöhnen«, entgegnete Fergus, und Enya konnte nicht erkennen, ob er das im Scherz meinte. Vermutlich ja, aber bei einem alten, grummeligen Mann war das schwer zu sagen.

Moira lief bereits vor, als ob sie ahnte, dass Enya zum Wasser wollte. Sie sprang voraus und spielte mit allem, was sie am Wegesrand fand: Stöckchen, die man stolz tragen konnte, Federn im Wind, die sich nicht fangen ließen, und Vögel, die ohnehin schneller waren als der Hund. Und zudem fliegen konnten.

Die Zeit verflog, und Enya bemerkte, dass der Weg länger war als erwartet. Nach einem kurzen Blick auf das Meer kehrte sie um. Das Frühstück stand auf einem Tablett, als sie ihre Taschen aus dem Auto geholt hatte. Sie stellte ihr Gepäck im kleinen Hauptraum ab und warf einen ersten Blick ins Cottage. Es wirkte deutlich in die Jahre gekommen, aber erstaunlich sauber und gepflegt.

Fergus hatte nicht gefragt, ob Enya Tee oder Kaffee bevorzugte. Verlegen meinte er: »Ich habe gar keinen Kaffee im Haus. Für wen auch? Ich trinke ihn nicht, und Gäste verirren sich kaum nach Flodigarry Mansion. ... Und wenn doch ... dann trinken wir Whisky.«

»Alles gut«, meinte Enya, die eigentlich Kaffee bevorzugte, es aber nicht wagte auszusprechen. Stattdessen bemerkte sie: »Das Frühstück sieht gut aus. ... und Whisky am Morgen muss nicht sein.«

»Es wäre möglich«, meinte Fergus wenig überrascht. Er hatte sich Mühe gegeben und ein schottisches Frühstück zubereitet. Neben Haggis – Schafinnereien im Darm gekocht – und Black Pudding – einer Blutwurst mit Grütze – gab es gebackene Tomate, ein Spiegelei, weiße Bohnen in Tomatensoße und ein Rösti.

»So viel Aufwand nur für mich?«, freute sie sich.

Moira saß neben dem Frühstückstisch und beobachtete aufmerksam.

Enya mochte weder Haggis noch Black Pudding. Sie wartete nur auf die Gelegenheit, das Essen heimlich unter dem Tisch verschwinden zu lassen. Sie wagte es nicht, dies anzusprechen – ebenso wenig wie ihre Vorliebe für Kaffee. Enya schaute mit verschwörerischem Blick Moira an. Der Hund schien zu verstehen. Beide warteten auf ihre Gelegenheit. Enya wusste, dass Moira Haggis mochte. Als Fergus kurz abwesend war, nutzte Enya ihre Chance.

Später setzte sich Fergus zu Enya und stellte verwundert fest: »Du musst aber Hunger haben. Das Haggis schon gegessen, den Black Pudding ebenso. Soll ich dir morgen mehr davon zubereiten?«

Enya überlegte kurz, wie sie aus dieser Falle herauskam. »Nein, nein!«, wehrte sie ab, als sie eine vermeintliche Lösung fand. »Ich muss auf meine schlanke Linie achten.«

Fergus hatte bis dahin kein Auge auf Enyas Körper geworfen. Frauen interessierten ihn nicht mehr. Nun tat er es dennoch, um ihre Aussage zu hinterfragen. »Du musst dich nicht rechtfertigen, wenn du kein Haggis magst.« Fergus hatte sie durchschaut.

Enya lief rot an. Sie erkannte die Gefahr, dass der alte Herr sich mit seiner Gastfreundschaft vor den Kopf gestoßen fühlen konnte. »Wie hast du ...?«

Er lächelte. »Dein Hundchen leckt sich noch immer die Schnauze.«

»Ich habe Haggis und Black Pudding zumindest probiert«, log sie mehr oder minder überzeugend.

»Ich hätte dir nicht ungefragt diese Spezialitäten vorsetzen sollen. Sir Bram erwähnte, du kommst ursprünglich nicht aus Schottland und bist mit vielem nicht vertraut.«

Enya nickte. »Stimmt. Ich bin vor ein paar Jahren aus dem Rheinland hierher gezogen. Es hatte sich gezeigt, dass ich hierhin gehöre und ich sollte einige Aufgaben für Sir Bram erledigen.«

Fergus war zwar neugierig, um welche Aufgaben es sich handelte, die eine fremde Frau aus Deutschland für einen alten Lord in Schottland erledigen konnte.

Enya erkannte Fergus' unausgesprochene Fragen. Sie konnte es spüren. Daher ergriff sie die Initiative und fuhr fort: »Es hat mit meiner besonderen Sensibilität zu tun. Ich spüre Sachen, die andere Menschen nicht sehen, hören, schmecken, fühlen oder sonst wie wahrnehmen können. Ich kann die Schwingungen aufnehmen, welche die Worte tragen, wenn Menschen miteinander reden. Nicht die Worte sind die wichtige Information, sondern die Schwingungen, welche diese Worte tragen. Sie zeigen beispielsweise, ob Menschen es ehrlich meinen, oder nicht. ... Und vieles mehr.«

Fergus hörte schweigend zu. Enya konnte nicht erkennen, ob er die Erklärungen verstand. Dennoch ergänzte sie noch: »Ein altes gälisches magisches Buch hilft mir dabei, mich zu fokussieren.«

Fergus schüttelte langsam seinen Kopf. Die dünnen weißen Haare auf seinem wettergegerbten Kopf gaben ihm das Aussehen eines alten Magiers. ‚Eigentlich müsste er doch verstehen‘, dachte Enya. ‚Vielleicht später.‘

Die Diskussion verstummte. Jeder versank in seine Gedanken. ‚Vielleicht ist es das, was Sir Bram meinte, als er Enya herschickte‘, erkannte Fergus. ‚Ich darf mich nicht verschließen. Es gibt so vieles zwischen Himmel und Erde, was wir nicht verstehen. ... Besonders hier auf der Insel der Magie: *An t-Eilean Sgitheanach.*‘ [26]

---

[26] *An t-Eilean Sgitheanach* ist der Name der Insel Skye im Gälischen. Es bedeutet „geflügelte Insel", weil die Form der Insel an ausgebreitete Flügel erinnern soll.

Während Fergus und Enya weiter das Frühstück verzehrten, beobachteten sie sich gegenseitig.

Fergus merkte, dass Enya immer wieder zu einem alten Buch schaute, das auf einer ihrer Taschen lag. ‚Das muss das magische Buch sein?‘, dachte Fergus. ‚Es ist aber unscheinbar klein, wie ein Taschenbuch.‘

Enya bemerkte seine Blicke und wartete darauf, dass Fergus sie darauf ansprechen würde. Aber die Frage kam nicht. Daher erläuterte Enya von sich aus: »Das ist *Liath*[27] ...«

»Liath? Ein alter gälischer Name für die Farbe des Himmels«, wusste Fergus.

»Ja, so ist es. John Napier, der ursprüngliche Verfasser, ein Mathematiker und Magier aus Edinburgh, hatte diesen Namen gewählt.«

»Das ist aber sehr lange her.«

»Er ist so passend. Das Buch spiegelt die sich wechselnden Farben des Himmels wieder.«

Fergus runzelte die Stirn. »Es ist doch nur ein Tartaneinband. Ein Stoff.«

»Aber schau selbst«, forderte Enya Fergus auf. Sie stand auf, zog das Buch hervor und legte es so auf den Tisch, dass Licht aus dem Fenster das Buch berührte. Liath begann sich zu verfärben. War das Buch im Schatten noch grau, nahm es nun das helle Blau des Morgenhimmels an.

Fasziniert, ohne zu verstehen, was geschah, beobachtete Fergus das Buch. »Ich kann es mir nicht erklären.«

»Keiner kann es erklären. ... Auch ich nicht.«

»Und was kann ... was kann dieses Buch?«

---

[27] *Liath* bedeutet „die Farbe des Himmels", ohne eine spezifische Farbe zu beschreiben. Es kann grau, blau, abendrot und jede sonstige Farbe am Himmel sein.

»Liath schlägt die Brücke zwischen den Hexen und den fünf Elementen«, begann Enya vorsichtig.

»Hexen? Fünf Elemente?« Fergus wusste nicht, ob Enya dies ernst meinte. »Fünf Elemente? Es gibt nur vier davon. Selbst hier auf Skye.«

Enya fuhr ruhig und ernst fort: »Nach unserer Zählung gibt es fünf. Wir kennen – wie du sicher meinst – die Erde, das Wasser, die Luft und das Feuer.«

Fergus nickte ernst zur Bestätigung. Enya fuhr fort: »Wir zählen den Geist dazu. Das ist das, was wir nicht körperlich fassen können. Es sind unsere Gedanken und die magische Brücke zwischen uns Menschen.«

Enya erkannte, dass sie in Gefahr geriet, Fergus zu überfordern. Sie wartete auf die Bestätigung, dass Fergus folgen konnte. Doch er blieb unbeweglich sitzen und schien mehr Informationen zu erwarten.

»Nun ja ...«, meinte Enya. »Du kennst es sicher. Du magst manche Menschen und andere wiederum nicht, ohne dass du genau sagen kannst, warum. Dazwischen liegen Brücken, die wir nicht beeinflussen können. Liath ermöglicht es uns, diese Brücken besser wahrzunehmen und im begrenzten Umfang auch zu beeinflussen.«

Enya sah weitere Fragen auf Fergus' Stirn stehen, aber er schien zu akzeptieren, was sie ihm sagte. Zumindest widersprach er nicht. »Ich bin siebzig Jahre alt.« Er hielt inne. »Ich habe vieles gesehen. Viel Magie hier auf Skye. Aber ... Aber es war immer natürlichen Ursprungs.« Er schluckte. »Ich bin hier geboren. Ich sehe, du meinst es ernst. Es ist wohl deine Überzeugung. Dein Wissen.«

Enya hörte mit ernster Miene zu, wie er zu guter Letzt meinte: »ich werde versuchen, es zu akzeptieren.«

৶ ৵ ৽

Die Sonne stand bereits hoch am Himmel, als Enya und Fergus beschlossen, nach draußen zu gehen. »Ich zeige dir das Buch näher«, sagte Enya.

Der Wind hatte nachgelassen und verlieh der Situation eine angenehme Ruhe mit sich. Fergus trug Kissen, Decken und Tee auf die Terrasse.

Enya hatte Liath in einer Pappschachtel aus dem Cottage mitgebracht und legte es vorsichtig auf den Tisch.

Zur gleichen Zeit begann der Himmel ein faszinierendes Farbspiel zu zeigen, das für die ruhigen Tage am Meer nicht typisch war. Der Himmel wechselte von einem tiefen Blau zu einem sanften Rosa und Lila, als die Wolken sich zurückzogen. Die Sonne spiegelte sich glitzernd auf der Meeresoberfläche, während Wellen leise ans Ufer schlugen.

Enya öffnete vorsichtig die Schachtel. Sie schlug das Schutzpapier beiseite und das Buch fing die warmen Strahlen des späten Vormittagslichts ein. Der Einband aus Tartanstoff schimmerte in den Nuancen des Himmels über Skye. Das zarte Rosa, das tiefe Lila und das geheimnisvolle Blau spiegelten sich in den Mustern des Tartanstoffs wider.

Fergus betrachtet fasziniert das Farbenspiel. Er bewunderte den von Hand gefertigten Lederrücken des Buches, der liebevoll mit Sternen verziert war.

»Nachts zeigt der Einband die Sterne in der gleichen Anordnung wie sie am Himmel leuchten«, erläuterte Enya. Die goldenen Sterne auf dem Leder schienen im Einklang mit den Sternen über ihnen zu funkeln, als ob sie miteinander kommunizierten.

Enya wusste, dass Liath nicht nur ein Buch, sondern auch ein lebendiger Teil des Himmels war. Wenn sie es öffnete und darin lesen konnte, was Liath ihr gerade offenbarte, fand sie nicht nur uralte Zauber und Weisheiten, sondern auch die Geschichte des Himmels selbst. Es kam ihr so vor, als ob sich

Liath darüber freute, mit dem Himmel, den sonstigen Elementen und mit Enya kommunizieren zu können. Liath war nicht nur ein Schatz der Hexen, sondern auch ein lebendiges Zeugnis der Schönheit und Mystik des Himmels über den Hebriden.

»Welche Bedeutung hat das Buch für dich?«, fragte Fergus neugierig, während er ungläubig das Farbenspiel beobachtete und sah, wie Enya ehrfurchtsvoll mit dem Buch umging.

»Es hilft mir, die Gedanken zu fokussieren und Kanäle zu den Gedanken anderer Menschen zu öffnen ... aber nur, wenn das Buch es zulässt.«

Fergus schüttelte ungläubig den Kopf. »Mein alter Freund Sir Bram hatte so etwas angedeutet.«

»Was meinte er?«

»Hexerei und so ein Zeug. Und so eine Art Detektei. Ihr könnt mysteriöse Fälle aufklären, welche die Polizei überfordern.« Fergus blieb skeptisch. »Vielleicht so etwas wie Sherlock Holmes und Doktor ... ach Verzeihung. Hexerei kann es doch nicht geben. Nicht in unserer aufgeklärten Zeit.«

»Gerade weil die Zeit aufgeklärt ist, aber leider auch wieder droht, in Dunkelheit zu versinken.« Enya lächelte nur. »Wir werden sehen.«

Nur Enya wusste, dass Liath viel mehr leisten konnte.

Nach dem Frühstück nahm Enya das Cottage genauer in Augenschein. Sie hatte bereits den muffigen Geruch bemerkt, der sich seit Jahrzehnten angesammelt hatte. Es roch nach Staub, alten Möbeln und lang vergangenen Zeiten. Die Möbel waren typisch für die 1970er Jahre: ein abgenutzter Sessel mit kariertem Stoff, ein massiver Esstisch, der fast die gesamte Küche einnahm und billige Stühle, die nicht zum Tisch passten.

Sie waren unübersehbare Zeichen dafür, dass der ehemalige Bewohner nicht viel Geld zur Verfügung hatte.

Die Wände in der Wohnküche waren mit vergilbter Tapete minderer Qualität bedeckt, deren Muster kaum noch zu erkennen war. Es musste ein Blumenmuster gewesen sein.

Enya seufzte und drehte sich zu Fergus, der mit einem entschuldigenden Blick im Türrahmen stand. »Es wird viel Arbeit erfordern«, bemerkte sie.

Fergus nickte, obwohl er etwas unsicher wirkte. »Gestern Abend sah es noch besser aus. Aber bei Tageslicht … «

Das Cottage zeigte im Tageslicht deutlich die Spuren der Zeit. Die Farbe blätterte von den Fensterrahmen, und die Türen knarrten in ihren Angeln.

Enya zog eine alte Gardine zur Seite und ließ Licht in das Zimmer strömen. Staubpartikel tanzten in den Sonnenstrahlen. »Schau nur, Moira«, sagte sie zu mehr zu Fergus, denn zu ihrem Hund, der neugierig schnüffelte, »das hier wird unser neues Zuhause. Es braucht nur etwas Zuwendung und Pflege.«

Sie schnappte sich einen Besen und begann, den Boden zu fegen. Der Staub wirbelte auf und setzte sich wie ein feiner Nebel wieder ab. Fergus versuchte derweil, ein altes Regal zu bewegen, aber es kippte und landete krachend auf dem Boden. Enya konnte sich ein Lächeln nicht verkneifen. »Vielleicht solltest du es lieber mir überlassen, Fergus.«

»Ich bin wohl nicht der geschickteste Helfer«, murmelte er.

»Keine Sorge. Deine Gesellschaft ist Hilfe genug«, antwortete sie freundlich.

Sie arbeiteten stundenlang und säuberten das Cottage Zimmer für Zimmer.

Enya stellte fest, dass unter all dem Staub und Dreck eine charmante kleine Unterkunft zum Vorschein kam. Die Holzdielen knarrten unter ihren Füßen, und die Fenster, obwohl alt, ließen viel Licht herein. An den Wänden hingen noch alte Fotos von lächelnden Menschen. Sie erkannte das Cottage im Hintergrund.

»Das muss der Verwalter gewesen sein?«, fragte Enya.

Fergus Miene verfinsterte sich kurz. »... und seine Familie. Es gab einen tragischen Unfall mit seiner Frau und dem Kind.« Mehr wollte Fergus hierzu nicht erzählen.

Moira lief währenddessen schnüffelnd durch die Räume, als ob sie ihre Zustimmung zum neuen Zuhause geben wollte.

Enya fand das beruhigend und fühlte sich dadurch ermutigt, weiterzumachen.

Während sie zusammenarbeiteten, fragte Enya Fergus nach den magischen Orten auf der Insel. »Gibt es magische Orte auf der Insel?«

Fergus blickte kurz auf. »Orte? Die ganze Insel ist magisch. Sie wurde quasi aus Magie geboren.«

»Welche Orte sind besonders? Wo kommt die Magie an die Oberfläche?«, hakte Enya nach.

Fergus musste intensiv nachdenken. »An die Oberfläche kommen?«, grummelte er. »Es fällt mir schwer, so viele Orte aufzuzählen. Im Süden gibt es beispielsweise das *Fairy Glen* und die *Fairy Pools*. Viele Besucher meinen, beides sind magische Orte.«

Enya nickte; war aber skeptisch.

Fergus dachte nach, welche Orte ihm sonst noch in den Sinn kamen. »Du bist zwischen Portree und Staffin am *Old Man Of Storr* vorbeigekommen; diese mächtige Felsnadel.«

Er hielt kurz inne. »Oder schau hier auf den *Quiraing*. Ein imposanter Felsabbruch. Er ist so voller Magie. Es ist mein Lieblingsort und hier liegen auch die Ländereien meiner Familie.«

»Dann schaue dich vielleicht auch mal am *Sligachan* um. Das ist ein kleiner, aber wilder Fluss im Zentrum der Insel. Er bahnt sich seinen Weg über Felsen.«

Fergus suchte weiter in seinen Gedanken nach Orten, die man vielleicht als magisch bezeichnen konnte. »Und bebaute Orte?«

»Eher weniger. Aber prinzipiell auch denkbar. Meistens verschwindet die Magie, wenn drüber gebaut wird. Woran denkst du?«

»*Neist Point*. Dort gibt es lediglich einen Leuchtturm.«

»Das könnte funktionieren, wenn da nicht mehr gebaut wurde«, meinte Enya. »Ich schaue mich bei Gelegenheit dort mal um.«

Der Nachmittag verging im Flug, und nach und nach verschwand der muffige Geruch. Die Fenster wurden geöffnet, und frische Luft strömte herein. Die alten Vorhänge wurden abgenommen und durch moderne, leichte Gardinen ersetzt, die Fergus irgendwann einmal für dieses Cottage gekauft, aber nie aufgehängt hatte.

»Es sieht viel besser aus«, stellte Fergus fest, als er sich umsah.

Enya nickte. »Ja, ich kann spüren, dass hier eine gute Energie ist.«

Fergus lächelte. »Dann lassen wir uns nicht aufhalten. Morgen früh machen wir weiter. Es gibt noch viel zu tun.«

»Das klingt nach einem Plan«, antwortete Enya zufrieden.

Enya wischte sich den Schweiß von der Stirn und warf einen Blick auf ihre Uhr. Es war schon spät geworden, und der Tag voller Staubwischen, Möbelrücken und Putzen hatte seine Spuren hinterlassen. Fergus stand im Flur, den Blick auf ein antikes Gemälde gerichtet, das sie gerade aufgehängt hatten.

»Ich glaube, wir haben genug für heute getan«, sagte Enya und ließ sich erschöpft auf einen der frisch gereinigten Stühle sinken.

Fergus nickte. »Aye, es war ein harter Tag. Aber das Cottage beginnt, richtig gemütlich auszusehen.«

Moira, die den ganzen Tag unermüdlich herumgeschnüffelt und ihnen Gesellschaft geleistet hatte, legte sich mit einem zufriedenen Seufzer zu Enyas Füßen.

»Was hältst du davon, wenn wir uns etwas zu essen besorgen?«, schlug Fergus vor. »Ich kenne da einen guten Imbiss – *The Hungry Gull*[28]. Du wirst es lieben.«

Enya lächelte. »Das klingt großartig. Ich bin verhungert.«

»Noch nicht ganz«, entgegnete Fergus. Er holte sein Handy heraus und öffnete WhatsApp. »Am Wochenende muss man vorbestellen«, erklärte er. »Was möchtest du essen?«

»Was ist denn typisch für The Hungry Gull?«, fragte Enya neugierig.

»Sie haben beispielsweise fantastische Fish and Chips, Hähnchen süß-sauer mit Sesam und wirklich gute *Haggis Pakoras*«, antwortete Fergus. »Aber du kannst die Karte auch online einsehen.«

Enya erkannte, dass Fergus trotz seines Alters wohl regelmäßig im Internet unterwegs war. Dennoch runzelte die Stirn. »Ich mag zwar kein Haggis, aber was ist Haggis Pakoras?«

---

[28] *Die hungrige Möwe*

Fergus lächelte. »Haggis Pakoras sind eine Art Fusion-Gericht. Haggis, das traditionelle schottische Gericht aus Schafinnereien, Hafer und Gewürzen, wird in Teig gehüllt und frittiert, ähnlich wie indische Pakoras. Es ist eine interessante Mischung aus schottischer und indischer Küche, und sie schmecken köstlich.«

Enya nickte, konnte sich aber beim besten Willen nicht vorstellen, dass diese Kombination schmecken sollte. »Ich denke, ich nehme die Fish and Chips. «

Fergus nickte, verzichtete dann ebenfalls auf Haggis und tippte die Bestellung in sein Smartphone.

Eine Stunde später saßen Enya, Fergus und Moira im alten Land Rover und machten sich auf den Weg zum Hungry Gull. Es war bereits dunkel geworden, und die Lichter des Imbisses leuchteten einladend in die Nacht. Fergus lenkte den Wagen zur Rückseite des Gebäudes, wo sich das Ausgabefenster befand.

»Hier sind wir«, sagte Fergus, als er den Wagen parkte. »Ich hole das Essen.«

Enya beobachtete, wie Fergus zum Fenster ging und den Mitarbeiter begrüßte. Es war ein unkomplizierter Prozess – der Mitarbeiter reichte Fergus zwei große Styroporboxen in einer Papiertüte.

Fergus bedankte sich, zahlte und kehrte zum Auto zurück.

Zurück im Cottage setzten sich Enya und Fergus mit ihrem Essen an den Küchentisch. Enya öffnete ihre Styroporbox und der köstliche Duft von frisch frittiertem Fisch stieg ihr in die Nase. Der Fisch war perfekt zubereitet: goldbraun und knusprig, begleitet von einer großzügigen Portion Pommes, die allerdings matschig und mehrfach frittiert aussahen. Dazu gab es mal wieder eine Beilage aus Erbsenpüree.

»Das war eine gute Idee, Fergus«, sagte Enya, während sie ein Stück Fisch abbrach und es Moira reichte, die neugierig neben ihr saß.

Fergus lachte. »Aye, The Hungry Gull macht die besten Fish & Chips in der Nähe. ... na ja. Es ist der einzige Laden, der am Wochenende hier in Staffin noch etwas zu Essen anbietet. Und ... nun gut. Die Chips haben Luft nach oben.«

Moira schnappte sich das Fischstück und kaute zufrieden darauf herum.

»Moira scheint den Fisch auch zu mögen«, sagte Enya lächelnd.

Nachdem sie gegessen hatten, lehnten sich Enya und Fergus zufrieden zurück. Moira hatte ihren Teil des Essens genossen und lag nun friedlich auf dem Boden.

»Lecker«, sagte Enya. »Danke.«

»Gern geschehen«, antwortete Fergus.

Sie räumten die leeren Styroporboxen auf und Enya ging zum Fenster, um frische Luft hereinzulassen. Der kühle Abendwind strömte herein und ließ die Vorhänge sanft wehen.

»Es ist schön hier draußen«, sagte sie. »Ruhig und friedlich.«

Fergus trat neben sie und schaute hinaus in die Dunkelheit. »Aye, das ist es. Ein Ort, an dem man zur Ruhe kommen und die einfachen Dinge im Leben genießen kann.«

Enya legte eine Hand auf seine Schulter. »Hier kann ich mich auf den Fall konzentrieren. Da ist Ruhe wichtig.« Enya setzte sich zurück an den Tisch und blickte nachdenklich auf die leeren Boxen. »Fergus, morgen müssen wir Ernest treffen. Wir müssen mehr über den Tod von Reginald erfahren. Schließlich ist das der Grund, weshalb ich nach Skye gekommen bin.«

Fergus nickte ernst. »Aye, das stimmt. Es gibt viele unbeantwortete Fragen.«

»Denkst du, er wird offen mit uns sprechen?«, fragte Enya besorgt.

»Ich hoffe es«, sagte Fergus. »Ernest war nicht nur Reginalds Vater, sondern auch nahestehend.«

Nachdem Fergus sich verabschiedet und zu seinem Haus gegangen war, warf Enya noch einem letzten Blick auf das gemütliche, wenn auch noch unfertige Cottage, löschte das Licht und machte sich bereit, in ein neues Abenteuer einzutauchen.

Samurai

Noch am selben Abend war Joan mit Miyazaki Haruto in dessen Büro verabredet. Für diesen Termin nahm sie ein Taxi. Joan hasste es, sich in öffentliche Verkehrsmittel zu quetschen, auch wenn die Londoner Underground normalerweise die beste Wahl war. Lieber verbrachte eine Stunde individuell im Stau, als zusammen mit halb London für fünf Minuten in einem U-Bahn-Waggon.

Das Taxi setzte sie vor einem hohen, alten Backsteingebäude ab, in dem die msh ihre hochmodernen Büroräume eingerichtet hatte. Die Firma residierte in bester Londoner Lage. Das Gebäude vereinte die Geschichte der Stadt mit teuren, modernen Designelementen. Für manche mochte diese Kombination gelungen wirken, für andere war der Kontrast protzig und unpassend.

Joan war überrascht, wie klein die Niederlassung war. Die msh nutzte lediglich eine Etage des Gebäudes. Joan hatte erwartet, dass die Zweigstelle eines Weltkonzerns groß und geschäftig sein müsste. ‚Vielleicht steuern sie lediglich ihre Aktivitäten zentral und die einzelnen Marken arbeiten sehr unabhängig‘, überlegte sie. ‚Hier konzentriert sich die Macht.‘

Gillian Smith musste so lange zu bleiben, wie ihr Chef anwesend war. Alle anderen Mitarbeiter waren längst bei ihren Familien oder Katzen im Feierabend.

Heute ging es um die Firmenübernahme und daher bestand Haruto darauf, dass Gillian blieb, die Gespräche mithörte und ihm später ihre britische Sicht der Dinge weitergab. Er wollte sicherstellen, dass ihm keine Nachteile aus fehlenden Sprachkenntnissen und mangelnder Kenntnis der britischen Gepflogenheiten erwuchsen.

Joan erkannte sofort, dass die japanische Mentalität anders war. Sie erinnerte sich an die Kriegsführung der Samurai und an die ewige Loyalität dem Daimyo, dem Landesfürsten, gegenüber. Nur diesmal war der Landesfürst der örtliche Stadthalter der Firma, ein General an der Front.

Gillian ließ Joan am Empfang aus Glaselementen warten. ‚Der Krieg beginnt‘, dachte Joan. ‚Oder eher ein Schachspiel? Ein Spiel Go? Wie auch immer.‘ Joan war bereit, die Herausforderung anzunehmen. Ironischerweise verglich auch sie die Übernahme mit einem *Krieg*. Haruto und sie waren sich hierin ähnlich.

Gillian verschwand irgendwo hinter der Rezeption, vermutlich um Joan anzumelden. ‚Ein vorgeschobener Formalismus‘, dachte Joan. ‚Sicher weiß Miyazaki Haruto längst, dass ich hier bin.‘ Sie kombinierte weiter: ‚Er hätte mich auch hier empfangen können. Entgegenkommen nennt man das. Aber der Japaner lässt mich bewusst warten.‘

Joan ignorierte die niedrigen Sessel in der Sitzecke für wartende Gäste. Die Tiefe der Sitzmöbel war bewusst gewählt. Es galt nicht nur, besonders stylische Möbel von einem Stardesigner zu präsentieren, sondern Gesprächspartner zunächst in eine niedrigere Position zu zwingen.

Ausgewählte Zeitschriften auf Englisch und Japanisch lagen dekorativ und scheinbar ungelesen auf dem Tisch. Lediglich ein Firmenportfolio weckte ihr Interesse. Anstatt es zu lesen, steckte Joan die Broschüre ein.

Nach gefühlten fünf Minuten erschien Gillian wieder, um Joan zu Haruto zu bringen. Joan schaltete in Sekundenschnelle. »Einen Augenblick«, meinte sie zu Gillian. »Können Sie mir vorher noch kurz den Weg zur Toilette zeigen?«

Weder hatte Joan das Bedürfnis, die Toilette zu nutzen, noch wollte sie ihr Make-up korrigieren. Sie wusste, dass es perfekt war. Exakt auf der Grenze zwischen geschäftlich dezent und betörend. Nun ließ sie Gillian und somit Haruto warten. Joan machte ganz bewusst deutlich, dass man sich auf Augenhöhe treffen würde. Haruto konnte Joan nicht einfach warten lassen, wie eine Untertanin.

Gillian führte Joan zur Toilette und wartete geduldig, während Joan einige Minuten drinnen verbrachte, ohne wirklich etwas zu tun. Als sie zurückkam, nickte sie Gillian zu, die sie dann zu Harutos Büro brachte. Joan war bereit. Die Verhandlungen konnten beginnen.

Miyazaki Haruto wartete in seinem Büro und schaute auf die Uhr. Es war ungewohnt für ihn, dass man ihn warten ließ. Er war es gewohnt, dass die Zeit ihm gehorchte. Zumindest hier in London.

Joan wählte ihr Timing sorgfältig, abgestimmt auf die Zeit, die sie vorher selbst hatte warten müssen. Sie atmete tief durch und verließ die Toilette. Gillian erwartete sie vor der Tür und führte Joan zu Haruto.

Der Niederlassungsleiter entsprach genau Joans Vorstellung von einem japanischen Geschäftsmann. Er war Anfang vierzig, fast einen Kopf kleiner als Joan, hatte schwarzes Haar, war schlank und trainiert, perfekt rasiert und hatte scharf geschnittene Gesichtszüge. Haruto trug einen maßgeschneiderten, dunkelblauen italienischen Anzug mit Einstecktuch und braune Lederschuhe aus Mailand. Sein Outfit war exquisit und hob sich von den Tüchern Londoner Schneider ab, die auch nicht zu verachten waren. Auch um diese späte Uhrzeit saß der Anzug perfekt und faltenfrei.

Nach den Begrüßungsfloskeln, die Joan sich mittlerweile angeeignet hatte, führte Haruto sie zu den Sesseln in der Büroecke. Hier saß man bequemer und auf Augenhöhe. Die bis zum Boden reichenden Fenster boten einen atemberaubenden Ausblick auf die Themse und das Parlamentsgebäude auf der anderen Seite des Flusses. Joan bemerkte, dass Haruto eine alte

Flasche Staffin Bay Whisky zwischen anderen Produkten der Moon Spirit Holding eingeordnet hatte. Sie war angebrochen.

In Wirklichkeit hatte Gillian im Laufe des Tages eine angebrochene Tasting-Flasche in einem kleinen Whiskyshop entdeckt und die fast leere Flasche zu einem horrenden Preis erworben. Im Büro füllte sie dann Whisky einer anderen Marke in die Flasche. Sie befüllte die Flasche nicht vollständig. Sie sollte den Anschein einer authentischen, angebrochenen Flasche wahren. Haruto platzierte sie demonstrativ, um klarzustellen, dass dieser Whisky kein Alleinstellungsmerkmal hatte, sondern in die Palette eingereiht werden sollte.

‚Der Krieg beginnt mit kleinen Details‘, erkannte Joan. Haruto hatte seinerseits Joan bereits gemustert und meinte, eine eiskalte Geschäftsfrau vor sich zu haben.

Joan versuchte, diesem Bild gerecht zu werden. Sie testete, welche Waffen sie gegebenenfalls einsetzen konnte. Lasziv schlug sie ihre langen Beine übereinander. Die echten Nylonstrümpfe knisterten leise. Sie sorgte dafür, dass Haruto einen kurzen Blick auf den Ansatz der Strümpfe gewährt bekam.

Natürlich registrierte Haruto, dass Joan Strapse unter ihrer Business-Uniform trug. Seine Miene blieb allerdings unbeweglich. Stattdessen sagte er: »Unsere Zahlen liegen auf dem Tisch. Wir beide kennen sie.«

Joan nickte. »Ich kenne das Angebot.« Sie wusste schlagartig, dass sie heute nicht mit ihren Verführungskünsten punkten konnte.

»Und Sie haben Zustimmung signalisiert. Ich könnte Ihnen weiterhin entgegenkommen und Sie behalten den Geschäftsführer-Posten der neuzugründenden Gesellschaft.«

Damit wollte Haruto Joan in die Enge treiben und an ihre Zusage binden. Haruto dachte, dass diese Verhandlungen schnell abgeschlossen sein würden. ‚Sie kann das Angebot nicht ablehnen. Sie kann es einfach nicht.‘ Immerhin war Joan extra zu diesem Zweck nach London gekommen. Er ahnte nicht, dass sie nicht aus Schottland angereist war, sondern aus ihrem Londoner Apartment. Es war für Joan ein Katzensprung.

Umso überraschter war Haruto, als Joan sagte: »Falls wir den Deal abschließen, werden wir drei Punkte betrachten: Ich übertrage Ihnen die Distillery. Wir gründen die neue Firma, die ich geschäftsführend leite, und danach schaffen wir gemeinsam um die Geschichte der Staffin Bay Distillery herum – sie betonte den Namen – eine neue Legende.«

Haruto brauchte einen Moment, um zu begreifen, was Joan tatsächlich gesagt hatte. Die Idee einer gemeinsamen Firma hatte sie eben spontan gefasst. Sie wollte an der Entwicklung der Firma teilhaben. Eine Geschäftsführerin konnte man entlassen; eine Teilhaberin nicht.

»Unsere Absprachen waren anders«, betonte Haruto.

»Bis dato gibt es keine Absprachen«, entgegnete Joan süffisant. »Lediglich Angebote.«

Nun bewegte man sich auf dem Schlachtfeld. Die Truppen veränderten strategisch ihre Positionen. Nun galt es, aus den bezogenen Stellungen heraus Geländegewinne zu machen, ohne eigene Gebiete aufgeben zu müssen.

»Wir sollten unsere Positionen nochmals überdenken.« Damit meinte Haruto nicht seine, sondern Joans Position.

Joan erkannte, dass es vermutlich überflüssig war, sich betont sexy auf das Gespräch vorzubereiten und einen zweiten Versuch zu starten, ihre Reize einzusetzen. Haruto tickte als Geschäftsmann anders als ihre bisherigen Kontakte. Für einen schnellen Flirt gab er seine Position nicht auf. Also ließ Joan das Businesskostüm hochgeschlossen. ‚Dieser Krieg wird anders geführt', musste sie erkennen. Es irritierte sie, dass ihre besten Waffen auf diesem Schlachtfeld keine Wirkung hatten. ‚Wie war das mit Zuckerbrot und Peitsche? Zuckerbrot mag er wohl nicht!'

»Eine gemeinsame Geschäftsgründung ist im beiderseitigen Interesse«, machte Joan ihre geänderte Position mit Nachdruck deutlich. Und sie dachte erneut daran, dass eine Teilhaberin nicht so einfach entlassen werden konnte, wenn die Moon Spirit Holding sich dazu im fernen Osaka entschließen sollte. ‚Es dürfte wichtig werden.'

»Das war in unserem Angebot nicht vorgesehen. Es war nicht geplant, in eine Gesellschaft einzusteigen. Die Moon Spirit Holding wollte ihren Schutz für den Markennamen einer alten, etablierten Institution anbieten und in die Zukunft tragen. Aus diesem Grund brauchen wir die volle Kontrolle über die Firma als Ganzes. Wir können uns keine zukünftigen Diskussionen mit Partnern leisten.«

Die Situation schien festgefahren. Haruto brachte den Markennamen der Distillery ins Spiel, was Joan bis dato nicht bedacht hatte und schnell wieder aus dem Fokus verlor. ‚Denen reicht die Legende', erkannte Joan. Haruto hielt an seiner Position fest und hatte wohl die Rückendeckung von Nakamura Daiki und dem Vorstand der msh.

»Ich bin eine Greene!«, betonte Joan nochmals. »Die Distillery ist mit unserer Familie verbunden. Ohne einen ... oder eine Greene in leitender Position in der Firma ist die Distillery eine leere Hülle.« Sie ließ ihre Worte kurz wirken. »Sie brauchen *mich*. Reggie ... Reginald Greene steht ihnen ja nicht mehr zur Verfügung.«

Haruto ärgerte sich über die aktuelle Wendung. Er war sich nicht sicher, ob er eine Greene wirklich benötigte. Unsicherheit bei Verhandlungen konnte er gar nicht gebrauchen. »Ich habe die Befugnis, den Kaufpreis bis auf zwei Millionen Pfund aufzurunden.« Haruto blickte Joan auffordernd an.

Joan wollte von ihrem neugefassten Gedanken, mit einem Anteil in der Firma zu bleiben, nicht ablassen. ‚Da ist mehr drin als die lächerlichen zwei Millionen und das Jahresgehalt', spekulierte sie.

»Sie bestimmen die Geschicke, aber ich bleibe als Teilhaber und mit meinem Namen in der Firma.« In der Tat wollte Joan nicht im Betrieb arbeiten. Einerseits hatte sie weder ein Interesse an der Distillery noch an einem Leben auf Skye. Es war lediglich ein Sprungbrett.

»So kommen wir nicht weiter«, meinte Haruto. »Höchstens und falls überhaupt könnte man über eine kleine symbolische Beteiligung nachdenken. Oder vielleicht eine Kooperation mit einer noch zu gründenden Betriebs- oder Liegenschaftsgesellschaft der Brennerei. Aber das muss ich erst mit Osaka klären. Ich werde mich für Sie einsetzen. Aber ich befürchte, man wird in Osaka kein Entgegenkommen für eine solche Lösung zeigen. Mein Chef, Nakamura-San, ist es nicht gewohnt, halbe Firmen zu kaufen.«

Beide Seiten rangen um einen Ausweg aus den festgefahrenen Verhandlungen.

»Ich sehe den Wert der Brennerei wesentlich höher, wenn sie aktiv wäre«, formulierte Haruto seine Überlegungen mit Bedacht. »Stellen Sie sich vor, wir übernehmen Namen und Distillery, und in den kommenden zehn, zwölf Jahren verschwindet die Firma von der Bildfläche, bevor es wieder eine Abfüllung gibt. Die Zeit müsste überbrückt werden ...«

Der Japaner ließ seinen Gedankengang bewusst einige Sekunden im Raum stehen.

»Wir könnten regelmäßig einige Fässer Whisky aus anderen Brennereien nach Skye bringen, die vor Ort als Staffin Bay Abfüllung gelabelt werden.«

‚Wir wären sofort abhängig von msh', erkannte Joan die Falle. Sie nahm den Gedanken daher anders wieder auf.»Nein. Eine gelabelte Abfüllung würde den Markt nicht überzeugen. Vielleicht wäre es sogar illegal. Es müsste unser Whisky sein.«

Haruto nickte und forderte sie zum Weiterreden auf.

»Wir könnten vielleicht aus unseren besonderen Restbeständen eine ganz exklusive Abfüllung von – sagen wir 2500 Flaschen – auf den Markt bringen und entsprechend bewerben.« Joan wusste sehr wohl, dass die Distillery über keine Restbestände verfügte. Sie dachte daran, entsprechende Fässer selbst zuzukaufen. Eigentlich nahm sie hierbei Harutos Idee auf, dachte jedoch daran, diese selbst zu realisieren.

Nun lächelte Haruto zum ersten Mal.»Dies wäre ein würdiger Weg für beide Seiten und wir als msh sehen, wie die Sammler reagieren. Wir werden die Resonanz in den Fach- und Lifestyle-Medien anfeuern. Wir bringen Staffin Bay über Influencer zu Instagram und machen die Marke wieder hip! Dafür haben wir unsere Leute.«

Erst als Joan nach diesem Gespräch wieder im Londoner Nieselregen auf der dunklen Straße vor dem Gebäude der Moon Spirit Holding stand, wurde ihr bewusst, dass sie nun handeln musste, wenn der Deal funktionieren sollte. ‚Aber woher bekomme ich so schnell guten Whisky für 2500 Flaschen her?' Sie überschlug kurz die Mengen und kam zu dem Schluss, dass sie etwa zehn bis zwölf Fässer mit altem Whisky benötigte.

»Zehn bis zwölf Fässer«, grummelte sie im Regen.

Joan verzichtete darauf, ein Taxi zu rufen. Langsam lief sie durch den Londoner Abendnebel, nachdem es für einen Augenblick aufgehört hatte zu regnen. Die Straßen waren feucht, und der Glanz der Straßenlaternen spiegelte sich auf dem nassen

Pflaster. Sie musste ihre Gedanken ordnen. Die Verhandlungen mit Haruto hatten ihr klar gemacht, dass sie eine neue Strategie brauchte.

Während sie durch die stillen Straßen ging, zog Joan ihren Mantel enger um sich und ließ die letzten Stunden Revue passieren. ‚Ich habe keinen Whisky, der abgefüllt werden kann‘, wusste sie nur zu gut. ‚Aber vielleicht liegt gerade darin eine Chance.‘

Joan blieb stehen und blickte in das Schaufenster eines Ladens, das schwach beleuchtet war. Sie sah schemenhaft verzerrt ihr Gesicht.

»Ich weiß, wo noch so viele Fässer liegen. Bei Ernest.«

Old Man of Storr

»Hast du feste Schuhe und wetterfeste Kleidung dabei?«

Enya nickte. »Warum?«

»Du wolltest die Magie auf dieser Insel finden. Wir laufen zum *Bodach an Stòrr*, oder auf Englisch: Old Man of Storr.«

»Zu einem alten Mann, Fergus?«

»Nein. Einen Felsen.« Fergus lachte. »Ja, so heißt er. Es ist eine große Felsnadel, die allein oberhalb einer Klippe thront.«

»Wäre es nicht besser, zunächst zu Ernest zu fahren?«

»Ernest? Das machen wir aber auf dem Rückweg. Wir sind zum Kaffee angemeldet. Bis dahin haben wir viel Zeit.«

»Gib mir eine Viertelstunde. Dann sind Moira und ich fertig.«

»Gut. Ich bereite unterdessen einen Imbiss vor und packe Wasser ein.«

Der Hund ahnte, dass es nun rausging, und freute sich. Enya packte ihre Sachen schnell zusammen und verstaute eine Regenjacke in ihrem Rucksack.

Wie verabredet, standen Enya und Moira pünktlich auf dem Hof. Fergus winkte die beiden zu seinem alten Land Rover heran. »Den nehmen wir. Nicht deinen italienischen Schlitten.«

Enya genoss die fast vierzig Minuten entlang des Meeres nach Süden schweigend. ‚Der späte Sommer holt wohl nochmals tief Luft, bevor er sich langsam, aber sicher zurückziehen wird.'

»Das Wetter ändert sich«, meinte Fergus, als würde er Enyas Gedanken kennen. »Auf den Hebriden beginnt sich das Wetter bereits im September zu ändern. Immer öfter ziehen dann Sturmböen über die Insel.«

Enya lauschte ruhig, während Moira aus dem Fenster blickte und die Landschaft am Fenster vorbeiziehen ließ.

»Der Sturm trägt die erste Ahnung des Herbstes mit sich. Es ist, als ob der Herbst dem Sommer sanft ins Ohr flüstert, dass seine Zeit gekommen ist. Für den Sommer war es Zeit zu gehen.«

‚Fergus kann ein Poet sein‘, dachte Enya. »Sanft?«, fragte sie, um zu zeigen, dass sie zuhörte.

Der alte Herr nickte und fuhr unvermindert fort: »Dabei ist der Herbst auf den Inseln gar nicht so sanft. Im Gegenteil: er ist fordernd und drängt den Sommer einfach beiseite. Alles ändert sich. «

»Das wird auch Liath zeigen.«

»So wird es wohl sein. Das satte Grün der Wiesen beginnt sich langsam in warme Herbsttöne zu verwandeln.«

Die nächsten Kurven auf der gewundenen Straße A855 fuhr Fergus aufmerksamer. Er musste dem einen oder anderen Wohnmobil ausweichen. Er wechselte schnell in einen aggressiveren Realitätsmodus: »Diese Wohnmobile sind eine Plage«, fluchte er.

Es war das erste Mal, dass Enya Fergus fluchen hörte. Er verfiel in einen Dialekt, dem sie kaum folgen konnte. Aber es war offensichtlich, dass er sich über die Touristenmassen ärgerte. Genauso impulsiv, wie er sich aufgeregt hatte, beruhigte er sich auch schnell wieder. Als wäre nichts passiert, erzählte Fergus weiterhin: »Die schroffen Felsen im Norden der Insel, die sanften Hügel im Umland und die wenigen Strände, die in den warmen Sommermonaten von Besuchern bevölkert waren, wirken nun zumindest ein bisschen ruhiger.«

»Wie sehen es die Menschen hier?«, wollte Enya wissen. »Fluch und Segen?«

»Die *Hebridies* – die Menschen hier – spüren, wie die Jahreszeiten sich wandeln. Die Crofter bringen ihre Schafherden zum Schutz vor den aufziehenden Stürmen näher an ihre Höfe.«

»Die laufen hier doch überall frei rum«, hatte Enya festgestellt.

»Zumindest hier im Norden der Insel. Ansonsten hat der Herbst auf Skye eine ganz eigene Magie. Es ist die Zeit der melancholischen Schönheit, in der die Natur sich auf den Winterschlaf vorbereitet. ... Es ist die Zeit der Hebridies. Die Bewohner freuen sich auf die kommenden Monate der Stille und Besinnung. Sie freuen sich auch, dass der Sturm der Touristen in ihren weißen Wohnmobilen endlich abebbt und man langsam wieder unter sich ist.«

Die kleine Gruppe erreichte den Old Man of Storr. Die hoch aufragende Felsnadel war schon von Weitem als Landmarke zu erkennen, obwohl die Insel hier unter dichtem Nebel lag. Aber es war angekündigt, dass es später ein sonniger Tag werden sollte.

Fergus kannte einen abseits liegenden Parkplatz auf privatem Gelände. Er ließ den Motor des Land Rovers laufen, stieg aus und öffnete das altersschwache Viehgatter.

»Du hast zufällig einen Schlüssel?«, fragte Enya, nachdem Fergus den Wagen geparkt und das Tor wieder verschlossen hatte.

»Ich habe ihn vom Landbesitzer«, entgegnete Fergus grinsend.

Enya ahnte bereits, was gleich kommen würde: »Ihr kennt euch hier oben wohl alle persönlich?«

»Ich kenne ihn nicht gut.« Fergus begann zu lachen. »Aber ich sehe ihn jeden Morgen beim Rasieren vor mir stehen.«

Enya wechselte die Schuhe. Fergus hatte bereits seine Wanderschuhe zu Hause angezogen. Sie nahmen ihre Rucksäcke aus dem Wagen und teilten den Proviant und das Wasser auf.

Moira sprang aufgeregt herum und beschnupperte die Sträucher.

»Nur eine Flasche Wasser für ... uns drei?«, fragte Enya.

Fergus lachte. »Am Weg, den wir nehmen, kommen wir an mehreren Quellen vorbei. Das Wasser ist vorzüglich. Wir werden die Flasche immer wieder nachfüllen können.«

Der Pfad führte sie zuerst durch grüne Wiesen und Heidekraut während sie sanft anstiegen. Die Luft war frisch und klar, und die Vögel sangen in der Stille des morgendlichen Hochlands. Der schmale Pfad wurde allmählich anspruchsvoller, matschiger und führte durch lichte Wälder, in denen das Sonnenlicht durch das Blätterdach brach.

Da kaum jemand diesen Pfad lief, war er abschnittsweise kaum zu erkennen. Markierungen gab es keine, aber Fergus fand den richtigen Weg auch ohne Markierungen.

Nachdem sie einen kleinen Wald durchquert hatten, erreichten sie eine steilere Passage. Hier mussten sie über Wurzeln und glatte Felsen klettern, um weiterzukommen. Für Moira war dies keine Herausforderung.

Die kleine Gruppe stieß – wie von Fergus beschrieben – auf kleine Bäche und Quellen, die frisches Trinkwasser boten.

Die Landschaft wurde zunehmend dramatischer, während sie höher stiegen. Langsam gab der Nebel die Umrisse des mächtigen Felsen frei. Er gab dem Ort eine geheimnisvolle Atmosphäre und verlieh ihm eine zusätzliche Aura des Mysteriösen.

»Warum nennt man diesen Felsen so?«

Fergus musste kurz nachdenken. »Ich weiß es nicht so genau. Es ist eine alte Sage. Ein alter Mann ist wohl versteinert. Damals muss er wohl einen Finger gen Himmel gereckt haben.«

»Und den sieht man nun?«

»So ist es wohl.«

»Hoffentlich war es nicht der Mittelfinger.«

»Und falls doch, wird er nun den Touristen entgegen-gereckt.«

Der Pfad schlängelte sich mittlerweile durch zerklüftete Felsen, die von Wind und Wetter geformt wurden. Die Freunde mussten vorsichtig sein, um nicht abzurutschen. Schließlich trafen sie auf die ausgetretenen Wege, die auch die vielen Touristen nutzten.

»Wir sind schon zu spät«, grummelte Fergus. »Die Horden sind schon hier.«

Sie erreichten den Sockel der großen Felsnadel. Die Felsfor-mationen ragten gigantisch in die Höhe. Nun wurde der Auf-stieg noch anspruchsvoller, da sie über lose Felsbrocken klet-tern und schmale Pfade entlanggehen mussten. Auf dem Weg passierten sie atemberaubende Aussichtspunkte, die ihnen einen Panoramablick auf die Isle of Skye und das umliegende Meer boten.

Fergus deutete über das Meer. Gegen die Morgensonne sahen sie eine weitere Insel. »Da liegt die Isle of Raasay. Auch dort gibt es eine kleine, aber feine Distillery.«

Schließlich erreichten sie den Fuß des Old Man of Storr. Die gewaltigen Felsformationen ragten direkt vor ihnen majes-tätisch empor. Hier oben erlebten sie die Belohnung für ihre Anstrengungen. Enya war stolz auf sich, den Aufstieg geschafft zu haben.

»Lass uns eine Pause machen«, meinte Enya.

»Wir haben es uns wirklich verdient«, meinte Fergus, dem man trotz aller Fitness ansah, dass der Aufstieg für ihn anstren-gend war. Er lächelte zufrieden und sagte: »Sieh, wie die Natur die schönsten Kunstwerke schaffen kann.«

Enya konnte nicht anders, als von der imposanten Erscheinung des Felsens fasziniert zu sein.

»Gib mir ein paar Minuten«, meinte Enya.

Fergus nickte.

Enya setzte sich einige Meter abseits allein hin und hörte in sich hinein. ‚Ist es ein mystischer Ort?‘, versuchte sie zu ergründen. Sie atmete tief ein und verband sich langsam mit den Elementen an diesem Ort. Sie nahm die immer stärker wirkenden Sonnenstrahlen auf. Sie spürte den Wind sanft auf ihrer Haut. Enyas Hände fuhren über den Fels.

Aber die Magie vibrierte kraftlos. Sie zauderte, sich ganz zu erkennen zu geben. ‚Was stört dich?‘, fragte Enya vorsichtig. Dann spürte sie in der Ferne die Schritte der Touristenströme und die Magie ließ sich nicht mehr fassen.

Enya war enttäuscht.

Staffin, am gleichen Tag

Es war bereits Nachmittag, als die Fahrt zu Ernest unternommen wurde. Staffin lag auf der halben Strecke zwischen dem Old Man of Storr und Flodigarry. Fergus fuhr den Land Rover, während Enya auf der Rücksitzbank neben Moira schlummerte. Der Motor des Land Rovers röchelte, aber er war zuverlässig – wie Fergus selbst.

Fergus meinte überflüssigerweise: »Wir sind gleich bei Ernest. Vielleicht kocht uns Isabella einen Tee?«

Von Enya kam außer einem leisen Schnarchen keine Antwort.

Fergus lächelte. ‚War die Wanderung doch anstrengender als erwartet.‘

Enya räkelte sich. »Wer von euch beiden schnarcht lauter?«, fragte Fergus. Moira schaute auf, wissend, dass sie mit angesprochen war.

Schließlich erreichten sie die Staffin Bay Distillery. Ein dünner Rauch stieg aus einem der Kamine auf. ‚Man könnte den Eindruck gewinne, dass die Distillery trotz Reginalds Tod weiterarbeitet', stellte Fergus fest. »Ich habe den Duft von heißem Malz und der Maische vermisst.«

Ernest saß auf einer Bank vor dem Haus. Er bemerkte den alten Land Rover und kam den Besuchern entgegen, um sie zu begrüßen. Man beschloss, die letzten Sonnenstrahlen des Tages draußen zu genießen. Die drei setzten sich in den Innenhof zwischen Wohnhaus und Distillery. Die Sitzecke war von kleinen Blumen in Kübeln umsäumt, die noch immer hartnäckig blühten und den nahen Herbst ignorierten. Zwischen den imposanten Blumenkübeln wirkte Ernest klein und zerbrechlich.

‚Wie eine dieser Pflanzen im Herbst. Kurz vor der Verblühen', verglich Enya Ernest Erscheinungsbild.

Ernest erkannte Enyas fragenden Blick. »Herbstzeitlose, Glockenheide und Stechginster. Das gibt noch ein wenig Farbe im Herbst, junge Frau.«

»Es sieht gut aus«, lobte Enya. »Das Lob gebührt meiner Frau Isabella. Sie hat den grünen Daumen. Vermutlich hat sie euch schon gesehen und kocht gerade Tee.«

Wieder wollte Enya nach Kaffee fragen, unterließ es aber, weil sie nicht wusste, ob es als unpassend wahrgenommen würde.

Fergus stellte Enya vor: »Das ist Enya. Die Bekannte unseres gemeinsamen Freundes Sir Bram. Sie stammt von der Isle of Lewis.«

»Sie wird irgendwo wohnen müssen. Die B&Bs sind wohl alle belegt.«, stellte Ernest pragmatisch fest.

»Zunächst in meinem Verwalter-Cottage. Es steht leer«, erläuterte Fergus.

Ernest nickte. »Freunde von Sir Bram und von dir sind auch meine Freunde.«

Ernest erzählte von der Planung, die Produktion wieder anlaufen zu lassen und wie dieser Gedanke abrupt zu einem Ende kam.

Manchmal hatte Enya den Eindruck, Ernest hätte noch nicht realisiert, dass Reginald verstorben war. Er sprach von ihm, als wäre er noch in der Distillery aktiv. Dann wiederum kam er wieder in der Realität an. Dann war seine Trauer offensichtlich. Nach wenigen Momenten war dann auch die Trauer verflogen und wich einer kalten Entschlossenheit, die Wahrheit zu erfahren.

In der Tat kam Isabella nach kurzer Zeit mit Tee und *Scones*[29] hinzu. „Zufällig" fiel ihr ein Scone vom Tablett.

Moira erkannte, dass dieser Zufall sehr gewollt war.

Isabella zwinkerte dem Hund zu.

Moira schaute zu Enya auf und fragte sichtlich um Erlaubnis, den Leckerbissen aufnehmen zu dürfen.

Enya nickte.

Ernest fragte seine Gäste: »Nehmt ihr euren Tee mit Zucker und Milch? Oder lieber mit Whisky?« Er meinte es ernst.

»Whisky im Tee?«, fragte Enya ungläubig.

»Immer noch besser als Milch. Wir sind keine Engländer«, machte Fergus klar. »Enya ist hier, weil sie eine besondere Sensibilität hat und wohl besser ist als jeder Privatdetektiv.«

---

[29] *Scones sind ein traditionelles britisches Gebäck, das oft zur Teestunde serviert wird.*

Enya errötete und versuchte es mit tiefstapeln. »Nun ja. Ich habe ein Gespür für das Verborgene.« »Ich möchte mir einen Überblick verschaffen.«

Ernest nickte und erläuterte in kurzen Worten die Geschichte der Distillery, die Rückkehr von Reginald und das Ceilidh zur Wiedereröffnung.

»Auch wenn es nicht passend erscheint«, begann Enya vorsichtig, »müssen wir uns schnell ein Bild davon machen, wer welche Rolle spielt.«

Ernest schwieg, sichtbar betroffen.

Fergus bemerkte das und brach das Schweigen. »Ernest, lass uns lieber jetzt als später über die Personen in Reginalds Umfeld sprechen. Dann haben wir es gemeinsam hinter uns gebracht.«

Ernest nickte langsam und begann zögernd: »Eine Rolle spielen?«, sagte er leise. »Umfeld? Ich denke, es ist schwer, das so auszudrücken ... aber ich verstehe.«

Enya erkannte ihren Fehler und versuchte sich zu korrigieren: »Rolle ist sicher der falsche Begriff. Verzeihung. Ich bin mit den Feinheiten der Sprache nicht immer vertraut.« Sie nahm den Gedanken nicht weiter auf. »Wir müssen auch Personen im Umfeld hinterfragen. Wir dürfen nicht nur in eine Richtung denken.«

»Reginalds Umfeld ist auch mein Umfeld«, sagte Ernest und nahm einen tiefen Atemzug.

Enya merkte, dass auch diese Richtung nicht korrekt war. Sie versuchte es nun ohne Umschweife: »Wie sah es zwischen Isabella und Reginald aus?«

Ernest schluckte schwer. »Isabella hatte immer ein gutes Verhältnis zu Reginald«, begann er langsam. »Sie war seine

Stiefmutter, ja. Aber ob das Verhältnis wirklich so gut war? Es war wohl eher neutral. Vielleicht ein wenig distanziert. Reginald war in den letzten Jahren im Speyside. Also weit weg. Sie haben sich respektiert.«

Diese Aussage konnte Enya akzeptieren und sie sah, dass Ernest sich etwas entspannte. Er wollte, ohne zu fragen, allen Tee nachschenken. Fergus winkte ab.»Ich bleibe beim Whisky.«

Enya griff direkt wieder zu. Sie trank ihren Tee ohne Milch. »Und wie war Isabellas Verhältnis zu Joan?«

Ernest nahm einen Schluck Whisky. Er drehte das Glas zwischen seinen Händen hin und her. Er sprach mit gedämpfter Stimme.»Isabella ist Joans Mutter. Sie würde immer zu Joan halten, ganz gleich, wie sehr sie sich zoffen. Blut ist dicker als Wasser. Und irgendwo dazwischen kommt Whisky, also beispielsweise Reginald ... oder ich.«

Enya bemerkte im Augenwinkel, dass eine der Blüten aus den Pflanzkübel Blätter verlor. Ihre Gedanken schweiften ab. ‚So wie auch Ernest dahinwelkt', drängte sich Enya auf. Sie hatte noch kein vollständiges Bild von Isabella, erkannte aber eine gewisse Distanz zwischen Ernest und Isabella – und vermutlich auch zu Joan.»Und wie ist Isabella sonst so?«

Ernest zögerte.»Sonst so? Was soll die Frage?«, entgegnete er.

»Was ist Isabella für ein Mensch?«

»Schwach. Unselbstständig. Isabella würde nie selbstständig wichtige Entscheidungen treffen.«

Für einen Augenblick trat Ruhe ein. Enya vermutete, dass Isabella nicht so schwach war, wie Ernest es vermutete, sondern selbstgewählt unterwürfig in ihren Beziehungen. ‚Sie will dominiert werden. Aber sie wählt diese Rolle selbst.'

Fergus dachte, dass die Situation wieder ein wenig aufgelockert werden könnte, bevor das Gespräch in einer Sackgasse endet. »Sag mal, Ernest, woher kennt ihr euch eigentlich?«

In der Tat taute Ernest wieder ein wenig auf. »Ich habe sie 1994 kennengelernt und geheiratet ...«

»Das Jahr des Unglücks in der Distillery?«, fuhr Fergus wenig diplomatisch in Ernests Satz.

‚Hoffentlich bricht Ernest jetzt nicht ab‘, ärgerte sich Enya.

In der Tat stoppte Ernest kurz, fuhr dann aber fort, als er in die fragenden Gesichter von Enya und Fergus sah. »Es stimmt. 1994 war das Achterbahnjahr der Gefühle. Es gab diese Explosion. Da war ich gerade mit Isabella verheiratet ... Wisst ihr, sie war schwanger mit Joan. Man sah es direkt. Isabella war gertenschlank – wie sie es heute noch ist ... und wir wollten schnell heiraten, damit Joan nicht ohne Vater aufwächst.«

Enya hörte aufmerksam zu und auch Fergus wagte es nicht, Ernest zu unterbrechen.

»Es geschah dann fast zeitgleich. Joan war erst zwei Monate alt. ... Ich erinnere mich noch genau ... Ich wechselte gerade Joans Windeln. So wie ich es auch früher bei Reginald getan hatte.« Ernest seufzte. Seine Gedanken schweiften weit in die Vergangenheit. »Und dann dieser laute Knall. Direkt nebenan in der Distillery. Joan begann zu schreien. Isabella schrie. Wir wussten ... Eine Katastrophe.«

Ernest widmete sich seinem Tee und rührte gedankenverloren, als müsste er seine Erinnerungen herunterspülen.

❧ ❧ ❧

Enya erkannte, dass das Thema gewechselt werden musste. »Du hattest eben Joan erwähnt. »Wie ist sie?«

Ernest nahm einen weiteren Schluck Whisky und antwortete schnell und ohne Zögern. »Sie ist hart. Sie war bei uns nie zu Hause. Sie ist nie in Staffin angekommen. Manchmal hatte ich das Gefühl, sie gehört nicht zur Familie.«

‚Ich muss Enya erzählen, was ich nach dem Ceilidh zwischen Reginald und Joan gehört habe‘, nahm sich Fergus fest vor. ‚Gleich nach dem Gespräch mit Ernest.‘

In ihrer Sensibilität spürte Enya sofort, dass Fergus ihr etwas sagen wollte. Schnell wurde sie jedoch abgelenkt, weil Ernest weiter erzählte.

»Sie wohnt in Portree und in London. Wohl mehr in London. Sie ist selten bei uns in Staffin. Sie mag die Insel nicht.«

»Hat sie denn eine Beziehung zur Distillery?«, wollte Fergus wissen.

»Eher nein.«

»Und warum wurde sie Geschäftsführerin?«, fragte Enya.

»Letztendlich konnte ich sie nicht übergehen. Wenn Reginald ...«, Ernest hielt kurz inne, seine Stimme zitterte. »... wenn Reginald seinen Anteil am Erbe vorab bekommt, musste ich natürlich Joan mit bedenken. Und ... na ja ... ich gehe davon aus, dass sie die Geschäfte führen kann; Reginald eher weniger. Er brauchte zur Geschäftsführung jemanden mit einer gewissen Härte im Geschäft an seiner Seite.«

»Hat Joan diese Härte?«

»Vermutlich ja. Sie ist gelernte Kauffrau. Sie handelt mit irgendwelchem belanglosen Großhandelszeug im Internet.«

»Joan hat wohl keinen Vorteil von Reginalds Tod?«, kombinierte Enya.

Ernest irritierte diese Aussage: »Vorteile vom Tod des ... Halbbruders? Sicher nicht. Ohne Master Distiller gibt es keinen Whisky. Ohne Whisky kein Einkommen. Auch nicht für Joan.«

◈ ◈ ◈

»Ohne Distiller ist eine Distillery lediglich ein Haus mit Werkzeugen«, stellte Fergus fest und traf den Nerv. »Kannst du uns etwas über Timothy ... wie heißt er noch gleich ...«

»McGregor«, ergänzte Ernest.

»... erzähle uns von ihm. Könnte er nicht für Joan weiterhin Whisky machen?«

Ernest nickte. »Vermutlich könnte er das für eine gewisse Zeit. Aber Timothy ist auch schon alt. Wir kennen uns schon sehr lange. Er war mein Master Distiller, der Kronprinz in der Firma. Damals war er sehr jung. Ein aufsteigender Stern am Whiskyhimmel. Aber er würde nie für Joan arbeiten ... er mag Joan nicht.«

‚Und der Kronprinz hat abgedankt, ohne jemals König gewesen zu sein‘, erkannte Enya. »Was macht Timothy nun ohne Distillery?«

»Vieles. Er hat damals eine Abfindung bekommen. Davon konnte er eine Bar in Uig kaufen und ausbauen. Sie läuft gut. Es gibt viele Touristen hier.«

»Das ist kaum ein Ersatz für die Tätigkeit als Distiller.«

»Ja, aber was sollte ich machen? Es waren schwierige Zeiten für Whiskyproduzenten. Wir konnten den Betrieb damals nicht neu aufbauen. Nach dem Unfall war unsere Distillery am Ende. Es fehlte das Geld. Aber Timothy ist dem Beruf verbunden geblieben. Er macht viele Urlaubsvertretungen in den Distilleries auf Islay. Und er ist ein gefragter Dozent. «

Man merkte Ernest an, dass ihm die Situation unangenehm war. »Ich weiß, dass es für Timothy keine befriedigende Situation sein kann. Er hätte jederzeit und überall bei einer anderen Distillery fest anfangen können. Aber keine der Distilleries in der Nähe hatte eine Stelle für ihn frei. Und er wollte nicht wegziehen. Nicht auf das Festland, wo man ihn sicher sofort genommen hätte. Überall begannen die Japaner, die Franzosen oder die Engländer, unsere Brennereien zu kaufen. Sie alle benötigten mehr fähige Leute, als zu finden waren. Und Timothy ist der Beste unter den Guten ... aber er wollte nicht weg von der Insel.«

»Das kann ich gut nachvollziehen«, bestätigte Fergus lächelnd.

»Nun hat sich die Situation aber wieder geändert«, stellte Enya fest. »Könnte Timothy wieder eine Aufgabe in der Staffin Bay Distillery sehen?«

»Eher nein als ja. Reginald brachte mittlerweile alles Wichtige mit. Er hatte den Job gelernt und war auf dem besten Weg, ebenfalls ein ganz Großer zu werden.«

»War Reginald so weit, dass Timothy für die Distillery nicht mehr gebraucht wurde?«

»In wenigen Jahren hätte er das Zeug dazu gehabt. Bis dahin hätte Timothy temporär unterstützt.«

»Dann hatte auch Timothy ein Motiv?«, fragte Fergus wiederum reichlich undiplomatisch.

Ernest stutzte erneut und fühlte sich unwohl. »Nicht wirklich. Er hätte auch nach der Neueröffnung keinen Job in der Distillery gehabt. Für ihn sollte es keinen Unterschied bedeuten, ob die Distillery wieder geöffnet wurde oder nicht. Und unter Joan würde er wirklich nie arbeiten.«

Liaths Umschlag flammte kurz rot auf. Enya registrierte es. ‚Wir müssen Timothy und auch Joan hinterfragen‘, schloss Enya.

»Haben wir sonst jemanden übersehen?«, fragte Enya.

»Vielleicht Harald«, fügte Fergus hinzu.

Ernest dachte kurz nach. »Ach, ich glaube nicht. Er war zu weit von Reginald entfernt. Er ist mein Anwalt und ... na ja ... wir kennen uns bereits seit der Schulzeit.«

»Seid ihr befreundet?«

»Vielleicht gibt es etwas wie Freundschaft. Flüchtig vielleicht nach all den Jahren. Zumindest gibt es gegenseitigen Respekt.«

Enya nickte nachdenklich. »Du solltest wohl alle mal zum Abendessen laden und die Situation mit ihnen besprechen. Könnte dies helfen?«

»Besser nicht«, meinte Fergus. »Es könnte eskalieren, ohne dass etwas erreicht wird.«

Ernest stimmte dieser Einschätzung zu.

– ~ –

»Nur noch kurz zu den Mitarbeitern«, sagte Enya und legte eine Hand auf Ernests Arm. »Dann sind wir fertig.«

Ernest seufzte und setzte sich wieder. »Was soll mit Liam und Shona sein?«, fragte er.

Enya sah ihn direkt an. »Was kannst du mir über sie erzählen?«

Ernest nahm einen tiefen Atemzug. »Reginald hatte sie eingestellt. Sie verlieren wohl nach wenigen Tagen wieder ihre neuen Jobs. Sie können kein Interesse an seinem Tod haben. Für beide wird es dann schwierig. Liam ist nicht die hellste Kerze auf der Torte, aber liebenswert und arbeitet wie ein Tier. Shona hat wohl keine Ausbildung nach der Schule abgeschlossen und dürfte ebenso schwer vermittelbar sein.«

»Kannst du etwas für die beiden tun?«, fragte Enya fürsorglich und wandte sich an Fergus.

Fergus überlegte kurz, bevor Ernest antworten konnte. »Nun, ich könnte einen der beiden für die Pflege des Anwesens einstellen.«

Enya schaute ihn überrascht an. »Wir halten hier oben auf Skye zusammen, soweit es uns möglich ist.«

Ernest nickte. »Dann biete ich Liam eine Stelle bei mir in der Landschaftspflege an. Er braucht ein wenig Anleitung. Du kannst dann Shona ein Angebot machen. Sie ist selbstständiger und könnte sich auch allein um deine Ländereien und Schafe kümmern. Dann sind beide versorgt, sofern sie das möchten.«

So sah dies auch Liath. Enya meinte einen leuchtend blauen Schimmer auf dem Buch liegen zu sehen.

Ernest erhob sich mühsam, seine Trauer und Müdigkeit waren ihm deutlich anzusehen. »Es wird Zeit, zu gehen.«

Enya stand ebenfalls auf und legte eine Hand auf seine Schulter. »Vielen Dank, Ernest. Ich weiß, wie schwer das für dich ist. Aber es hilft uns weiter.«

»Das war ein harter Tag«, sagte Enya leise, als sie sich mit Fergus und Moira auf den Weg zum Auto machte. »Aber ich denke, wir sind einen Schritt weiter.«

»Aye«, stimmte Fergus zu. »Morgen ist die Beerdigung. Wir sollten gut ausgeruht sein.«

Phoebe und Steven saßen vor ihrem herausgeputzten, weiß getünchten Cottage am Ortsausgang von Staffin. Vor dem Haus blühten die letzten Rosen und Hortensien. Sie bildeten einen wunderbaren Kontrast zum idyllischen Häuschen. Enya kam gerade wieder mit dem alten Land Rover am Haus vorbei.

»Man kann noch nicht einmal in Ruhe zu Abend essen«, murrte Phoebe verärgert und legte ihr Besteck scheppernd neben ihren Teller. Sie starrte Steven an und schien darauf zu warten, dass er ihre Feststellung bestätigte. Doch Steven blieb stumm und fragte sich nur, was Phoebe eigentlich störte. Er hatte keine Vorstellung davon, worauf sich ihre Beobachtung bezog, und kaute lustlos auf einem zähen Stück Rinderbraten herum.

»Die Minzsoße ist kalt und klumpig«, bemerkte er schließlich. Insgeheim hätte er lieber im Pub oder zumindest im Hungry Gull gegessen. Doch das hätte sicherlich zu einer Eskalation zu Hause geführt.

»Für dich ist sie gut genug«, schmetterte Phoebe verärgert zurück. Sie schaute herablassend auf Steven herab, als ob die Welt draußen wichtiger für sie wäre als ihr eigener Ehemann.

»Der Wagen kommt nun schon zum zweiten Mal vorbei. Einmal runter zur Brennerei und nun wieder zurück. Und zuvor diese Tochter mit ihrem Kleinwagen. Aber die ist noch nicht zurückgekommen«, stellte sie fest.

‚Drei Autos', zählte Steven in Gedanken mit und stocherte lustlos mit der Gabel in der mehligen Soße. »Ist das Soße oder der Rest des Tapetenkleisters?« murmelte er, sich hinter seinem Teller sicher wähnend.

»Minzsoßenvergiftung«, nuschelte Steven, doch da traf ihn die Suppenkelle mit Wucht an der Schläfe. Steven nickte seitlich nach vorne und schlug mit der anderen Schläfe heftig in die Minzsoße, die klebrig aufspritzte und überall Flecken hinterließ – im Gesicht, auf dem alten blauen Trainingsanzug, den Steven zu Hause trug, und auf der Tischdecke.

Es dauerte einige Sekunden, bis Steven wieder zu sich kam. Er schnaufte schmerzerfüllt. Doch auch dieses Abendessen überlebte er.

Fermenting

Das gemälzte Getreide kommt nun in den Mash-Bottich, wo heißes Wasser hinzugegeben wird. Durch Enzyme wird die Stärke in den Getreidekörnern in Maltose verwandelt, ein Vorgang, der als „Maischen" bezeichnet wird. Maltose und andere Zuckerarten dienen später als Nährstoff für Hefepilze, die aus dem Zucker Alkohol produzieren.

Beinahe wäre es Bier geworden. Die abgekühlte Würze wird zur Gärung in den Washback[30] geleitet. Sobald die Flüssigkeit abgekühlt ist, wird Hefe zugegeben, die den Zucker in Alkohol und Kohlendioxid umsetzt. Der Distiller hat hier die Möglichkeit, den Charakter des Whiskys zu beeinflussen. Eine kurze Fermentierung von etwa zwei Tagen betont den Malzcharakter, während eine längere Fermentierung den Whisky komplexer und leichter gestaltet.

Am Ende dieses Prozesses bleibt eine bierähnliche Flüssigkeit, der Wash. Manchmal wird sie auch als „Beer" bezeichnet. Aus dem Wash wird später der Alkohol destilliert. Nach der Gärung wird der Wash in die Brennblasen geleitet und zwei oder seltener auch dreimal destilliert, um den Alkoholgehalt zu erhöhen und unerwünschte Bestandteile zu entfernen.

---

[30] Großer Bottich zur Fermentation

Erde

Staffin

Das Wetter meinte es nicht gut mit der Familie Greene. Während der kurzen Andacht in der Friedhofskapelle des Kilmartin Friedhofs war es zwar windig, aber noch trocken. Doch pünktlich, als der Sarg aus der Kirche herausgetragen wurde, öffnete der Himmel seine Schleusen und der Regen brach los. Der Wind frischte unverzüglich auf und peitschte den Regen wie nadelscharfe Stiche ins Gesicht der Trauergemeinde.

Das Tragen von Schirmen wäre sinnlos gewesen; sie wären nur Spielzeuge des Sturms geworden. Lediglich ein tapferer Messdiener versuchte vergeblich, den Pfarrer mit einem Schirm zu schützen. Hilflos kämpfte der Junge gegen die Elemente an. Nach wenigen Schritten knickte der Schirm weg und wurde vom Wind davongetragen, bis er schließlich in einem der wenigen Bäume in der Nähe hängenblieb.

Fergus war auf das Wetter vorbereitet. Er trug einen schweren Mantel, von dem der Regen abperlte, und einen Hut mit breiter Krempe. Scheinbar traute sich selbst der Wind nicht, den Hut vom Kopf des Laird zu fegen.

Enya hingegen kämpfte mit den extremen Wetterschwankungen und drängte sich schutzsuchend an Fergus.

Fergus konnte mit dieser Nähe nicht umgehen. Er spürte, dass von dieser Frau eine ganz besondere Aura ausging. ‚Vielleicht ist an diesem Hexengerede von Sir Bram doch etwas dran‘, dachte er kurz, verwarf den Gedanken dann aber schnell wieder.

Missmutig rasselte der Pfarrer seine kurze Predigt am Grab des für ihn unbekannten Verblichenen herunter. Er sprach schnell und nuschelte, seine Worte verloren sich im Heulen des Windes und dem Rauschen des Regens. Er wollte zurück in die

Wärme der Kapelle oder lieber sofort zum Leichenschmaus. Egal, was er sagte, es war unverständlich.

Stoisch standen die Totengräber wie Krähen mit nassem Gefieder im Regen, in ihre Gesichtern klebten die wenigen Haare, die im Alter geblieben waren. Sie schienen sich mit dem Wetter arrangiert zu haben. Sie hielten sich abseits zwischen alten, hohen Grabsteinen auf, um sich vor dem schlimmsten Regen zu schützen. Ihre Kleidung war durchnässt, aber das beeindruckte sie nicht.

»Ich verstehe zwar nicht, was der alte Smith so runterpredigt, aber er gibt heutig richtig Gas«, raunzte einer der Totengräber seinem Nebenmann zu.

»Der will zurück zu seinen Messdienern ... ins Warme«, erwiderte der andere mit einem Augenzwinkern. Die Totengräber konnten – wohlwissend um die Neigungen des Pfarrers – ein Grinsen nicht unterdrücken, während jener eilig seine Worte mit einem »Amen« beendete.

Die Gemeinde beeilte sich, die bereitgestellten oder mitgebrachten Blumen auf den nassen Sarg zu werfen, während der Regen unaufhörlich auf sie niederprasselte. Irgendjemand meinte bemerken zu müssen: »Der Regen von heute ist der Whisky von morgen.« Die Bemerkung wurde von den meisten ignoriert, da es schwer zu sagen war, ob sie für die Beerdigung eines Destillateurs angemessen war oder nicht. Unpassend war sie jedoch nicht, und so blieb sie im Regen und der düsteren Stimmung des Friedhofs unbeantwortet stehen.

»Ich habe es dir doch gesagt«, schnauzte Steven Phoebe an. »Wir hätten früher kommen sollen. Nun stehen wir hier *drookit.*[31]«

»Und was verpassen wir?«, entgegnete Phoebe. »Am Ende landet der Tote in der Grube und viel Erde auf seiner Kiste.«

»Es ist unsere Pflicht. Wir hatten Geschäftsbeziehungen.«

»*Haud yer weesht!*[32] Das eine Mal, dass du Gerste geliefert hast. Und das bisschen Stroh für Isabellas Stall.«

Phoebe wäre am liebsten zu Hause geblieben. Steven dachte schon an den Pub und den Leichenschmaus. ‚Irgendetwas Vernünftiges. Nicht das Zeug von Phoebe.'

»Er war ein Nachbar«, argumentierte Steven.

»War er nicht. Der wohnte da unten. Wir dort oben«, stellte Phoebe klar. Sie betonte „unten" und „oben" deutlich.

»Ein Nachbar ist ein Nachbar.«

»Nein«, widersprach Phoebe erneut und zog den Kragen ihres Mantels noch höher. »Der Reginald wohnte irgendwo außerhalb. Nur die Herrschaften wohnen *unten* an der Distillery.« Sie rechnete offensichtlich Reginald nicht hinzu.

Trotz allem Ärger war die Beerdigung für Phoebe ein gesellschaftliches Ereignis. Sicher nicht so aufregend wie ein Ceilidh, aber dennoch spannend. »Siehst du dieses Flittchen?«, fragte sie und deutete auf Enya. »Sie schmeißt sich noch immer an den Laird ran. Die ist sicher zwanzig Jahre jünger und will sein Geld.«

»Fergus hat kein Geld«, entgegnete Steven und lag mit dieser Einschätzung nicht falsch. Fergus hatte zwar kein Geld flüssig, aber ihm gehörte fast der gesamte Norden der Insel.

---

[31] *Tropfnass*
[32] *Halt' den Mund*

Phoebe beharrte auf ihrer Meinung. »Fergus' Flittchen, die war doch damals mit ihm beim Ceilidh. Und nun ... sie blieb und ging nicht? Natürlich will sie sein Geld. Oder zumindest sein Land. Oder den Adelstitel. ... Oder alles zusammen. ... Im Astro-Channel im Fernsehen haben sie vor so etwas gewarnt. Sie muss ihn verhext haben. ... Hexerei sag ich nur. Hexerei!«

»Sie muss ihn verhext haben«, wiederholte Steven ironisch, um Phoebe zu necken. Im Regen leuchteten die blauen Flecken vom Minzsoßen-Zwischenfall noch immer in Stevens Gesicht auffallend violett und gaben ihm einen diabolischen Ausdruck.

»Du musst dich damit auskennen. Du siehst aus wie der Teufel in Person.« Phoebe nahm die Aussage als Bestätigung. »Es sind viele Leute hier. Die wissen alle Bescheid.«

»Über Reginald?«

»Nein, you *numpty*[33]. ... Über das Flittchen. ... So viele Leute.«

»Das ist ein Problem«, stellte Steven klar. »Die wollen alle in den Pub. Wie soll man da noch einen Platz bekommen?«

»Ale!«, ärgerte sich Phoebe und stieß Steven den Ellbogen in die Rippen. »Du denkst mal wieder nur ans Saufen.«

Steven stöhnte auf. »Nein. Eher endlich mal wieder etwas Vernünftiges zu Essen.«

»Was hast du an meinem Essen auszusetzen? Das nächste Grab hier auf dem Kilmartin Cemetery wird deines sein! *Dee ye ken?*[34]«, keifte Phoebe viel zu laut zurück. Sie übertönte sogar das Prasseln des Regens und die Predigt des Pfarrers. Dafür hatte sie nun alle Aufmerksamkeit auf ihrer Seite.

---

[33] *Idiot*
[34] *Verstehst du?*

Teilnahmslos verfolgte Joan, wie Reginalds Sarg langsam im lehmigen Schlund der Erde verschwand. Es rumpelte, als er viel zu schnell abgesetzt wurde. Die Trauergäste beeilten sich, ein paar Blumen auf den Sarg zu werfen, kurz zu kondolieren, um sich dann in irgendeiner geschützten Ecke zurückzuziehen. Einige liefen direkt zu ihren Autos und machten sich auf den Weg zum Leichenschmaus, während die Beerdigung noch im Gange war.

Isabella und Ernest mussten bis zuletzt bleiben, bis alle Gäste an ihnen vorbeigezogen waren und die nassen Hände geschüttelt hatten. Joan hatte sich ebenfalls zurückgezogen. Es war für alle deutlich, dass sie keinen Bezug zu Reginald hatte. Sie fuhr, wie die anderen auch, zum Pub weiter, wo Suppe, Sandwiches und viel Alkohol auf die Trauergäste warteten.

Ernest und Isabella folgten nach. Beide waren zwischenzeitlich kurz zu Hause, um trockene Kleidung anzuziehen. Da sie ein wenig später kamen, versäumten sie keine weitere Zeit, die Gäste nochmals zu begrüßen und die Getränke und den Imbiss freizugeben.

Es folgten die üblichen Schmeicheleien auf den Toten, obwohl kaum jemand Reginald wirklich kannte.

Timothy verlor ein paar Worte über Reginalds Fähigkeiten und den Verlust für die Whiskywelt.

Harald erschien nicht besonders betroffen. Es war aus seiner Sicht der Lauf des Lebens. ‚Man kommt. Man bleibt eine Weile auf dieser Welt. Man geht.'

Zum engeren Familienkreis gesellten sich noch einige weitere Freunde und Mitarbeiter aus der alten Zeit, während die Bewohner von Staffin dezent im Hintergrund am Buffet oder der Bar blieben.

Es gab noch die eine oder andere oberflächliche und inhaltsleere Rede und Beileidsbekundung. Nach und nach verließ eine Hälfte der Gäste den Umtrunk, während sich die anderen auf ein langes Bleiben an der Theke einrichtete.

Joan gesellte sich zu Ernest und säuselte ihm scheinbar beiläufig ins Ohr: »Sag mal, wenn wir so schnell keinen eigenen Whisky produzieren, können wir doch zukaufen und unter unserem Label vermarkten, oder?«

Ernest erstarrte angesichts dieser Unverfrorenheit. »Wir standen eben noch am offenen Grab und du planst sofort den Betrug an unserem guten Namen? Hast du keinen Respekt vor Reginalds Leistung und unserem Handwerk?«

Joan lachte kurz auf und erregte mehr Aufmerksamkeit als ihr lieb war. »Welche Leistung? Bis jetzt hat Reggie nichts erreicht. ... und wird auch nichts mehr erreichen«, entgegnete sie scharf.

Isabella hatte nur die Hälfte verstanden, erkannte aber sogleich, dass Ernest extrem sauer war. Die Spannungen waren bis in die letzte Ecke des Pubs spürbar.

Enya stieß Fergus in die Rippen. »Spürst du das auch?«, flüsterte sie.

Fergus nickte.

»Die Spannung geht von Ernest aus«, meinte Fergus.

»Nein«, entgegnete Enya. »Spannungen entstehen immer zwischen den Menschen. Hier im Dreieck zwischen Joan, Isabella und Ernest.«

Loch Hasco

Harald Humphries führte seine Anwaltskanzlei am südlichen Ende von Portree. Joan müsste lediglich quer durch den Ort laufen, um hierhin zu gelangen. Die Strecke wäre leicht in einer Viertelstunde zu Fuß oder in fünf Minuten mit dem Rad zu schaffen. Das Wetter war ihr aber zu ungemütlich. Zudem lief sie nicht gerne. Und falls sie das Rad nehmen würde, fühlte sie sich hinterher nicht mehr angemessen für die Stadt gekleidet.

Joan wählte das Auto und blieb prompt zwischen Touristen auf der Hauptstraße hängen. Die Gehwege und Straßen waren überfüllt mit Menschen. Joan fluchte wie gewohnt und trommelte auf ihr Lenkrad ein. Der Verkehr schien zum Stillstand gekommen zu sein. Es dauerte eine gefühlte Ewigkeit, bis sie endlich vor dem Gebäude ankam.

Als Joan an der Türe der Kanzlei klingelte, bat Harald Joan in sein Arbeitszimmer.

Harald wähnte sich fast im Ruhestand und hatte schon längst seine Bürokraft entlassen. Das Haus spiegelte den Muff der Jahrzehnte wider. Harald geleitete Joan in sein Arbeitszimmer. Trotz der hohen Erkerfenster wirkte das Zimmer dunkel. Vermutlich hatte Harald lange Jahre in diesem Raum beim Arbeiten geraucht. Der Geruch von kaltem Rauch lag über den Papieren und ledergebundenen Büchern, von denen Harald ganze Schrankwände voll besaß. In einer Ecke standen ein halbes Dutzend billiger Whisky- und Ginflaschen.

Joan registrierte, dass alle Flaschen angebrochen waren. Harald schien regelmäßig zu den Flaschen zu greifen.

Joan ließ keine Zeit verstreichen, um die Details der Übertragung von Reginalds Anteilen an der Distillery zu besprechen. Sie wollte nicht lange bleiben. Sie hatte das Gefühl, dass je länger sie blieb, desto mehr vom Rauch würde sich in ihren Kleidern festsetzen.

»Hast du alles fertig?«, fragte Joan direkt.

Harald seufzte. »So schnell? Reginald ist ja noch nicht einmal unter der Erde.«

Joan kümmerte sich nicht um den Einwand. »Wie lange wird es dauern?«

»Reine Routine, da für den Fall des Ablebens bereits ein Passus in den alten Verträgen steht. Reginald muss aus den Gesellschafterverträgen gestrichen werden. Ich lasse das notariell bestätigen. Wir müssen anschließend die neuen Verträge bei Gericht hinterlegen. Das benötigt ein paar Tage.«

»Also ein paar Tage«, wiederholte Joan ungeduldig.

Harald wunderte sich nicht über die Eile, mit der Joan vorging. Viel zu oft hatte er erlebt, dass Erben ihre Anteile schneller haben wollten, als der Pfarrer sein Gebet am Grab sprechen konnte.

Joan wechselte schnell das Thema: »Wieviel ist die Distillery nun wert?«

»Das kann ich nicht sagen.« Harald lehnte sich in seinem Schreibtischstuhl zurück und wippte hin und her. »Ich bin weder Makler noch mit den Verhältnissen am Markt vertraut. Im Endeffekt immer so viel, wie ein Kunde bereit ist, zu zahlen.«

»Das ist nichtssagend. Hast du eine Zahl?«

Harald schüttelte den Kopf.

»Irgendeine vage Vorstellung?«

Harald fühlte sich gedrängt. »Nicht allzu viel. Maximal eine halbe Million Pfund ... eher weniger.«

Joan nahm die Schätzung enttäuscht zur Kenntnis. ‚Das ist ja noch viel weniger, als die Japaner bereit sind zu zahlen. Harald muss sich irren.‘

Harald sah Joans Ärger. Er hatte das Gefühl, dass Joan eine Begründung erwartete. »Die Gebäude sind alt, aber solide. Die Geräte sind wohl in einem guten Zustand, aber ebenfalls alt. Dazu gibt es keine Automatisierung. Alles muss von Hand erledigt werden. Man könnte sagen ... nostalgisch. Der Wert könnte sicher deutlich höher angesetzt werden, wenn es ein aktiver Betrieb wäre und es eine Menge Know-how im Betrieb gäbe. Aber ohne Master Distiller ist eine Distillery lediglich eine Ansammlung von Gebäuden und museumsreifen Gerätschaften.«

Joan nickte, die Stirn in Falten gelegt. ,Da war wieder der Punkt, dass die Distillery aktiv sein musste. Wie es Haruto erwähnte', dachte sie.

Harald hielt kurz inne.

Joan erkannte, dass er noch nicht fertig war. »Und?«, forderte sie ihn auf.

»... Die Ländereien gehören nicht zur Distillery. Sie sind weiterhin in Ernests Besitz.«

»Ich weiß.« Joan spekulierte nach wie vor auf eine vielfach größere Summe.

»Staffin Bay hat doch einen legendären Ruf unter Kennern«, argumentierte Joan weiter.

»Korrekt, aber nur wenn die Distillery Whisky verkaufen kann. Mit einem toten Pferd kann man kein Rennen gewinnen.«

Joan hob ihre Augenbrauen und versuchte ihren Ärger zu verbergen. ,Ich habe den Japsen eine Abfüllung versprochen', überlegte sie. ,Dann ist das Pferd nur scheintot.'

»Was hast du mit der Firma vor?«, fragte Harald, während er Joan in den Mantel half. »So wie ich dich kenne, fragst du nicht ohne Grund nach dem Wert.«

»Ich weiß es nicht. Zumindest wird es kein Museum. Wenn ich die Firma nicht weiterführen kann, bleibt nur die Abwicklung. Oder der Verkauf.«

Harald zeigte ein süffisantes Lächeln, auch weil er Joans kryptischen Andeutungen nicht einordnen konnte. »Manchmal muss man das Spiel eben spielen, um zu gewinnen.« Seine Worte klangen harmlos, aber etwas in seiner Stimme ließ Joan frösteln. Es war ein Hauch von etwas Dunklem, eine Andeutung, dass er mehr wusste oder plante, als er preisgab.

Joan trat aus dem muffigen Gebäude und blickte auf die geschäftige Straße vor ihr. Sie seufzte und machte sich auf den Weg zu ihrem Auto. Sie wollte nur noch weg von hier, zurück zur Ruhe und Abgeschiedenheit.

Joan fuhr langsam zurück zu ihrem Haus, den Kopf voller Gedanken. Die Sonne neigte sich bereits dem Horizont zu, als sie endlich ankam. Sie parkte das Auto und betrat ihr modernes Domizil, das einen starken Kontrast zu Haralds muffiger Kanzlei darstellte. Ihre Räume waren hell, minimalistisch eingerichtet und bot einen atemberaubenden Blick auf die Bucht von Portree.

Joan zog sich direkt ihre Sportkleidung an, stellte ihr Spinningrad ein und begann, in die Pedale zu treten. Sie spürte, wie der Ärger und die Frustration langsam von ihr abfielen, während sie sich körperlich verausgabte. Ihr Kopf klärte sich, und sie konnte klarer über die nächsten Schritte nachdenken.

Während sie trat, kreisten ihre Gedanken immer wieder um Haralds abschließende Worte. ‚Manchmal muss man das Spiel eben spielen, um zu gewinnen.' Was hatte er damit gemeint? War es nur eine allgemeine Aussage oder verbarg sich mehr dahinter? Harald hatte stets mehr gewusst, als er preisgab.

Der Schweiß lief ihr den Rücken hinunter, und sie trat immer schneller. Der gleichmäßige Rhythmus des Rades half ihr, die Ereignisse des Tages zu verarbeiten.

Joan stieg vom Rad, ihre Muskeln brannten und der Schweiß tropfte von ihrem Körper. Sie war erschöpft, aber auch belebt. Das intensive Training hatte ihr geholfen, den Ärger und die Frustration des Tages zumindest für einen Moment zu vergessen.

Sie griff nach einem Handtuch und wischte sich den Schweiß von der Stirn. Nach einer kurzen Verschnaufpause ging sie zum Duschen ins Badezimmer.

Das heiße Wasser prasselte auf ihren Körper und wusch den Schweiß und die Anspannung weg. Sie genoss die Wärme und die beruhigende Wirkung des Wassers. Kurz war sie versucht, sich unter der Dusche zu befriedigen. Eine Hand verirrte sich zwischen ihren Beinen. Sie merkte schnell, dass es rein mechanisch war, weil der Stress nicht von ihr abgefallen war. »Shit!«, kommentierte sie die Situation.

Haralds Bemerkung und die Tatsache, dass sie immer noch nicht wusste, wie es mit der Distillery weitergehen sollte, nagten an ihr. Sie war entschlossen, eine Lösung zu finden, aber sie fühlte sich auch zunehmend unter Druck gesetzt.

Nachdem sie geduscht hatte, wickelte sie sich in ein großes, flauschiges Handtuch und ging in ihr Arbeitszimmer. Ihr langes Haar tropfte noch. Es hinterließ kleine Wasserpfützen auf dem Boden. Sie setzte sich an ihren Schreibtisch und öffnete ihr Notebook. Der Bildschirm leuchtete auf, und sie begann, ihre E-Mails zu checken.

Ein Name sprang ihr sofort ins Auge: Miyazaki Haruto. Sie öffnete die E-Mail und begann zu lesen.

From: Moon Shine Holding, London Ltd.

Subject: Unser Angebot

Joan,

ich habe bisher keine endgültige Antwort von Ihnen erhalten, obwohl die Frist zur Entscheidung über den Verkauf der Staffin Bay Distillery bald abläuft. Sie haben versprochen, diese Angelegenheit bis Ende des Monats zu klären, und die Zeit läuft Ihnen davon.

Ich erinnere Sie daran, dass unser Angebot äußerst großzügig ist und Sie Schwierigkeiten haben werden, einen vergleichbaren Deal zu finden. Zögern Sie weiter, wird die Gelegenheit an Ihnen vorbeigehen. Darüber hinaus erwarte ich die zugesagte Whiskyabfüllung.

Miyazaki Haruto

Joan las die Nachricht zweimal. Ihr Gesichtsausdruck verfinsterte sich. Harutos Tonfall war scharf und unmissverständlich fordernd. Sie fühlte, wie sich ihre Wut erneut in ihr aufbaute.

»Verdammt«, murmelte sie und schlug mit der Faust auf den Schreibtisch. »Er wagt es, mich unter Druck zu setzen.«

Sie stand auf und ging im Raum auf und ab, während sie nachdachte. Haruto hatte recht – sie hatte die Whiskyabfüllung versprochen. Sie spürte, wie die Kontrolle ihr entglitt, und das machte sie wütend.

Joan blieb vor dem Fenster stehen und blickte hinaus auf die Bucht von Portree. Sie griff zum Telefon und kontaktierte verschiedene Distilleries und Whiskyhändler. Sie kannte nicht viele, da sie noch nicht lange im Geschäft war. Natürlich hätte sie Harutos Whisky für die Abfüllung nehmen können, aber diese Blöße wollte sie sich nicht geben.

Letztendlich hatte Joan zwei Angebote für jungen Whisky zu völlig überteuerten Preisen. Scheinbar konnten die Händler Joans Notlage an ihrer Stimme hören. Wie beim Pokern konnte sie kaum verbergen, welche Karten sie in der Hand hielt – und welche nicht.

‚Selbst Amateure würden sofort merken, dass dies nicht unser Whisky sein kann‘, ärgerte sich Joan, während sie wie ein eingesperrter Tiger auf und ab lief. Sie setzte sich wieder an den Laptop, atmete tief durch und öffnete ein neues Dokument, um ihre Gedanken und Pläne festzuhalten. Sie wusste, dass sie strategisch vorgehen musste, um Haruto zu besänftigen und gleichzeitig die Kontrolle über die Destillerie zu behalten.

Sie nahm einen tiefen Atemzug und begann, die nächsten Schritte zu skizzieren:

1. *Fässer besorgen*

2. *Whiskyabfüllung*

3. *Verkauf der Destillerie*

Dann setzte sie hinter den ersten Punkt ein dickes Fragezeichen. Sie grinste grimmig und strich das Fragezeichen wieder durch. Joan zögerte kurz und griff dann zum Telefon. Sie wählte Ernests Nummer und wartete ungeduldig, bis er abhob.

»Hallo Joan«, klang Ernests Stimme müde.

»Ernest, wir müssen reden«, sagte Joan ohne Umschweife. »Es ist wichtig. Ich komme vorbei.« Mehr sagte sie nicht, bevor sie grußlos auflegte.

Joan gab Gas. Die Reifen quietschten.

»Fuck!« Joan wusste, dass die Buchmacher nicht loslassen würden. Sie musste schnell mindestens einen Teil der geschuldeten Summe liefern. Und da war auch noch ihr Apartment in London abzuzahlen. Und nun fühlte sie sich auch noch von Haruto unter Druck gesetzt.

Um Portree in Richtung Norden zu verlassen, gab es nur den Weg über die enge und kurvige Hauptstraße, die Bosville Terrace, und in der Verlängerung die Staffin Road. Wohl oder übel musste Joan sich hinter Wohnmobilen und Touristenautos einordnen, welche einerseits die vorgeschriebene Höchstgeschwindigkeit von zwanzig Meilen pro Stunde im Stadtgebiet einhielten und andererseits oft in den engen Straßen überfordert waren. Es erschien Joan unendlich langsam. Erst außerhalb der Stadt konnte sie das Tempo zeitweise auf fünfzig Meilen pro Stunde steigern.

Die Besiedlung an der Straße wurde langsam dünner, aber auch die Qualität des Straßenbelags nahm ab, wenn dies überhaupt noch möglich war. Joan wusste, dass sie sich konzentrieren musste. Sie musste Schlaglöchern am Straßenrand ausweichen, die jedes Jahr neu aufbrachen. Es war ein ewiger Kampf. Nach dem Winter wurde die Straße wieder notdürftig geflickt, damit im Laufe des Jahres, spätestens aber im Herbst, alte und neue Schlaglöcher erschienen.

Joan erreichte Loch Fada. Sie hatte keinen Blick für das Wasser, auf dem sich kleinere Wellenkämme gebildet hatten. Von Portree kommend, konnte man am Seeufer den ersten Blick auf den Old Man of Storr erahnen. Aber das Wetter ließ dies heute nicht zu. Für Joan war dies vorteilhaft. Ansonsten hätte sie damit rechnen müssen, dass Touristen im Sightseeing-Modus abrupt abbremsten, um das eine oder andere Foto über den See hinweg zu machen.

Joan passierte die Bride's Veil Falls. Hier bremste sie kurz ab, nicht weil sie sich den Wasserfall anschauen wollte, sondern weil der Wind Wasser auf die Straße geweht hatte. Zusammen mit dem Dreck, den Besucher vom Parkplatz auf die Straße fuhren, fühlte sich der Straßenbelag wie Schmierseife an. »*Fuckin' road, fuckin' shitty car*«, fluchte sie, weil sie beinahe das Auto in der ansonsten harmlosen Kurve verloren hätte. Dabei war die A855 hier noch besser ausgebaut. Es schloss sich Loch Leathan an. Joan gab erneut Gas. Sie wagte es, an den Touristen vorbeizuziehen, als wären sie rollende Hindernisse.

Joan näherte sich der angelegten Schonung am Straßenrand. Hier versuchte man zumindest, etwas Vegetation zurückzubringen. Es hatte sich sogar so etwas wie ein kleiner Wald gebildet, der allerdings unter den Touristenmassen litt.

Joan fluchte hier immer wieder. Eigentlich fluchte sie nicht nur hier. Sie fluchte überall, wenn sie am Steuer saß.

Größere Fahrzeuge wie Wohnmobile oder Busse parkten weiterhin direkt an der Straße. Hier spuckten sie die Massen an Tagestouristen aus. Immer wieder liefen Menschen auf der Suche nach dem idealen Fotostandort, oder zum Kiosk oder dem neugebauten WC-Gebäude über die Straße. Ihnen gehörte scheinbar die Welt. Und Schottland. Und Skye.

Joan war zu einer Notbremsung gezwungen. »*Damn' Bitch*! Bleib auf deiner Seite der Straße«, schrie sie. Vermutlich hörte man sie trotz geschlossener Autofenster.

Der Kioskbesitzer schaute nicht einmal auf. Er war es gewohnt. Solange er keinen Aufprall hörte, war die Situation – zumindest aus seiner Sicht – entspannt.

Mal wieder addierte Joan einige Zahlen beim Fahren. Dabei wollte sie die Summe gar nicht wissen, und sie änderte sich auch nur in eine Richtung: nach oben. Die Zahlen ließen sie schwindelig und wieder unaufmerksam werden. Insbesondere die illegale Pokerrunde bereitete ihr Sorgen. Mit Abscheu erinnerte sich Joan daran, dass sie dem Organisator mit einem Blowjob davon überzeugen musste, dass sie für die Rückzahlung einer Rate ein paar Tage mehr Zeit benötigte. Joan schwor ihm Rache.

Zwischenzeitlich wurde die Hauptstraße zu einer Single Lane. Nun musste Joan auch noch den Gegenverkehr im Auge behalten. Dies erforderte Geduld und vorausschauendes Fahren. Beides hatte Joan nicht zu bieten. Sie gab einfach Gas und versuchte, sich die Vorfahrt zu erzwingen. Es gelang nur bedingt.

Am Kilt Rock wurde die Fahrt mal wieder unterbrochen. Die Straße war wieder zweispurig, aber schmal. Ein Wohnmobil hatte die Abfahrt zum Parkplatz um wenige Meter verpasst und setzte schräg über beide Spuren zurück. Joan fluchte: »Bring deinen scheiß Karren endlich von der Straße!« Ihr Fluchen beschleunigte das Einscheren des Wohnmobils in die Zufahrt zum Parkplatz nicht. Wohl oder übel musste sie warten.

Nach Staffin war es nun nicht mehr weit. Noch wenige Minuten und sie würde bei Ernest vor der Tür stehen.

Joan bremste sportlich vor Ernests Wohnhaus ab. Ihr Frust über Haralds Schätzung saß tief. Lautstark schlug sie nach dem Aussteigen die Autotür zu. Üblicherweise schloss man auf Skye die Haustüren der Häuser nicht ab, zumindest nicht außerhalb der Städte. Joan war gewöhnt, dass sie einfach in ihr Elternhaus spazieren konnte. Umso mehr wunderte es sie, dass die Tür verschlossen war.

»Dieser Idiot, Ernest«, grummelte Joan. »Traut wohl keinem mehr über den Weg.« Dabei übersah Joan, dass es nach Reginalds Tod durchaus gute Gründe für etwas mehr Vorsicht gab.

Joan klingelte und wartete ungeduldig. »Du kannst deine Lakaien warten lassen, mich nicht!«, meinte Joan zu laut, wurde aber dennoch nicht gehört. Sie wartete lange und trippelte hin und her.

Isabella war nicht im Haus. Sie würde nicht öffnen. Stattdessen öffnete Sarah die Tür. »Wo ist Ernest?«, fragte Joan direkt heraus.

»Mr. Greene ist nicht im Haus«, entgegnete Sarah sauer.

Sarah schaute Joan herausfordernd an. Sie musste neidlos anerkennen, dass Joan sehr schön war, wenn sie verärgert war. Sarah wartete auf Joans nächste Frage. Sie sollte auflaufen.

»Und wo ist er?«

»Vermutlich auf seinen Ländereien unterwegs. Mit seinem Wagen, Rucksack und seiner Schrotflinte.«

Genauere Informationen wollte Sarah nicht weitergeben. ‚Soll sie ihn doch suchen gehen‘, dachte sie. Dabei wusste sie genau, wohin Ernest gegangen war.

Wohl oder übel ging Joan zu ihrem Mini zurück und tauschte ihre High Heels gegen festes Schuhwerk, das sie auf Skye immer im Kofferraum hatte. Zugleich klemmte sie sich ihr Smartphone ans Kinn und versuchte, Ernest zu erreichen. Ihr Vater antwortete nicht. Joan versuchte es immer wieder.

»Ich werde den Selleriekopf schon finden«, meinte Joan zu Sarah. »Hoffentlich macht er da oben keinen Unsinn mit der Flinte. Ich befürchte, er ist labil.«

Sarah hatte nicht den Eindruck, dass Ernest in Gefahr sei. Aber warum sollte sie dies Joan auf die Nase binden? ‚Soll sie doch laufen‘, freute sich Sarah insgeheim.

»Ich werde ihn sicher an der Jagdhütte finden«, meinte Joan zu Sarah.

Sarah wusste, dass dem nicht so war.

Joan drehte sich ohne Abschiedsgruß um und ging schnellen Schrittes zu ihrem Wagen. Sie musste an der Küste weiter bis Kilmaluag, einer kleinen Ansammlung einzelner Höfe und B&Bs, Richtung Norden fahren. Sie würde dort die Küstenstraße verlassen und über einen Schotterweg zur Jagdhütte weiterfahren. Dort würde sie den Wagen abstellen und loslaufen.

Sarah versuchte unterdessen, Ernest telefonisch zu erreichen. Ernest ging sofort an sein Telefon. »Ja, ich habe gesehen, dass Joan soeben angerufen hat.«

Sarah lächelte. »Ja, sie ist unterwegs. Sie sucht dich und möchte zur Jagdhütte. Sie hat schlechte Laune.«

»Die hat sie doch immer. Weißt du, was sie möchte?«

»Ich habe keine Ahnung. Sie hat mir nichts gesagt.«

»So ist sie, Sarah. Mal schauen, was sie möchte.«

Sarah hörte, wie Ernest kurz lachte. »Ich werde es ihr nicht so einfach machen. Ich bin nicht in der Hütte. Ich streife ein wenig am Loch Hasco herum. Wenn sie mich wirklich finden möchte, muss sie etwas dafür tun. Sie weiß, dass ich den See mag.«

Joan fuhr nach Kilmaluag, nur um festzustellen, dass Ernest Wagen nicht auf dem Parkplatz stand. Fluchend wendete sie und fuhr zurück zur Küstenstraße. Sie überlegte: ‚Nach Westen komme ich zu den Ruinen von Duntulm Castle. Was soll Ernest dort mit der Flinte? Dort hat er keine Ländereien mehr.‘

Sie entschied daher, den gleichen Weg zurückzufahren, erst Richtung Osten und dann nach Süden. ‚Vielleicht steht sein Wagen auf einem der Wanderparkplätze an der Straße?‘ Unterhalb von Loch Langaig sah Joan schließlich Ernest Wagen. Ihre Laune besserte sich kaum, nachdem sie eine Stunde umsonst herumgefahren war, nur um zu erkennen, dass Ernest gerade einmal zwei Kilometer von zu Hause entfernt war.

»Die Strecke hätte er auch laufen können«, fluchte sie, parkte ihren Mini neben dem alten Land Rover und machte sich auf den Weg. Joan lief durch die raue Landschaft unterhalb des Quiraing, ohne die Erhabenheit der Landschaft zu genießen. Im Gegenteil.

Das Heidekraut war verblüht, die Brauntöne der Farne dominierten das Bild. Die Wege waren nass und rutschig, und Joan hasste es, auf schlammigen Pfaden zu laufen.

Ernest beobachtete Joan aus der Distanz näherkommen. Es kam ihm vor, als würde heiliger Boden entweiht.

Obwohl Joan fit war, fluchte Joan bei jedem Schritt. Mehr als eine Stunde in der freien Natur zu laufen, war sie nicht gewohnt. Lieber lief sie unter kontrollierten, klinisch sauberen Bedingungen auf dem Laufband.

Ernest saß betont entspannt am Wasser. Es wirkte provokativ. Joan musste laufen, während er die Ruhe am See genoss. Er hatte einen geschützten Platz zwischen zwei großen Felsen gefunden, die den Wind brachen. Ernest wollte nachdenken.

Seit einigen Minuten kreiste ein Golden Eagle in der Thermik. ‚Die Adler kommen wieder‘, dachte er. Manchmal sah er einen Seeadler, wenn er hierher kam. Nun war es ein Steinadler. ‚Nicht alles ist schlecht‘, dachte Ernest und fühlte zum ersten Mal seit Reginalds Tod Ruhe und Frieden – bis Joan auf ihn zustapfte.

Joan setzte sich neben Ernest, nachdem sie einen kurzen Moment gebraucht hatte, um zu Atem zu kommen. »Ein schöner Platz«, meinte sie, um das Eis zu brechen. Sie meinte es nicht so.

Ernest nickte nur, das war das Ende des Smalltalks.

»Ich brauche deine Fässer. Wir müssen schnell Whisky auf den Markt bringen.«

Ernest schaute sie nur überrascht an.

»Es ist wichtig. Sonst müssen wir den Laden dichtmachen.«

»Es lässt sich ohne Distiller kaum vermeiden.«

»Nein! Ich möchte die Chance wahren, den Laden zu reaktivieren und selbst das Brennen lernen.«

Ernest wusste, dass sie log. ‚Aber warum?'

Er fühlte sich in die Enge gedrängt. ‚Warum will sie meinen Whisky? Er gehört nicht zur Distillery. Aber könnte Joan tatsächlich Interesse an dem Job haben? Kann ich ihr die Chance verwehren?'

Ernest Gedanken überschlugen sich. Er wurde sich bewusst, dass er immer Reginald in den Vordergrund gestellt hatte. ‚Ist es nun Joans Zeit?'

»Es sind doch nur noch neun Fässer.« Ernest schüttelt energisch den Kopf.

Joan hatte es vorab überschlagen: ‚Ich habe den Japanern 2500 Flaschen versprochen. Bei 0,7 Litern pro Flasche brauche ich mindestens 1750 Liter. Aus jedem Fass kann man – nach Abzug des *Angel's Share*[35] – wohl 200 Liter Whisky mit Fassstärke ziehen. Dann ein bisschen verdünnen. Macht dann 280 Liter je Fass. Also benötige ich sechs Fässer.'

»Und wenn wir nur sechs Fässer nehmen?«, begann Joan. »Ein Lebenszeichen würde reichen. Dir bleiben noch drei Fässer bis zum Lebensende. So viel Whisky wirst du nie trinken können.«

‚Lebensende', nahm Ernest aus ihrer Aussage auf. Er sah Joan ungläubig in die Augen. ‚Hat sie wirklich die Unverfrorenheit, die Zeit bis zu meinem Lebensende mit Whisky aufzurechnen?'

---

[35] *Angel Dust: Anteil des Alkohols, der während des Reifens des Whiskys verdunstet.*

Ernest biss sich auf die Lippen.

Joan versuchte ihre Forderungen noch mit weiteren Aussagen zu untermauern.

Ernest sagte schließlich »Drei Fässer« und hoffte, damit die Diskussion zu beenden.

»Sage ich doch. Drei Fässer werden dir auf ewig reichen.«

»Nein«, entgegnete Ernest. »Du hast mich falsch verstanden. Drei für dich und sechs bleiben in The Barn.«

Es war selten, dass Joan ihren Vater in die Barn begleitete. Früher, als Kind, war dies häufiger der Fall. Damals war das alte Lagerhaus ein großer Abenteuerspielplatz. Heute war es für Joan nur noch ein muffiges Gebäude voller sentimentaler Erinnerungen, zu denen sie keinen Bezug mehr hatte. Diesmal ging sie sogar voran, nachdem Ernest umständlich aufgeschlossen hatte. Es zog sie zu ihrer Beute.

Die verbliebenen neun Fässer waren nur eine Pfütze im Vergleich zum Ausstoß der großen Distilleries. Aber für Ernest bedeuteten sie das Vermächtnis einer großen Whiskykultur.

‚Vielleicht fällt es ihm einfacher, wenn er die Fässer nicht sieht', vermutete Joan und änderte ihre Position, so dass Ernest nun mit dem Rücken zu den Fässern stand.

Ernest schaute zu seinen Oldtimern herüber. Kurz, ganz kurz dachte er an seine offenen Projekte. Ernest war lediglich für einen kurzen Augenblick abgelenkt, dann wandte er sich wieder zu den Fässern hin.

»Welche Fässer kann ich nehmen?«, fragte Joan. »Vier Ex-Bourbon und zwei Ex-Sherry[36] für den runderen Geschmack?«

Ernest schaute seine Tochter verächtlich an. »Du konntest schon in der Schule schlecht rechnen. Vier plus zwei ergibt nicht drei.«

»Die Fässer sind ein emotionales Kulturerbe der ältesten Distillery auf Skye.« Ernest versuchte einerseits die Vergangenheit loszulassen und hielt dennoch an ihr fest. »Du bekommst zwei Bourbon und einmal Sherry.«

»Drei Fässer wären noch ein selteneres Kulturerbe«, versuchte Joan noch einen letzten Anlauf.

Ernest antwortete kurz und knapp: »No!«

Joan akzeptierte widerwillig die aktuelle Beschränkung, zumindest vorläufig. Irgendwann – spätestens nach Ernests Ableben – wären alle Fässer fällig.

Joan meinte trocken: »Ich habe alles durchkalkuliert. Es sind besondere Fässer. ...«

»Ja. Es sind ganz besondere Fässer.«

»Vater, lass mich ausreden! Dann nehmen wir eben nur drei Fässer. Das macht vermutlich nur 600 Liter Whisky. Wir könnten den Whisky als *Sherry Cask Matured Overaged Limited Edition* in den Handel bringen.«

»Wieso *Overaged*? Wir kennen das Alter der Fässer.«

»Gut. Dann eben wie früher: *Staffin Bay – 28 Years – Sherry matured*. Wir werden das Alter nicht verschweigen. Den Preis setzen wir exorbitant hoch an. Ich wette, der Markt ist bereit, dafür 399 Pfund für die vermutlich letzten alten Staffin Bay-

---

[36] *In Schottland ist es üblich, dass der Whisky in alten Fässern reift, die bereits eine Vorbelegung hatten; beispielsweise mit Bourbon, oder Südweine, wie Sherry. Dies gibt dem Whisky unverwechselbare Noten.*

Abfüllungen zu zahlen. Und wir werden in 0,5-Liter-Flaschen abfüllen, nicht in 0,7er Flaschen«, kam Joan gerade in den Sinn.

»Die vermutlich letzte Abfüllung?«, erkannte Ernest. »Die Abfüllung wird nicht den Namen der Distillery tragen. Nenne sie doch „Secret Skye"[37].«

»Warum nicht unter dem Namen der Distillery?«

»Ich habe meine Gründe. Aber du kannst ja ausreichend Gerüchte streuen und der Markt liebt solche Schnitzeljagden.«

Joan gefiel dieser Gedanke ausnahmsweise. Die Spekulationen würde sie bewusst anheizen. Irgendwann wird der Markt allein erkennen, dass es Staffin Bay Whisky ist. Dann wird man sich noch intensiver um diese Flaschen bemühen.

»Es werden aber nicht die letzten Flaschen sein. Es bleiben noch sechs Fässer.«

Ernest explodierte: »Damn' it! Meine restlichen Fässer wird der Markt nicht sehen.«

Joan vermied es weiterhin, ihren Plan auf den Tisch zu legen. ‚Später kommen auch noch die restlichen Fässer dran.' »Wir nennen die Abfüllung Recovered – für Wiedergefunden.«

»Wir müssen sie nicht finden. Sie sind ja hier.«

»Alter Narr! Wir brauchen eine Legende für die Fässer. Wir verkaufen in erster Linie die Staffin Bay-Legende und erst in zweiter Linie den Whisky.«

»Du verkaufst eine anonyme Legende.« Ernest verstand. Allerdings hasste er den Gedanken an den Verkauf, die Legendenbildung und die Kälte seiner Tochter.

»Denk mal nach!«, forderte Joan ihn auf. »1200 Halbliter-Flaschen, 399 Pfund … das sind gut 480 000 Pfund Umsatz.

---

[37] Bei Whiskyabfüllungen ist es durchaus üblich, einzelne Abfüllungen anonym auf den Markt zu bringen, wenn eine Brennerei hierbei im Hintergrund bleiben soll.

Nach Steuern, Werbung, Bottling und Verkauf bleiben schnell und mit wenig Mühen 350 000 Pfund Gewinn.«

»So kannst du nicht rechnen«, entgegnete Ernest. »Wir hatten Produktionskosten …«

»Ja. Ja. Etwa fünf Pfund je Flasche«, fuhr Joan dazwischen.

»… und Lagerkosten …«

»Vielleicht nochmals fünf Pfund. Gut. Dann ziehen wir – aufgerundet – fünfzehntausend vom Gewinn ab. Bleiben 335 000.«

»Wir brauchen das Geld nicht.«

»Wir? Es ist meine Distillery«, entgegnete Joan viel zu schnell.

»Und mein Whisky«, konterte Ernest eiskalt.

Joan dachte nicht daran, den Gewinn zu teilen.

Nach langer weiterer Diskussion gab Ernest seufzend auf. Er markierte widerwillig drei Fässer mit einem Kreidekreuz, ohne jedoch darauf zu verzichten, sich zu merken, welche Fässer es waren. Er verließ schweigend mit Joan The Barn und würde für längere Zeit fernbleiben.

Quiraing

Flodigarry

Ernest war weit über seinen Schatten gesprungen. Nun wollte er wieder allein sein. Da Joan den gleichen Weg zum Loch Hasco hochgelaufen war, den Ernest zuvor auch genommen hatte, versuchte er zu vermeiden, den Rückweg zusammen mit Joan zu laufen. Vielleicht wäre es angemessen gewesen, vielleicht hätte man sich wieder ein wenig annähern sollen. ‚Zu viele „Vielleicht"', erkannte Ernest. Es waren zudem zu viele offene Fragen nach all den Jahren der Spannungen zwischen Vater und Tochter. Zu jeder Antwort, die er fand, gab es viele neue Fragen.

Ernest entschied, Joan anzulügen. »Ich habe hier lediglich eine Pause gemacht, als ich dich gesehen habe. Ich werde den Weg nun noch höher in Richtung des Quiraing weiterlaufen. Dort soll ein tollwütiger Fuchs sein Unwesen treiben. Dafür habe ich die Flinte mitgenommen.«

Joan verabschiedete sich knapp von ihrem Vater, und die beiden liefen in entgegengesetzte Richtungen auseinander. Joans Laune hatte sich ein wenig aufgehellt. Immerhin verfügte sie nun über drei Fässer für eine exklusive Abfüllung.

Ernest lief langsam und wartete, bis Joan außer Sichtweite war. Dann drehte er um und schlenderte den Weg in Gedanken versunken zurück. Er hatte Zeit. Er fühlte sich allein.

Er entschied, nicht nach Hause zu fahren. Er wollte zunächst zu Fergus.

Ernest hatte sich von unterwegs angekündigt und wurde bereits erwartet. Man sah den Land Rover langsam die Straße zum Flodigarry Mansion rauffahren. Ernest parkte neben dem Land Rover von Fergus. Die beiden Autos sahen sich zum Verwechseln ähnlich.

Bereits nach kürzester Zeit saßen Ernest und Enya zusammen vor dem Haus. Fergus war noch im Haus beschäftigt. Die Begrüßung war betont knapp, aber schottisch herzlich. Die Andeutung eines Nickens reichte. »Fergus kocht Tee«, meinte Enya.

Ernest registrierte Liath auf dem Tisch, schenkte dem Buch allerdings keine Beachtung. Liaths Tartanmuster spiegelte lediglich die langweiligen Nuancen des Graus des Himmels wider.

Der Blick zum Horizont zeigte den wieder aufziehenden Regen. »Das Wetter wechselt mal wieder«, sagte Enya und schaute in Richtung eines unbestimmten Punktes am Horizont, um das Eis zu brechen.

Ernest blieb ruhig.

Enya spürte, dass Ernest reden wollte.

Fergus kam hinzu. Er wollte etwas sagen, aber Enya signalisierte ihm, zu schweigen. So stellte er lediglich neben dem Tee auch den obligatorischen Whisky auf den Tisch.

»Der Tee ist mir nun lieber«, meinte Ernest. »Mir ist kalt.«

Enya nickte und stand auf, um den Tee einzuschenken.

»Es ist uns nicht vergönnt, lange gutes Wetter zu haben«, meinte Ernest und nahm Enyas Bemerkungen zum Wetter auf.

Enya erkannte, dass Ernest nicht zur Sache kam. »Ernest, ich habe gehört, du warst oben am Quiraing?«, fragte sie vorsichtig.

»Ja«, hatte Ernest nun einen Anker. »Es gibt dort einen kleinen See, den ich sehr mag.«

»Gab es Ruhe dort oben?«

»Ich habe wieder Steinadler gesehen. Sie sind zurückgekommen und brüten wieder oben am Felsen.« Ein kurzes Lächeln huschte dem alten Mann übers Gesicht. »Und dann lief mir doch Joan hinterher.«

Enya bemerkte, dass Ernest nicht direkt auf ihre Fragen einging. Manchmal antwortete er auf Umwegen, oder indirekt. ‚Ernest ist nicht einfach.‘, schloss Enya.

»Joan hatte handfeste Interessen«, fügte Ernest hinzu. »Sie wollte meine Whiskyfässer für eine Abfüllung.«

Enya verstand nicht sofort, worauf dies hinauslaufen sollte. »Ich denke, Whisky muss erst lagern.«

»So ist es«, mischte sich nun Fergus ein. »Es kann kein neuer Whisky sein. Er muss schon lange liegen.«

»Kannst du mir das erklären?«, wendete sich Enya neugierig wieder an Ernest. »Joan hat dich dann nach … altem Whisky gefragt? Hast du denn noch welchen? Und warum ist der nicht in der Distillery?«

Ernest fasste kurz Joans Intention zusammen und erläuterte, was es mit *The Barn* auf sich hatte.

»Nun bekommt sie also drei von den letzten neun Fässern«, erkannte Enya.

»Ich bereue es jetzt schon«, ärgerte sich Ernest.

»Was bezweckt sie damit?«

»Sie sagt, sie wolle ein Lebenszeichen der Distillery setzen und wohl selbst den Beruf des Distillers lernen.«

Fergus meinte zu erkennen, dass Liath langsam andere Farbschattierungen aufnahm als die des Himmels. ‚Kann es sein, dass sich nun die Rot- und Orangetöne des Feuers in der

Feuerschale auf dem Einband widerspiegeln?' Enyas Sensibilität hatte den Gedanken aufgefasst. Sie lächelte Fergus kurz zur Bestätigung an. Dann versank sie ins Grübeln und die anderen blieben still. Enya hatte Kontakt zu Liath.

Zunächst fragte Enya nach: »Drei Fässer sind doch viel zu wenig für ein Lebenszeichen, welches der Markt wahrnehmen sollte. Was kommt nach diesem Lebenszeichen? Verpufft es einfach, ohne dass Nachschub kommt? Und hat Joan überhaupt das notwendige Personal, um Whisky zu produzieren, nachdem Reginald leider verstorben ist? Bedarf es da nicht eines Whisky-Machers?«

»So ist es. Er heißt Master Distiller«, erklärte Ernest.

»Man würde es in der heutigen Zeit auch Produktionsleiter nennen«, ergänzte Fergus.

»Ich mag diesen Begriff nicht«, widersprach Ernest, während er Zucker und Milch zu seinem Tee gab. »Aber so ist es … in der neuen Zeit. Er muss mehr können. Er kreiert ein Genussmittel.«

»… und eine Geldanlage«, ergänzte Fergus.

Enya sank für einen kurzen Augenblick in ihren Sessel zurück. Dann streckte sie sich. »Joan will verkaufen.«

»So ist es«, meinte auch Fergus. »Den alten Whisky …«

»Nein! Nicht der Whisky«, widersprach Enya. »Das ist nur ein Signal, welches sie nun setzt. Sie weckt Interesse und lockt potentielle Interessenten an.«

Fergus schlürfte hörbar an seinem Tee. Er saß neben Ernest. Die beiden Männer hielten ihre Teetassen in der Hand und schauten beide Enya fragend an.

»Interesse woran?«, hakte Fergus nach.

»… Joan möchte die Distillery verkaufen.«

Die Männer schauten sich schweigend an. Beide setzten fast synchron ihre Teetassen wieder ab.

»Meinst du wirklich?«, fragte Fergus skeptisch.

Enya nickte. »Liath stimmt uns zu. Lass' es mich vorsichtig formulieren ...«

Weiter kam sie nicht. Fergus unterbrach sie, weil er erkannte, dass es falsch wäre, Ernest aktuell mit Wissen über Liath zu konfrontieren. Er würde es nicht verstehen. »Joan würde von Reginalds Tod profitieren«, lenkte er ab.

»Wie das?«, fragte Ernest.

»Reginald hätte nie verkauft. Nun ist er aus dem Weg und Joan kann kassieren. Sie hätte einen Grund ...«

»Nur bedingt«, widersprach Ernest, ohne weiter in die Details zu gehen. Er schob den Gedanken beiseite. »Ohne Master Distiller ist die Distillery nichts wert.«

»Es sei denn, die Distillery bekommt Personal von außen.« Enya kam zur Sache, wechselte aber sogleich das Thema. »Ernest, wir wissen eigentlich gar nichts über Reginald. Hatte er Freunde?«

Ernest konnte auf die Frage nicht direkt antworten. »Ehrlich gesagt, weiß ich es nicht. Zumindest wohl kaum hier auf Skye. Er war erst seit kurzem wieder hier. Und wie es auf dem Festland aussieht, weiß ich nicht. Aber ich vermute, dass er keine engen Freunde hatte.«

»Meinst du, er war Einzelgänger?«, fragte Enya.

»Vermutlich ja. Er war eher mit seiner Arbeit verheiratet. Er wollte den perfekten Whisky kreieren. Tüfteln. Ausprobieren, soweit man ihn ließ. Er war zeitlebens ein verspieltes Kind. Aber ein sehr zielstrebiges Kind.«

Enya hörte aufmerksam zu und versuchte herauszufinden, ob sich hinter Ernests Worten mehr verbarg, als er selbst wusste. Allerdings konnte sie nicht weiter in die Tiefe dringen. Ernests Wissen war wirklich nur sehr oberflächlich.

»Betrachten wir die andere Seite. Wenn er keine Freunde hatte, gab es denn Feinde? Oder Neider?«, fragte Fergus.

Ernest behagte die Art des Fragens nicht. Er fühlte sich wie bei einem Verhör.

Enya warf Fergus einen entsprechenden Blick zu, während Ernest dennoch antwortete: »Auch das kann ich nicht wirklich beantworten. Ich vermute eher nicht.«

Enya sah, dass Fergus Frage sinnvoll war. Reginald musste zumindest einen Feind haben. Einer, der bis zum Äußersten gegangen war.

Fergus übernahm vorsichtiger die weiteren Fragen, nach einem Schluck Tee: »Ernest, kannst du uns etwas über Reginalds Leben im Speyside erzählen? Was hat ihn dorthin getrieben?«

»Das war der Whisky. Er hat das Schließen der Staffin Bay Distillery nicht miterlebt. Da war er gerade fünf Jahre alt. Nach der Schule wollte er von der langweiligen Insel weg. Sie war ihm zu provinziell. Da ist er erst nach Glasgow gezogen. Er wollte zunächst studieren. Und dann weiter in den Speyside, nachdem er sein Studium abgebrochen hatte und plötzlich lieber Whisky machen wollte. Das war damals nicht einfach. Viele junge Menschen wollten auf einmal Whisky machen. Nur trug Reginald einerseits selbst einen großen Namen in der Branche – nämlich den Namen Greene – und andererseits hatte er zwei Fürsprecher: Timothy und Harald.«

»Timothy ist klar«, meinte Fergus. »Aber inwiefern Harald?«

»Mein Anwalt kannte die Käufer, die nach und nach die alten Staffin Bay Bestände der geschlossenen Distillery aufgekauft hatten. Er wusste, dass manche Distillery im Speyside nicht nur milden Whisky produzieren, sondern auch mal eine etwas rauchige, herbe Note mit einfließen lassen wollte und unsere alten Fässer hatte.« Ernest hielt inne. Vermutlich war ihm der nächste Gedanke etwas peinlich. »Er hat eine Distillery mit Nachdruck an diese Episode erinnert.«

»Erpressung?«, konkretisierte Enya.

»Nicht wirklich. Das war wohl nicht notwendig. Ich glaube, ein Wort hatte gereicht. Aber Harald war Anwalt und kannte natürlich die Strippen, an denen er ziehen musste. Und er wusste, wie stark er ziehen durfte, ohne dass die Strippen rissen. Er suchte eigentlich zu diesem Zeitpunkt einen Arbeitsplatz für seinen Sohn Christian im Umfeld der Whiskyproduktion. Christian wollte ebenfalls – allerdings ohne Vorkenntnisse – Master Distiller werden. Harald konnte damals beide Jungs unterbringen.«

Ernest benötigte einen Augenblick. Er gönnte sich einen Schluck Tee, der mittlerweile nur noch lauwarm war. Fergus stand auf und holte eine Flasche Speyside-Whisky. Während er zwei Gläser füllte – nicht drei, weil Enya abwinkte – fragte er: »Wie ist es Reginald im Speyside ergangen?«

»Ich weiß wenig über die Zeit. Er hat kaum davon erzählt.«

»Habt ihr euch denn zwischenzeitlich gesehen?«

»Natürlich, Fergus. Das Verhältnis war gut. Aber nur zu den Feiertagen und Geburtstagen. Aber das war in Ordnung.«

»Also ein unauffälliges Leben?«

»So kann man es wohl nennen.«

»Aber in diesem Jahr hatte er wohl den Entschluss gefasst, zurückzukommen«, meinte Enya. »Was war der Grund?«

»Reginald hatte sich dazu nie konkret geäußert. Er wollte wohl sein eigenes Ding machen und nicht ein Leben lang Angestellter einer Distillery, die ihm vorgab, wie der Whisky zu sein hatte.«

Enya hatte Zweifel an dieser Aussage. Ihre Sensibilität zeigte ihr zwar nicht an, dass Ernest etwas verheimlichte oder beschönigte. Aber die Wahrheit war wohl anders. Wohl auch für Ernest unbekannt.

Nachdem Ernst gegangen war, fasste Enya ihre Eindrücke für Fergus zusammen: »Ernest scheint wirklich nicht mehr zu wissen. Aber kann es sein, dass Reginald keine Freunde, keine Feinde und keine Neider hatte? Dazu keine Sozialkontakte? Nichts? Allein in der Welt?«

Fergus schüttelte den Kopf. »Selbst ich habe mehr Sozialkontakte.«

»Zwar nicht zu Menschen, aber zu Hexen«, lachte Enya.

Moira schaute erstaunt und verschlafen auf. Fergus lächelte seit langer Zeit mal wieder und meinte: »Und ich habe einen Hunde-Sozialkontakt.«

෯ ෴ ෳ

Am Quiraing, später am Tage

Der Tag würde sehr lang werden, nachdem Enya Fergus spontan gefragt hatte: »Können wir dahin gehen, wo Ernest war? Wo er Joan getroffen hatte?«

Fergus führte Enya zum Quiraing. Flodigarry lag am nördlichen Fuß des gewaltigen Gebirgsabbruchs. Diesmal konnte der Laird Nicholson of Trotternish seine neue Mieterin über seine eigenen Ländereien führen.

Fergus dachte an die Vergangenheit. Er war schon immer ein Eigenbrötler gewesen, der die Einsamkeit der Isle of Skye bevorzugte und sich selten für Gesellschaft interessierte. Anfangs hatte er Enya nur als Mieterin betrachtet, einen Gast, der das alte Cottage auf Zeit bewohnte. Doch im Laufe der ersten Tage hatte sich etwas verändert. Enya brachte Bewegung in Fergus' festgefahrene Routinen. Er schätzte ihre Gesellschaft und gewöhnte sich sogar an Moira, die sein Herz erobert hatte. Enya und Moira gaben dem alten Eigenbrödler eine neue Perspektive auf das Leben auf Skye.

Von Norden kommend verbarg der Quiraing lange seine Größe. Erst als sie Loch Hasco erreichten, ahnte Enya, wie imposant diese Felskante ist. Fergus unterbrach das Schweigen: »Dies muss etwa der Punkt sein, an dem Ernest gestern Joan getroffen hatte. Dies ist Loch Hasco.«

Moira trank begierig aus dem See. Enya steckte ihre Hand in das Wasser. »Es ist sehr kalt, obwohl es noch Sommer ist«, stellte sie fest.

Fergus lächelte wissend. »Es ist das Wasser aus dem Berg.«

»Lass uns ein paar Minuten hierbleiben und die Atmosphäre atmen«, bat Enya.

Fergus nickte still. Moira erkundete die Gegend, obwohl Hunde hier nicht frei laufen durften. Viel zu leicht könnten sie brütende Vögel aufschrecken oder Schafe jagen. Aber Moira blieb in der Nähe und Fergus tolerierte es; insbesondere auch, weil die Brunftzeit hier oben vorbei war.

»Hier ist vieles spürbar«, sagte Enya. Fergus schaute sie fragend an. »Meinst du das, was du Magie nennst?«

»Unter anderem. Der Ort ist wirklich magisch. Aber hier ist mehr. Hier sind Spannungen. Etwas muss die Magie gestört haben.«

»Vielleicht Ernest?«

»Nein, eher Joan. Es gab eine Konfrontation. Wir wissen bereits von dem Ärger, den Ernest hier erfahren hatte und vermutlich reflektiere ich nur, was wir bereits von ihm wissen.«

»Die Sonne steht bereits hoch. Wollen wir noch zum Quiraing weiterlaufen, oder möchtest du hierbleiben?«, fragte Fergus.

»Lass uns noch ein wenig laufen.«

Der Tag wechselte wieder seine Farben. Es wurde grau und trüb, der Himmel bedeckt mit Wolken, die Regen ankündigten. Die Sonne ließ sich nur noch selten sehen. Trotz des widrigen Wetters wollte Enya weiterlaufen. Sie war entschlossen, sich nicht aufhalten zu lassen.

Fergus schien das Wetter nicht zu irritieren.

Der Quiraing selbst schien ebenso unbeeindruckt vom Wetter wie Fergus. Die Felsen ragten majestätisch in die Höhe, die schroffen Klippen und bizarren Felsformationen wirkten noch eindrucksvoller, wenn sie von dunklen Wolken umgeben waren. Der Ort hatte etwas Mystisches, das selbst durch das schlechte Wetter nicht getrübt werden konnte. Allerdings merkte Enya, wie die Magie jeweils auswich, als Wanderer sich näherten.

Als die kleine Gruppe den höchsten Punkt des Quiraing erreichte, spürte Enya eine seltsame Präsenz. Es war, als ob die Luft mit besonderer Energie geladen wäre. Sie fühlte, dass die Magie nicht direkt am Quiraing lag, sondern in der Nähe, und beschloss, ihren Instinkten zu folgen. Enya sondierte ihre Eindrücke und ließ ihre Sinne schweifen.

Fergus bemerkte Enyas Unruhe. »Fühlst du etwas?« fragte er leise.

Enya nickte. »Ja, da ist etwas. Die Magie ist stark, aber nicht genau hier. Sie verschwindet immer wieder. Sie weicht den Wanderern aus, aber es fühlt sich an, als ob sie in der Nähe auf uns wartet.«

Fergus hatte Schwierigkeiten, Enya zu verstehen. »Dann sollten wir weitergehen und sehen, wohin sie uns führt.«

Die Wanderung am Quiraing war nicht nur eine Erkundung der Landschaft, sondern auch eine Suche nach dem Unsichtbaren, dem Magischen, das die Isle of Skye so einzigartig machte.

Mit jedem Schritt kamen sie der Quelle der Magie näher, und Enya spürte, wie die Energie stärker wurde. Schließlich sahen sie auf Loch Sneosdal herab, einem kleinen See, etwa drei Kilometer westlich vom Quiraing.

Fergus bremste und hielt Enya am Arm. Sie bemerkte, dass dies der erste Körperkontakt war, den beide hatten.

»Wanderer machen immer wieder den gleichen Fehler. Sie wollen immer wieder die nächste Sehenswürdigkeit erkunden. Eine nach der anderen. Sie vergessen, dass der Rückweg immer länger wird. Lass uns hier umkehren. Den See können wir später noch von anderer Stelle aus besser erkunden.«

Enya wollte widersprechen. Irgendetwas zog sie zu diesem See. Letztendlich gab sie Fergus nach und erkannte die Vernunft in seinen Worten. »Gut. Dann ein anderes Mal.«

Secret Skye

Portree

Joan saß in ihrem Wohnzimmer vor ihrem Notebook und vergeudete keine Minute. Der Whisky war noch nicht einmal fertig und längst nicht abgefüllt, aber sie lancierte bereits die Information über die *„Secret Skye* Abfüllung" unter dem Stichwort *„Recovered"*. Sie kannte die richtigen Kanäle: Fachblätter, Großhändler und die Gruppen in den sozialen Medien.

Da nur wenige Flaschen – weit weniger als die erhofften 2500 Flaschen – auf den Markt kommen würden, kontaktierte Joan ausgewählte Großhändler direkt und bot insgesamt 999 Flaschen an. Sie ließ bewusst viele Händler außen vor, um einen Hype zu erzeugen. Bessere Werbung, als zu wissen, dass das Produkt existiert, aber nicht für jeden verfügbar ist, konnte es nicht geben. ‚Sollen die alten Händler doch jammern und heulen,‘ dachte sie. ‚Ich kenne sie sowieso nicht.‘

Noch während sie vor ihrem Rechner saß, überlegte Joan den Marktpreis. ‚Warum eigentlich 399 Pfund?‘ Sie hielt kurz inne. ‚Ich werde 499 ansetzen.‘ Gerade der hohe Preis sollte ein weiteres Argument in ihrer Werbung sein. Dieser Whisky ist nicht für jedermann.

Dann entschied sie, dass 499 Pfund nicht der Marktpreis sein sollte, sondern ihr Abgabepreis an die Händler. Wie teuer der Whisky dann im Laden sein würde, war ihr egal.

Fairy Glen

Die vergangenen Ereignisse hatten Ernest gesundheitlich stark angegriffen. Er fühlte sich ständig erschöpft und hatte Mühe, seinen Alltag zu bewältigen. Reginalds Tod war längst nicht verarbeitet. ‚Das wird noch lange Dauern‘, wusste er. Die ständigen Spannungen mit Joan setzten ihm zu. Isabella war auch keine Stütze. Sie redeten kaum noch miteinander. Oft saß Ernest beim Frühstück einfach nur da, in Gedanken versunken, während sein Körper ihm deutlich signalisierte, dass etwas nicht stimmte.

Am Morgen nach Reginalds Beerdigung, als Isabella ihn beim Frühstück beobachtete, fiel ihr auf, wie blass und müde Ernest aussah. »Ernest, du solltest wirklich einen Arzt aufsuchen. Du siehst schrecklich aus,« sagte sie besorgt.

Ernest winkte ab, wie er es immer tat. »Ach, das ist nichts. Nur ein bisschen Stress, das geht schon wieder vorbei.« Ernest wusste, dass er sich selbst belog.

Doch Isabella ließ nicht locker. Sie bestand darauf, dass Ernest einen Termin beim Arzt machte. Nach einiger Überredung willigte er ein, und sie schafften es, kurzfristig einen Termin bei einem teuren Facharzt auf private Rechnung in Inverness zu bekommen. Im öffentlichen Gesundheitssystem hätte er auf diesen Termin ein Jahr warten müssen.

Der Termin war am heutigen Freitag. Isabella plante alles genau durch. Die Fahrt von Staffin nach Inverness, an der Nordseeküste Schottlands, war lang. Etwa zwei Stunden und vierzig Minuten, und sie wollten sicherstellen, dass sie pünktlich ankamen. Isabella plante eine ganze Stunde zusätzlich ein, da sie quer durch die Highlands fahren mussten.

Ernest und Isabella standen in aller Frühe auf. Es war noch dunkel draußen, und die kühle Morgenluft lag schwer über Staffin. Die Route führte sie zuerst über die A855 entlang der Ostküste von Skye, dann über die A87 durch die dramatische Landschaft der Insel und schließlich über die A82 nach Inverness. Die Straßen waren größtenteils leer, und die Fahrt verlief ruhig und besser als befürchtet.

Isabella fuhr den Land Rover. Sie war konzentriert auf die Straße, aber immer wieder warf sie besorgte Blicke zu Ernest hinüber.

Ernest saß grübelnd auf dem Beifahrersitz und schaute fast durchgehend aus dem Seitenfenster. Die ihm wohlbekannte Landschaft zog an ihm vorbei, ohne dass er sie wahrnahm.

Es war still im Auto; die Stille nur unterbrochen vom leisen Brummen des Motors und dem gelegentlichen Rascheln von Isabellas Jacke, wenn sie das Steuer fester griff.

Vielleicht würde dieser Besuch für Ernest endlich Klarheit bringen und ihm helfen, seine Gesundheit wieder in den Griff zu bekommen.

Joan hatte gewusst, dass Ernest an diesem Tag nicht in der Distillery sein würde. Sie musste schnell planen, um sicherzustellen, dass das Timing perfekt war. Noch besser war, dass auch Isabella aus dem Haus war. Zwar wäre sie vermutlich nicht in die Distillery gekommen, aber diese Fügung war ideal. Erst seit zwei Tagen wusste sie, dass genügend Whisky für die Abfüllung zur Verfügung stand.

Zum Glück konnte Haruto umgehend Flaschen für die Abfüllung zur Verfügung stellen. Eigentlich wollte Joan dies selbst erledigen, aber die Kürze der Zeit ließ es nicht zu.

Richtig stolz war sie darüber, dass sie innerhalb von vierundzwanzig Stunden passende Geschenkboxen organisiert hatte. Eigentlich ein Ding der Unmöglichkeit, aber ein bekannter Holzverarbeitungsbetrieb hatte einen entsprechenden Überbestand verfügbar. Nach viel Überzeugungsarbeit konnte sie erreichen, dass noch am gleichen Tag der Schriftzug „Secret Skye" ohne weitere Erläuterungen oder Informationen auf die Deckel der Geschenkboxen eingelasert wurde.

Für die Flaschenetiketten und begleitenden Faltblätter gab es spezialisierte Druckereien mit Overnight-Service. Flaschen, Boxen, Etiketten und Flyer würden heute alle per Kurier angeliefert werden, falls nichts Unvorhergesehenes dazwischenkam.

Joan konnte stolz auf sich sein. Dennoch war ihr Plan gewagt und der Ausgang ungewiss. Sie hatte keinen Plan B und vertraute darauf, genügend Zeit zu haben.

Für ihr Vorhaben brauchte Joan Timothys Hilfe. Nur widerwillig hatte er gestern zugestimmt, von Uig nach Staffin zu kommen. Letztlich waren es Joans Andeutungen gewisser Gefälligkeiten, die ihn bewegten, ihr zu helfen.

Joan betrachtete Timothy nach wie vor als Angestellten der Destillerie, obwohl er es längst nicht mehr war. Entsprechend unsensibel hatte sie versucht, ihm klarzumachen, dass er – gegen Honorar – gebraucht wurde, um die letzte Abfüllung zu blenden. Dieser Ansatz brachte keinen Erfolg. Joan erkannte den Fehler: Geld zeigte bei ihm nicht die gewünschte Wirkung.

Letztlich setzte sie auf vage sexuelle Angebote. ‚Ich weiß nicht, ob er anbeißt', grübelte Joan. Immerhin war sie achtundzwanzig und Timothy über dreißig Jahre älter. ‚Vielleicht reagiert er nicht mehr auf die Reize einer Frau?', befürchtete sie. Aber was hätte sie ihm sonst auf die Schnelle anbieten können, als ihren Körper und Gefälligkeiten?

Timothy hatte sie immer mal wieder gierig angesehen. Joan war das nicht entgangen. Sie hatte keine Ahnung, dass Timothy sie seit dem Ceilidh nur als Beute betrachtete, die unterworfen werden wollte. ‚Mutter und Tochter zugleich‘, malte er sich aus. Doch Joan war keineswegs bereit, sich zu unterwerfen. Im Gegenteil, sie wollte dominieren und Timothy zu ihrem Werkzeug machen.

In der Tat ließ sich Timothy dazu überreden, diese eine Abfüllung fertigzustellen. ‚Entweder mache ich das, oder Joan wird wohl versuchen, Ernest einzuspannen. Das wäre unpassend‘, redete er sich ein und beschloss, es für den Namen der Distillery und für Ernest zu tun.

Timothys Motivation war Joan egal. Hauptsache, der Master Distiller funktionierte als Werkzeug und auch als Master Blender.[38]

⁶⁶ ⁶⁶ ⁶⁶

Joan fand es nicht einfach, sich für die Arbeit in der Abfüllerei praktisch zu kleiden und gleichzeitig Timothy zu beeindrucken. Körperliche Arbeit war nicht in ihren Genen abgelegt.

Sie bürstete sorgfältig ihre langen, rotblonden Haare, die sie von ihrer Mutter geerbt hatte, und betonte den seidigen Glanz mit einem Spray. Ihre opalschimmernden, braun-grünen Augen, ebenfalls von ihrer Mutter, funkelten im Spiegel. Manchmal fragte sich Joan, was sie wohl von ihrem Vater geerbt hatte – vermutlich nicht viel, außer ihrer schlanken, fast knabenhaften sportlichen Figur.

Sie überlegte, Jeans zum Abfüllen des Whiskys zu tragen. Doch wenn die Jeans zu eng war, konnte sie schlecht arbeiten,

---

[38] *Der Blender ist die Person in einer Brennerei, oder auch bei Abfüllern, der aus diversen Whiskys das fertige Produkt zusammenstellt.*

und wenn sie zu weit war, würde sie Timothys Augen nicht auf sich ziehen. ‚Vielleicht etwas anderes? Einen Rock? Eine Reiterhose? Latzhose?' »Denk nach!«, ermahnte sie sich. »Welches Kleidungsstück erfüllt beide Anforderungen?«

Die Zeit lief ihr davon. Schließlich entschied sie sich für eine locker sitzende alte, zerrissene Jeans. Sie betrachtete sich im Spiegel, war jedoch unzufrieden. Joan zog die Jeans wieder aus und griff nach einer Schere. Binnen Sekunden fügte sie zwei wietere Risse an interessanten Stellen hinzu und bemühte sich, die Risse alt aussehen zu lassen. Unter den Rissen schimmerten rote Spitze am Po hervor.

Zu der Jeans legte sie ein türkisfarbenes Tank Top heraus, erkannte jedoch, dass es dafür noch zu kalt war. Zufälligkeit hätte Timothy ihr kaum abgenommen. Nach weiterem Wühlen entschied sie sich für ein dünnes, weißes T-Shirt – nicht viel wärmer, aber auch nicht so offensichtlich gewählt. Unter dem T-Shirt wollte sie nicht nackt sein; das wäre ‚too much' gewesen. Sie wollte lediglich Timothys Begierde wecken. Der Grad war schmal. Sie entschied sich für einen dunklen BH, der durch den dünnen Stoff stark kontrastierte.

Joan stellte sich ein letztes Mal vor den Spiegel und betrachtete sich. ‚Arbeitskleidung', dachte sie süffisant.

Joan war unmittelbar, nachdem sie sich angezogen hatte, von Portree nach Staffin gefahren. Sie wollte jede Minute nutzen. Der Zeitplan war straff. Sie hatte in Erfahrung bringen können, dass Ernest seinen Arzttermin um elf Uhr in Inverness haben würde. Also würde er spätestens um 7:30 Uhr das Haus verlassen.

Kaum hatten Ernest und Isabella ihren Weg nach Inverness angetreten, begann an der Distillery lebhafte Betriebsamkeit.

Haruto hatte Wort gehalten. Sehr früh wurden die ungelabelten Flaschen der Moon Shine Holding geliefert. Die Holzkisten kamen ebenfalls sehr früh an. Joan nahm die wertvolle Lieferung persönlich in Empfang. Sie kontrollierte die Flaschen und Holzboxen. Selbst wenn die Etiketten später kommen sollten, konnte sie schon mal der Abfüllung beginnen.

Zeitgleich sollten Liam und Shona die drei markierten Fässer aus The Barn holen.

»Verdammt, wo hat der alte Knabe den Schlüssel«, zeterte Joan, als sie im Elternhaus am Schlüsselbrett den gesuchten Schlüssel nicht fand. »Vermutlich an seinem Schlüsselbund«, ärgerte sie sich. Sie überlegte kurz. »Es muss aber noch weitere Schlüssel geben.«

Hektisch durchsuchte sie eine Ablage, in der die Reserveschlüssel aufbewahrt wurden. »Das muss er sein«, erkannte sie. Sie prüfte den Anhänger. Er war mit „#1" beschriftet. Schnellen Schrittes ging Joan mit dem Schlüssel voran. Liam und Shona folgten zu The Barn.

»Diese nehmen wir«, gab sie vor und deutete auf die markierten Fässer. Kurz war sie versucht, noch mehr Fässer zu nehmen. Aber vor diesem Schritt schreckte sie zurück.

Am späten Vormittag waren auch die Etiketten vor Ort. Dann brachte ein neutraler Kleintransporter noch ein weiteres Fass Whisky einer fremden Destillerie. Es wurde mühevoll über zwei Planken von der Ladefläche gerollt. »Vorsicht«, dirigierte Joan Liam und Shona, als ob den beiden nicht klar war, wie man mit einem Fass umgehen musste. Nun standen vier Fässer an der Abfüllanlage.

»Chefin, deine Hose ist kaputt«, bemerkte Liam und konnte sich ein Lachen nicht verkneifen. »Deine Unterhose schaut raus.«

Für einen kurzen Augenblick errötete Joan. »Es ist eben eine alte Hose zum Arbeiten.«

»Meine Hose hat keine Löcher«, meinte Liam, als Shona ihn zur Seite zog.

Jetzt benötigte Joan Timothy. Sie wartete. Timothy ließ sich scheinbar Zeit. Für die Verzögerungen konnte er allerdings nichts. Er wurde unterwegs aufgehalten. Auf der schmalen, gewundenen Single Lane von Uig über den Quiraing nach Staffin hatte sich vor ihm an einer engen Kurve ein viel zu großes Wohnmobil festgefahren. Die Straße war blockiert.

»Immer das Gleiche mit diesen Idioten«, fluchte Timothy. »Wann wird die Straße endlich für die unfähigen Eigenheimkutscher gesperrt?«

Joan wurde nervös. Die Eigenschaft „Warten" war in ihren Genen genauso wenig verdrahtet, wie „Arbeit". Sie befürchtete, ihren Plan ohne Timothy durchziehen zu müssen.

Liam spülte den lange schon nicht mehr genutzten Tank zunächst großzügig mit Wasser und anschließend mit technischem Alkohol. Er ließ den Alkohol verdunsten. Zwischenzeitlich kümmerte sich Shona um die Abfüllanlage. Die Rohre der kleinen Anlage wurden gespült. Sie ließ einfach Wasser aus dem nahen Kilmartin Bach durch die Leitungen laufen und trocknete die Leitungen mit Druckluft.

Kurz bevor Joan die große Fahndung einleiten wollte, kam Timothy mit seinem alten Vauxhall angefahren. Er ließ das Auto unverschlossen und lief mit schnellen Schritten zur Abfüllstation. Beim Näherkommen erkannte er das fremde Fass vom Festland zwischen den Staffin Bay Fässern. Er ahnte, was Joan vorhatte. »Was für ein Schwachsinn! So machst du den guten Namen der Distillerie kaputt.«

Joan stellte sicher, dass weder Liam noch Shona in der Nähe waren und die Diskussion nicht mitbekamen.

»Das Fass kommt auch noch mit rein«, stellte Joan unmissverständlich klar. Sie duldete keinen Widerspruch.

»Dann ist es kein Single Malt mehr. Sondern lediglich ein Blend«, versuchte Timothy fachlich entgegenzuhalten. »Welche Plörre hast du denn besorgt?«

»Niemand wird es wissen«, konterte Joan kalt. »Selbst Ernest hat keine Ahnung von diesem Fass.«

»Das wiederum nennt man Betrug.«

»Die Welt schreit danach, betrogen zu werden!« Joan merkte, dass sie das Ziel, den Whisky zu panschen, nicht so einfach umsetzen konnte. Sie hatte befürchtet, dass Timothy sich sträuben würde.

»Und wie regelst du das mit der Steuer?« Timothy versuchte es mit anderen – allerdings schwachen – Argumenten.

»Die Steuer wurde doch direkt nach dem Brand abgeführt.«

»Und dieses Fass?«

»Fast legal.«

»Fast? Was heißt das?«

»Es reicht zu wissen, dass es bezahlt ist.«

»Und wenn es nicht zu unserem Whisky passt. Dann gewinnst du nichts!«

Joan erkannte, dass sie nun langsam ihre körperlichen Argumente einsetzen musste, bevor Timothy komplett dichtmachen würde. Joan drehte Timothy ihren Rücken zu und beugte sich über das fremde Fass. Scheinbar wollte sie die Aufschrift prüfen. Es war zu offensichtlich.

Timothy ahnte, dass dies eine geplante Geste war, um ihn zu ködern. Er war bereit, mitzuspielen und würde versuchen, das Spiel schnell nach seinen Regeln zu gestalten.

Joan sorgte dafür, dass Timothy einen direkten Blick auf ihren Po bekam. Sie wusste um diese Wirkung. »Es ist ein Olorosa-Fass«, meinte Joan, während sie so tat, als würde sie vom Label ablesen. Dabei wusste sie sehr genau, was sie zugekauft hatte. Sie hatte sich vorher sorgfältig informiert.

Timothy warf zunächst einen faszinierten Blick auf Joans Po. Die blitzende rote Spitze erregte ihn. Er schluckte kurz. Sein Hals fühlte sich trocken an. Die Aussicht auf eine spezielle Belohnung war zu verlockend. Erst sein nächster Blick galt den Beschriftungen auf dem Fass. Neu motiviert versuchte er sich wieder auf seine Arbeit zu konzentrieren: »Unser Whisky ist sowieso schon sehr süß. Und dieser Whisky hier ist nach meiner Meinung viel zu jung«, ärgerte sich Timothy. »Wenn wir den Whisky mit unserem verschneiden, können wir die Altersangabe nicht halten und machen alles kaputt. Nach dem Gesetz bestimmt der jüngste Whisky das Alter auf dem Label.«

»Was zählen Londoner Gesetze auf Skye?« Joan erkannte, dass sie noch mehr Überzeugungsarbeit leisten musste. ‚Habe ich etwas zum Drohen?', überlegte sie kurz, fand aber keinen Ansatz. ‚Auch in die Richtung hätte ich denken müssen', ärgerte sie sich. ‚Zuckerbrot und Peitsche. ... Nur habe ich Letzteres vergessen in Betracht zu ziehen.' Joan zog sich ihre Jeans zurecht und der Riss am Po öffnete sich ein Stück weiter.

»Ein weiteres Südweinfass könnte doch prinzipiell passen«, meinte sie weniger als Frage.

»Wenn er nur nicht zu süß wird. Dann wäre unser Ruf ruiniert.«

»Der Markt mag es mittlerweile süß.«, säuselte Joan. Sie streckte ihren Po noch weiter heraus.

»Wir mögen es eher herb«, entgegnete Timothy mit einem Kloß im Hals und dachte an die Verlockungen, die er sah.

»Wir bringen den Whisky als 28er auf den Markt. Die Labels mit der Altersangabe sind bereits gedruckt.«

»Die falsche Altersangabe wäre ein schneller Weg in den Knast.« Timothy hatte Schweißperlen auf der Stirn.

Shona stand in der Tür und betrachtete die Situation aus der Entfernung. Sie vermutete korrekterweise, dass sie gerade Zeuge einer Verführung wurde, ohne vom Gespräch etwas mitbekommen zu haben. Grinsend drehte sie sich um und rannte geradezu in Liam. »Komm mit, das ist nur etwas für erwachsene Menschen«, belehrte Shona ihren Kollegen.

Liam war nun erst recht neugierig. Er warf einen Blick über Shonas Schulter. Er wollte zu Joan und Timothy laufen. »Ich muss doch wissen, was wir als nächstes zu tun haben.«

»Nein! Das werden wir noch früh genug erfahren. Lass' uns erst einmal frühstücken gehen.«

Shona zog Liam mit Nachdruck vom Geschehen weg. »Schade. Ich wollte nur wissen, worüber die reden.«

Joan kochte innerlich, weil alles so zögerlich voranging. Ihre Stimmung wechselte zwischen Ärger, Wut und überlegendem Lachen hin und her. Was aber immer blieb, war ihr Mangel an Geduld. Das hatte sie wohl von ihrer Mutter Isabella in die Wiege gelegt bekommen. Sie wies Timothy mit scharfer Stimme an, das erste Bourbonfass an den Haken des Flaschenzugs zu nehmen.

Der ständige Wechsel zwischen erotischem Spiel und scharfen Kommandos irritierte Timothy. »Ich weiß, was ich zu tun habe.« Er war es ebenfalls nicht gewohnt, auf Kommandos zu reagieren. Mit Ernest kam er immer auf Augenhöhe zurecht.

»Wir können die Fässer nicht einfach so zusammenschütten«, insistierte Timothy. »Zunächst müssen wir das perfekte Mischungsverhältnis finden. ... wenn es überhaupt mit diesem Whisky möglich ist.«

Joan gefiel dieser Widerspruch überhaupt nicht. Es kostete Zeit und brachte sie nicht weiter. Dennoch musste sie Timothy Recht geben. Sie wechselte wieder ihren Betriebsmodus. Diesmal von überheblich drohend nach belohnend. Beiläufig, aber bewusst rückte sie ihre Brüste in Timothys Blickfeld. Mehr allerdings auch nicht. ,Hoffentlich mag er kleine Brüste', dachte Joan. Sie wusste, dass sie ihre Vorzüge bewusst in Szene gesetzt hatte.

»Ein kleines Risiko für eine große Belohnung«, schnurrte sie. Sie blieb mit dieser Aussage betont vage. Dann setzt sie scharf hinzu: »Wenn du dich benimmst!« Joan begann auszuloten, ob sie auf dem richtigen Weg war.

Timothy reagierte nicht auf diesen Ton und blieb unbeweglich stehen. Noch dominierte der absehbare Ärger mit dem Whiskybetrug und konnte durch eine vage Aussicht auf eine Belohnung nicht kompensiert werden.

Joan war irritiert, denn sie hatte irgendeine Art von Reaktion erwartet Aber „keine Reaktion" hatte sie nicht im Plan.

Scheinbar unbewusst, aber doch gewollt, streifte Joan Timothy, als sie sich an ihm vorbeidrängte. Sie meinte zu spüren, dass Timothy erregt war. Sie drehte sich kurz zu Timothy, um ihn mit einem Blick anzuschauen, der eher einen Geschäftsabschluss versprach als eine Anmache. »Ich hole den *Whisky Thief*[39] und Probiergläser«, meinte sie. Sie ließ ihn für einen kurzen Augenblick allein zurück.

Joan kam mit mehreren Probiergläsern, Messbecher und dem Whisky Thief zurück, wie sie es schon einmal von Ernest abgeschaut hatte.

Timothy wollte nach dem Probiergläser greifen.

Joan meinte nur knapp: »Nein. Ich mache das.«

---

[39] *Whisky Thief oder Whisky Thief Pipette: wörtlich „Whisky Dieb". Werkzeug, das in der Whiskyproduktion und -verkostung verwendet wird, um Proben aus Fässern zu entnehmen, um den Whisky zu probieren oder zu analysieren. Der Whisky Thief ist in der Regel aus Glas oder Edelstahl gefertigt und hat eine lange, schmale Form, die es ermöglicht, eine Probe aus dem Fass zu ziehen.*

Timothy wich irritiert zurück. »*Ich* bin der Master Distiller«, ärgerte er sich.

»Und ich bin die Chefin!«, konterte Joan. Sie nahm eine Probe aus jedem Fass und schüttete den Whisky in die Probiergläser.

Timothy probierte jeden Whisky ausgiebig. Joan tat es ihm gleich; allerdings eher flüchtig. Der Master Distiller wollte eine erste Mischung probieren und die Whiskys in einem Maßzylinder abmessen.

Joan ließ es nicht zu. »Schau mir zu, ob ich es richtig mache«, forderte sie ihn auf und zeigte ihm wieder ihren Po. Sie mischte die Whiskys, wie sie es für richtig hielt und notierte das Mischungsverhältnis. Anschließend schwenkte sie ihre Probe viel zu stark in einem Messbecher. Es war Absicht. Der Whisky schwappte aus dem Messbecher und benässte ihr T-Shirt großflächig. Wo es nass war, wurde es sofort transparent und klebte an ihrer Haut.

Timothy bemerkte den Spitzen-BH unter dem T-Shirt, sofern er es nicht längst vorher getan hatte.

Joan quittierte den vergossenen Whisky mit einem mürrischen Blick und ging scheinbar zur Tagesordnung über. Die Situation verlief langsam so, wie Joan es sich vorgestellt hatte.

»Soll ich mich um das T-Shirt kümmern, Joan?«, fragte Timothy schwer atmend.

‚Er hat endlich angebissen', stellte Joan befriedigt fest. »Das mache ich selbst.«

Joan zog sich das T-Shirt über den Kopf und sorgte dafür, dass Timothy nahe vor ihr stand, während der nasse Stoffe an ihrem Körper entlangglitt. Timothy wollte nach Joan greifen, um sie zu küssen.

Joan wich zurück. »Auch das mache ich, wenn es an der Zeit ist!«

Timothy stand wie ein abgewiesener Schuljunge vor Joan. Sein Interesse war längst geweckt. Er war geil. Langsam dämmerte es ihm, dass er sich Joan nicht auf Augenhöhe nähern konnte. ‚Es wird ein Kampf‘, wusste Timothy. »Was mache ich nur hier«, murmelte er mit einem letzten Aufbäumen. Er warf einen Blick auf das von Joan notierte Mischungsverhältnis. Ohne dies weiter zu hinterfragen, fügte er – gemäß ihren Notizen – jeweils noch die Hälfte des Sherryfasses und des zugekauften Olorosafasses in den Mischtank.

Joan rührte langsam. Timothy fühlte sich eingeengt, als er die Fässer zur Seite stellte. Mit etwas Widerwillen nahm er ein Probierglas, um die Mischung direkt aus dem Abfülltank zu probieren.

»Nun ja«, meinte Timothy. »Besser ist er nicht geworden. Aber es geht.«

„Es geht" reichte Joan als Qualitätsurteil vollkommen aus.

Timothy befasste sich mehr oder minder widerwillig mit der Abfüllanlage. Als Master Distiller hatte er eigentlich wenig mit dem Abfüllen zu tun und die Tätigkeiten waren ihm fremd. Dennoch hatte er die Anlage schnell startklar. Seine Meinung über Joan begann zu kippen. ‚Jetzt mache ich auch schon illegale Sklavendienste für diese Bitch‘, ärgerte er sich. ‚Ich hätte längst nein sagen sollen.‘

»Wir kühlen gleich zum Filtern herunter«, wollte Joan vorgeben.

Aus Trotz und insbesondere, um den Geschmack im Auge zu behalten, widersprach Timothy: »Sicher nicht! Wir werden nicht kalt filtern.«

Es entbrannte ein Streit über das Filtern des Whiskys. Timothy setzte sich diesmal durch. »Wir werden überhaupt nicht filtern. Die Schwebstoffe sollten im Whisky bleiben. Er soll doch älter wirken.«

Timothy schaute Joan ermattet an. »Wir lassen den Whisky noch ein wenig ruhen. Erstmalig nach Jahrzehnten wird er wieder für kurze Zeit Kontakt mit Sauerstoff haben.« Gleichzeitig hatte er die Füllhöhe im Tank abgelesen. »Wir haben etwa 600 Liter gut erreicht.«

Timothys Aufgabe war mit dem Blending abgeschlossen. Er musste hierbei weit über seinen Schatten springen. Er probierte nochmals das Ergebnis. »Schmeckt doch stark nach Vanille. Nach Nuss, ...« Timothy ließ den Whisky hörbar im Mund hin und her schwenken. »Na ja. Eher Mandel als Nuss«, korrigierte er sich. »Und die Sherry-Noten sind deutlich erhalten geblieben ... und nicht vom Olorosa-Fass überdeckt. Süßer hätte er nicht werden dürfen.«

Timothy füllte für Ernest und für sich noch je zwei Flaschen ab, bevor Joan die Abfüllung und Etikettierung der für den Verkauf bestimmten Flaschen vorbereiten würde.

Joan lächelte zufrieden. »Timothy, gratuliere! Wir haben uns selbst übertroffen. Schade, dass wir den Whisky verkaufen wollen.« Keines der Worte meinte sie ernst.

»Hast du schon eine Preisvorstellung im Kopf?«, fragte Timothy.

»Ich dachte 499 Pfund je Flasche. ... Großhandelspreis.«

Timothy war erschrocken. Einerseits über den Preis und andererseits über die Kälte, mit der Joan den Preis nannte.

Timothy erkannte, dass er an diesem Tag bei Joan nicht weiterkommen würde. Joan machte ihm deutlich, dass seine Aufgabe für diesen Tag erledigt war. Er war des Kämpfens müde. Die Abfüllung wollte er gerne Joan überlassen. ‚Ich weiß sowieso schon zu viel und sollte jetzt fahren.'

⤸ ✿ ⤷

Joan war es recht, dass Timothy ohne weitere Aufforderung gegangen war. »Sonst hätte ich ihn rausschmeißen müssen.« Sie war froh, nun freie Hand zu haben. Sie schloss die Tür zur Abfüllanlage, um sicherzustellen, dass niemand sie störte.

Der Whisky war nicht so dunkel, wie sie es nach der langen Reifezeit erwartet hatte. »Schade«, murmelte Joan. »Der Markt verlangt nach Farbe.« Sie wusste genau, dass viele Konsumenten glaubten, je dunkler der Whisky, desto älter und hochwertiger sei er. Dieser Glaube war tief in der Marketingwelt verankert, aber nicht gerechtfertigt.

Joan überlegte kurz. ‚Ich könnte mit Zuckerkulör nachfärben.‘ Es war legal, solange es deklariert wurde. Aber Joan hatte nicht vor, die Wahrheit auf das Etikett zu schreiben. ‚Steht zwar nicht auf dem Etikett. Aber was soll's? Der Markt will betrogen werden.‘ Sie machte sich an die Arbeit. ‚Und überhaupt. Die Etiketten sind ja schon gedruckt.‘

Joan holte eine kleine Flasche mit Zuckerkulör aus ihrer Handtasche. Sie hatte den Farbstoff im Supermarkt gekauft. Gedacht war er eigentlich zum Anfärben von Bratensoßen. Sie trat an den Mischbottich und begann, das dunkle Konzentrat vorsichtig hinzuzufügen. Zunächst färbte sich der Whisky kaum. Sie schüttete den gesamten Flascheninhalt in den Tank. ‚Zumindest etwas mehr Farbe‘, stellte sie fest. ‚Zum Glück habe ich noch zwei weitere Flaschen.‘ Joan lächelte diabolisch. Sie beobachtete, wie sich die Farbe allmählich vertiefte, als sie den zweiten Flascheninhalt in den Bottich goss.

»Genau so«, flüsterte sie.

Nachdem sie die gewünschte Farbe erreicht hatte, prüfte sie den Whisky erneut. Die Färbung war nun satt und dunkel. Joan grinste zufrieden. »Das wird den Markt beeindrucken.«

Als nächstes dachte sie über die halbleeren Fässer nach, die noch neben der Abfüllanlage standen. ‚Zu schade, wenn wir die stehenlassen würden.‘ Sie füllte den restlichen Whisky ebenfalls in den Abfülltank, um sicherzustellen, dass kein Tropfen verschwendet wurde. ‚Scheiß was auf Tasting und Blending. Es wird kein Tropfen vergeudet.'

Joan schwenkte die neue Mischung in einem Probierglas. ‚Hätte ich mir eigentlich denken können. Der zusätzliche Whisky hat wieder Farbe aus dem Blend genommen.' Ohne weitere Dosierung leerte sie auch noch die dritte Flasche Zuckerkulör in das Fass. Sie verrührte ihre Mischung und entnahm eine weitere Probe.

Nach der Sichtung des Whiskys im Glas sah sie, wie die Flüssigkeit am Glas Schlieren zog. ‚Der Alkoholgehalt ist sehr hoch', folgerte sie. Insbesondere der junge Whisky hatte hierzu beigetragen, da in der Kürze der Reifezeit nur wenig Alkohol verloren ging.

»Fein«, meinte Joan zum Glas. »Dann können wir noch einige Flaschen zusätzlich rausschlagen, wenn wir auf 48 Prozent Alkohol verdünnt haben.« Sie lachte laut auf. »Natürlich zum gleichen Preis. ... Wasser ist teuer ... nun ja. Vielleicht sollten wir uns die zusätzlichen Mühen auch zusätzlich vergüten lassen. Sagen wir 549 Pfund.«

Joan hatte gelernt, wie sie den Alkoholgehalt des Whiskys messen konnte. Die Etiketten waren bereits mit 48 % vorgedruckt. ‚Dann müssen wir den Kunden noch etwas Wasser verkaufen.' Joan kippte ein paar Eimer Quellwasser in den Tank, wobei sie jedes Mal den Alkoholgehalt kontrollierte. Als er sich der 48-Prozent-Marke näherte, schüttete sie noch einen halben Eimer Wasser hinzu und meinte: »Punktlandung!«

Sie hielt kurz inne. ‚Wird nicht ab 47,5 auf 48 aufgerundet? Also darf es etwas mehr Wasser sein.'

Nun konnte Joan Shona und Liam hinzurufen. Beide hatten keine Ahnung, welchen Whisky sie nun abfüllen würden.

Joan stellte die Abfüllanlage an und begann, die Flaschen zu füllen. Jede Flasche wurde sorgfältig verschlossen und mit dem vorbereiteten Etikett versehen. Auf dem Etikett prangte stolz:

Secret Skye – 28 Years – Sherry matured – 48 vol.%

Die Wahrheit über den Inhalt der Flaschen war nur Joan bekannt.

Es dauerte lange, zu dritt die Flaschen abzufüllen. Liam und Shona bedienten abwechselnd die Abfüllmaschine und stellten die befüllten Flaschen auf einem großen Tisch ab. Joan nahm die Flaschen, klebte die Etiketten auf und kritzelte eine unleserliche Unterschrift darauf. Sie legte die Flaschen zusammen mit dem Infoblatt in die Holzkisten, die wiederum zu sechs abgepackt in den Pappkartons verschwanden.

Gelegentlich wechselten sie die Rollen, denn die monotone Arbeit im Dunst des Alkohols machte müde.

»Wieso soll ich unterschreiben?«, fragte Shona.

»Weil die Chefin es so will«, bemerkte Liam, ohne weiter nachzufragen.

»Ach. Es soll nur die Exklusivität betonen. Alles handgemacht«, betonte Joan.

»Und warum unterschreibst du nicht alle?«

»Immer das Gleiche tun, macht müde.«

»Aber ich kann doch nicht mit „Shona McLeod" unterschreiben.«

»Kritzele einfach einen unleserlichen Namen auf das Etikett. Irgendetwas, aus dem man mit gutem Willen vielleicht Greene raten könnte.«

Shona verstand. Nur Liam runzelte die Stirn, fragte aber nicht weiter.

Niemand würde danach fragen, dass nicht Joan, sondern Shona eine unleserliche Unterschrift auf die Schilder setzte.

Am Ende waren gut 1700 Flaschen zum Verkauf fertig. »Nicht schlecht für vier Fässer«, bilanzierte Joan. Der fertige Whisky war nicht schlecht. Andererseits war er bei Weitem nicht mehr so außergewöhnlich, wie er gestern von Timothy abgestimmt wurde. Und von einer Perfektion war er noch weiter entfernt.

Joan hatte nicht damit gerechnet, wie viel Zeit für die Abfüllung notwendig war, obwohl Shona und Liam fleißig und ohne Unterlass mitgeholfen haben.

Zufrieden mit ihrer Arbeit, lehnte sie sich zurück. »Der Markt wird begeistert sein«, flüsterte sie und konnte ein diabolisches Lächeln nicht unterdrücken.

Joan überschlug nochmals die Anzahl der Flaschen. Es waren etwa 1700. Angekündigt waren 999 für die Secret Skye Abfüllung. Die fortlaufende Seriennummer der Flaschen erschien – da „streng limitiert" – auf den Etiketten. Sie hatte vorgesorgt und das Zählwerk des Nummernstempels sprang bei der Anzeige „999" auf „101" zurück. Sie wollte sicherstellen, dass die ersten Nummern nicht doppelt auftauchten. Zu groß wäre die Gefahr gewesen, dass der glückliche Käufer der Nummer 1 seine Errungenschaft in einem sozialen Netzwerk feiern würde und ein anderer gerade eine Flasche mit der gleichen Nummer in der Hand hielte. ‚Es wäre der Super-GAU', dachte sie.

Mit dem gewählten Arrangement erschien ihr das Risiko, dass dieser Betrug erkannt würde, gering, wenn die Flaschen nur richtig verteilt würden. »Nummern, die in Japan auftauchen, können wohl unkritisch auch in London verwendet werden. Seriennummern in Italien können denen in Amerika entsprechen«, überlegte sie. Zudem erschienen die Seriennummern lediglich auf den Flaschenetiketten und nicht auf der Sammlerbox. Joan stellte die Chargen entsprechend zusammen, bevor die Paletten abgeholt wurden. ‚Nur der Nummernkreis für die pedantischen Deutschen muss einzigartig sein. Die führen Buch und veröffentlichen ihre Errungenschaften und Tasting Notes in Datenbanken. Die müssen individuell sein‘, erkannte sie.

Joan hatte dafür gesorgt, dass beim Ordnen der Lieferungen nur Liam half. Shona war zu neugierig. Sie hätte den Grund des neuen Arrangements sicher durchschaut. Nachdem die Zuordnungen erledigt waren, wurden die auf 999 „limitierten" Flaschen abgeholt.

Nach Einbruch der Dunkelheit hatte es mal wieder begonnen zu regnen. Die Lichter des Land Rovers strichen über die Auffahrt zur Distillery. Im Scheinwerferkegel fielen dicke Regentropfen wie an Bindfäden gezogen zu Boden.

Ernest hatte recht gute Laune, als er vom Arzt kam. Es färbte ab, auch Isabella schien zufrieden zu sein. Ernest freute sich über seinen kardiologischen und internistischen Befund, die beide unauffällig waren.

Und Isabella hatte Schuhe gefunden, die sie eigentlich nicht suchte. Aber die Schuhe sprangen sie einfach an und schrien: „Nimm uns mit! Wir sind einsame, verlassene Zwillinge." Isabella konnte nicht widerstehen. Sie hatte ein Herz für Findelkinder.

Sie fuhr schwungvoll den dunklen Land Rover die Auffahrt hoch.

Ernest sprang aus dem Auto, als ob er beim Arzt neue Luft bekommen hätte. Er summte ein undefinierbares Lied, als er schnellen Schrittes zum Haus ging, um nicht zu sehr nass zu werden.

Joan hatte die Zeit vollkommen vergessen. Ihr Plan war wohl doch nicht vollkommen durchdacht. Sie hörte zu spät, wie Ernest nach Hause kam. Als der Motor des Wagens abgestellt wurde, war sie gerade mit dem Umsortieren der Chargen fertig.

Liam schob die Wagen mit der letzten Palette beiseite, als Joan Schritte wahrnahm.

»Und wie ist es gelaufen?«, fragte Ernest. Scheinbar hatte er sich damit abgefunden, dass Joan drei Fässer seines Whiskys abgefüllt hatte. »Eigentlich ganz gut. Ich bin gerade fertig.« Joan fiel ein, dass sie noch immer speziell für Timothy angezogen war. Sie sorgte dafür, dass Ernest nicht ihre Rückseite mit den Rissen in der Jeans sah.

Ernest nickte zufrieden. »Hattest du Hilfe?« »Ja natürlich. Timothy hat den Blend gemacht. Er hatte noch beim Einrichten der Anlage geholfen. Aber dann musste er weg. Shona und Liam sind gerade dabei, sich zu verabschieden. Wir machen jetzt aber Feierabend.«

»Ich bin zum Abendessen drüben«, meinte Ernest. »Vielleicht magst du noch rüberkommen. Isabella hat frische Muscheln vom Hafen mitgebracht.«

»Vermutlich schaffe ich es nicht. Ich werde noch klar Schiff machen.«

»Dann ein anderes Mal.« Ernest wandte sich zum Gehen. Beim Rausgehen lief er an den gepackten Paletten vorbei und runzelte die Stirn. »Das sind viele Flaschen für drei Fässer.«

Es wirkt wohl so. ...« Joan schluckte. »Weil die Verpackungskisten recht groß geraten sind.«

»Es wirkt so.« Ernest nickte und machte sich auf den Weg. Draußen vor der Abfüllstation blieb er abrupt stehen. ‚Was macht das vierte Fass da?', grübelte er. Ernest ging näher. Er kannte das Fass nicht. Es stammte nicht aus Barn #1, wie er zunächst befürchtet hatte.

»Olorosa? Wir haben doch keine Olorosa-Fässer.« Ernest untersuchte das Fass näher. Der Verschluss war offen. Das Fass war leer. Aber es war nass; musste also bis vor kurzem noch Whisky enthalten haben. Er roch am Fass. »Verdammt junger Whisky.«

Ernest drehte auf dem Absatz um und lief zurück in die Abfüllerei. »Was macht das Olorosa-Fass da draußen?«, schrie er Joan an. »Und vor allem ... wo ist der Inhalt geblieben?« Dabei ahnte er längst, was geschehen war.

Joan blieb die Antwort schuldig.

Ernest lief zu den Paletten. In jeder Lage standen neun Kisten mit jeweils sechs Flaschen. Sechs Lagen standen auf der Palette. Ernest rechnete schnell: »Neun mal sechs Kisten macht 54 Kisten auf der Palette. Sechs Flaschen in der Kiste ... macht 6 mal 54 oder 324 Flaschen auf der Palette.«

Ernest zählte die Paletten. Joan blieb im Hintergrund. Es waren fünf volle und eine angefangene Palette zum Versand fertig. Ernest überschlug das Ergebnis. Er drehte sich wütend zu Joan um: »Ich wette, das Olorosa-Fass ist mit verblendet worden. So haben wir nicht gewettet. Es ist kein Single Malt mehr. Es ist ein ... ein gewöhnlicher Blend.«

Joan meinte nur eiskalt: »Ergibt mehr Einnahmen!«

»Bullshit! Der jüngste Whisky, diese Olorosa-Plörre, bestimmt das Alter der Abfüllung. Keine 25 Jahre, sondern vielleicht fünf oder sechs Jahre. Du kannst das Zeug vielleicht für 25 oder 30 Pfund und nicht mehr für einen vernünftigen Preis verkaufen.« Ernest hatte sich vollständig in Rage geschrien. »Und dafür habe ich drei Fässer geopfert? Für einen billigen Verschnitt?«

»Es wird niemand merken«, entgegnete Joan kühl. »Die Flaschen haben alle eine edle Holzkiste bekommen und dann versenden wir auf den Kontinent, nach Japan, nach Kanada und die USA. Die Bourbon-Junkies können doch keinen Single Malt von einem Supermarkt-Blend unterscheiden. ... Und in der Cola ist das sowieso egal.«

Das Wort „Cola" wirkte wie ein KO-Schlag. Joan streckte sich. Sie stemmte ihre Hände in die Hüften. »Ich ziehe das jetzt durch.«

Ernest wusste nicht, was er tun sollte. ‚Verhindere ich den Verkauf, haben wir nichts gewonnen', kombinierte er. ‚Lasse ich den Verkauf zu, ist das illegal und vermutlich teuer, weil es ein gewerblicher Betrug ist. ... Vielleicht sogar Knast!' Er lief hin und her. ‚Aber wie kann ich Joan jetzt stoppen?' Er kam nicht weiter. Ernest sah keine Lösung. »Ich lasse es nicht zu«, meinte er noch, als er zusah, möglichst schnell aus dem Gebäude zu kommen.

Draußen, vor dem Gebäude atmete er nochmals durch. ‚Zum Glück steht weder mein Name noch der der Distillery, sondern *Secret Skye*, auf dem Etikett.'

Distilling

Der Extrakt aus der Maische, die lange gärte, wird durch Destillation gewonnen. Die Maische wird üblicherweise zweimal, in seltenen Fällen auch dreimal gebrannt. Die erste Brennblase, die Wash Still, erzeugt einen Rohbrand, den Low Wine, der etwa 23 % Alkohol enthält. Im zweiten Brand in der Spirit Still wird der Alkohol hoch konzentriert.

Das Kupfer der Brennblasen ist für die Qualität unerlässlich. Versuche mit anderen Materialien scheiterten immer wieder. Kupfer wirkt als Katalysator. Hat das Destillat langen Kontakt mit dem Kupfer – beispielsweise in hohen Brennblasen mit langem Hals – wird der Brand mild. Bei einer Brennblase mit kurzem Hals ist der Kontakt des Alkoholdampfes mit dem Kupfer kürzer, was zu einem schwereren Whisky führt. Eine schnelle Destillation verstärkt diesen Effekt.

Nach der Destillation wird der Alkoholdampf gekühlt, bis er kondensiert. In Schottland werden traditionell Worm Tubs eingesetzt, lange Kupferrohre, die durch einen Wassertank zur Kühlung geführt werden. Je länger der Kontakt des Alkohols mit dem Kupfer ist, desto weicher wird der Brand.

Der Brand muss anschließend geteilt werden. Der Vorlauf, der schädliche Fuselalkohole enthält, wird entfernt. Nur der Mittellauf, der Middle Cut oder Heart, eignet sich als Whisky. Der Nachlauf wird oft wieder in die Spirit Still zurückgeführt und erneut destilliert. Der korrekte Zeitpunkt zum Trennen von Vor-, Mittel- und Nachlauf beeinflusst die Qualität des späteren Whiskys. Die Aromen ändern sich schrittweise, beginnend mit den leichten, gefolgt von den schwereren Aromen.

Tir na nÓg

Flodigarry

Enya frühstückte spät am Morgen mit Fergus. Der Tisch war für ein Continental Breakfast gedeckt mit frisch gebackenem Brot, Marmeladen, Honig, und einer Auswahl an Käse und Wurst. Der Duft von frisch gebrühtem Kaffee und schwarzem Tee mischte sich im Raum. Enya genoss die entspannte Atmosphäre und schmunzelte darüber, wie Fergus sein Frühstücksgewohnheiten an ihre Anwesenheit anpasste. »Kaffee für mich und Tee für dich«, stellte sie fest.

»Ohne Haggis. Ohne Black Pudding«, ergänzte Fergus zu Moiras Leidwesen.

Enya hatte vor, ins Speyside zu fahren, um dort Recherchen über Reginald anzustellen. Vielleicht würde sie auf dem Weg zunächst bei Sir Bram im *Caisteal an Siùna*[40] vorbeischauen, um die letzten Entwicklungen zu besprechen. Enya besuchte Sir Bram üblicherweise mehrmals im Jahr zu den Festen des Covens, wie zur Winter- oder Sommersonnenwende.

Fergus schob seinen Teller weg und lehnte sich zurück. »Ich werde hierbleiben und mich um das Anwesen kümmern. Du hast genug zu tun.«

Enya nickte. »Vielleicht halte ich wirklich bei Sir Bram an. Es ist schon eine Weile her, seit ich ihn das letzte Mal gesehen habe.«

Die Verabschiedung fiel kurz aus. Enya stieg in ihren Alfa Romeo und fuhr vom Hof. Fergus winkte ihr nach, bevor er sich wieder seinen Aufgaben widmete.

Enya registrierte das Farbenspiel des Himmels über dem Quiraing. ‚Sicher kommuniziert das Buch Liath mit diesem

---

[40] *Fiktive Burg auf der Insel Shuna bei Appin*

mächtigen Berg', kombinierte sie. Sie genoss die Fahrt über die Insel, während sie auf dem Weg zur Skye-Bridge war.

Auch Phoebe und Steven genossen den ruhigen Morgen ohne Wind vor dem Haus. In seltener Einigkeit meinte Steven: »Ich liebe diese ruhigen Momente.«

Die Morgensonne tauchte den Quiraing in gleißendrotes Licht. Phoebe hatte aber kein Auge für das Farbenspiel, welches heute besonders intensiv war. Sie wurde aus der Ruhe herausgerissen. Sie ärgerte sich urplötzlich mal wieder über eine Lappalie. »Es ist, als wäre ich mitten im chaotischen Verkehr des Londoner Autobahnrings zur Hauptverkehrszeit.«

Steven warf einen flüchtigen Blick auf die Straße. Er bemerkte, wie Enyas Alfa Romeo langsam aus Richtung Flodigarry die Straße runterkam.

»Steven, ich sage es doch! Wieder ein Auto«, meinte Phoebe entrüstet.

»Nur ein einziges Auto am Morgen«, murmelte Steven beinahe unhörbar. »Und auch noch eines, welches wir kennen.«

»Ja. So ist es. Diese blaue Proletenkarre von Fergus' neuem Flittchen. Das geht gar nicht. Stimmst du mir zu?«

Phoebe fixierte Steven mit einem durchdringenden Blick. Scheinbar erwartete sie irgendeine Art von Bestätigung in ihrer Entrüstung. Steven suchte nach Auswegen. ‚Soll ich sagen, dass es mir egal ist? Soll ich zustimmen und lügen? Soll ich sie daran erinnern, dass an diesem Morgen auch schon die Müllabfuhr und etliche Wohnmobile vorbeifuhren?‘

Unbeirrt fuhr Phoebe fort: »Man kann hier nicht einmal in Ruhe ein paar Maschen am Pullover stricken.«

‚Stricken kannst du sowieso nicht', wollte Steven sagen. Stattdessen meinte er: »Gut. Deine Pullover mag sowieso niemand anziehen.« Aber dies war nicht besser.

Phoebe starrte Steven entrüstet an. »Was meinst du damit?« fragte sie scharf.

Steven schnaufte. »Nichts, Phoebe. Lass uns einfach den Morgen genießen.«

Doch Phoebe ließ nicht locker. »Nein, sag es. Was meinst du mit 'niemand mag meine Pullover'?« Ihre Stimme zitterte vor aufgestautem Ärger.

Steven wusste, dass er den Punkt der Rückkehr überschritten hatte. »Na schön. *Hackit*[41]! Sie sind kratzig, unförmig und ich mag keine Blümchenmuster in Rosa. Niemand will sie anziehen, weil sie einfach schrecklich sind.«

Phoebe schnappte nach Luft. » *Haud yer weesht*[42]! Das wagst du zu sagen, nach allem, was ich für dich getan habe?«

»Oh, bitte«, erwiderte Steven, die Geduld verlierend. »Du tust immer so, als wärst du die Märtyrerin. Es reicht langsam.«

Phoebe sprang auf. »Wie kannst du es wagen! Ohne mich wärst du nichts, gar nichts!«

»Vielleicht hätte ich dann wenigstens Ruhe«, gab Steven zurück, seine Stimme scharf wie ein Messer. »Vielleicht hätte ich dann etwas Frieden!«

Tränen traten in Phoebes Augen. »Frieden kannst du später finden ... auf dem Kilmartin Friedhof. Gleich neben Reginald«, keifte sie.

---

[41] *Schrecklich*
[42] *Halt den Mund*

Sobald Enya Portree passiert hatte und weiter Richtung Süden fuhr, war die Landschaft nicht mehr so schroff. Die Hügel wurden sanfter, die rauen Felsen verschwanden. Lediglich das Wetter spielte mal wieder nicht mit. Dafür wurde im Süden der Insel der Straßenzustand besser. ‚Hier unten sieht Skye ja gar nicht nach Skye aus. Fast beliebig‘, erkannte Enya.

Fergus hatte vorgeschlagen, nicht den bequemen Weg zu nehmen, sondern die alte Fähre. Zugleich meinte er, dass die Brücke kein Segen für Skye sei. »Der Touristenverkehr ist seitdem geradezu explodiert. Die ganze Insel leidet.«

Also suchte Enya den Weg zur Fähre, der nicht so offensichtlich zu finden war wie die allmächtige neue Brücke. Sie musste sich kurz orientieren, ob sie auf dem Weg zur Skye-Bridge die Abfahrt zur Fähre nicht schon passiert hatte. Es war noch rechtzeitig. Ohne wenden zu müssen, erreichte sie die kleine Straße, die zur Fähre führte.

Die Wolken hingen tief am Himmel und der Wind wehte eisig kalt. Enya stand auf dem kurzen Kai von Glenelg und wartete auf die Fähre, die sie auf das schottische Festland bringen sollte.

Endlich kam die Fähre in Sicht. Sie schaukelte auf den Wellen bedrohlich hin und her und ließ einen breiten Wasserstrahl hinter sich. Enya hatte Angst um ihr Auto und dachte kurz daran, umzudrehen und die Brücke zu nutzen. Allerdings standen bereits zwei andere Fahrzeuge hinter ihr.

Sie sah den alten, klapprigen Kahn, der schon bessere Tage gesehen hatte, auf sie zukommen. Nach dem Festmachen wurde das Deck seitlich geschwenkt und die wartenden Fahrzeuge konnten an Bord genommen werden. Enya stieg wieder in das Auto und wartete darauf, an Bord fahren zu dürfen.

»Willkommen an Bord der Kylerhea«, meinte der alte Mac-Kenzie, der Bootsführer, der genauso zerzaust aussah, wie seine Fähre. Der wettergegerbte Mann wurde von zwei Border Collies begleitet.

»Geht das gut mit den Hunden an Bord?«, wollte Enya wissen.

»Meistens«, entgegnete der Alte. „Aber wir haben die Hunde immer wieder aus dem Wasser holen können, wenn es mal nicht gut ging. Lassen Sie besser Ihren Hund im Auto«, meinte er mit Blick auf Moira, die am liebsten aus dem Wagen gesprungen wäre, um mit den beiden Collies auf der Fähre zu toben.

»Die Überfahrt kostet 20 Pfund für das Auto und Insassen.« Der Alte drückte ihr ein Kartenlesegerät vor die Nase, aber Enya zog eine zwanzig-Pfund-Note aus der Tasche und gab sie dem Schiffer.

»Habe ich mir denken können, dass Sie lieber bar bezahlen«, meinte MacKenzie und steckte den Geldschein betriebsam in seine schwere, abgewetzte Geldtasche.

Mittlerweile hatten auch die beiden anderen Fahrzeuge den Weg auf die Fähre gefunden. Der Helfer dirigierte die Autos so, dass die kleine Fähre gut ausbalanciert war. Dann drehte er die Plattform von Hand zurück in Fahrtrichtung.

»Wie alt ist der Kahn?«, wollte Enya vom Helfer wissen.

»Baujahr 1964«, antwortete jener knapp und ließ sich nicht davon abhalten, das Deck gegen den starken Wind zu sichern. »Der alte MacKenzie betreibt sie seit 1970.«

»Es ist wenig los«, stellte Enya fest und überschlug, dass etwa ein Dutzend Autos auf die Fähre passten.

»Seitdem die Brücke gebaut wurde, nimmt kaum noch jemand die Fähre und heute ist das Wetter auch nicht freundlich. Da möchte keiner mit uns nach Glenelg schaukeln.«

Enya ahnte beim Wort „schaukeln" Böses.

Die Fähre wurde kurz durchgeschüttelt. Der Diesel der Fähre kam schnaufend, aber zuverlässig auf Drehzahl, wie er es sicher schon seit vielen Jahren tat. Die Fähre kämpfte sich durch die Meerenge von Reatha, die Skye vom schottischen Festland trennte. Der Wind blies noch stärker, und die Wellen wurden höher. Die Fähre schaukelte so stark, dass Enya sich an der Reling festhalten musste.

Enya merkte, wie ihr Frühstück sich bemerkbar machte und nachfragte, ob es wieder raus durfte. Sie versuchte, den Würgereiz zu unterdrücken. Letztendlich musste sie nachgeben.

Die beiden Schiffer an Bord kannten diese Situationen – gerade bei den aktuellen Verhältnissen – zur Genüge.

»Das wird zu Fischfutter«, meinte Enya.

»Kaum«, meinte der alte MacKenzie beiläufig. »Die haben auch ihren Stolz.«

In der Ferne waren spielende Delfine zu sehen. Enya hatte wenig Interesse an ihrem Spiel. Sie sah sich leidend um. Langsam verschwanden die Berge von Skye hinter den tiefhängenden Wolken. Es war ein unwirkliches Bild.

Die Fahrt dauerte etwa eine Stunde. Enya hatte sich in das Auto zu Moira verzogen und hoffte, den Würgereiz unterdrücken zu können.

Endlich erreichte die Fähre das Festland. Enya atmete tief durch. Mit einem herzlichen Winken wurden die Fahrer vom Schiffspersonal verabschiedet. Enya winkte zurück. Sie schien erschöpft. »Endlich wieder fester Boden«, meinte sie.

Wieder an Land musste sich Enya orientieren. ‚Ich habe zwei Optionen‘, meinte sie zu erkennen: ‚Die eher touristische Route über Fort Augustus entlang der großen Lochs bis Inverness oder ich fahre weiter nördlich durch die Dörfer. Vermutlich ist diese Strecke nicht so gut ausgebaut, aber ruhiger.‘

Enya entschied sich für die Route über die Dörfer. Als wäre es so gewollt, ließ der Wind nach, nachdem sie die Überfahrt geschafft hatten. Die Straße wand sich nun durch grüne Täler und weite Moorlandschaften. Schafe grasten friedlich auf den Hügeln. Sie ließen sich nicht vom Verkehr stören. Wie von Fergus versprochen, war der Verkehr nicht so dicht. Man fuhr ruhiger. Allerdings ließen die Straßen oft auch nicht mehr zu.

Moira schlief wieder auf der Rücksitzbank. Während der Fahrt passierten sie kleine, charmante Dörfer, in denen traditionelle schottische Architektur zu sehen war. Aus den Kaminen der Cottages stiegen dünne Rauchfäden empor, die anzeigten, dass die Menschen begonnen hatten, ihre Häuser zu beheizen. Der Geruch von verbranntem Torf und Holz begann sich über der Landschaft zu legen. Gemütliche Pubs am Wegesrand luden zum Mittagessen ein, aber Enya stand nicht der Sinn nach einem Imbiss. Allerdings musste Moira zwischenzeitlich raus und auch Enya verspürte ein immer stärkeres Verlangen nach einer Toilette.

Am Blackwater River kamen sie an einem kleinen Café mit Andenkenladen vorbei. Handgemalte Schilder luden zu einer Rast ein. „Lemon Pie" stand in Kreide auf einer Tafel als „Pie of the day", als Kuchen des Tages.

Fast wären Enya an diesem Café vorbeigefahren, wenn da nicht die bunten Schilder, nebst mit Heidekraut und blühenden Herbstblumen liebevoll bepflanzten Kübel an einem violett gestrichenen Hoftor gestanden hätten und irgendetwas sie magisch zu diesem Ort zog.

Enya las den Namen „*Tir na nÓg*" ab. Sie meinte, den Begriff früher schon mal gelesen zu haben, ohne nachzufragen, was er bedeutete.

Moira sprang aus dem Auto, blieb aber nah bei Enya. Auf der gegenüberliegenden Straßenseite lag ein kleines Refugium für Insekten, ebenfalls mit einem handbemalten Schild gekennzeichnet: „Woodland Walk". Ein schmaler Pfad führte über eine Naturwiese und schon bald in einen lichten Wald aus Birken, Eschen und Buchen. Die ersten Bäume verloren bereits ihr Laub, andere begannen gerade erst mit dem immergleichen, aber beeindruckenden Farbenspiel des Herbstes.

Moira gefiel es, durch das raschelnde Laub zu springen.

Zurück im Café setzte sich Enya an den zugewiesenen Tisch. Tee, Gebäck und der beworbene Lemon Pie wurden ihr angeboten.

»Ich hätte nun lieber etwas Herzhaftes«, gestand Enya. Nach einem kurzen Blick auf die Karte bestellte sie Kaffee, Mineralwasser und ein Schinkensandwich mit Gewürzgurke, welches auch gleich Moiras Interesse weckte.

»Ich bin neugierig«, begann Enya sich an die freundliche und gemütlich wirkende Bedienung in Kittelschürze zu wenden, während diese ungefragt Moira eine Wasserschale und einige Leckerlis hinstellte.

Enya wurde mit einem offenen Blick aufgefordert, ihre Frage zu stellen. Sie blickte über die Theke zum Namensschild des Cafés: „Tir na nÓg".

Die Bedienung folgte Enyas Blick und wusste sogleich, was Enya wissen wollte.

»Nun«, begann die Bedienung mit einer Stimme, die wie ein alter, mystischer Gesang klang, »der Begriff ist Gälisch und kommt eigentlich aus Irland; glaube ich. Es ist ein mythologischer Ort: das Land der ewigen Jugend.«

Enya fühlte sich sofort an ihr Hexenwesen erinnert, in dem sie auch nicht mehr altern würde. Sie wurde aufmerksam. Aber diesen Gedanken behielt sie für sich.

Die Bedienung sah Enyas Interesse und fuhr fort: »Man beschreibt den Ort mal als Insel und mal als Königreich. Zugleich soll es der Ort des ewigen Glücks sein.«

»Ich sollte dorthin fahren«, meinte Enya lächelnd und träumend.

»Ich wäre sofort dabei. Leider weiß niemand, wo dieses Land liegt. ... Ich wäre mein Rheuma wohl sofort los.« Hierbei musste die Bedienung herzhaft lachen und Enya stimmte ein. »Aber jede Legende hat auch einen Haken. Menschen, die nach Tir na nÓg reisen, können nie mehr in das Land der Menschen zurückkommen.«

‚Auch dies entspricht unserer Welt der Hexen‘, erkannte Enya. ‚Ist dies vielleicht unser gesuchtes Land der Magie?‘ Hatte die Bedienung ihr soeben unbewusst den Weg zur Magie gewiesen; oder zumindest ein Indiz gegeben, wie sie in dieses Land gelangen konnte? Enya wurde sehr nachdenklich.

‚Ich muss Liath dazu befragen‘, entschied Enya. ‚Und vielleicht später Sir Bram.‘ Enya blieb für sich in ihren Gedanken, da die Bedienung sich wieder geschäftig entfernt hatte. Enya öffnete ihren Rucksack und zog die Pappschachtel mit Liath heraus. Sie öffnete das Seidenpapier und legte das magische Buch auf den Tisch.

Anfangs schien Liath im schnöden Grau zu verharren. Aber dann erwachte das Buch, nachdem es aus dem Schatten ins Licht verschoben wurde. Liath flammte geradezu in Grüntönen auf.

»Grün!«, entfuhr es Enya und Moira wurde aufmerksam. Enya war erschrocken, beherrschte sich aber schnell wieder, bevor sie zu viel Aufmerksamkeit hervorrief. ‚Grün ist keine Farbe des Himmels‘, grübelte sie. ‚Liath, Was soll das heißen?‘

Nachdem Enya ihren Tee und ihr Sandwich gezahlt hatte, meinte die Bedienung zum Abschied mystisch: »In Tir na nÓg werden die Menschen feststellen, dass die Zeit anders läuft, als wir sie kennen.«

꙲ ꙮ ꙲

Der Gedanke an Tir na nÓg ließ Enya nicht mehr los, während die Straße weiter in Richtung Süden führte. Sie sah die Waldgebiete, in denen die Bäume im Herbst in leuchtenden Farben erstrahlten und dachte an die Magie ewiger Jugend. Die Wiesen leuchteten noch immer in allen Facetten von Grün, zwischen die sich mehr und mehr das Gelb und Braun der langsam trocken werdenden Farne und Sträucher mischte. Die herbstliche Atmosphäre verlieh der Fahrt etwas Mystisches, was sie noch nicht fassen konnte. Die Farben der Landschaft wechselten hinter jeder Kurve. Dennoch musste Enya besonders auf nasses Laub, entgegenkommenden Verkehr und Schafe auf der Straße aufpassen.

Enya hatte keine Lust, sich durch Inverness zu quälen. Sie fuhr die Umgehungsstraße um die Stadt herum, anstatt den Weg durch die geschäftige Stadtmitte zu nehmen.

»Schade, dass ich heute keine Zeit für Inverness habe«, meinte Enya zu Moira. »Ich war so lange nicht mehr hier. Aber ich habe wohl noch zwei Stunden vor mir.«

Südlich von Inverness ging es weiter in das Herz der Whiskyproduktion. Hier reihten sich die Distilleries wie Perlen auf der Schnur aneinander. Als sie den River Spey erreichten, schien es, als würde der Fluss die Perlenschnur sein, welche die Kette zusammenhielt.

Mit jedem Kilometer, den sie zurücklegten, näherten sie sich dem kleinen Ort Blacksboat; dem Ziel ihrer Reise. Die Landschaft wurde wieder wilder, die Bäume dichter und die Berge im Hintergrund höher.

»Fast wieder wie auf Skye«, meinte Enya.

Die Sonne des späten Nachmittags tauchte die Landschaft in ein warmes, goldenes Licht, als Enya schließlich ihr Ziel erreichte. Enya betrachtete den majestätischen Fluss, der in der

Abenddämmerung glitzerte und behäbig durch das weite Tal floss. Sie musste sich kurz orientieren, weil sie einerseits nach der Allt na Speirce Distillery[43] Ausschau hielt und andererseits ein B&B für die kommenden Nächte suchte, da sie keine Zimmer vorgebucht hatte.

Enya sah ein Schild zur Railway Station und vermutete dort das Ortszentrum. Aber am Bahnhof gab es weder Häuser noch Schienen.

»Es ist ein historischer Ort«, meinte ein Tourist lachend, nachdem Enya verwundert gefragt hatte, wo der zum Bahnhof gehörige Ort – und vor allem die Schienen – sind. »Es gibt hier lediglich ein paar verstreute Gehöfte.«

‚Ich hätte mich vorher informieren sollen', musste Enya sich eingestehen. ‚Schottland überrascht mich auch nach Jahren immer wieder aufs Neue.'

Der Alfa Romeo setzte sich wieder in Bewegung. An der Flussbiegung passierten sie die Distillery.

‚Ich sollte gerade reinspringen', dachte Enya. ‚Die haben noch auf.'

Aber dann erkannte sie, dass es einerseits wenig Sinn ergeben würde, unangekündigt in der Distillery recherchieren zu wollen und hinterher im Auto schlafen zu müssen, weil sie es versäumt hatte, sich vorab um eine Unterkunft zu bemühen.

‚Auf dem Weg hierhin gab es doch dieses Schild „Rooms Vacancy". Das heißt: die haben noch freie Räume.'

»Da fahre ich hin«, entschied Enya. »Wo war das noch gleich?«

Sie erinnerte sich wieder. ‚Ein paar Meter zurück. Richtung Craggamore.'

---

[43] *Allt na Speirce [gälisch]: Fluss der Weiden. Fiktive Brennerei*

Enya drehte um und suchte das Schild, welches sie meinte, am Straßenrand gesehen zu haben. Sie bog in die Straße zur Craggamore Distillery ab.

‚Hier hat wohl jeder Ort seine eigene Distillery?', überlegte sie. ‚Oder eher umgekehrt. Jede Distillery hat einen eigenen Ort. Auf jeden Fall gibt es viele davon.'

Bevor sie die Craggamore Distillery erreichte, verpasste sie beinahe das Hinweisschild zur „River Spey Lodge". Enya setzte zurück. Sie bog auf den Schotterparkplatz vor dem weiß getünchten Haus ein. Lediglich ein weiteres kleines Auto stand vor dem Haus. Es stellte sich heraus, dass es das Fahrzeug der Besitzerin war.

Enya stieg zunächst aus und klingelte an der Türe zur Lodge.

Eine stämmige Frau undefinierbaren Alters öffnete. Scheinbar war sie mit irgendwelchen handwerklichen Tätigkeiten beschäftigt, da sie grobe Arbeitskleidung mit Werkstattspuren trug.

»Ich suche ein Zimmer für die Nacht«, begann Enya. »Und ich habe einen Hund dabei.«

Die Stämmige schaute skeptisch nach dem Hund im Alfa Romeo.

Moira ahnte, dass sie nun einen möglichst ruhigen Eindruck machen musste.

»Ich kann ihnen leider nur ein kleines Apartment anbieten. Mit einem Schlafzimmer? Wenn das in Ordnung ist, können sie es gerne mieten.«

Enya nickte. »Sehr gerne«.

Die Chefin ging voran und zeigte das Apartment. Es lag oberhalb einer Garage, die nun zu einer Metallwerkstatt ausgebaut war. Eine schmale Treppe führte nach oben.

»Besuchen Sie die Craggamore Distillery?«, wollte die Stämmige wissen.

»Nein«, meinte Enya. »Ich besuche die Distillery auf der anderen Seite.«

»Ach so. Allt na Speirce«, kombinierte die Vermieterin korrekterweise. »Ich erschaffe gerade eine Skulptur für den Parkplatz vor dem Besucherzentrum.«

»Was wird es denn«, wollte Enya wissen?

»Eigentlich ist es geheim. Aber weil sie es sind ...« Man merkte der Künstlerin ihren Stolz an, für die Aufgabe ausgewählt worden zu sein. »Ich habe von der alten, historischen Brennblase Kupferbleche bekommen, die ausgetauscht werden mussten. Nun schweiße ich daraus einen Wasserfall, der sich über alte Whiskyfässer ergießt.«

»Das wird sicher toll«, heuchelte Enya Enthusiasmus, obwohl sie sich nicht vorstellen konnte, wie das Kunstwerk später einmal aussehen würde.

»Wenn Sie möchten, können Sie später mal in meiner Werkstatt vorbeischauen. Sie liegt unterhalb des Apartments. ... Aber zunächst zeige ich Ihnen die Räumlichkeiten.«

Die Künstlerin lief mit schweren Schritten die Treppe voran. Dort blieb sie selbst an der Schwelle stehen. »Verzeihen Sie, ich habe meine schmutzigen Arbeitsschuhe an. Ich bleibe hier stehen. Schauen Sie sich gerne um.«

Enya war mit leichtem Gepäck gefolgt. Lediglich die Tasche mit Moiras Futter, Handtüchern und Spielzeug war etwas schwerer, aber für Enya kein Problem.

Enya schaute sich im Apartment um. Moira versuchte, direkt den Platz unter dem Tisch zu beschlagnahmen.

»Sehr gut«, meinte Enya. »Das passt. Wo finde ich den Schlüssel?«

»Ach, wir schließen hier auf dem Land eigentlich nie ab.«

Enya dachte kurz darüber nach, welche teuren Güter sie dabei hatte. ‚Das Buch Liath habe ich sowieso fast immer dabei. Das bleibt nicht hier.‘ Dann stimmte sie zu.

Abendessen

Staffin

Ernest hatte durchgesetzt, dass sich an diesem Abend die Familie gemeinsam mit Freunden wie Timothy und Harald zum Abendessen treffen sollte. Zudem sollte diesmal auch Fergus mit dabei sein.

»Was ist der Anlass?«, wollte Joan am Telefon wissen, die sichtbar keine Lust auf dieses Treffen hatte.

»Wir wollen den neuen Whisky feiern. So haben wir es immer mit neuen Abfüllungen im Hause Staffin Bay gehalten.«

Joan suchte nach guten Gründen, von diesem Treffen Abstand zu nehmen. Zunächst wollte sie betonen, dass die Abfüllung ja gar nicht als „Staffin Bay" erscheint, nahm dann aber von diesem Gedanken Abstand. Das Ritual war ihr unbekannt. Damals, als die Distillery aktiv war, war sie noch ein Kind. Widerwillig sagte sie zu. Sie merkte sehr wohl, dass sie sich nicht entziehen konnte, wenn sie weitere Ziele erreichen wollte.

»Du bringst dann bitte noch eine Flasche der neuen Abfüllung zum Abendessen mit. Ich habe selbst ja keinen Zugriff mehr auf den neuen Whisky«, meinte Ernest noch zu Joan.

Das hatte Joan nun nicht erwartet und innerlich fluchte sie darüber, dass sie vor wenigen Sekunden zugesagt hatte. »Alles bereits verkauft, ich kann keine weitere Flasche herausziehen«, meinte Joan kalt.

»Du kannst mir nicht erzählen, dass du keine Flaschen zu eigenen Zwecken zurückgehalten hast.«

»Ernest, ich sagte doch, dass die Flaschen nicht verfügbar sind.«

»Ich wiederhole mich ungern«, meinte Ernest eindringlich. »Ich glaube dir nicht. Du hast sicher noch Reserven für persönliche Zwecke.«

»Aber ich kann doch nicht bereits für den Verkauf verpackte Kisten wieder öffnen«, bekräftigte Joan nochmals ihren Standpunkt. Sie wollte unter allen Umständen verhindern, dass Ernest den fertigen Whisky in die Finger bekam.

»Dann nehmen wir jetzt eine ganze Kiste von der Palette.«

»Die Paletten sind längst bei den Händlern.«

»Dann kauf eine Flasche zurück. Wir sehen uns heute Abend. Ich habe Harald, Timothy und Fergus zum Abendessen eingeladen.«

Dies war für Joan der Worst-Case-Fall. »Tradition hin oder her.« Natürlich hatte sie noch persönliche Reserven der Abfüllung. »Für gute Freunde.« Gerade die Anwesenheit der Gäste behagte ihr nicht.

In dieser großen Konstellation konnte Joan die Männer nicht wie Schachfiguren hin und her bewegen, wie sie es sonst beliebte.

Die Sitzordnung für sechs Personen am großen Esstisch war eine Herausforderung. Der Tisch bot Platz für die doppelte Anzahl an Personen, und es war Isabellas Aufgabe, das Abendessen im Hause Greene zu planen.

Sollte Isabella die Kopfenden des Tisches besetzen, bliebe viel Platz an den Seiten. Andererseits gebührte Ernest als Patriarch der Platz am Kopfende. Auch Joan hätte mit ähnlichem Recht am Kopfende Platz nehmen können, da diesmal ihr Whisky verkostet wurde. Oder vielleicht Fergus als Ehrengast? Immerhin war er der Laird hier oben am Trotternish.

‚Ein runder Tisch wäre jetzt ideal', dachte Isabella. ‚Aber den haben wir nicht.' Sie entschied, auf die Plätze an den Kopfenden zu verzichten und die Gäste an den Seiten zu platzieren. Ein Teil des Tisches würde ungenutzt bleiben. Die Asymmetrie am Tisch würde sie durch ein üppiges Blumengesteck ausgleichen.

Die beiden Frauen würden sich gegenüber sitzen. ‚Timothy darf auf keinen Fall neben mir sitzen', war sich Isabella sofort klar. Sie hatte Angst, dass er aus der Situation heraus irgendwelche gewagten Spielchen unternehmen würde. Sie stellte sich vor, dass er unter dem Tisch seine Hand unter der Tischdecke auf ihren Oberschenkel legte, während auf der anderen Seite neben ihr Ernest saß. Nicht, dass ihr der Gedanke unangenehm war; sie hatte Angst vor einer möglichen Entdeckung. Timothy musste daher neben Joan sitzen. Isabelle ahnte nicht, was sie damit provozierte.

‚Ernest kann ich nicht auf die andere Seite von Joan setzen', dachte Isabella. Die Spannungen zwischen ihm und Joan waren viel zu offensichtlich.

Isabella lief ständig um den Esszimmertisch und stellte sich die Konstellationen lebhaft vor. Also kamen für den freien Platz neben Joan noch Harald und Fergus in Frage.

‚Fergus neben Joan zu setzen ist auch keine gute Idee', erkannte sie. Die beiden waren viel zu verschieden und hatten wohl kaum gemeinsame Gesprächspunkte. »Aber ist das wirklich wichtig in einer so kleinen Runde?«, fragte sie sich.

In Gedanken setzte Isabella Harald an die andere Seite von Joan.

‚Dann bleiben noch Ernest und Fergus.' Am liebsten würde Isabella die beiden Männer nebeneinander setzen. Sie hatte beobachtet, dass sich da so etwas wie eine späte Männerfreundschaft entwickelte oder wieder belebte. Aber dann wäre ihre Symmetrie nicht mehr gegeben und sie würde am Rand sitzen. Je länger sie darüber nachdachte, desto passender kam ihr dieses Arrangement vor. ‚Ernest soll als Patriarch Joan gegenüber sitzen. Die alte und die neue Generation der Distillery.'

Die Plätze von Fergus und Isabella links und rechts neben Ernest ergaben sich dann von allein.

Timothy und Fergus erschienen unabhängig voneinander etwa fünfzehn Minuten vor dem Abendessen. Beide Männer trugen Kilts in den Tartanmuster ihrer Clans und brachten der Hausherrin Blumen mit. Timothy hatte sie aus einem Blumenladen, Fergus aus seinem Garten.

Joan kam als Letzte an und brachte, wie gefordert, eine Flasche der "Secret Skye" Abfüllung ihn der hölzernen Box mit. Sie wusste, dass dieser Blend niemanden hier überzeugen konnte. ‚Irgendwie muss ich aus der Situation herauskommen', wusste sie.

»Geht doch«, kommentierte Ernest knapp und nahm die Box entgegen, ohne diese zu öffnen. Er stellte sie gut sichtbar für alle auf den arrangierten Esszimmertisch neben das imposante Blumengesteck.

Die Spannung im Raum war spürbar, als alle ihren Blick auf die Flasche richteten.

Joan versuchte ihre Nervosität zu verbergen, aber innerlich war sie angespannt.

Harald kam erst wenige Minuten vor der vereinbarten Uhrzeit und brachte beiden Damen Pralinen und Ernest Zigarren mit.

‚Harald lernt es nie, dass ich nicht rauche', dachte Ernest. Er ließ sich dies nicht anmerken und bedankte sich dennoch herzlich.

Das Dinner verlief lange Zeit schweigend. Die Anwesenden belauerten sich. Außer ein wenig belanglosem und gezwungenem Smalltalk kamen kaum Gespräche auf.

‚Irgendetwas wird heute noch passieren', dachte Isabella, während ihre Blicke zwischen Ernest und den Gästen hin und her wanderten. Die Spannungen waren offensichtlich.

Unter der Tischdecke gab es mehr Leben. Mehrfach strich Joans rechtes Bein mehr oder minder unbeabsichtigt an Timothys linkem Unterschenkel vorbei. Es blieb bei den Andeutungen, mit einer Ausnahme: Einmal griff sie fest nach seinem Oberschenkel und schob Timothys Kilt ohne Gegenwehr hoch, um ihm deutlich zu verstehen zu geben, dass sie hier den Ton angab.

Timothy hatte keine Gelegenheit zu reagieren. Er hatte Messer und Gabel in der Hand. Später wollte er es Joan gleichtun und legte seine Hand auf Joans Schenkel.

Joan ließ es nicht zu. Sie schob umgehend Timothys Hand weg. »Meine Regeln!«, fauchte sie ihm fast unhörbar leise zu. Sie dachte, dass dieser Kommentar ungehört im Rauschen anderer Stimmen untergehen würde. Lediglich Harald bemerkte den Kommentar und dachte sich – fälschlicherweise – seinen Teil.

Gegenüber beobachtete Isabella angespannt Joans und Timothys Gesicht und versuchte zu ergründen, was sich an der anderen Seite des Tischs abspielte.

Als Vorspeise gab es Thunfischcarpaccio. Man sprach kurz über den Weißwein, der dazu gereicht wurde, und blieb dann schnell beim Gin, der als Aperitif zur Vorspeise serviert wurde.

»Wein wird vollkommen überbewertet«, meinte Harald. »Da ist mir der Gin doch lieber.«

Nicht nur bei Harald, sondern bei der gesamten Gesellschaft, war Wein nie im Fokus gewesen.

Niemand wagte es, die Gesprächsführung zu übernehmen, und das „Thema Reginald" wurde mit äußerster Vorsicht von allen gemieden. So blieben die Gespräche oberflächlich und nichtssagend. Man unterhielt sich über die Jagd im Allgemeinen und lobte Isabellas Hirschbraten, der nach Art eines Boeuf Bourguignon zubereitet war. Anstelle des üblichen Rinderbratens nahm sie eine Hirschkeule aus Ernests eigener Jagd. Diese schmorte nach dem Zerlegen und einem scharfen Anbraten lange bei niedriger Hitze mit Rotwein, Rosmarin, Wacholderbeeren und Gemüse im Backofen. Dazu reichte Sarah, die heute zur Hand ging, Kartoffelpüree und Preiselbeeren. Ein passender Burgunder begleitete den Hauptgang.

Fergus ließ den Burgunder nach einem kurzen Nippen weiterhin unangetastet und griff lieber zum Wasser.

Harald nahm ebenfalls Wasser und Gin.

Isabella und Sarah begannen nach dem Hauptgang, das Geschirr abzuräumen, um Platz für den selbst gerührten Vanillepudding mit eingelegten Früchten aus dem eigenen Garten zu schaffen. Praktischerweise hatte Isabella den Eckplatz zur Küchentür hin gewählt.

Timothy hatte sich angeboten zu helfen und begann unaufgefordert, das Geschirr zusammenzustellen. Er folgte Isabella in die Küche. Genau solche Situationen wollte Isabella im eigenen Haus vermeiden.

Timothy war vollkommen erregt. Nicht, weil er hier Isabella einige Sekunden für sich allein hatte, während alle anderen im Esszimmer weilten, sondern weil er noch immer Joans Griff auf seinem Oberschenkel nachspürte.

Prompt nutze Timothy in der Küche die Situation aus, dass Isabella wehrlos an der Spüle stand. Sie hielt noch Geschirr in den Händen. Timothy stellt sein Geschirr schnell ab, drängte sich an Isabella und schob eine Hand noch schneller unter ihren

Rock. Schreien war keine Option, wusste sie. Isabella hätte nun das Geschirr fallen lassen müssen, wenn sie sich wehren wollte.

»Joan oder ich«, meinte sie knapp. Isabella schaute Timothy nicht an. Es gelang ihr, dass Geschirr abzustellen und die Hände freizubekommen.

»Beide«, raunzte Timothy ihr ohne Skrupel ins Ohr. »Du möchtest hier nicht kämpfen.«

Isabella schüttelte verneinend den Kopf. Sie stand noch immer mit dem Rücken zu ihm, senkte nur den Kopf und stützte sich an der Küchenarbeitsplatte zwischen den schmutzigen Tellern ab.

Sogleich krallten sich Timothy Fingernägel auf der Höhe ihres Pos in die Strumpfhose und versuchten, diese zu zerreißen. Es gelang ihnen nicht. Stattdessen umfasste er hart, rau, eines von Isabellas Handgelenken und zog ihre gefangene Hand unter seinen Kilt. »Spürst du, was du mit mir machst?«, fragte er und verschwieg, dass seine Erektion seit Joans Berührung existierte.

Die Begegnung war nach wenigen Sekunden wieder vorbei. Sarah war zu hören, wie sie weitere Teller und Besteck brachte. Sie hatte längst realisiert, was sich in der Küche abspielte.

Joan beobachtete Timothy skeptisch, als er wieder aus der Küche kam. Sie war sich nicht sicher, ob zwischen Timothy und Isabella etwas lief, was sie noch nicht einschätzen konnte. ‚Ich muss vorsichtig sein', dachte sie. Auf der anderen Seite nahm sie die Situation intuitiv als Konkurrenzsituation wahr, in der es nur eine Siegerin geben konnte. ‚Und das bin ich', war sie sich sicher.

Isabella folgte einige Minuten später mit Sarah, die letzte Handgriffe erledigte.

❦ ❦ ❦

Joan Gedanken kreisten nur noch um die Whiskyabfüllung. ‚Lässt sich das Tasting verhindern?', überlegte sie krampfhaft, fand aber keinen Weg.

Fergus beobachtete schon den ganzen Abend lang die Spannungen am Tisch. Die Familie schien wie in einem Netz gefangen, ohne einen Ausweg zu finden. ‚Was geht hier vor?', fragte er sich, ohne die Hintergründe der Whiskyproblematik zu kennen.

Nach dem Essen begab sich die kleine Gruppe zum abschließenden Espresso – und natürlich der Whiskyverkostung – in die Bibliothek des Herrenhauses, wie es bei den Greenes üblich war. Ernest, Fergus und Harald gingen vor. Isabella verschwand in der Küche, um mit Sarah die Espressi und etwas Gebäck vorzubereiten.

Timothy hielt Joan noch im Esszimmer kurz am Arm fest. Joan wollte gerade losfauchen und Timothy an ihre Regeln erinnern. Sie wollte keinen Zweifel daran lassen, dass der alte Mann ihr Spielzeug sein sollte; nicht umgekehrt.

»Ich kann dir helfen«, flüsterte Timothy. »... mit dem Whiskytasting.«

Nun hatte er schlagartig Joans Aufmerksamkeit. »Wie das?« Zugleich überlegte Joan fieberhaft, woher er wissen könnte, dass mit dem Whisky etwas nicht stimmen könnte.

»Ich tausche die Flaschen aus. Ich habe die Vorababfüllung für Ernest im Auto liegen.«

»Warum das? Was soll mit meinem Whisky sein?« Sie musste herausfinden, was Timothy wusste.

»Ich weiß nicht, warum, aber meinst du, ich merke nicht, dass du das Tasting um jeden Preis verhindern möchtest?«

Joan dachte kurz nach. Sie konnte die Wendung nicht einschätzen. Ihr Blick war fragend. Sie sagte nichts.

»Wir ändern die Spielregeln«, fuhr Timothy fort. »Von nun an gelten meine Regeln. ... Haben wir einen Deal?«

Joan musste zwischen Pest und Cholera entscheiden, zwischen Verderben und Untergang. Sie versuchte, Timothy klarzumachen, dass die Regeln nicht so einfach im laufenden Spiel geändert werden konnten. Zudem wusste sie, dass sie ihn seit der Abfüllung nicht mehr benötigte. Er war obsolet. ‚Und nun soll das Spiel in die Nachspielzeit gehen?' Diese Erkenntnis ärgerte Joan. ‚Was wäre die Alternative? Ernest würde erkennen, welche Plörre ich aus seinen Whiskyfässern zusammengepanscht habe.'

»Einverstanden«, sagte Joan grimmig. Sie musste sich eingestehen, dass Timothy wieder im Spiel war. Zumindest so lange, bis dass sie die Regeln wieder änderte.

»Dann geh mit den Männern vor in die Bibliothek. Lenke sie ein paar Minuten ab«, meinte Timothy sich seines Sieges sicher.

⋘ ⋙

Ernest bemerkte in der Bibliothek, dass Timothy fehlte.

»Joan, holst du bitte die Flasche zum Tasting«, forderte Ernest.

Sie wusste, dass die Flasche nicht mehr auf dem Esszimmertisch stand. »Timothy bringt sie gleich mit.«

»Wo ist er eigentlich?«, fragte Ernest.

»Ich glaube ... er wollte kurz Taschentücher aus seinem Wagen holen. ... Schnupfen und so.«

»Das ist schade«, kommentierte Ernest.

»Inwiefern?«

»Er wird vermutlich weniger riechen, wenn er erkältet ist.«

Zwischenzeitlich servierte Sarah die Espressi und Isabella gesellte sich zu den Anwesenden in der Bibliothek.

Sekunden später kam auch Timothy mit der ausgetauschten Flasche herein. ‚Gut, dass die abgefüllte Flasche in der Geschenkbox war‘, dachte er. ‚So fällt niemandem auf, dass Joans Flasche bereits etikettiert war und diese nur ein handgeschriebenes Etikett aufweist.‘

In der Bibliothek kam Ernest auf sein eigentliches Anliegen zu sprechen. Es war nicht der Whisky! Seine Worte richteten sich an alle: »Ich möchte verstehen, was wirklich geschehen ist … mit Reginald!«

Die Spannung flammte wieder auf, und niemand wagte es, eine Meinung zum Vorfall zu äußern, bevor Ernest sein Anliegen nicht vorgetragen hatte.

Isabella fragte vorsichtig: »Was meinst du mit *„wirklich"*?«

Bis dato hatte Ernest niemandem – außer Fergus – von seinem Verdacht erzählt, dass Reginald keines natürlichen Todes gestorben sei.

Auch Fergus war von den Wendungen überrascht. ‚Verdammt, der alte Trottel hätte mich vorwarnen sollen. Dann hätten wir das Tasting verschoben, bis dass Enya mit dabei sein konnte. Aber so ist die Chance vergeben.‘

Ernest bohrte weiter: »War er allein am Bottich? War jemand bei ihm, als es geschah?«

Joan, zunächst gereizt, antwortete: »Natürlich war keiner dabei. Andernfalls hätte er ja Hilfe erhalten.« Dann erkannte Joan, dass diese Wendung nicht schlecht war. ‚Der Whisky steht also nicht mehr in Ernests Fokus. Es geht um Reggie. Und Timothys Forderungen laufen ins Leere.‘

Ernest formulierte um: »Dann lasst es mich anders fragen: Wo war jeder, als Reginald starb?«

Nun schaute auch Harald irritiert, der bis dato lediglich irgendwie im Hintergrund anwesend war. »Fragst du uns wirklich nach Alibis?«

Fergus bemerkte, wie sich alle anspannten.

Timothy klammerte sich an seinen Espresso, als wäre es seine Rettungsleine. Er brach das Schweigen und erklärte: »Ein Alibi für den Sonntag vor zwei Wochen? Ich habe ihn doch gefunden.«

»Ich denke eher an den Samstag zuvor.«

Joan trat stellvertretend für die Familie auf und betonte nochmals Haralds Gegenfrage: »Du möchtest wirklich wissen, ob wir Alibis für den Zeitpunkt des Unfalls haben? Für ein ganzes Wochenende? Wir sind deine Familie!«

»Das Wort Familie aus deinem Munde zu hören, ist in diesem Zusammenhang etwas seltsam.«

Fergus versuchte sich daran zu erinnern, was Enya ihm über Liath und ihre Fähigkeiten erzählt hatte: „Man muss die Schwingungen aufnehmen, welche die Worte tragen. Nicht die Worte sind die wichtigen Informationen, sondern wie sie gesprochen werden." ‚Ich werde es versuchen', dachte Fergus. Aber es waren zu viele verschiedene Schwingungen, die ihn durcheinander brachten. ‚Zu viele Menschen. Zu viele Schwingungen. … und wohl auch zu wenig Sensibilität.'

Isabella fragte besorgt: »Meinst du wirklich, … es war kein Unfall? … Mord?«

Joan fügte hinzu: »Ernest, wie kannst du nur auf so einen blöden Gedanken kommen?«

»Ich hatte die Ahnung direkt nach dem Auffinden. Der Gedanke lässt mich nicht los.«

Fergus warf Ernest einen strengen Blick zu. Ernest verstand. Er verschwieg zum Glück, dass Enya bereits zum Tode Reginalds ermittelte.

Harald schloss sich Joan an und meinte besonders unterkühlt: »Es war ein Unfall. Was denn sonst? Lass dir das als dein Anwalt gesagt sein. Alles andere ergibt keinen Sinn.«

Ernest sah Harald an und bemerkte: »Du bist Wirtschaftsanwalt, kein Strafverteidiger.«

Fergus hielt Blickkontakt zu Ernest und ermutigte ihn durch ein kurzes Kopfnicken, seine Sicht der Dinge gegenüber der Familie zu erklären. Ernest begann, seine Erkenntnisse und Vermutungen über die Brüstungshöhe am Bottich zu erläutern.

Die Familie schien nachzudenken, aber Harald wischte die Argumente beiseite: »Ich bleibe dabei, es muss ein Unfall gewesen sein. Lass dich nicht von diesem dummen Gedanken leiten, Ernest.«

Ernest besann sich auf sich selbst und langsam normalisierte sich die Stimmung wieder. »Dann lass uns nun den Whisky probieren.«

Ernests Bibliothek erinnerte an einen Clubraum in einem ehrwürdigen Gentlemen's Club in Edinburgh. Vermutlich war der Raum einem solchen Club nachempfunden. Locker verteilt standen einige alte Chesterfield-Ledersessel, ein Sofa und Beistelltische in Gruppen. Der Raum war eher für zwanglose Whiskytastings als für das Lesen eingerichtet. Auf den Tischchen konnten Gläser oder Aschenbecher für die Zigarren abgestellt werden. Vielleicht lag hier auch mal ein Buch oder *The Scotsman*[44]. Hier war die Zeit stehengeblieben.

Ernest sammelte hier einige alte und seltene Whiskyflaschen. Vielleicht zwei Dutzend außergewöhnliche Flaschen. Mehr nicht. Es war Ernests private Sammlung.

Timothy überreichte Joan die Geschenkbox mit der neuen Abfüllung.

Ernest schaute erwartungsvoll.

---

[44] *Lokale Zeitung*

Joan öffnete mit Herzklopfen die Box. Zu ihrem Glück hatte Timothy Wort gehalten. In der Box befand sich eine Flasche mit handgeschriebenem Etikett.

Ernest erkannte dies sofort. »Kein Verkaufsetikett?«, fragte er irritiert.

Joan wollte gerade antworten, aber Timothy kam ihr zuvor. »Ich hatte das Glück, einige Flaschen abzufüllen, bevor alles in den Verkauf geht. Die gelabelten Flaschen sind wohl alle weg.« Dies deckte sich mit Joans Angaben und Ernest schien es zu akzeptieren.

»Du denkst an alles, alter Freund«, meinte Ernest zu Timothy. »Joan hätte darauf wohl keinen Gedanken verschwendet.« Er machte daraus kein Geheimnis, dass er eine für den Verkauf gelabelte Flasche erwartet hatte. Er stellte selbst sechs *Caingormgläser*[45] bereit.

Joan verstand dies als Aufforderung zum Einschenken. Sie entkorkte die Flasche und schenkte in jedes Glas etwa zwei Finger hoch Whisky ein.

»Danke. Den Rest mache ich«, meinte Ernest. Er ließ den Whisky zunächst atmen. ‚Wieso ist der so dunkel?‘, fragte er sich nach einem ersten Blick. ‚Üblicherweise liefern die Bourbonfässer helleren Whisky. ... Es liegt wohl an dem fremden Olorosa-Fass.‘ »Der rote Süßwein hat ordentlich Farbe in den Whisky gebracht.«

Joan erinnerte sich an ihre Einschätzung: ‚Und ich dachte, das wäre noch zu hell.‘ Schließlich hatte sie nochmals nachgefärbt.

---

[45] *Spezielle Whiskygläser mit Stil, die an Calvadosgläser erinnern. Unter Kennern gegenüber den Tumblern bevorzugt.*

Ernest wartete, bis alle irgendwo auf den Sesseln oder dem Sofa Platz gefunden hatten. Er verteilte die Gläser. »Auf Joans erste Abfüllung!« lautete sein Trinkspruch.

»Auf Reginald. Möge er in Frieden ruhen«, entgegnete Harald. Der Toast wurde mit »Cheers!« oder auf Gälisch mit »Slàinte mhath!« beantwortet.

Ernests Gäste tasteten sich langsam an den Whisky heran. Es war Tradition, dass zunächst die Unerfahrenen den Whisky beschreiben sollten. Ernest schaute nacheinander Fergus, Harald, Isabella und Joan an.

»Schmeckt mir«, meinte Fergus kurz. Alle schauten ihn an, was noch kommen mochte. Er schaute in fragende Gesichter. »Nun ehrlich ... ich habe keine Ahnung vom Whisky. Ich kann lediglich sagen, ob er mir schmeckt oder nicht.«

»Eigentlich ist das auch alles, was zählt«, kommentierte Ernest schmunzelnd. »Manchmal ist es falsch, eine Raketenwissenschaft draus zu machen.«

Timothy lachte. »Whisky machen ist schwerer.«

»Dunkel und sehr alt?«, wagte sich Harald aus der Deckung, und Ernest nickte aufmunternd. »Und weiter? So einfach kommst du mir nicht davon. Du kennst das Prozedere.«

»Du weißt, ich verstehe mehr vom Gin.« Harald probierte dennoch den Whisky erneut. Für eine detaillierte Beschreibung fehlten ihm die Worte, die Kenntnis und die Systematik. So beließ er es bei einem nichtssagenden: »Ganz nett.«

»Ich schließe mich Fergus an«, meinte Isabella. »Du weißt, ich kenne mich mit den Geschmacksrichtungen ebenfalls nicht besonders aus.«

Als nächstes schaute Ernest Joan an. »Ich lerne erst noch«, blockte sie ab.

»Du wirst es lernen müssen, wenn du den Job übernehmen möchtest. Und deine Meinung?«

Trotz aller Planungen hatte Joan vollkommen aus dem Blick verloren, dass man sie vielleicht irgendwann nach ihrer Meinung zum Whisky fragen würde. Nun war dieser Zeitpunkt da. Sie versuchte, die möglichen Fallen zu umgehen. »Ein echter Staffin Bay! Alt. Stark und man schmeckt trotz der Südweinfässer unsere typischen Noten nach Meersalz. ... Die Abfüllung wird nicht lange anonym bleiben.« Ihre Beschreibung war eigentlich eher fiktiv und wurde über Jahrzehnte immer wieder für die Werbung formuliert. Joan wiederholte mehr oder minder die alten Werbeslogans, ohne Konkretes gesagt zu haben.

Ernest nickte Joan zu. Es war aber nicht ersichtlich, ob dies Zustimmung signalisieren sollte oder ob es einfach nur ein Zeichen des Dankes war. Trotz aller Differenzen ging Ernest noch immer davon aus, dass Joan vielleicht doch den Betrieb weiterführen möchte. »Und welche Noten außer Meersalz schmeckst du?«

,Wo Meersalz ist, ist auch Tang', kombinierte sie. »Den Tang natürlich. Und Torf.« Letzteres war offensichtlich.

Timothy kostete den Whisky nach einer ersten Begutachtung sehr skeptisch. Timothy wusste nicht, was er zu dem Blend sagen sollte. Er sah sich in der Falle. Würde er behaupten, der Whisky wäre alt – so wie etikettiert – müsste man an seinem Sachverstand zweifeln. Würde er andererseits betonen, dass der Whisky nicht eindeutig alt schmeckte, sondern eher jünger, müsste er gestehen, dass falsche Angaben auf dem Etikett gemacht wurden. ,Wer weiß was?', versuchte Timothy sich klar zu werden. ,Weiß Ernest vom Betrug? Vermutlich ja. Er erwähnte eben das Olorosa-Fass. Was weiß der Anwalt? Darf er etwas wissen?'

Timothy beschloss die Flucht nach vorne und vermutete zurecht, dass Harald mit vielen Details wenig anfangen konnte. Er goss sich einige Tropfen auf eine Handfläche und rieb die Handflächen gegeneinander. Der Whisky verdunstete sofort. Timothy steckte seine Nase zwischen die Handflächen und atmete tief ein. »Ernest, das ist ein Blend mit Whisky aus einem Sherry- und einem Olorosa-Fass. Die Grundnoten stimmen alle. Aber der Alkohol trägt die Noten nicht so, wie er es sollte.« Er betrachtete das Schlierenbild am Glas und war sich sicher: »Der Whisky hat nicht mehr Fassstärke. Er wurde runtergemischt. Ich tippe auf etwa 45 Prozent Alkohol.«

Ernest probierte nun seinerseits den Whisky. Er stellte sein Glas scheinbar unberührt wieder beiseite. Er schaute in die Runde. »Das ist nicht unser Whisky. Er verdient unseren Namen nicht.«

Timothy tendierte dazu, die Seiten wieder zu wechseln und Ernest eher Recht zu geben, als Joan zu unterstützen. Damit würde er seine vermeintliche Macht über Joan in Frage stellen. Er merkte, dass er sich positionieren musste. »Er heißt schließlich nicht umsonst Secret Skye und nicht Staffin Bay.« Diese Aussage sollte beide Seiten zufriedenstellen.

Ernest schaute in die Runde und meinte kalt: »Schluss mit dem Theater. Ich hatte vor dem Essen neugierigerweise in die Holzkiste geschaut. Es war eine andere Flasche drin.«

Fergus und Harald schauten Ernest irritiert an.

»Wer sollte hier Flaschen vertauschen? Und warum?« fragte Isabella.

Ernest blickte Timothy fragend an. »Du hast doch eben die Box hereingebracht. Warum wurde die Flasche getauscht?«

Timothy suchte nach einer Ausrede.

Joan meinte: »Die Flasche mit Originaletikett könnte mal Sammlerwert haben. Ich meinte, es wäre besser, diese ungeöffnet zu lassen. Ich habe veranlasst, dass Timothy die Flaschen tauscht.«

»Dafür müsste die gut sein. ... Und der Whisky war dunkler. Wir haben etwas anderes probiert, als in den Handel gegangen ist.« Er schaute abwechselnd Joan und Timothy scharf an. »Was habt ihr wirklich verkauft? Magst du uns den anderen Whisky zum Vergleich bringen?«, fragte Ernest und duldete keinen Widerspruch.

»Zwei verschiedene Whiskys?«, wollte Harald wissen.

Ernest stellte nochmals – ohne auf die Frage einzugehen – frische Gläser heraus. Timothy brachte nach einigem Zögern Joans Flasche rein. Er entkorkte die Flasche und goss ein. »Das ist nicht mein Blend«, wollte er sich entschuldigen.

Ernest probierte nur kurz. »Was hast du dazu zu sagen?«, wandte er sich an Joan.

»In der Abfüllung ist sehr wohl unser Whisky mit drin.«

»Und was noch?«, fragte Harald.

»Ein junger zugekaufter Whisky«, erklärte Ernest. »An der Abfüllanlage stand noch ein fremdes Fass.«

Harald stand auf und nahm Joans Flasche in die Hand und studierte das Etikett. »Dann ist dies hier ... kein 28er Whisky, sondern ein Betrug.«

»So ist es, Harald!«, erwiderte Ernest mit unsicherer Stimme.

Harald schaute in die Runde und blieb mit seinen Blicken bei Ernest hängen. Er konnte die Offenheit nicht einordnen. Harald kannte Ernest seit jeher als integren, ehrlichen Menschen. ‚Ernest lügt nicht‘, wusste Harald. »Was möchtest du uns nun damit sagen?«

»Wir müssen den Whisky aus dem Handel zurückrufen, bevor der Betrug beim Kunden ankommt«, fuhr Ernest ernst fort. »Wie machen wir das am besten?«

»Unmöglich!«, widersprach Joan. »Die Flaschen sind bereits in alle Himmelsrichtungen verteilt.«

»Das habe ich befürchtet. Und wir können die Öffentlichkeit auch nicht ohne Selbstanzeige informieren. Hoffentlich nimmt man uns ab, dass dies ein Versehen war, weil die Fässer durcheinandergeraten sind.«

»Wir können es doch Reggie ... zuordnen«, meinte Joan kühl.

»Wir können es nicht auf Reginald schieben! Sein Andenken lasse ich nicht beschmutzen«, mischte sich nun auch Isabella ein, und Ernest stimmte zu.

»Wir müssen alles tun, um den Betrug unter dem Deckel zu halten.« Joan stellte ihren Standpunkt nochmals unmissverständlich klar.

Harald schwante Böses. Noch immer war ihm nicht ganz klar, dass der Betrug nicht von Ernest, sondern von Joan unter Mithilfe von Timothy ausging. Harald versuchte ohne nachzufragen, aus den einzelnen Bemerkungen herauszulesen, was eigentlich wirklich geschehen war. Es blieb ihm verborgen.

»Ja. So wird es sein«, stimmte Ernest grollend zu. »Der Betrug darf nie öffentlich werden. Aber ist das meine Angelegenheit? Ich bin aus der Distillery raus.«

Joan wähnte sich am Ziel. Aber es blieben Fragen: ‚Was hat Timothy vor? Wechselt er ständig Seiten? Hat er andere Absichten? Und was ist mit Harald?'

Allt na Speirce

Blacksboat

»Autsch!«, meinte Enya, nachdem sie sich beim Aufstehen den Kopf an der Dachschräge über dem Bett gestoßen hatte. Ansonsten hatte sie gut geschlafen. ‚Na ja. Erst muss ich die Deko-Rosen in Hellrosa, die schwere Tagesdecke in Altrosa, das rosa Kissen und die weiße Decke – mit rosa Buschrosen – verarbeiten.‘

»Nun aber ab ins rosa Badezimmer«, meinte sie zu Moira. »Dann unsere Runde und anschließend Frühstück.«

Nach der Runde wurden Enya und Moira bereits am Frühstückstisch erwartet. Die Künstlerin servierte ein einfaches Continental Breakfast. Aber es würde für die ersten Stunden des Tages reichen.

Beim Frühstück fragte Enya nach der Allt na Speirce Distillery.

»Wen benötigen Sie denn da?«, wollte die Künstlerin wissen.

»Jemanden, der sich mit Personalfragen dort auskennt.«

»Die Distillery ist nicht so groß. Ich glaube, das macht die Chefin alles selbst.«

»Eine Frau? Das ist ja fast so wie bei Staffin Bay«, stellte Enya fest.

»Staffin … auf Skye?«, fragte die Künstlerin.

»Genau. Ich komme von dort.«

»Staffin?«, kramte die Künstlerin in ihren Erinnerungen. »Da war irgendetwas. Ich glaube, die hatten bis vor Kurzem einen Brennmeister von Staffin hier. Ich habe ihn aber lange nicht mehr gesehen. Wenn Sie wollen, kann ich den Kontakt zur Managerin herstellen.«

Am späten Vormittag ließ es sich einrichten, dass Enya im Besucherzentrum der Managerin der Distillery gegenübersaß.

»Man sagte mir, Sie benötigen Informationen zu einem unserer ehemaligen Mitarbeiter«, begann die Mitvierzigerin. »Sie haben sicher Verständnis, dass wir keine persönlichen Informationen über Mitarbeiter herausgeben.«

Enya beschloss, ein wenig zu dramatisieren, aber was heißt schon „dramatisieren", wenn es um einen wahrscheinlichen Mord geht. »Wissen Sie, ich versuche für Ernest Greene mehr über seinen Sohn zu erfahren. Reginald Greene war ...«

»War?«, fuhr die Managerin Enya ins Wort.

»Er ist verstorben. Auf tragische Art.«

»War er es, der im Maischebottich gefunden wurde? Oh mein Gott! Ich habe es nicht gewusst. Es hat sich hier rumgesprochen, ohne dass Namen gefallen sind. Wir haben schon spekuliert. ... Wir hätten doch kondoliert, wenn wir gewusst hätten ...« Die Managerin war sichtlich betroffen.

Enya bestätigte die Vermutung der Frau. »Leider ja. Und ich möchte – im Auftrag seines Vaters Ernest – klären, was geschehen sein könnte.«

Mit der weiteren Referenz von Ernest rannte Enya offene Türen ein. »Für Ernest immer.«

»Wir wissen einfach nicht, warum Reginald so plötzlich nach Staffin zurückgekommen ist. Auf einmal war er wieder auf Skye, stand wohl buchstäblich bei Ernest vor der Tür und wollte die alte Distillery wiederbeleben.«

Die Managerin hörte aufmerksam zu.

»Ernest hat die Befürchtung, dass sein Tod irgendwie mit der plötzlichen Rückkehr in Verbindung stehen könnte.« Enya vermied zu erklären, dass diese Befürchtungen nicht von Ernest stammten, sondern von Fergus erstmalig formuliert wurden.

Die beiden Frauen hatten Wassergläser vor sich stehen. Die Managerin dachte längere Zeit nach. Sie nippte immer mal wieder am Glas. Enya ließ ihr Zeit. »Wir haben auch keine konkreten Ideen, warum er hier sehr plötzlich gekündigt hatte. Es hat sich nicht abgezeichnet. Vor etwa einem Jahr stand er in meinem Büro und legte mir die Kündigung auf den Tisch. Er hatte sie nicht begründet.«

Enya merkte, dass die Managerin wirklich nicht mehr wusste und kaum Informationen über Reginalds Privatleben hatte. Enya war enttäuscht. »Wer könnte etwa über die Gründe wissen?«

»Er hatte hier kaum Kontakte, geschweige denn Freunde, soweit ich das weiß.«

»Wo hat er denn gewohnt?«

»Ich lasse Ihnen die Adresse heraussuchen.« Die Managerin stand kurz auf und sprach einige Worte mit einem jungen Mann hinter der Theke des Besucherzentrums. Sie kam zurück, ohne sich wieder zu setzen. »James wird Ihnen die Adresse bringen und hatte zumindest ein paar Smalltalk-Kontakte zu Reginald. Vielleicht weiß er noch etwas mehr. Er wird Ihnen gerne zur Verfügung stehen. Ich muss mich nun leider verabschieden. Ich habe noch Termine.«

Enya bedankte sich.

James gesellte sich schnell zu Enya und übergab einen handgeschriebenen Zettel mit der Adresse. »Das ist etwa 10 Meilen entfernt«, meinte das Pickelgesicht. Letztendlich wusste er doch nichts, was Enya weiterhelfen konnte.

Intuitiv fragte Enya nach Christian Humphries. »Man sagte uns, dass Reginald zusammen mit Christian Humphries zu Allt na Speirce gekommen war.«

Das Pickelgesicht runzelte die junge Stirn. »Christian Humphries? Ich bin mir sicher, der hat hier nie gearbeitet.« Er hielt inne. »Oder doch! Vielleicht. ... Wir hatten mal einen Christian für kurze Zeit hier als Helfer in der Brennerei. Aber der hieß irgendwie anders. Der war nach kurzer Zeit wieder weg. Aber mehr weiß ich auch nicht dazu.«

Craigellachie

Sofort nachdem Enya aus dem Besucherzentrum kam, entschied sie sich auf dem Parkplatz: ‚Ich werde sofort zu Reginalds ehemaliger Wohnung fahren.‘ »Aber zunächst laufen wir eine Runde«, meinte sie zu Moira.

Diesmal informierte sie sich ausführlich über die Fahrtstrecke. ‚Zehn Kilometer Richtung Osten bis Craigellachie.‘ Sie sah, dass sie an der Aberlour Distillery und an der Craigellachie Distillery vorbeifahren musste, um ihr Ziel zu erreichen.

‚Überall sonst orientiert man sich an Ortschaften‘, schmunzelte Enya. ‚Hier an den Distilleries am Weg.‘

Enya hielt inne, bevor sie den Wagen startete. Irgendetwas passte an den verschiedenen Informationen nicht zusammen. ‚Ernest hat doch davon gesprochen, dass sein Anwalt Reginald und Christian hier untergebracht hatte. Und wieso kennt keiner Christian Humphries?‘

Enya zuckte mit den Schultern. »Ich muss nochmals rein«, meinte sie zu Moira.

Nach wenigen Minuten kam sie wieder zurück. Nun wusste sie, dass es hier wohl wirklich jemanden gab, der Christian hieß und zusammen mit Reginald angefangen hatte. Aber der soll Christian Smith, nicht Christian Humphries, geheißen haben. Und dieser Christian ist wohl nach irgendwelchen Ungereimtheiten schnell zur Konkurrenz gewechselt, während Reginald geblieben ist.

Enya schüttelte den Kopf. ‚Zumindest deckt sich diese Information mit den Informationen vom Pickelgesicht im Besucherzentrum.'

Nun startete sie den Motor des Alfa Romeos und telefonierte mit Ernest.

Ernest war sehr überrascht. Er konnte zunächst mit dem Namen Smith nichts anfangen. »Halb England und einige in Schottland heißen Smith. Ich glaube – wenn ich mich richtig erinnere – dass Smith der Mädchenname von Haralds ehemaliger Frau war.«

‚Auch dies wäre passend', kombinierte Enya. ‚Haralds Sohn könnte wohl wieder den Namen der Mutter nach der Scheidung angenommen haben.'

Die Fahrt zu Reginalds ehemaliger Wohnung war kurz. Vor Ort schaute Enya sich erst einmal um. Das unscheinbare Mehrfamilienhaus, in dem Reginald gewohnt hatte, lag in einer Seitenstraße.

‚Wie kann ich vorgehen?', fragte sich Enya. ‚Ich kann doch nicht einfach an der Tür klingeln und nach jemandem fragen, der nicht mehr hier wohnt.' Sie trommelte nervös mit den Fingern auf dem Lenkrad. ‚Aber warum nicht?'

Enya stieg aus und klingelte nacheinander bei den Mitbewohnern. Ihre Recherche blieb erfolglos. Schließlich meinte eine Nachbarin: »Probieren Sie es am Ende der Straße im Pub *The Beggar*[46]. Soweit ich weiß, war er dort regelmäßig zum Dinner.«

---

[46] *Der Bettler*

‚Eigentlich trifft sich das gut. Ich habe Hunger', dachte Enya. ‚Es wird der Pub sein, an dem ich eben vorbeigekommen bin.'

Sie entschied, die kurze Strecke zu laufen. ‚Die Gegend sieht doch reichlich arm aus', bewertete Enya ihre Eindrücke. ‚Vermutlich heißt der Pub deshalb auch *The Beggar* – der Bettler.'

Der Pub war einfach eingerichtet. Vorne gab es einen Schankraum mit einer speckigen Bar aus dunklem, fast schwarz gebeiztem Holz mit vielen Kratzern und Schrammen. Die Bar nahm fast die gesamte Stirnseite des Raumes ein. Der Gang vor der Theke war zu schmal, um hier Tische aufzustellen. Man konnte lediglich an der Bar sitzen. Mittags war hier noch nichts los.

Enya klingelte an der Theke. Recht schnell erschien der Wirt aus der Küche. Er entschuldigte sich dafür, dass Enya warten musste.

»Kann ich hier etwas essen?«, fragte Enya.

»Natürlich. Unsere Karte hängt hier an der Wand.« Der Wirt deutete auf eine handgeschriebene Kreidetafel.

Enya hatte dies in Schottland schon oft gesehen. Es machte einen Wechsel der Gerichte einfacher und falls etwas ausverkauft war, wurde es einfach von der Tafel gestrichen.

»Du kannst auch im Hinterzimmer essen. Da ist unser Restaurant eingerichtet.«

Enya entschied sich dafür, an der Theke zu essen, um sich mit dem Wirt unterhalten zu können. Sie wählte das *Gammon Steak* – eine Scheibe gebratener Schinken – mit Chips[47] zum Lunch und dazu ein Tennent's Beer.

Der Wirt zapfte das Bier und verschwand dann in der Küche.

---

[47] *In Schottland werden Fritten Chips genannt.*

Enya folgte den Schildern in Richtung Toilette. Auf dem Weg kam sie an dem Speiseraum vorbei. Enya musste grinsen, als sie das Arrangement sah. Einerseits hatte man versucht, den Raum gemütlich zu gestalten, und andererseits passte kaum etwas zusammen. Der Raum war mit einem Teppich in einem hellblauen Tartan versehen. Darauf standen weiß lackierte Tische sowie hierzu unpassende moderne Stühle und Bänke aus hellem Buchenholz. Die Wände waren hellblau gestrichen und nahmen das Tartanmuster des Teppichs wieder auf. ‚Gut, dass ich an der Bar sitze. Hier hätte ich Augenkrebs bekommen'.

Enya kam fast zeitgleich mit dem Essen zurück zur Theke. Sicherlich hatte der Wirt einfach nur Fritten in der Fritteuse geschwenkt, während die Schinkenscheibe in der Pfanne nochmals angebraten wurde. Das Schinkensteak wurde mit einer undefinierbaren dunkelbraunen Industriesoße serviert. Dazu gab es als Beilage noch ein kleines Schälchen mit Erbsenrelish. Aber das Essen war genießbar.

»Passt es so?«, fragte der Wirt, während er geschäftig begann, die Gläser auf den Regalen hinter ihm zu polieren.

Zumindest an diesem Tag würden Enya und Moira nicht verhungern.

»Man sagte mir, dass einer meiner Bekannten hier Stammgast war«, begann sie das Gespräch mit dem Wirt.

Er schaute lediglich fragend auf und wartete auf eine Frage oder eine Aussage. Zumindest auf den Namen des Bekannten.

Enya merkte, dass sie fortfahren sollte. »Er hieß Reginald.«

Dem Wirt war nicht entgangen, dass Enya in der Vergangenheit sprach.

»Reggie? Was ist mit ihm?«, wollte der Wirt skeptisch wissen. Er konnte Enya und ihre Intention nicht einschätzen.

»Er ist vor etwa zwei Wochen bei einem Arbeitsunfall tödlich verunglückt.« Hier vermied Enya bewusst, von Mord zu sprechen oder die Details zu erwähnen.

»War er es ... im Maischebottich auf Skye?«

»Es hatte sich also auch bis hierhin rumgesprochen. Die Welt der Whiskymacher ist doch überschaubar.«

»Natürlich«, meinte der Wirt, und es prasselte aus ihm heraus, während er mit jedem Satz das Thema wechseln konnte. »Jeder zweite hier im Speyside lebt vom Whisky. ... Ich meine nicht, dass sie den Whisky zum Leben trinken. Dafür ist der Single Malt zu teuer, den man hier macht. Zum Betrinken zu teuer und zu kompliziert. ... Wenn man sich abschießen möchte, nimmt man einfachen Brandy oder Gin. Die arbeiten ansonsten in der Whiskyindustrie. ... Meine Gäste leben davon. ... Tagsüber. ... Abends sind die hier. ... Weiß man mehr?«

»Nein. Die Umstände sind unklar.«

Enya war sich nicht im Klaren darüber, wie viel sie verraten konnte, ohne Misstrauen aufkeimen zu lassen. ‚Oder soll ich ihm etwas vorschwindeln?‘, dachte sie kurz. Aber die Gefahr, dabei ertappt zu werden und dann keine Informationen zu bekommen, war zu groß.

»Wir rätseln noch immer alle. Insbesondere für seinen Vater ist es ungeklärt.«

»Hatte er denn Freunde?«, wollte Enya dann unvermittelt wissen.

Der Wirt zuckte die Schultern. »Keine Ahnung.«

»Kam er denn immer allein?«

»Manchmal nicht. Da war gelegentlich Chris mit dabei. Aber den habe ich auch schon lange nicht mehr gesehen. Der verschwand etwa zeitgleich mit Reginald, wenn ich mich richtig erinnere.«

Enya ließ sich die neue Erkenntnis kurz bestätigen. »Etwa Christian ... Smith.«

»Vermutlich ja. Wir reden uns alle mit dem Vornamen an. ... Es kann stimmen ... Smith klingt passend ... Ich glaube, die hatten etwas miteinander. ... Chris sah schwul aus. Irgendwie.«

»Das würde vieles erklären«, erkannte Enya.

Im Auto meinte Enya zu sich selbst: »Ich muss mal zusammentragen, was ich nun über Reginald weiß.« Sie begann chronologisch: »Er ist also nach der Vermittlung von Ernest Anwalt Harald zusammen mit Christian Smith, geborener Humphries, in das Speyside gezogen. Beide haben dann gleichzeitig begonnen, in der Allt na Speirce Distillery zu arbeiten. Und dann trennten sich die Wege. Christian wechselte zur Konkurrenz. Reginald blieb vor Ort.«

Enya hielt kurz inne. Moira schaute gelangweilt, wenn Frauchen mit sich selbst redete. »Vor etwa einem Jahr muss etwas passiert sein. Zunächst verschwindet Christian und kurz darauf kündigt Reginald und taucht wieder auf Skye auf. Ohne Christian. Indizien deuten darauf hin, dass beide ein Verhältnis miteinander hatten.«

Enya blieb kurze Zeit ruhig und schaute sich zu Moira um. »Ich wette, dass wenn wir wissen, warum Christian verschwand und wo er gerade ist, dann wissen wir auch, warum Reginald sterben musste.«

Enya schluckte und zog ihr Resümee: »Dann kann es keine Tat im Affekt gewesen sein. Jemand wollte gezielt den Tod Reginalds und hatte diesen längere Zeit vorbereitet.«

Enya klopfte wieder einen unrhythmischen Takt auf dem Lenkrad. »Wenn ich davon ausgehen kann, dass auch Christian tot ist, könnte Reginalds Tod aus gleichem Grunde erfolgt sein.«

Ihr Klopfen hielt inne. »Und falls er noch lebt? Dann könnte er der Täter sein. Ich muss Fergus anrufen. Er soll sich mal mit

Harald in Verbindung setzen und Informationen über Christian einholen.«

Enya startete den Motor und verließ langsam Craigellachie. »Wie dem auch sei. Wir müssen Christian finden! ... Tot oder lebendig, wie man das in Western liest.«

Blacksboat und Oban

Am nächsten Morgen hatte Fergus eine Adresse für Christians Mutter in Oban erhalten und während des Frühstücks an Enya weitergeleitet:

Sie heißt Maria Smith und hat einen Fischimbiss am Hafen in Oban.

Enya las die Nachricht und plante den Tag neu. Also ging Enyas Fahrt von der Nordseeküste zurück zur Atlantikküste, etwa drei Stunden südlich von Skye. Enya benötigte nur wenige Minuten, um mit diesen Informationen weiterzukommen. Sie fand schnell einen Eintrag in Google Maps zu *„Maria's Fish 'n' Chips"*.

»Das muss sie sein«, kombinierte sie. Enya hatte nach der Recherche ein Bild vor Augen. »Auch das Alter müsste passen.«

»Ist es nicht traurig, wenn man in dem Alter – sicher über siebzig – noch immer für seinen Lebensunterhalt arbeiten muss?«, fragte sie sich rhetorisch.

Auf der Fahrt nach Oban hatte Enya kaum einen Blick für die Schönheit der Route. Sie fuhren zunächst noch ein gutes Stück durch das Tal des River Spey flussaufwärts. Es war eine malerische Strecke. Der Fluss schlängelte sich durch Täler, in denen das Laub in lebendigen Rottönen, Orange und warmen Braunnuancen leuchtete. Während die Sonne durch die goldenen Blätter der Bäume schien, dachte Enya bereits an Oban. Sie wollte schnell dort sein.

Die Landschaft verwandelte sich allmählich, als sie an das Loch Linnhe kam, einer Atlantikbucht, die sich tief in das Landesinnere schob. Kleine Wellen kräuselten sich auf der Oberfläche des Meeresarms. Neben den schweren Duftnoten des modrigen Laubs mischten sich immer stärkere Noten der frischen Meeresluft, bis schließlich die Frische des Meeres überwog.

‚Ich könnte kurz bei Sir Bram vorbeischauen‘, überlegte Enya, als sie fast an der Isle of Siùna vorbeikam, auf der Sir Brams Burg lag. ‚Wenn da nicht das umständliche Übersetzen mit dem kleinen Boot auf die Insel wäre.‘ Enya hatte einige Zweifel, ob dies eine gute Idee war. Denn wenn sie sich einmal auf den Weg zum Caisteal an Siùna machen sollte, würden sie einige Stunden verlieren und vermutlich an diesem Tag nichts mehr in Oban erreichen. Schweren Herzens beschloss sie, an der Insel vorbeizufahren. ‚Aber auf dem Rückweg besuche ich ihn‘, entschied Enya.

Schließlich erreichte sie Oban. Die letzten Kilometer fuhr Enya eine vielbefahrene Straße herab zur Hafenstadt und dort geradewegs auf die Uferpromenade zu. Entlang der Promenade hielt Enya bereits nach einem Parkplatz Ausschau. Sie musste schnell erkennen, dass Oban alles dafür tat, Autos aus der Stadt fern zu halten. Es war schwer, einen freien Parkplatz zu finden. Schließlich hatte sie ausgerechnet in unmittelbarer Nähe von *Maria's Fish 'n' Chips* Glück.

Es gab vor der Bude einen überdachten Schutz gegen Wind und Wetter und einige Stehtische aus Holz, die man schnell auf- und zuklappen konnte. Sitzplätze gab es keine.

Ein Blick auf die Uhr zeigte Enya, dass die eigentliche Mittagszeit schon vorbei war. Sie hoffte, dass es im Fischimbiss ein wenig ruhiger war. Sie wurde getäuscht. Nach den Einheimischen kamen die Touristen – und auch Enya. Es gab eine kurze Schlange. Ein halbes Dutzend Gäste standen vor ihr und hatten Hunger.

Ein erster Blick zeigte, dass Maria – trotz ihres Alters – selbst hinter der Theke stand und resolut das Zepter schwang. Gleich zwei Mitarbeiter unterstützten sie dabei, mit dem Ansturm zurechtzukommen. Es gelang routiniert.

Enya studierte die Passanten, während sie mit Moira geduldig in der Schlange wartete. Sie sah Menschen, die sich auf die unterschiedlichste Art gegen den Wind schützten. Hochgeschlagene Krägen, tief ins Gesicht gezogene Kapuzen und tief in die Jackentaschen gesteckte Hände waren allgegenwärtig. Entsprechend zügig aßen die Menschen um sie herum ihre Mahlzeiten.

Nach erstaunlich kurzer Zeit hatte Enya eine riesige Schale Fish 'n' Chips mit der obligatorischen Remoulade und einigen Spritzern Essig in der Hand. Maria hatte zugesagt, in einigen Minuten zu Enya an den Stehtisch zu kommen.

In der Tat kam Maria nach wenigen Minuten vorbei.

»Gut. Dann mache ich mal Pause«, begann Maria, während sie ihre kräftigen Hände an ihrer Schürze abwischte. Man merkte ihr an, dass sie im Dauerstress lebte und dieses Leben Spuren hinterlassen hatte. Ihre Haare waren längst ergraut und dünn geworden. Das Gesicht zeigte tiefe Falten und Altersflecken. Dennoch schien sie auf ihr Aussehen zu achten. Eine dünne Goldkette mit Delfinanhänger hing um ihren Hals, ihre Kleidung war hochwertig, auch wenn sie bei dieser Arbeit litt.

Enya vermied es, Maria auf dieses harte Leben anzusprechen. »Der Fisch ist legendär«, schmeichelte Enya, um das Eis zu brechen. »Und es hat sich bis zu uns herumgesprochen.«

»Dafür habe ich auch extra große Portionen zubereitet. Vielleicht möchte das Hundchen auch etwas abhaben«, lachte Maria und stellte ein zusätzliches Schälchen mit kleineren Fischstückchen so schnell und behände unter den Tisch, bevor Enya protestieren konnte.

»Was treibt Sie her nach Oban?«, fragte Maria.

Enya erkannte, dass sie sofort mit offenen Karten spielen konnte und musste. »Ich komme wegen Christian.«

Marias Miene verfinsterte sich umgehend. »Was ist mit ihm? Ist er *endlich* tot?«

»Endlich? Eigentlich bin ich im Auftrag meines Bekannten Ernest Greene unterwegs und will wissen, was mit Reginald geschehen ist.«

»Was nun? Chris oder Reggie?«

»Reginald ist tödlich verunglückt. Vor etwa zwei Wochen.«

»... und Chris ist vor einem Jahr schwer verunglückt. Er ist fast tot.«

»Fast tot? Ich verstehe nicht.«

»Er liegt seit einem Jahr im Koma im Krankenhaus von Inverness. Er wird wohl nie wieder aufwachen. Ich dachte gerade ... nun ist es vorbei.«

Enya merkte, dass Maria mit einer professionellen Distanz über Christian sprach, als hätte sie sich damit abgefunden, dass er nie wieder am Leben teilhaben könnte. »Was ist damals mit Christian passiert?«

»Das weiß niemand so genau. Er war wohl mit Reggie zusammen auf einem der großen Lochs segeln. Angeblich soll es ein Unfall gewesen sein. ... Vielleicht auch nicht. Gesichert ist, dass Chris wohl den Baum des Segels – oder wie das heißt –

gegen den Kopf bekommen hatte und dann über Bord ging. ...
Reggie brachte ihn ... in diesem Zustand ... zurück an Land.«

Maria erläuterte kühl und neutral ihre Sicht der Dinge. Enya
schaute Maria nach wie vor fragend an. ‚Wie kann diese Frau
sich so trocken über das Schicksal ihres Sohnes äußern?‘,
dachte sie.

Maria bemerkte die fragenden Blicke. »Sie fragen sich,
warum ich so distanziert darüber sprechen kann?«

Enya nickte nur.

»Ich beschäftigte mich lange Zeit mit Christians Unfall. Anfangs war da Hass auf Reggie. Dann kam die Trauer. Später die
Verzweiflung. Irgendwann fängt man an zu verdrängen, dann
zu verarbeiten und letztendlich zu verzeihen. Es klingt hart,
aber für mich ist er bereits seit einem Jahr tot.«

»Meinen Sie ...«, übernahm Enya, »... dass Reginald Schuld
am Tod ... äh Unfall ... von Christian ist?«

»Vielleicht hatte er Schuld. Niemand weiß es. Reggie nicht.
Vielleicht Chris. Aber er wird es uns nie erzählen. Aber sie
haben sich geliebt.«

Sir Bram

»Ich habe mehr Fragen als Antworten«, dachte Enya. »Christian kommt als Täter natürlich nicht in Frage. Aber könnte er der Grund für den Mord sein?« Enya bemerkte, dass sie zum ersten Mal von "Mord" dachte und nicht mehr von "unnatürlichem Tod" oder anderen Umschreibungen.

Spontan wählte Enya über die Freisprecheinrichtung im Auto die Telefonnummer von Sir Bram, ihrem Mentor im Gälischen Coven. Er meldete sich kurz mit: »Yes?«

»Enya hier. Wo bist du?«, fragte sie Sir Bram.

Sir Bram lachte kurz auf. Er klang hörbar erfreut. »Wo soll ich schon sein, wenn du meine Festnetznummer wählst und ich abhebe? Auf meiner Insel. Aber wo bist du?«

Enya lachte. »Ganz in der Nähe. Ich könnte in zwanzig Minuten da sein.«

»Kommst du mit Ernests Sohn weiter?«

»In kleinen Schritten. Wir sollten mal darüber reden. Ich brauche deine Meinung.«

»Falls du magst, kannst du über Nacht bleiben.«

»Das wäre toll. Mich drängt heute niemand mehr nach Skye zurück.«

»Gut«, die Freude war in Sir Brams Stimme deutlich zu hören. »Ich schicke George zur Fähre runter. Er wird dich in Empfang nehmen. Iain wird inzwischen das Turmzimmer für dich vorbereiten, und Mairi kocht etwas Leckeres für uns.«

Enya kannte das Prozedere. Es war nicht einfach, Sir Bram zu besuchen. Er lebte zurückgezogen auf einer Insel im Loch Linnhe, einem langen Meeresarm des Atlantiks. Sie fuhr die A828 an der Küste entlang. Kurz hinter Castle Stalker, einer

Burg auf einer winzigen Insel, musste sie die Straße verlassen, um zum privaten Anleger zu gelangen.

In einer unscheinbaren Halle neben dem Steg gab es Platz für ein halbes Dutzend Autos. Hier parkte Enya den Alfa neben einem Wohnmobil vor dem Hallentor. Zwei schmierige, ältere Camper hatten sich einen Holzkohlegrill neben das Wohnmobil gestellt und begannen Würstchen zu grillen.

Moira sprang aus dem Auto. Sie kannte sich hier aus und wusste, wen sie gleich treffen würde. George, der ehemalige Elitesoldat, Privatsekretär und Bodyguard des Burgherren, hatte eine besondere Vorliebe für den Hund, und jedes Mal, wenn sie sich sahen, mussten sie miteinander toben.

»Muss der Köter hier rumrennen, wenn wir grillen?«, brummte der Camper im Feinripphemd zu seiner Frau.

Anstelle der Frau antwortete Enya: »Im Gegensatz zu Ihnen darf der Hund hier herumlaufen.«

Der Camper schaute verblüfft auf, als Enya ebenfalls auf Deutsch antwortete.

»Ach, auch aus Deutschland? Dann sollten wir wohl besser zusammenhalten.«

Enya entschloss sich, die beiden zu ignorieren. Sie nahm ihren Rucksack und die Tasche mit Moiras Sachen und ging die wenigen Meter zum Bootsanleger hinunter.

Moira erledigte derweil ihre Geschäfte, wie es Hunde eben tun.

»Nicht hier am Wohnmobil!«, rief der Feinripp-Camper Moira hinterher.

Der gegenüberliegende Bootsanleger auf Siùna Island lag etwa zweihundert Meter entfernt. Enya erkannte aus der Ferne George winken, als das kleine Fährboot von der Insel ablegte.

Moira kannte das Geräusch des Bootsmotors und rannte mit wedelndem Schwanz zum Anleger. Sie bellte zu George hinüber und schien zu erwarten, dass er nun schneller fahren würde.

Nach einer wilden Begrüßung – zuerst für den Hund und dann erst für Enya – meinte George entschuldigend: »Na ja, die richtige Reihenfolge muss ich schon einhalten.«

Enya quittierte die Aussage mit einem gespielten Schmollen. Doch sie konnte den Gesichtsausdruck nicht lange halten und brach in schallendes Lachen aus, während Moira noch immer zwischen Georges Beinen herumsprang.

»Augenblick«, sagte George mit einem Seitenblick auf die Camper, »ich muss erst noch etwas erledigen.«

Mit schnellen Schritten lief er über den Vorplatz zur Halle. »Ich gebe Ihnen fünf Minuten ...«

»Und dann was?«, plusterte sich der Camper auf.

George lächelte. »Dann haben Sie entweder unseren Privatbesitz verlassen, oder ich lasse Sie abschleppen.«

»Aber meine Würstchen? Die sind gerade erst auf den Grill gekommen.«

»Die lasse ich gleich mit abschleppen. ... Nun, Sie haben noch viereinhalb Minuten.«

Ohne weiteren Kommentar lief George zurück zum Fährboot, wo bereits Moira und Enya warteten. Die Überfahrt dauerte nur wenige Minuten, und am anderen Fähranleger wartete ein kleines elektrisches Fahrzeug, das die Gäste und das Gepäck zur Burg brachte.

Das alte Gemäuer lag hinter einem kleinen Wäldchen versteckt und war vom Land aus nicht zu sehen. Vielleicht auch deshalb und wegen der schwierigen Zugänglichkeit war die Burg Caisteal an Siùna kein Touristenmagnet, und Sir Bram hatte hier seine Ruhe. Auf der knapp über zwei Kilometer langen und einem Kilometer breiten Insel lebten außer ihm, George, dem Gärtner Iain, nur noch Schafe und sonstiges Getier.

Mairi kam halbtags zum Kochen und für den Haushalt auf die Insel. Ansonsten blieb man unter sich. Sir Bram wollte es so. Er lebte seit Jahrhunderten hier.

Sir Bram empfing Enya auf den Stufen des Burgtores. »*Fàilte don taigh agam*, Willkommen in meinem Haus«, rief er Enya entgegen.

Sir Bram stützte sich auf seinen Gehstock aus Palisander mit Silberknauf. Er ließ es sich nicht nehmen, seine Gäste am Tor zu begrüßen.

Die in den Knauf eingearbeitete Triskele mit den drei Spiralen und der mittige Mondstein schimmerten geheimnisvoll.

Enya kannte diesen Stein. Er schimmerte wie Liath in den Farben des Himmels. Der Mondstein und Liath standen in einer geheimnisvollen Verbindung, die Enya noch immer nicht ergründen konnte.

Obwohl der alte Hexer unsterblich war, erschrak Enya. Er sah noch gebrechlicher aus, als sie ihn in Erinnerung hatte. Er hatte eine gewisse Ähnlichkeit mit Fergus. Doch das Haar war noch dünner, die Haut sah faltiger und bleicher aus, nicht so gesund wie bei Fergus. Die Gicht zwang ihn in eine gebückte Haltung. Auf der anderen Seite war er – auch zu Hause – perfekt gekleidet. Ganz im Gegensatz zu Fergus, der zu Hause scheinbar immer die ältesten Kleidungsstücke herauszog. Enya kannte niemanden, der einen so scharfen Verstand hatte wie Sir Bram.

Nachdem Enya ihr Zimmer bezogen hatte und etwas Ruhe einkehrte, saßen Enya und Sir Bram bei den letzten Sonnenstrahlen des Tages vor der Burg und schauten über das Wasser zum Castle Stalker hinüber.

»Lebt der alte Kauz noch immer dort drüben allein?«, fragte Enya.

Sir Bram lachte. »Zwei Burgen auf zwei Inseln und in beiden wohnt ein alter Kauz.« Er nahm einen tiefen Zug seiner Pfeife. »Du wolltest über Ernest sprechen«, nahm Sir Bram das Gespräch auf.

In kurzen, knappen Sätzen erzählte Enya, was sie auf Skye erlebt und in Oban heute von Maria erfahren hatte.

Sir Bram nickte nur. »Dann musst du dich nun Harald Humphries zuwenden. Es klingt nach einem Motiv für Rache. Vielleicht wegen des Unfalls von Christian. Vielleicht aber auch nur – zur Verteidigung traditioneller Werte – wegen des Verhältnisses zwischen den beiden Männern. … Auch wenn dies *very British* ist.«

»Das ist auch meine Meinung«, stimmte Enya zu.

»Wie dem auch sei. Harald spielt auf jeden Fall ein doppeltes Spiel.«

Caisteal an Siùna

Nach dem Abendessen saßen Enya und Sir Bram wieder zusammen. Diesmal allerdings am Kamin in der Halle der Burg.

Die Halle war imposant und düster, mit hohen, gewölbten Decken, die in den Schatten verloren gingen. Dunkle Holzvertäfelungen bedeckten die Wände, an denen alte Gemälde von Ahnen und Szenen aus der Vergangenheit hingen. Manchmal tanzten die Schatten in dem leeren Raum und verloren sich in der Dunkelheit. Man könnte den Eindruck haben, die Ahnen würden wieder auferstehen.

Die schweren Vorhänge an den Fenstern waren zwar offen, aber es drang nur wenig Licht von außen in den Raum. Das Meer vor der Burg war nur zu ahnen.

Zwei Menschen wirkten verloren in dem großen Raum. Das Licht war gedämpft. Lediglich am Kamin leuchtete eine Tischlampe.

»Ein leerer Raum braucht kein Licht«, meinte Sir Bram. Im Halbschatten konnte man sein Lächeln sehen. »Wir beide sind sensibel genug, auch ohne Lampen viel zu sehen.«

Das Knistern des Feuers durchbrach die Stille, und die Hitze strahlte wohltuend in ihre Gesichter. Sir Bram beschäftigte sich den ganzen Abend über mit seiner Pfeife, aus der ein angenehmer Duft von aromatisiertem Tabak aufstieg. Der süßliche Geruch mischte sich mit dem herben Duft des Holzes und verstärkte die mystische Atmosphäre.

Enya nahm Sir Brams Bemerkung nach einiger Zeit auf und erwiderte: »Manchmal sehen wir sogar zu viel.«

Sir Bram nickte zustimmend und zündete seine Pfeife wieder an. »Sie geht immer wieder aus. ... Ich habe gemerkt, dass du nicht nur über Reginald sprechen wolltest. Habe ich Recht?« Er schaute Enya erwartungsvoll an.

Zunächst blieb sie stumm und antwortete lediglich mit: »So ist es.«

Sir Bram fuhr fort, während er einen Kandiszucker in seinen Tee plumpsen ließ: »Deshalb ist es so dunkel im Raum. Du sollst das sehen, was die Augen nicht sehen können.«

Enya lächelte leicht. »Ich glaube, ich war an einem Ort, an dem die Magie nur darauf wartete, mich zu empfangen.«

Moira lag zu Enyas Füßen und hob kurz den Kopf, als sie die Spannung in ihrer Stimme spürte. Ihre Ohren zuckten aufmerksam, bevor sie sich wieder zusammenrollte.

»Es wird nicht Skye gewesen sein. Dort zieht sie sich von den Menschen ... und uns Hexen ... zurück.«

Enya nickte. »Es war in einem Café am Blackwater River. Es nannte sich Tir na nÓg.«

Sir Bram hob eine Augenbraue und zog an seiner Pfeife. »Ich hoffe, du hast dich nicht vom Namen blenden lassen. Viele Einrichtungen nutzen den Namen des Landes der ewigen Jugend.«

»Dieser Ort war anders«, erwiderte Enya. »Ich sprach mit der Kellnerin über den Namen. Sie erzählte mir, dass Tir na nÓg ein mythologischer Ort ist, ein Land der ewigen Jugend und des ewigen Glücks. Sie sagte, es sei ein Ort, den man nie verlassen kann, wenn man einmal dort gewesen ist.«

Moira hob erneut den Kopf und ließ ein leises Brummen hören, als hätte sie etwas zu sagen.

»Am Blackwater River?« Sir Bram rührte nachdenklich weiter im Tee, obwohl der Kandis sich schon längst aufgelöst hatte. »Du kennst die Sage von Tir na nÓg?«, fragte er.

»Ja. Man hat sie mir dort erklärt. Wohl aus Irland kommend. Das Land der ewigen Jugend und der Magie.«

Sir Bram nickte und drehte langsam die Teetasse im Kreis. Seine alten, knochigen Hände wirkten ständig beschäftigt. »Ich habe bis heute nicht herausgefunden, ob dieses Land real ist. Ob es uns erwartet und ob die Sage vom ewigen Leben mit unserer Unsterblichkeit in Einklang steht.«

»Aber die Reaktion von Liath machte mich nachdenklich.« »Welche Farben hat das Buch gezeigt?«

»Ich habe es erstmalig in Grün gesehen.«

»Du erinnerst dich an deinen letzten Fall?[48] Da war die Abwesenheit von Grün mit dem Tod verknüpft. Hier zeigt sich die Farbe ganz bewusst. Es ist ein Gegensatz.« Sir Bram dachte kurz nach und zog erneut an seiner Pfeife. »Hast du versucht, in Liath zu lesen? Hat Liath neue Texte auf seinen ansonsten unleserlichen Seiten gezeigt?«

Enya ärgerte sich über sich selbst. Sie stotterte: »Ich habe es vergessen. ... Ich war vom Farbenspiel so irritiert.«

»Vielleicht kommt diese Chance nie wieder. Du weißt ja, dass Liath sich selbst schreibt und immer wieder löscht. Worte kommen. Worte gehen. Man muss sie zum richtigen Zeitpunkt lesen, bevor sie wieder verblassen.«

Enya nickte. »Ich werde weitersuchen müssen.«

---

[48] *Im Roman „Liath – grün, wie der Tod" beschrieben.*

Neuerscheinung

Gillian brachte eine Flasche Secret Skye Whisky in Miyazaki Harutos Büro. »Hier ist er!«, meinte sie knapp.

»Da steht aber nicht der Name der Distillery drauf?«

»Das ist Marketing. Die Sammler werden nun recherchieren, welche Distillery dahinter steht. Auf Skye gab es mal sieben Brennereien. Zwei, nein drei, existieren noch oder nun wieder. ... Je nachdem, ob man Staffin mitzählt. Also kommt man schnell auf die richtige Distillery, insbesondere da *Talisker*[49] bereits signalisiert hat, nicht hinter der Abfüllung zu stecken.«

»Haben sie auch Flaschen für Osaka?«, fragte Haruto.

»Natürlich. Zwei Flaschen sind dort bereits per Express eingetroffen. Frau Greene hatte uns freundlicherweise eine Kiste zur Verfügung gestellt.«

»Bitte schenken sie sofort ein. Ich bin neugierig.«

Gillian ging zum Schrank und nahm ein Probierglas heraus. Haruto sah die Sekretärin mit dem kleinen Glas auf ihn zukommen. »Nein. Nein. Nein. Nehmen sie zwei. Nehmen sie die großen Tumbler.«

Gillian verzog die Nase. »Die Zahnputzbecher?«, entfuhr es ihr ungewollt.

»Was ist falsch mit diesen Gläsern?«

Haruto war hier der Chef und Gillian fügte sich. Dennoch musste sie die Auswahl der Gläser kommentieren: »Die großen Gläser nehmen die Amerikaner. Dann passen auch noch Eiswürfel hinein.«

»Und was wiederum ist an Eiswürfeln falsch?«

---

[49] *Große Distillery auf Skye*

Gillian schenkte widerwillig einen Tumbler halbvoll und in den zweiten lediglich ein wenig zum Probieren ein. ‚Wie soll ich antworten?', überlegte sie krampfhaft. ‚Ehrlich oder beschönigend?' Sie entschied sich für die Ehrlichkeit. Haruto musste lernen, dass die europäische Kultur ganz eigene Regeln hatte. »Alkoholika müssen warm getrunken werden, damit sich die Geschmacksnoten entfalten können. Erst dann verdunstet der Alkohol und nimmt die Aromastoffe zur Nase mit. Zudem schmeckt eine kalte Zunge nichts.«

Es war nach wie vor ein schmaler Grat, Miyazaki Haruto die Grundlagen des Whiskys beizubringen, ohne in die Gefahr zu geraten, zu belehrend zu wirken.

Er tat so, als würde er die Belehrung überhören. Aber sie brannte sich tief in sein Gedächtnis ein. »Stark und dunkel«, meinte Haruto. Erst nippte er am Glas und kippte unverzüglich das halbe Glas hinterher. »Wow! Good Stuff! Ist das ein gutes, starkes Zeug. Fast wie unser alter Sake. Damit kann man Kasse machen.«

Gillian nippte aus Anstand an ihrem Glas. Es widerte sie an, wenn man Whisky mit Sake verglich. Sie betrachtete Harutos Gesichtszüge beinahe feindlich. Auch wenn sie Engländerin war; auch wenn sie Whisky nur aus beruflichen Gründen trank, konnte sie nicht gutheißen, dass britische oder schottische Kultur und „Good Stuff" Schluck für Schluck, Flasche für Flasche und Distillery um Distillery nach Japan verkauft wurde.

Miyazaki Haruto wartete in seinem Büro und schaute auf die Uhr. Es war ungewohnt für ihn, dass man ihn warten ließ. In Osaka, bei seinem Sensei Nakamura Daiki, war das normal, aber hier in London war er der Chef. Er war es gewohnt, dass die Zeit ihm gehorchte. Zumindest die Londoner Zeit. Obwohl der Big Ben sich hiervon wiederum nicht beirren ließ. Stoisch schlug er Stunde um Stunde die Glocken. Er war die Zeit, nicht der Japaner.

Die Stunden vor der Konferenz verbrachte er im Büro, döste auf einem bequemen Sofa, schaute Krimis und trank mehrere Secret Skye Whiskys aus seinem Tumbler. Später auch mit Eis und letztendlich mit Cola.

Die Videokonferenz fand pünktlich um Mitternacht Londoner Zeit statt. Mit einem großen Schluck leerte er sein Glas, bevor er seine Kamera einschaltete.

Haruto sah, dass lediglich der geschäftsführende Vorstand der Muttergesellschaft in Osaka am großen Tisch im Besprechungsraum, den er so fürchtete, anwesend war. Sein Chef, Nakamura Daiki, schien separat aus einem anderen Raum zugeschaltet zu sein. Nach den üblichen einleitenden Ehrbezeugungen seitens Miyazaki Haruto, kamen zunächst einige Bilanzfragen des Finanzvorstandes zur Sprache, bevor Nakamura Daiki zum eigentlichen Thema der Konferenz kam.

»Gibt es eine Reaktion auf unser Angebot für diese Distillery?«, fragte Daiki.

Haruto war auf die Frage des mächtigen *CEOs*[50] der Moon Spirit Holding vorbereitet. »Die Schotten reagieren langsam. Es ist normal, dass es bei den Bergbauern und Schafhirten etwas

---

[50] *Chief Executive Officer, oder Geschäftsführender Vorstand*

länger dauert, Nakamura-San[51].« Haruto machte keinen Hehl aus seiner Verachtung für die Schotten. »Wie bei uns auf Hokkaido«, versuchte er als Witz, der nicht ankam.

»Wir haben übrigens den Whisky erhalten. Herzlichen Dank. Wir haben ihn probiert.«

Haruto verbeugte sich gleich zweimal vor dem Monitor. »Es war mir eine Ehre.« Dabei wäre der Dank eher für Gillian angebracht.

»Er scheint gut zu sein.«

Haruto war sich nicht sicher, ob er richtig verstanden hatte. 'Scheint gut zu sein', wiederholte er in Gedanken und hoffte, dass Daiki dies noch spezifizieren würde.

»Meine Vorstandskollegen haben mir heute berichtet. Ich selbst kann augenblicklich nichts schmecken. Dieses Virus hat mich geschwächt und zudem in das Homeoffice gezwungen.«

Mit jeder neuen Aussage seines Chefs musste Haruto aufpassen, dass seine Antworten immer angemessen waren. »Ich wünsche baldige Genesung und einen harmlosen Verlauf.«

Nakamura Daiki nahm die späte Coronaquarantäne nicht so tragisch. Er lächelte in der Videokonferenz und meinte: »Nun habe ich zum ersten Mal seit fünf Jahren so etwas wie eine Woche Urlaub.«

'Wieder eine Aussage mit Explosionspotential', wusste Haruto. Würde er bemerken, dass die Firma auch ohne seinen mächtigen Chef funktionierte, würde er behaupten, sein Chef wäre überflüssig. Würde er andererseits betonen, dass die Firma ganz und gar vom Chef abhängig ist, könnte man unterstellen, dass Nakamura Daiki für solche Fälle nicht explizit Vorsorge getroffen hatte. Am allerwenigsten durfte Haruto seine eigene Situation mit der seines Chefs vergleichen. Im Vergleich

---

[51] *San: Ehrentitel*

zur Arbeit in der Zentrale, war sein Londoner Büro ein dauerhafter Urlaub. Und diesen wollte er noch lange genießen.

Nakamura Daiki blieb auf der anderen Seite der Videokonferenz für einen Moment ruhig. Irgendetwas sollte Haruto nun antworten. Sein Chef erwartete es wohl. 'Nun habe ich eine zweite Front. Krieg mit Verbündeten', erkannte der Samurai in ihm. Haruto sah den Ausweg darin, die Weitsicht von Daiki zu loben und schnell das Gespräch auf unverfängliche Themen zu lenken. »Manchmal ist es gut, wenn unser Geschäftsgebiet alkoholische Getränke sind. Getränke braucht man immer. Alkohol hilft immer.« Solche Floskeln kannten beide Seiten zur Genüge. Sie gehörten zum geschäftlichen, aber oftmals überflüssigen Smalltalk.

Nakamura Daiki kam wieder auf seine ursprüngliche Frage zurück. »Sorgen sie dafür, bald eine Antwort auf unser Angebot zu erhalten. Erhöhen sie gegebenenfalls unsere Angebotssumme. Alternativ bauen sie Druck auf. Was immer notwendig ist. Zeigen sie einerseits Bereitschaft zum Verhandeln. Machen sie andererseits klar, dass wir nicht bereit sind unendlich viel Geld zu zahlen.« Der CEO hielt einmal kurz inne. »Das Thema hat nun *Management Attention.*«

Haruto wusste, dass „Management Attention“ bedeutete, dass Nakamura-San sich persönlich um das Thema kümmerte. Zugleich war dies eine Drohung. 'Ich darf nicht versagen und muss diese Schlacht gewinnen', wusste Miyazaki Haruto.

Der Samurai verbeugte sich, so tief es ihm möglich war, vor seinem Monitor. »Hai!«

Gillian wollte endlich Feierabend machen.

Harutos Konferenz mit den Japanern war vorbei, und ihr Chef schaute gedankenverloren die Holzbox an, der er bis dato wenig Aufmerksamkeit widmete. Er drehte sie hin und her und murmelte: »Secret Skye muss zur msh gehören.«

Gillian wartete auf die Erlaubnis, endlich gehen zu dürfen. Sie war müde, aber das erwartete Zeichen blieb aus. Stattdessen meinte Haruto: »Warten Sie noch. Ich werde Sie gleich noch benötigen.«

»Ich warte an der Rezeption«, entgegnete Gillian, die Müdigkeit war ihr anzumerken.

Der Japaner bewunderte die Idee, eine Whiskyflasche in einer noblen Box zum Verkauf anzubieten. »So spart man sich das Geschenkpapier«, erkannte er süffisant. In der Box fand er ein Faltblatt mit den wichtigsten Informationen zur Abfüllung. »Wiedergefunden in einem alten Lager«, las er. ‚Natürlich war die Hälfte des Textes von einem Werbetexter zusammenphantasiert worden. Aber wer nahm es schon so genau?‘ Das der Text von Joan stammte, war ihm nicht bewusst.

»Limitiert auf 999 Flaschen«, las Haruto laut. Er nahm die Flasche und studierte das Etikett. Schnell fand er die laufende Nummer 293/999. ‚Auch das ist geschickt‘, musste er anerkennen. Er erkannte langsam, dass er es in seinem Kampf nicht mit „Bergbauern und Schafzüchter" zu tun hatte. Als Samurai stand er einem gleichwertigen Gegner gegenüber.

Das Angebot der Moon Spirit Holding lag nun schon seit zwei Wochen vor, und Joan hatte mit dem Lebenszeichen Wort gehalten. »Nun soll sie auch unser großzügiges Angebot annehmen«, meinte der Japaner zu der Whiskyflasche.

Haruto schob kleine Notizzettel auf seinem Schreibtisch hin und her. Er wurde langsam nervös. Er hatte spätestens mit der Abfüllung mit einer Antwort oder zumindest einer Kontaktaufnahme gerechnet. Er rief Gillian wieder zu sich ins Büro: »Ist es unsererseits an der Zeit, nochmals nachzufragen?«, kam er sofort zur Sache.

»Inwiefern und wo nachfragen?«, entgegnete seine Sekretärin mit einem angedeuteten Gähnen. Sie übersteigerte den Ausdruck der Müdigkeit. Sie wollte hier raus.

»Unser Angebot für die Staffin Bay Distillery.« Er schaute Gillian fragend an. »Oder sollen wir eher noch eine Woche warten?«

»Es ist schon arrogant, auf so ein Angebot überhaupt nicht zu reagieren«, überlegte Gillian. »Entweder nehmen sie uns nicht ernst, oder sie haben kein Interesse am Verkauf.«

»Die msh nicht ernst nehmen? Wer macht so einen Blödsinn?«

»Schotten machen das. Sie meinen noch immer, den besten Whisky der Welt zu machen. Vermutlich ist dem auch so.«

Nachdem Miyazaki Haruto die Freigabe der Firmenzentrale in Osaka hatte, konnte er das msh-Angebot nachbessern. Haruto dachte daran, diese Karte nun zu ziehen. »Dann erhöhen wir jetzt das Angebot, bis sie uns ernst nehmen.« Er wendete sich von der Geschenkbox ab und Gillian zu: »Schreiben Sie ein neues Angebot an diese Firma«, gab Haruto vor.

Gillian schaute auf die Uhr. Es war schon halb zwei. Ihre Blicke schweiften durch die großen Panoramafenster. Die letzten Nachtschwärmer schienen nach Hause zu wanken. Die Straßenreinigung war bereits unterwegs, und sie wollte ins Bett. Gillian schrieb nur eine kurze Mail:

From: Moon Shine Holding, London Ltd.

Subject: Unser neues Angebot

Joan,

mit Freude haben wir die Marktpräsentation der Secret Skye Abfüllung wahrgenommen. Allerdings warten wir noch immer auf Ihre Entscheidung zu unserem Übernahmeangebot. Nach Rücksprache in unserem Hause können wir Ihnen ein verbessertes Angebot von 1,5 Millionen Pfund unterbreiten. Sicher sollte dies Ihre Entscheidung leichter machen.

Sincerely,

Gillian Smith

Weil sie schnell und müde geschrieben hatte, fiel sie in ihre Angewohnheiten zurück und unterschrieb mit ihrem Namen. Und weil sie sicher gehen wollte, dass das Angebot Gehör findet, fügte sie in Kopie Ernest Greene als Adressat hinzu.

London, Dienstag, 26. September, Frühstückszeit

Joan frühstückte in ihrem Stammbistro. Gerade tunkte sie ein Croissant in ihren Kaffee, während sie am Smartphone durch Nachrichten und Mails scrollte. Den Eingang der msh-Mail bemerkte sie beim Biss in das Croissant. Sie legte es beiseite und öffnete die Nachricht.

»Wow! Eins-Komma-Fünf Millionen«, sagte sie laut. Sie erkannte sofort, dass man ohne Mühe viel Geld kassieren konnte. Joan war sich sicher, dass wenn jemand unaufgefordert bereit war, sein Angebot zu erhöhen, noch viel mehr drin ist.

So schnell Joans Laune sich steigerte, so schnell schlug sie auch wieder um, als sie erkannte, dass Ernest im Verteiler der

E-Mail aufgeführt war. ‚Warum mussten diese Idioten den alten Mann mit anschreiben!‘, ärgerte sie sich sofort. ‚Wie fange ich das ein?‘ Joan war der Appetit vergangen. Sie schob das Croissant und den Kaffee beiseite, warf ein paar Pfundnoten auf den Tisch und verließ das Bistro.

‚Ach was soll's‘, dachte sie. ‚Er ist ja sowieso aus dem Spiel.‘

Dieter

Fast zeitgleich mit Joan las Ernest seine E-Mails. So bekam er mit, dass Joan mit den Japanern über den Verkauf der Distillery verhandelte. »Niemand verkauft mein Lebenswerk an die Japaner!«, grummelte er verärgert sein Notebook an.

Ernest fühlte einen Kloß in seinem Hals, als er sein Notebook mit zitternden Händen schloss. Es war, als hätte jemand sein Herz mit einer eisigen Hand umklammert. Das Blut rauschte in seinen Ohren, während eine Mischung aus Wut und tiefer Enttäuschung in ihm hochkochte. Diese Distillery war mehr als nur ein Geschäft. Nun schien es, als würde alles, wofür er gekämpft hatte, in den Händen Fremder enden.

Ernest setzte sich mit bebenden Händen hinter das Steuer seines Wagens. Jede Bewegung fühlte sich schwer und zögerlich an, als ob seine Glieder von der Last der Emotionen erdrückt würden. Der Gedanke, dass Joan, seine eigene Tochter, hinter seinem Rücken solche Pläne schmiedete, schmerzte mehr als jede körperliche Verletzung.

Ernest drehte zitternd den Zündschlüssel seines Land Rovers. Mit einem kräftigen Tritt auf das Gaspedal versuchte Ernest, sofort loszufahren. Doch der Wagen, in seiner typischen, widerspenstigen Art, würgte ab. Ernest fluchte leise. Der alte Land Rover wollte mit Bedacht und Sorgfalt behandelt werden – ein Symbol für die Art und Weise, wie er auch sein Lebenswerk immer behandelt hatte.

Er nestelte nervös am Zündschlüssel und atmete tief durch, um seine zitternden Hände zu beruhigen. Die Wut in ihm brodelte weiter, doch er wusste, dass er ruhig und klar denken musste. Der Motor sprang erneut an, diesmal ohne Murren, und

Ernest lenkte den Wagen langsam aus der Einfahrt, die Emotionen wie ein stürmisches Meer in seinem Inneren.

Während er fuhr, klammerte er sich ans Lenkrad, als sei es das Einzige, das ihn noch fest im Leben verankerte. Sein Blick war starr nach vorne gerichtet, aber seine Gedanken wanderten zu den Jahren zurück, die er in die Distillery investiert hatte. Die langen Tage und Nächte, die unzähligen Opfer, die er gebracht hatte, um aus einem kleinen Familienbetrieb eine angesehene Marke zu machen. Auch wenn dies fast drei Jahrzehnte her war. Joan musste verstehen, dass die Distillery nicht einfach eine Ware war, die man verkaufen konnte. Es war ihr Erbe, ihr Blut und ihre Geschichte.

ᗗ ᗙ ᗛ

London

Die Douglas & Miller Limited thronte in einem verwitterten Lagerhaus entlang der schlängelnden Themse, eine Gegend, die von vielen längst vergessen wurde, bis sie von dynamischen Start-Ups ins Rampenlicht zurückgeholt wurde. Zwischen den bröckelnden Gemäuern begannen frisch restaurierte Geschäftsräume, hochmodern und aufstrebend, sich unaufhaltsam auszubreiten.

Das Erdgeschoss des D&M-Gebäudes war ein riesiger Lagerbereich mit einer imposanten Laderampe für den geschäftigen Lieferverkehr, gesäumt von massiven, gut gesicherten Rolltoren. In den gediegenen Räumen des ersten Obergeschosses waren die Büros der Firma untergebracht. Die beiden oberen Etagen waren an kleinere Firmen vermietet, die kamen und gingen. Hier trafen das alte und das neue London aufeinander.

Die beiden Inhaber der Gesellschaft, Ralph Douglas und Peter Miller, hatten jeweils eindrucksvolle Büros mit Panoramablick auf die schmutziggrauen Fluten der Themse. Doch Ralph Douglas, der Seniorpartner, war mehr Schatten als Präsenz, ein Phantom, von dem man wusste, dass es existierte, aber das seit Jahren kaum jemand im Unternehmen zu Gesicht bekommen hatte.

Peter Miller hingegen lenkte die Geschicke des Tagesgeschäfts. Die Staffin Bay Distillery war für ihn eine seit langem vergessene Distillery, eine der vielen unrentablen Betriebe, die in der Whiskykrise geschlossen werden mussten. Von der Wiedereröffnung hatte er keine Kenntnis bekommen.

Douglas & Miller waren das, was man in der Branche einen "unabhängigen Abfüller" nannte. Ihre Firma erstand einzelne Fässer von Distilleries und füllte diese unter ihrem eigenen Label als limitierte Editionen für den exklusiven Whiskyhandel ab. Das Massengeschäft reizte sie nicht im Geringsten.

Es war Ralph Douglas, der seinem Partner eine Notiz zukommen ließ, auf der stand:

Kümmere dich doch mal um Staffin Bay. Vielleicht sollten wir diese Distillery kaufen.

Peter Miller hatte die Notiz zunächst zur Seite geschoben. ‚Mache ich bei Gelegenheit', dachte er. Doch als an diesem Montag vermehrt Kunden – hauptsächlich Händler – nach Staffin Bay Abfüllungen fragten, wurde Peter Miller langsam hellhörig. Zum ersten Mal hörte er von der Secret Skye Abfüllung. Nachdem sein Verkaufsleiter sein Büro verlassen hatte, schaute er nachdenklich auf den Fluss hinaus, kaute an seinen Fingernägeln und dachte: ‚Seltsam, plötzlich begehrt jeder Staffin Bay Whisky. Dabei gibt es die Brennerei schon seit Jahrzehnten nicht mehr. Und wie kommt der alte Fuchs Ralph darauf, dass wir die Hütte kaufen sollen? Wir sind Abfüller und Großhändler, keine Brenner.'

Mit einer Handvoll Telefonnummern von Kunden vor sich, die nach diesem rätselhaften Whisky gefragt hatten, begann er zu recherchieren. Es dauerte nicht lange, bis Peter Miller sich über den aktuellen Stand der Dinge, einschließlich der Tragödie um Reginald und die neueste Abfüllung, im Klaren war.

Ebenfalls in London am selben Tag

Der Besuch dauerte nur wenige Minuten.

Joan beobachtete beim Training die Fußgänger. Klein, unten in der Straße. Ihr Spinningrad stand so vor dem Fenster, dass sie die Straße im Blick hatte. Sie hatte Kopfhörer auf den Ohren und versank in ihrer eigenen Welt. Beim Workout konnte sie entweder abschalten oder konzentriert denken; je nachdem, was gerade notwendig war.

Plötzlich verdunkelte sich ihre Welt. Sie schaute auf. Die Schatten kamen nicht von außen. Sie sah Reflektionen in der großen Fensterscheibe. Verwirrt schaute sie sich um.

Zwei kräftige Männer standen urplötzlich hinter ihr im Apartment. Niemand hatte geklingelt und Joan hatte die Tür nicht geöffnet. Dennoch waren die Männer da. Beide hatten breite Schultern und muskulöse Oberkörper, die unter ihren engen T-Shirts hervorquollen. Ihre Gesichter waren hart und kantig, ihre Hände grob und schwielig. Es waren Männer, die gewohnt waren, ihre Ziele mit roher Gewalt zu erreichen.

»Wie kommen Sie hier rein?«, schrie Joan die Männer an. Beide grinsten nur.

Joan schwitzte vom Training. Ihre Trainingskleidung war durchnässt. Ihre Brüste zeichneten sich unter dem Top ab. Ihre Nippel waren hart. Wenn Joan zu Hause trainierte, war das für sie in Ordnung. Niemand sah sie. Meistens. Nun jedoch starrten zwei ungebetene Gäste Joan lüstern an.

Einer der Männer murmelte etwas, was Joan nur wie durch Watte wahrnahm. Sie realisierte, dass sie noch immer ihre Kopfhörer auf den Ohren hatte. Sie schob die Kopfhörer herunter. Joan wiederholte ihre Frage scharf: »Wie kommen Sie hier rein?«

»Wir haben die Tür geöffnet ... Es war nicht besonders schwer«, grinste der Jüngere und konnte seine Blicke nicht von Joan wenden.

Er erhielt umgehend einen Seitenhieb von seinem Kameraden in die Rippen. »Der Chef hat gemeint, wir dürfen sie heute noch nicht anfassen.« Er schaute erst seinen Kollegen und dann Joan durchdringend an.

»Aber anfassen geht doch?«, fragte der jüngere.

»Nicht heute ... sagte ich doch«, entgegnete der ältere. Er strich über Joans Wange, seine Berührung war leicht, aber drohend.

Joan saß noch immer auf ihrem Rad, ihr Herz hämmerte in ihrer Brust. Die Mischung aus Angst und Trotz ließ ihre Gedanken rasen. Sie wusste, dass sie sich keine Blöße geben durfte, aber die Bedrohung war greifbar.

»Ich dachte, wir fassen sie nicht an.«

»Schnauze! Ich habe sie doch nicht wirklich angefasst.« Der Ältere wandte sich Joan zu. »Oder?« Er erwartete nicht wirklich eine Bestätigung. »Vincent erwartet seine zehntausend Pfund und einen kleinen Zins von tausend Pfund bis Ende des Monats.«

Der Ältere schob einen Zahnstocher im Mund hin und her. »Das sollte für dich wohl möglich sein.« Dann wandte er sich wieder dem Jüngeren zu. »Sollte sie nicht zahlen, darfst du danach mit ihr machen, was du willst.«

Der Ältere wandte sich wieder an Joan. »Wetten, er will nicht mit dir Fahrradfahren.«

Joans Hände zitterten leicht, aber sie ballte sie zu Fäusten, um ihre Nervosität zu verbergen. Ihre Augen funkelten vor Wut und Entschlossenheit. »Ihr werdet euer Geld bekommen«, sagte sie mit fester Stimme, obwohl ihre innere Unsicherheit sie fast überwältigte.

Joan schrie ihre Frustration heraus, als die ungebetenen Besucher verschwanden. Der Spuk war so schnell vorbei, wie er gekommen war. Ihre Herzfrequenz raste und ihr Atem ging stoßweise, während sie wieder wie eine Besessene in die Pedale trat. Sie versuchte sich abzulenken, indem sie die Passanten auf der Straße vor ihrem Apartment zählte.

»Eins! Zwei! ... Vier! ... Sieben! ... Viele! Noch mehr! Viel mehr!«

Ihre Schrittfrequenz und ihre Herzfrequenz stiegen in den roten Bereich. Der Adrenalinstoß hielt sie in Bewegung, doch langsam wich der Ärger einer kühlen Klarheit. Joan richtete sich auf und begann, langsamer zu treten. Ihr Ärger verflog allmählich, und sie konnte wieder klar denken.

‚Ich brauche Hilfe. Zweifach. Die Distillery und bei diesen beiden Idioten.'

In der folgenden Ruhephase griff sie – wie üblich – zu ihrem Smartphone. Entweder las sie Nachrichten in der Klatschpresse oder was sonst von Interesse sein könnte. Nachdem sie ein wenig durch Instagram geblättert hatte, öffnete sie ihre E-Mails.

Schnell sah sie, dass viel zu viele E-Mails eingegangen waren. Joan überflog schnell die Absender. Sie schaute zwischendurch immer mal wieder auf ihre Trainingsuhr, die langsam die Minuten der Ruhephase runterzählte. Sie hatte fast alle Mails gesehen und viele hiervon in den Spam-Ordner verschoben. In sechzig Sekunden würde die Ruhephase enden.

Eine Mail schien interessant. Joan wollte sie sofort vollständig lesen. Diese Mail stammte von einem Whiskyabfüller hier aus London. Sie öffnete die Mail mit dem Titel "Übernahmeangebot". Sie dachte, die Mail hätte mit ihren Verhandlungen bei der Moon Spirit Holding zu tun und wunderte sich, dass sie von einem anderen Absender stammt. ‚Wie können Dritte von den Verhandlungen wissen? Verdammt, wie sind die Verhandlungen durchgesickert?'

Aber der Inhalt der kurzen Mail hatte einen für Joan überraschenden Inhalt:

From: Douglas & Miller Ltd.

Subject: Übernahmeangebot

Sehr geehrte Frau Greene,

wir, die Douglas & Miller Ltd., haben Interesse an der Übernahme der Staffin Bay Distillery und möchten Ihnen ein angemessenes Angebot unterbreiten. Bitte nehmen Sie bei Interesse in dieser Angelegenheit mit unserem Geschäftsführer Peter Miller Kontakt auf. Er erwartet Ihren Anruf.

Joan las die Mail ein zweites Mal, ihr Herzschlag beschleunigte sich erneut. Diesmal jedoch nicht wegen des Trainings, sondern wegen der unerwarteten Möglichkeit, die sich plötzlich – zumindest bei den Verkaufsverhandlungen – vor ihr auftat. Ihr Kopf war voll von Fragen und Spekulationen. Was hatte es mit diesem Angebot auf sich? Könnte dies die Lösung ihrer Probleme sein? Zwei Kaufinteressenten, die man vielleicht gegeneinander ausspielen kann.

»Beginnt nun das Spiel richtig?«

Auf dem Weg zu Joans Haus in Portree ignorierte Ernest wohl alle existierenden Verkehrsregeln. Mit seiner Mischung aus Wut und Enttäuschung raste er die engen Single Lanes entlang. Zweimal verlor er fast die Kontrolle über den Land Rover. Auf Höhe der *Lealt Falls*[52] streifte er ein entgegenkommendes Wohnmobil mit seinem Außenspiegel. Hieran war Ernest noch nicht einmal schuld. Der Land Rover Spiegel war keiner dieser neumodischen elektrischen und voll umschlossenen Einheiten, sondern eine stabile mechanische Konstruktion. Ernest kurbelte das Seitenfenster herab und bog den Spiegel unter einem Fluchen bei unverändert schneller Fahrt einfach wieder in Position. ‚Wann habe ich das letzte Mal geflucht?', fragte er sich anschließend, der Tatsache bewusst, dass er dies ansonsten immer vermied.

Am Old Man of Storr übersah er Schafe auf der Straße, denen er nur knapp ausweichen konnte. Lediglich die Tatsache, dass ausreichend Platz neben der Straße war, rettete ihn und die Schafe. Ein weiteres Mal kam er wegen einer simplen Unachtsamkeit mit zwei Rädern auf den Randstreifen der Straße. All diese Ereignisse verstärkten seine ohnehin schon brodelnde Wut.

Mit quietschenden Reifen bremste Ernest vor Joans Haus. Ihr Bungalow am Rande von Portree passte nicht in die Gegend. Er stand wie ein Fremdkörper zwischen den traditionellen Häusern. Ernest sprang aus dem Auto und lief zur Haustüre. Er fasste den Messingring des Türklopfers und ließ die schwere Kugel mehrfach fest gegen die Platte schlagen.

Niemand öffnete. Im Haus blieb es still. Ernest realisierte, dass im Haus auch alle Fenster dunkel waren. Nachdem auch

---

[52] *Wasserfall aus Skye*

Joans Auto nicht in der Einfahrt stand, kam Ernest langsam zur Ruhe. Er realisierte, dass er viel zu impulsiv und umsonst nach Portree gefahren war. Er atmete tief durch, ließ seinen Land Rover stehen und lief die Straße entlang in Richtung Hafen. Tränen traten ihm in die Augen, als er über die Ereignisse nachdachte.

Am Hafen erschien alles surreal friedlich. Nur wenige Touristen störten das Gesamtbild. Ernest konnte langsam wieder klare Gedanken fassen. ‚Ich muss wohl einsehen, dass es ein Fehler war, die Distillery an Reginald und Joan zu überschreiben. ... Wäre doch Reginald noch da!' Über den Hafen begann sich ein friedlicher Sternenhimmel zu zeigen. Ernest saß auf einer Parkbank und griff nach seinem Smartphone. Er rief Joan an.

»Verdammt! Schon wieder ein lautes Auto.« Phoebe erhob sich. Sie war gerade im Garten beschäftigt, die verblühten Triebe der Hortensien zu beschneiden. »Kein Wunder, dass bei all den Abgasen die Hortensien nicht mehr blühen.«

»Das ist der Herbst, Liebes.«, meinte Steven. »Wie jedes Jahr. Nach dem Sommer.«

»Ich kenne den Kalender! Nein. Das sind die Verrückten in ihren Autos. Meinst du nicht auch, dass die Blumen eine Seele haben und sich vor den Autos fürchten?«

Eigentlich wollte Steven Phoebe »*You're crazy nuts*[53]« entgegenrufen. Aber zum Selbstschutz fragte er lediglich: »Eine Seele?«

»Ja, eine Seele! Und ich wette, dass diese Abgase auch das Klima verändern. Hast du nicht gehört, was sie im Fernsehen

---

[53] *Du bist verrückt*

gesagt haben? All diese Theorien – von den Chemtrails bis hin zu den geheimen Regierungsexperimenten – das passt doch alles zusammen. Und jetzt blühen meine Hortensien nicht mehr!«

»Daran sind Boris Johnson und Nigel Farage schuld. Das ist der Brexit!« Steven wollte Phoebe mit seiner nicht ernst gemeinten Sicht der Dinge aufziehen.

Phoebe ignorierte es einfach. »Wir müssen mit Ernest ein ernstes Wörtchen reden! Seitdem die Distillery wieder arbeitet, leben wir und die Hortensien wie an einer Autobahn.«

»Wegen der Hortensien sollen wir mit Ernest reden?«

»Natürlich wegen der Hortensien!«, entgegnete Phoebe scharf. »Und wegen der Rosen.«

»Aber Ernest tut viel Gutes für Staffin. Und aktuell arbeitet die Distillery nicht.« Steven schaute gehetzt auf. »Das ist Ernest persönlich. Er fährt irgendwo hin.«

»Hörst du mir nicht zu, Steven? Hor – ten – sien, sage ich nur! Hortensien! Ich habe es im Astrokanal, im Fernsehen, gesehen. Blumen nehmen Abgase und Vibrationen übel. *Zarrafact*[54]! Und dieses alte Auto von Ernest produziert beides zur Genüge. Weißt du, sie haben auch gesagt, dass die Regierung Vibrationen benutzt, um uns zu kontrollieren. Und diese Vibrationen schaden nicht nur uns, sondern auch den Pflanzen! Und Ernest ist sicher mit im Bunde. Mit Bill Gates, beispielsweise. ... Und diesem Elon aus Amerika. Und Putin aus der Sowjetunion. Und ... ach was weiß ich, wer da alles noch mit im Boot ist.«

Steven seufzte leise. Am liebsten würde er schnell auf Distanz gehen. Er war gerade damit beschäftigt, den Kiesweg vor dem Cottage vom Laub zu befreien. Stevens Rückzugsräume waren sehr begrenzt.

»Steven?«

---

[54] *That's a fact. Das ist eine Tatsache*

»Ja, Sweetheart?«

»Hast du überhaupt verstanden, was hier passiert?«

Steven standen die Schweißperlen auf der Stirn. ‚Das ist eine Fangfrage. Sage ich „Nein“, dann stellt sie mich als unwissend dar, und sage ich „Ja“, dann muss ich mich wohl erklären. Und falls Phoebe die falschen Blütenstiele an den Hortensien mit ihrer Blumenschere erwischt, habe ich ganz großes Kino.‘

Steven meinte, den ultimativen Ausweg gefunden zu haben: »Sorry my flower, *I need to go to the shunkey*[55].«

»Steven, wage es nicht, mich mit Blümchen anzureden, wenn es um die Hortensien geht. Du bleibst!«

London

Joan hatte mittlerweile erste Zahlungen für die Secret Skye Abfüllung auf ihrem Konto. Sie hob direkt zwanzigtausend Pfund ab. So ausgestattet fuhr sie quer durch die Stadt zur Pokerkneipe.

»Du kommst hier nicht rein«, meinte Vincent an der Türe und rücke seine Krawatte zurecht. »Es sei denn, du bezahlst deine Schulden. Dann kannst du einen Fuß über diese Türschwelle setzen.« Vincent war ein großer, kräftiger Mann mit einer Vorliebe für maßgeschneiderte Anzüge und teuren Schmuck. Sein Auftreten war stets von einer gewissen Bedrohlichkeit geprägt, was durch sein kaltes, berechnendes Lächeln noch verstärkt wurde. Jeder in der Runde wusste, dass man es sich nicht mit ihm verscherzen sollte.

Kommentarlos griff Joan in ihre Handtasche und zog ein Bündel Geldscheine hervor und drücke es Vincent in die Hand.

---

[55] *Ich muss mal auf Toilette*

Vincent blickte kurz auf die Scheine und gab die Türe frei.

Für Joan tat sich der Weg ins Spieleparadies auf.

Das Pokerzimmer im Obergeschoss des Pubs kam Joan noch dunkler vor, als sie es kannte. Das Etablissement war heruntergekommen, die Möbel schienen über Nacht nochmals gealtert zu sein. Der Raum war spärlich beleuchtet, hauptsächlich durch alte Neonröhren, die einen schwachen, unruhigen Schein verbreiteten.

An diesem Abend war viel los. Gleich mehrere Spieltische waren belegt. Scheinbar zog gerade diese Atmosphäre viele Spieler an. Die Pokerspieler waren eine bunte Mischung aus Geschäftsleuten, alteingesessenen Londoner Aristokraten und einigen wenigen Prominenten, die sich gerne in der Gesellschaft der Reichen und Mächtigen aufhielten. Jeder von ihnen hatte seinen eigenen, unverwechselbaren Stil: der eine stets im maßgeschneiderten Anzug, der andere in legerer Designer-Kleidung, doch alle vereinte ein Hang zum Risiko und zur Extravaganz.

Joan ließ ihren Blick über die Runde schweifen. Die Namen der Mitspieler kannte sie üblicherweise nicht; beim illegalen Poker blieb man anonym. Manchmal allerdings meinte sie den einen oder anderen Prominenten oder Politiker zu erkennen. Joan nahm an einem Tisch Platz, wo ein freier Platz scheinbar auf sie wartete. Es war ihre Runde. Da war wieder das fette Schwein, das ihr gegenüber saß. Er schnaufte wie ein asthmakrankes Pferd und schwitzte so stark, dass Schweißperlen in sein Whiskyglas tropften. Schwein oder Pferd? Egal. Joan befürchtete Herpes zu bekommen, wenn sie ihn länger beobachtete. Rechts neben ihr saß wieder der Cowboy, mit Stetson und dem nervösen Zucken des rechten Augenlids, das jedes Mal verriet, wenn er bluffte. Er würde heute verlieren, war sich Joan sicher. Der Cowboy war berechenbar. Auch die weiteren Spieler an dem Tisch kannte Joan. Auch der Büroangestellte war mit von der Partie, wie auch der Rockstar und der Normalo.

Am Pokertisch waren Smartphones verboten. Die Geräte der Spieler lagen lautlos auf einem kleinen Tisch hinter ihnen. Eine Spielrunde war gerade abgeschlossen worden, und die Spieler hatten einige Minuten Zeit, sich die Beine zu vertreten, zur Toilette zu gehen oder zu rauchen. Auf dem Weg zum Balkon nahm Joan – routinemäßig – ihr Smartphone mit hinaus. Sie spürte die Vibrationen in ihrer Hand. ‚Ein Anruf‘, registrierte sie. Ohne näher auf das Display zu schauen, nahm sie den Anruf an.

Ernest hatte seine Stimme wieder unter Kontrolle. »Bist du in Portree?«, fragte er Joan.

Joan verneinte die Frage knapp, meinte jedoch: »In London. Du störst.« Sie ärgerte sich sofort, dass sie das Gespräch angenommen hatte.

»Was sind das für Verhandlungen mit den Japanern? … und by the way: Der liebe Herr Haruto heißt Miyazaki. Haruto ist sein Vorname.«

»Verhandlungen?« Joan versuchte, Zeit zu gewinnen.

»Es wird keine Verhandlungen geben. Du kannst die Distillery nicht an diesen seelenlosen japanischen Riesenkonzern verscherbeln. Sie muss schottisch bleiben.«

Der Rockstar, der neben ihr auf dem Balkon an einem Joint zog, warf Joan im Vorübergehen fragende Blicke zu. Joan drehte sich ab. Sie änderte ihre Taktik eiskalt. »Ach, Ernest, …« versuchte Joan, ihren Vater um den Finger zu wickeln. »Das ist lediglich ein Spiel. Ich möchte halt wissen, was der Betrieb wert sein könnte.«

Ernest glaubte ihr nicht. »Erst die verkorkste Abfüllung und nun dies. Das Spiel mit den Japanern findet sofort ein Ende.«

Dann war es Ernest, der das Gespräch beendete. Er blieb noch lange grübelnd auf der Bank am Hafen von Portree sitzen.

Joan dachte keine Sekunde daran, den Anweisungen zu folgen. Sie wusste, dass sie nun wesentlich vorsichtiger und gegen mehr Widerstände vorgehen musste. Sie atmete nochmals durch, bevor das Spiel am Tisch weiterging. »Meine Distillery. Meine Regeln. Mein Verkauf.«

An diesem Abend gewann Joan. Bei Verlassen des Raumes steckte sie Vincent süffisant eine Zehn-Pfund-Note zu und meinte: »Fürs Personal.«

Blue Unicorn

Noch in der Nacht informierte sich Joan über Douglas & Miller. Der Name Douglas war ihr als unabhängiger Abfüller geläufig. Wenn es die gleiche Person war, die sie erwartete, müsste es der ehemalige Arbeitgeber von Isabella sein. Dort hatte Ernest damals seine Frau kennengelernt. Scheinbar war dieser Douglas im Laufe der Jahrzehnte eine Partnerschaft mit diesem Peter Miller eingegangen.

Joans Recherchen schienen diese Annahmen zu bestätigen. Douglas & Miller war eine alteingesessene Firma hier in London. Sie kauften direkt bei den Distilleries ein und vertrieben Blends unter eigenem Namen für den europäischen Markt. In Großbritannien waren sie nicht so erfolgreich. Das Massengeschäft reizte sie nicht im Geringsten. Ihr Fokus lag auf Qualität und Exklusivität, was ihnen eine treue, wenn auch kleine und exklusive Kundschaft eingebracht hatte.

Während Joan weiter recherchierte, erinnerte sie sich an Geschichten, die Ernest über Douglas erzählt hatte. Douglas hatte ein Auge für Qualität. Seine Partnerschaft mit Peter Miller, einem Mann mit ausgezeichneten Geschäftssinn, hatte Douglas & Miller zu einem hart erarbeiteten seriösen Ruf in der Whiskywelt verholfen.

Joan machte sich Notizen und erkannte, dass eine Zusammenarbeit mit Douglas & Miller nicht nur finanziell attraktiv, sondern auch ein kluger Schachzug sein könnte, um die Verkaufsverhandlungen zu beschleunigen.

Mit einem tiefen Seufzer lehnte sich Joan zurück. Der Gedanke, Douglas & Miller als potenziellen Käufer zu haben, beflügelte sie. Sie griff zu ihrem Handy und schrieb eine kurze Nachricht an Peter Miller, um ein Treffen zu vereinbaren.

Während sie auf eine Antwort wartete, bereitete sie sich mental auf das nächste Pokerspiel vor. Der letzte Gewinn stachelte sie an. ‚So muss es weitergehen.‘

Joan fühlte sich seltsam aufgeregt und ängstlich zugleich. Sie wusste, dass sie auf einem schmalen Grat wandelte.

Joan saß unausgeschlafen beim späten Frühstück in einem Londoner Café. Sie frühstückte selten zu Hause, da ihr Kühlschrank meist nur ein paar Joghurts, ein paar Bier oder einen angebrochenen Weißwein enthielt. Nach einem Continental Breakfast mit französischen Croissants, Marmelade, Toast, frischen Gemüsesticks und einer Auswahl italienischer Antipasti, anstatt der schweren britischen Zutaten, saß sie noch eine Weile am Tisch und dachte nach.

Joan entschloss sich, Peter Miller direkt anzurufen. Sie stellte sich knapp als „Geschäftsführerin und Inhaberin“ der Staffin Bay Distillery vor.

»Ich habe Ihren Anruf bereits erwartet«, meinte der Angerufene, bevor Joan ihr Anliegen formulieren konnte.

»Sie haben Interesse an Staffin Bay?«, fragte Joan dann doch geradeheraus.

»Möglicherweise«, kam die vorsichtige Antwort. Sie war nicht so eindeutig, wie Joan gehofft hatte. »Wir prüfen gerade die Lage. Zufällig haben wir wieder von der Distillery erfahren.«

»Durch unsere aktuelle Abfüllung?«

»Durch die Secret Skye Abfüllung ... wie auch immer. Wir hatten die Distillery wirklich nicht mehr auf dem Schirm.«

»Sie liegt im Dornröschenschlaf. Sie wurde gerade erst wieder wachgeküsst.«

»Ich verstehe. Aber lassen Sie mich direkt fragen: Ist die Distillery käuflich zu erwerben? Wir suchen seit langem eine eigene Produktionsstätte zur Stärkung unserer Marktposition.«

»Darf ich fragen …«, wollte Joan wissen und nahm Millers Wortlaut auf: »… ist Ihr Mister Douglas zufällig der ehemalige Arbeitgeber meiner Mutter Isabella Greene?«

Joan hörte ein unterdrücktes Lachen. »So ist es. Aus diesem Grund ist mein Partner Ralph Douglas wohl auch interessiert. Ansonsten hätte ich Sie nicht anschreiben lassen.«

Peter Miller hielt sich nach wie vor bedeckt, wie weit sein eigenes Interesse an der Übernahme ging.

»Sie wissen …«, meinte Joan, »… dass ich mich gerade in Verhandlungen mit einer großen Firma zwecks Übernahme befinde?«

Peter Miller blieb einen kurzen Augenblick zu lange am Telefon ruhig. Joan merkte, dass Peter Miller wohl noch nicht von diesem Sachverhalt wusste. Joan stellte sich vor, dass sich ein neuer Spieler an ihren Pokertisch gesetzt hatte.

Peter Miller hatte vor seiner Mail Informationen eingeholt. Peter kombinierte die Informationen über die Wiedereröffnung, dem Tod des Master Distillers und die sehr schnell erschienene Abfüllung. ‚Sie schminkt die Braut, bevor sie zum Altar geführt werden soll.‘ Allerdings hatte er noch keine Gewissheit, ob es für diese Hochzeit bereits einen Bräutigam gab.

»Sie verhandeln bereits?«, fragte er scheinheilig.

»Aus diesem Grund bin ich gerade in London.«

»Falls Sie ein paar Minuten Ihrer kostbaren Zeit opfern möchten, können Sie gerne vorbeikommen und unser Angebot anhören«, meinte Peter.

Joan zögerte. Zumindest tat sie so, aber insgeheim nahm sie bereits ihren Mantel von der Garderobe, um umgehend das Haus zu verlassen.

»Wir können Sie an Ihrem Hotel abholen lassen, falls Sie uns verraten, wo Sie nächtigen. Soll ich Ihnen einen Wagen schicken?«

Peter Miller wusste also nicht, dass Joan einen weiteren Wohnsitz in London hatte und ging von einem Hotel aus.

Joan beschloss, Peter Miller darin im Unklaren zu belassen. ‚Es kann vielleicht mal nützlich sein.‘

In der selben Stadt, am selben Tag, nachmittags

Joan war auf Peter Millers Angebot zurückgekommen und ließ sich in der Nähe ihres Apartments abholen. Um den Schein zu wahren, lief sie einen halben Block die Straße hinunter und wartete in einer Hotellobby auf Millers Fahrer.

Die Fahrt ging quer durch London in das Hafenviertel. Sie kannte den Weg. Sie wusste, dass die msh ganz in der Nähe residierte. Joan bemerkte die rege Betriebsamkeit an der Verladerampe des Backsteinbaus, vor dem der Fahrer hielt. Lediglich ein unscheinbares Schild mit den Initialen D&M deutete darauf hin, wer hier residierte.

»Ich freue mich, dass Sie meiner Einladung Folge geleistet haben«, begrüßte Peter sie geschäftsmäßig, nachdem Joan den Weg zu den Büroräumen gefunden hatte.

»Ganz meinerseits«, antwortete Joan.

»Soll ich Sie kurz herumführen?«, fragte Peter. Er lief mit Joan an Paletten vorbei, auf denen alte Whiskyfässer standen. »Wir füllen ausschließlich Whiskys mit einem Mindestalter von zehn Jahren ab.«

Alle Fässer waren mit Kreide markiert und wiesen Nummern auf. Auf den Fässern lagen Papiere in Klarsichthüllen mit Detailinformationen wie Abfüllungsjahr, Vorbelegung der Fässer und weitere codierte Informationen, die Joan nicht zuordnen konnte.

Joan erkannte auf den Fässern zudem die Stempel vieler großer und renommierter Distilleries. »Die halbe Whiskywelt ist in dieser Halle versammelt«, stellte Joan achtungsvoll fest.

»So ist es. Aber ausschließlich Scotch. Die andere Hälfte der Welt interessiert uns nicht.«

»Die Fässer sind gruppiert«, bemerkte Joan.

»Korrekt. Hier stellen wir die Fässer für unsere Blends grob zusammen. Nur Ihre Distillery fehlt. Das wollen wir ändern.«

»Darum geht es wohl kaum, oder?«, fragte Joan skeptisch.

Peter musste lachen. »Da haben Sie Recht. Einerseits wollen wir selbst produzieren, anstatt nur fremde Destillate abfüllen ...«

»Und andererseits?«

»Mein Partner Ralph Douglas und ich wollen mehr Kontrolle über die Destillate. Wir wollen direkt in Schottland lagern und abfüllen, damit wir die Herkunftsbezeichnung Scotch führen dürfen.«

»Erfahrungen scheinen Sie ja genug zu haben. Aber können Sie auch Whisky brennen?«

»Nun. Das ist – ehrlich gesagt – der Schwachpunkt, auf den ich zu sprechen kommen möchte. Ist Ihr Timothy McGregor noch aktiv? Als Master Distiller hat er einen legendären Ruf. Wir würden ihn gerne weiterbeschäftigen.«

»Als Aushängeschild? Neben unserem Namen Staffin Bay?« Joan erkannte, dass der Betrieb ohne sie stattfinden soll. ‚Die wollen Timothy, nicht mich. Wie die Japaner!' Joan war gekränkt, ließ es sich jedoch nicht anmerken.

»Lassen Sie mich offen sprechen. Wir planen strategisch in die Zukunft. Dann muss der Name Staffin Bay wieder für sich allein wirken – egal, wer gerade den Whisky brennt oder blended.«

Joan dachte kurz nach. Sie versuchte, den Zielen von Douglas & Miller einen angemessenen Preis entgegenzusetzen. Aber sie hatte spontan keine Zahl vor Augen und zur Orientierung lediglich das Angebot von Moon Spirit Holding.

»Alles eine Frage des Preises«, entgegnete Joan daher offen. Sie hoffte, dass Peter Miller seine Karten als erster auf den Tisch legen würde und eine Summe nannte.

‚Damit war zu rechnen‘, dachte Peter. ‚Gut, dass wir ein wenig vorbereitet sind.‘

Peter räusperte sich. »Nun. Mein Senior Partner Ralph Douglas wird sich um die Preisfestsetzung kümmern. Sie wissen sicher, dass er mal der Chef von Isabella Greene war. Ach, wie geht es ihr eigentlich?«

Die Wendungen, die das Gespräch nun nahm, gefielen Joan überhaupt nicht. ‚Wieso kommen Douglas & Miller ausgerechnet dann ins Spiel, nachdem ich mit msh verhandle? Das kann kein Zufall sein.‘

Joan behielt ihre Fragen im Hinterkopf, hatte aber eine für sie wichtigere Frage auf den Lippen: »Sie sprachen von Preisfestsetzung. Üblicherweise legt man ein Angebot auf den Tisch und der andere Partner bewertet die Offerte. Eine vermutlich einseitige Festsetzung habe ich nun nicht erwartet.«

Peter Miller lächelte unverbindlich. »So war das nicht gemeint. Wir werden – aus alter Verbundenheit zu Isabella – einen Vorschlag machen, den Sie nicht ablehnen können.«

‚Alte Verbundenheit zu Isabella‘, wiederholte Joan gedanklich. ‚Als ob eine Firma nach mehr als dreißig Jahren eine alte Verbundenheit zu einer ehemaligen Sekretärin hat.‘

»Machen Sie mir doch einfach ein Angebot für die Distillery. Aber ich kann keine Zusage machen, dass McGregor als Master Distiller zur Verfügung steht.«

Joan war vom Angebot von Douglas & Miller nicht überzeugt. Zwar lagen keine Zahlen auf dem Tisch, aber Peter Millers Interesse musste wohl erst noch geweckt werden. Für Joan erschien es, als wäre Ralph Douglas die treibende Kraft im Hintergrund. Aber der war für sie nicht greifbar. »Oder ist das nur Geschäftstaktik, damit sich Miller immer wieder auf seinen Partner berufen kann?«

Joan lehnte das Angebot ab, sich wieder zurückfahren zu lassen. Stattdessen nahm sie ein Taxi. Sie wollte sich nun nicht in die Karten schauen lassen. Sie grübelte während der Rückfahrt die ganze Zeit darüber nach, wie einerseits Isabella und andererseits Timothy bei diesem Angebot ins Spiel gekommen waren. »Da steckt mehr hinter als einfach nur das nackte Geschäftsinteresse. Aber was? Und verdammt nochmals, sie können nicht ‚einfach so‘ auf die Distillery aufmerksam geworden sein, wenn vermutlich Timothy im Spiel ist.«

Noch im Taxi wollte Joan Klarheit. Zunächst rief sie Timothy an. Joan meldete sich knapp und meinte dann: »Timothy, was hast du mit D&M zu tun? Peter Miller hatte dich soeben im Rahmen eines Angebotes erwähnt.«

Timothy war zunächst über den Anruf verblüfft und antwortete dann: »In der Tat bin ich gestern von Peter Miller kontaktiert worden. Ihm wurde klar, dass nach dem Tod Reginalds die Brennerei ohne Distiller dastand. Miller wusste nicht, wie er in diesem Zusammenhang die Secret Skye Abfüllung einschätzen sollte.«

»Was hast du ihm über die Abfüllung erzählt?«, wurde Joan so laut, dass selbst der Taxifahrer trotz Trennscheibe im Fahrzeug aufmerksam in den Spiegel schaute.

»Nichts Besonderes. Miller weiß nur, dass es eine Abfüllung aus Restbeständen ist, die wir noch im Lager hatten.«

»Gut. Das deckt sich zumindest mit der Legende, die ich aufbaue. ... Alles Weitere dann später.« Joan beendete das Gespräch und musste die Informationen einordnen. »Dann wäre Timothy nicht auf der Seite der dunklen Macht«, schloss sie.

Mit diesem Wissen wollte Joan ihrerseits Druck auf D&M aufbauen und ein belastbares Angebot sehen. Sie rief Peter Miller an. Es störte sie, dass zum Übernahmeangebot keine Preise auf dem Tisch lagen. ‚Er redet nur immer um den Preis herum.‘ Joan hatte noch Ernests Meinung im Ohr, dass Staffin Bay nicht an die Japaner verkauft werden darf. ‚Vielleicht zur Not an Engländer?‘, überlegte Joan. ‚Oder sind die für Ernest noch schlimmer als Japaner?‘

Vermutlich ein wenig zu undiplomatisch meinte sie am Telefon zu Peter Miller: »Legen Sie Zahlen auf den Tisch. Wenn Ihr Angebot überzeugend ist, können wir schnell zu einem Abschluss kommen.«

Peter Miller ließ sich nicht drängen. »Gut. Wenn es so schnell gehen soll, schlage ich vor, wir treffen uns heute Abend in der Blue Unicorn Bar. Das liegt in der Nähe ihres Hotels. Wir reden dann über die Konditionen.«

Joan befand sich erneut in der Situation, sich für eine spezielle geschäftliche Verabredung entsprechend zu kleiden. Wieder wollte sie notfalls ihre körperlichen Reize einsetzen. Und wieder wusste sie nicht, ob dieser Ansatz beim Geschäftspartner funktionieren würde. Heute Vormittag hatte Peter Miller beim Gespräch überhaupt nicht auf ihre kleineren Andeutungen reagiert. Genauso wenig wie Miyazaki Haruto. Das ärgerte Joan. „Ich befürchte, meine besten Waffen werden stumpf", sprach sie zu ihrem Spiegelbild im Flur. ‚Ich muss mindestens wissen, wie viel D&M bereit sind zu zahlen', war ihr Plan.

Joan recherchierte kurz, was die Blue Unicorn Bar war. ‚Kann man dort essen? Welche Drinks werden serviert? Gibt es ruhige Ecken für Gespräche und mehr?' Nach ihrer Recherche war sie irritiert. Die Bar kam in den Bewertungen nicht besonders gut weg. ‚Der Schuppen passt überhaupt nicht zu einem Manager.'

Die Bewertungen beeinflussten ihre Kleidung. ‚Alles nur nicht zu auffällig', überlegte sie kritisch. ‚Aber wenn es auch „für ihn" zu unauffällig ist, kann ich meine Waffen nicht einsetzen.' Letztendlich entschied sie sich für die gleichen Kleidungsstücke, die sie auch bei ihren Pokerrunden trug: eine enge Jeans, eine Bluse, die mal mehr oder minder offen über einem auffälligen BH getragen werden konnte, und eine schwere Lederjacke.

Joan ließ sich mit einem Taxi zur Bar fahren, obwohl man die Strecke auch laufen konnte. Sie wollte nicht allein in die Bar gehen, aber vor der Bar warten, wollte sie auch nicht. Also bezahlte sie den Taxifahrer für das Warten vor der Bar. Fast pünktlich kam Peter Miller ebenfalls mit einem Taxi. Joan sah, dass er ausstieg. Dies war für sie das Zeichen, den Fahrer zu bezahlen und ebenfalls den Wagen zu verlassen. Sie ging auf Peter Miller zu. »Eine interessante Wahl haben Sie getroffen.«

Peter nickte. »Manchmal muss man in die Niederungen Londons hinuntersteigen.« Dies konnte man wörtlich nehmen, da es zur Bar viele Treppenstufen hinab ging. Peter ließ Joan vorangehen. Es wurde dunkler. Joan fragte sich, was das soll. ‚Ein komischer Ort für ein Geschäftstreffen.' Ihr war nicht wohl bei dem Gedanken, an diesem dunklen Ort zu verhandeln.

Joan wurde mal wieder getäuscht, nachdem ihnen der Türsteher zugenickt hatte und den Weg in die Bar freigab.

„Welcome to the Blue Unicorn!"

Die Blue Unicorn Bar war keine gewöhnliche Bar. Sie lag versteckt in einer Seitenstraße Londons. Diese dunklen Treppenstufen führten Joan und Peter Miller hinab in eine Welt, die wenig mit der Hektik der Großstadt zu tun hatte.

Der erste Eindruck der Bar war überwältigend: gedämpftes Licht, das durch schwere, samtene Vorhänge fiel, eine Rauchwolke, die über dem Raum hing, und die leisen, aber präsenten Klänge einer Drei-Mann-Jazzband mit Piano, Kontrabass und Schlagzeug, die auf einer viel zu kleinen Bühne spielte. Die Wände waren mit dunklem Holz verkleidet und mit alten Gemälden sowie Whiskywerbungen dekoriert. Der Steinboden zeigte deutliche Spuren der Zeit. Die Bar selbst war aus poliertem Mahagoni und hinter ihr reihten sich unzählige Flaschen feinsten Whiskys aneinander. Der Geruch von teurem Tabak und alten Ledersesseln verlieh dem Raum eine schwere, luxuriöse Atmosphäre.

Peter Miller wurde sofort von einem Kellner erkannt und zu einem der abgeschiedenen Tische geführt, die in Nischen eingelassen waren. Diese boten genügend Privatsphäre für vertrauliche Gespräche. Der Kellner reichte Peter eine Speisekarte und ein Zigarrenmenü, doch Peter winkte ab. Stattdessen bestellte er Wasser und zwei Gläser Secret Skye Whiskys.

Joan war etwas überrascht, als Peter den Staffin Bay Whisky bestellte. Sie beobachtete, wie er den Whisky begutachtete, roch und schließlich kostete. Dabei benutzte er dieselbe Methode wie Timothy – er benetzte einen Finger und verrieb die Flüssigkeit in der Handfläche, um den Geruch besser wahrzunehmen. Joan bemerkte, wie Peters Miene sich verdüsterte.

»Wegen dieser verschnittenen Plörre sitzen wir kaum hier. Was soll das sein? Ein Blend mit viel zu süßem Südwein-Whisky. Ohne Charakter?«, begann Peter kühl. »Ich würde ihn höchstens als Desinfektionsmittel verkaufen.«

Joan musste schlucken, fasste sich aber schnell. »Der Markt verlangte nach einem Lebenszeichen. Der Markt bekam das Lebenszeichen«, erklärte sie, vermied jedoch, Miyazaki Haruto zu erwähnen.

Peter nahm einen weiteren Schluck und setzte das Glas ab. »Wir übernehmen die Distillery für fünfhunderttausend Pfund. Das ist mehr als angemessen.«

Joan explodierte fast. »Ich hatte ein angemessenes Angebot erwartet.« Und sofort dachte sie daran, dass dies die gleiche Summe war, die ihr bereits von Harald Humphries genannt wurde.

»Nicht, wenn dies Ihr Whisky ist.«

»Es war ein Ausrutscher. Restliche Fässer.«

»Nun denn«, meinte Peter. »Ich habe mir zwei alte Abfüllungen für viel Geld besorgt, die eine ganz andere Sprache sprechen. Die waren ganz große Kunst. Wenn man dahin zurückkommen könnte, würde die Investition einer weitaus größeren Summe sich lohnen.«

»Das können wir sicher machen«, entgegnete Joan.

»Nein. *Nicht wir.* Dazu brauche ich einen hervorragenden Distiller. Nach Möglichkeit McGregor.«

Joan dachte kurz nach. »Sagen wir, zwei Millionen Pfund. Dann haben wir das Niveau des anderen Angebotes erreicht und ich überrede Timothy.«

Peter Miller lachte kurz auf. »Nicht für eine Distillery ohne Namen.«

»Ohne Namen?«, fragte Joan.

»Korrekt. Die Namensrechte an der Distillery gehören Ihnen nicht und ich bezweifle, dass Sie diese mit anbieten können.«

Joan schaute ihn nur fragend an.

»Ich habe das Markenzeichenregister recherchiert. Eingetragener Markenzeicheninhaber ist seit vielen Jahrzehnten ein Ernest Greene. Ich vermute, Ihr Vater.«

Joan wurde sich der Zwickmühle bewusst, in der sie sich befand. Einerseits wollte sie die Distillery zu einem guten Preis verkaufen, andererseits besaß sie ohne die Namensrechte wenig Verhandlungsspielraum. Die Erkenntnis traf sie hart, doch sie verbarg ihre Unsicherheit hinter einem kühlen Lächeln.

Namen

Joan ließ keine Zeit verstreichen. Die Frage nach den Namensrechten beschäftigte sie die ganze Nacht und raubte ihr den Schlaf. Am frühen Morgen schaute sie immer wieder auf die Uhr. Sie kannte Ernests Routine und vermied es, vor oder während seines Frühstücks anzurufen. Die Zeit verging quälend langsam. Schließlich hielt sie es nicht mehr aus und stieg für eine Trainingssession auf ihr Rad. Sie stellte die Leistungsstufen auf „Maximal" ein. »Es muss wehtun!« Joan quälte sich bis zur totalen Verausgabung, aber es beruhigte sie nicht.

Nach ihrem Workout duschte Joan heiß. Nur mit einem umgeschlagenen Handtuch lief sie ins Wohnzimmer und blickte direkt wieder auf die Uhr. Die Zeiger ignorierten ihre Forderung, sich schneller zu drehen. Ihr Ärger und ihre Ungeduld wuchsen mit jeder Minute. Als die Zeiger langsam auf Neun Uhr Dreißig vorrückten, griff sie zum Telefon und rief Ernest an. Sie hatte mal wieder keine Strategie und kam direkt zur Sache: »Ernest, kannst du mir eine Sache erklären?«, begann sie. »Ich habe festgestellt, dass im Markenzeichenregister die Marke „Staffin Bay" nicht auf die Distillery eingetragen ist.«

»Korrekt«, antwortete Ernest einsilbig.

»Wann ändern die das im Register? Ich habe die Distillery doch schon seit ein paar Wochen.« Joan versuchte am Telefon ruhig und geschäftsmäßig zu bleiben, als ob sie nur aus Neugierde anrief. Gleichzeitig atmete sie tief durch, weil sie den Wert ihrer Handelsware „Distillery" schwinden sah.

»Das Register wird es ändern, wenn ich den Antrag dazu stelle.«

»Ich verstehe nicht«, meinte Joan. »Der Name gehört doch zur Distillery.«

»Nein. Der Name ist mit „Barn #1" gekoppelt. Früher war das so, dass unsere Distillery einfach nur die lokale Brennerei aus Staffin war und der Whisky aus The Barn verkauft wurde. Markenzeichen hatten niemanden interessiert. Kunden kauften den lokalen Whisky. Erst als wir international vertrieben wurden, brauchten wir einen geschützten Markennamen. Da habe ich in den ,80er Jahren *„Staffin Bay"* eben auf meinen Namen eintragen lassen.«

Langsam wurde Joan genervt. »Und was soll dieser Blödsinn? Wieso auf deinen Namen? Wieso nicht auf die Firma?«

»Ich war die Firma. Es machte keinen Unterschied.«

»Was soll ich nun mit einer namenlosen Distillery?«

»Tja«, meinte Ernest. »Einerseits hatte es keiner bedacht ...«

»Und andererseits?«, fragte Joan scharf.

»Andererseits ... verbitte ich mir von dir diesen Ton. Ich habe dir das schon mehrfach gesagt.«

Joan schnaufte einmal tief durch, fasste sich und versuchte freundlich nachzufragen:»Und andererseits?«

»Andererseits wollte Reginald den Betrieb neu aufbauen. Es war nicht klar, ob er dies schaffen würde. Wäre er gescheitert, wäre auch unser Name mit untergegangen. Es ist eine Lebensversicherung für die Marke. Aber soweit ist es bekanntlich nicht gekommen.«

Joan biss sich auf die Lippe, um ihren Ärger zu unterdrücken. »Ernest, dann sorg mal dafür, dass die Distillery und der Name wieder zusammenfinden.«

»Warum sollte ich? Nicht nach deinem Betrug mit der Abfüllung, die – zum Glück – nicht unter unserem Namen erschien.«

Joan schnaufte vor Wut. »Ohne Namen ist die alte Brenn-Hütte nicht viel wert.«

»True.« Ernest schwankte zwischen Ärger über Joans Unverfrorenheit und späte Schadenfreude hin und her. Zumindest fühlte er sich in seiner damaligen Entscheidung bestätigt. »Du meinst doch nicht wirklich, dass der Name in japanische Hände fallen darf, wie bei so vielen schottischen Distilleries?«

Joan knallte den Hörer auf, bevor Ernest mehr sagen konnte. Ihr Ärger war greifbar, die Enttäuschung und Fraustration wuchsen in ihr weiter.

Ernest lächelte erstmals seit langer Zeit wieder.

London

Joan tat etwas, was sie sonst nie tat: wandern. Sie fühlte sich in ihren eigenen vier Wänden eingeengt und beschloss, das Haus zu verlassen. »Ich muss hier raus. Ich muss meine Gedanken ordnen.«

Joan fuhr – ausnahmsweise – mit der U-Bahn zum Richmond Park. Sie warf einen letzten Blick auf die beiden kleinen Seen, den Pen Ponds, mit ihren herbstlich roten Pflanzen, bevor sie loslief. ‚Früher hat hier der Adel gejagt. Nun muss ich Gedanken jagen', dachte sie. Der Wanderweg führte sie durch die atemberaubend angelegten Gärten.

»Sie verfolgt mich sogar hier hin«, murmelte Joan, als sie ein Schild mit der Aufschrift „Isabella Gardens" sah. Die frische Luft und die gedämpften Geräusche der Stadt boten eine willkommene Abwechslung zur Enge ihres Londoner Apartments.

‚Das D&M-Angebot ist trotz der fehlenden Namensrechte viel zu gering. Sie kennen das Potenzial der Firma nicht. Aber wie kam Peter Miller überhaupt auf die Idee, nach den Namensrechten zu recherchieren?', fragte sich Joan und beschleunigte ihr Tempo. »Er musste es gewusst und hat sein Angebot entsprechend angepasst haben.«

Joan erkannte, dass ihr Schachzug mit dem gestreckten Whisky ein klassisches Eigentor war. ‚Mit einer perfekten

Abfüllung hätte Miller sicher mehr geboten', war sie sich sicher. ‚Es ist doch ein Unterschied ob ein Großkonzern, der Marken sammelte, für die Distillery bot, oder eine Firma, die etwas vom Whisky verstand.'

»Shit! Fuckin' shit!«, schrie sie.

Ein entgegenkommendes älteres Ehepaar schüttelte ungläubig den Kopf. »Die Jugend von heute ...«

»Verdammt. Ich bin 28«, blaffte sie zurück. Und frustriert dachte sie: ‚Es wird langsam Zeit, die richtigen Weichen zu stellen.'

Nach etwa einer Stunde erreichte Joan das Ende des Gartens. »Ich wusste nicht mehr, dass der Park so groß ist.« Sie hielt kurz inne und ließ den Blick über den perfekt angelegten Golfkurs, der sich an den öffentlichen Park anschloss, schweifen. Sie sah den Spielern hinterher, die mit ihren Golfwagen scheinbar kreuz und quer über die Fairways fuhren.

Auf dem Rückweg drängte sich eine andere Frage in den Vordergrund. »Wie kann ich verhindern, dass die Japaner vom Problem mit den Namensrechten Wind bekommen? Eigentlich wollte ich den Preis weiter in die Höhe treiben ... Aber ist es nun nicht besser, einen schnellen Abschluss zu suchen, den Haruto auch einforderte? ... Die Zeit rennt.«

Je näher Joan der U-Bahn-Station kam, desto mehr fixierte sich ihr Gedanke auf den schnellen Geschäftsabschluss.

Zu Hause hatte es Joan plötzlich eilig. Sie befürchtete, dass die msh schnell das gleiche Problem erkennen könnte, das Peter Miller wohl innerhalb Minuten gefunden hatte, ... ja, wenn er es nicht aus einer anderen Quelle wusste. Sie schälte sich schnell aus ihrer Wanderkleidung und verstreute die Kleidung achtlos im Bad auf dem Boden. Sie stieg in die Dusche und genoss das heiße Wasser. Der kurze Weg hatte sie nicht zum Schwitzen gebracht, aber sie dachte, dass sie noch ein paar Minuten brauchte, bevor sie zum Telefon greifen würde.

Nach der kurzen Dusche wickelte sich Joan in ein Badetuch und ging ins Wohnzimmer. Am Fenster stehend rief sie die ihr längst bekannte Telefonnummer aus dem Ort an. »Harald, ich verkaufe die Distillery. Mach mir bitte die Verträge fertig.«

»An wen wird die Firma übertragen und zu welchem Preis?«

»Moon Shine Holding Ltd., Osaka.« Joan dachte kurz nach. Wohlwissend, dass das Angebot bei 1,5 Millionen Pfund stand, meinte sie: »Setze zwei Millionen Pfund ein.«

Harald schien überrascht. »Japaner? Bist du sicher, dass sie diesen Preis zahlen werden?«

»Ja, das bin ich. Bereite alles vor und lass mich wissen, wenn die Verträge fertig sind.«

Joan legte auf und starrte aus dem Fenster. Sie musste sicherstellen, dass die Japaner nicht von den Namensrechten erfahren, bevor der Vertrag unterzeichnet war. Jeder Moment zählte jetzt.

Aging

Die Wahl geeigneter Fässer für die Lagerung des Whiskys ist entscheidend für den Geschmack des Destillats. In Schottland dürfen gesetzlich nur Eichenfässer verwendet werden. Üblicherweise kommen vorbelegte Fässer zum Einsatz, beispielsweise von Sherry, Port, Rum, kräftigen Weinen oder Bourbon aus den USA. Diese Praxis begann aus Kostengründen, entwickelte sich jedoch zu einem wichtigen Faktor für den Geschmack des schottischen Whiskys, da der Charakter der Vorbelegung an das Destillat abgegeben wird.

Bei Erstbefüllungen (1st fill) ist der Einfluss der Vorbelegung stark ausgeprägt, bei weiteren Verwendungen nimmt dieser ab. Auch die Größe des Fasses ist wichtig: Je kleiner das Fass, desto intensiver die Aromenübertragung und desto schneller die Reifung.

Der Newmake, also der frisch destillierte Whisky, wird oft auf einen Alkoholgehalt von 63 bis 64 Prozent verdünnt, bevor er in die Fässer gefüllt wird. Die Reifung dauert mindestens drei Jahre. Während dieser Zeit mildert die subtraktive Reifung die scharfen Aromen des Alkohols, während die additive Reifung Aromen aus dem Holz und eventuell von der vorherigen Belegung übernimmt.

Der Whisky interagiert auch mit seiner Umgebung: Ein langsamer Luftaustausch findet statt, und der Alkoholgehalt sinkt im Laufe der Lagerzeit durch Verdunstung. Diese Prozesse tragen alle dazu bei, den endgültigen Charakter und Geschmack des Whiskys zu formen.

Fairy Glen

Enya saß in ihrem kleinen Wohnzimmer im Cottage und starrte auf die verstreuten Notizen vor ihr. Der Tisch war bedeckt mit Papierstapeln, Fotos und Dokumenten, die sie mühsam mit Fergus' Hilfe zusammengetragen hatte. Trotz all ihrer Bemühungen schien sie keinen klaren Überblick über die Ereignisse um Reginalds Tod zu bekommen. Moira lag zu ihren Füßen und schnarchte leise, während Enya ihr Handy nahm und die Nummer von Sir Bram wählte. Sie hoffte, dass er ihr helfen könnte, Licht ins Dunkel zu bringen.

Das Telefon klingelte mehrmals, bevor Sir Brams vertraute Stimme am anderen Ende ertönte. »Enya, meine Liebe, wie geht es dir?«

»Hallo Bram«, antwortete Enya und versuchte, die Besorgnis in ihrer Stimme zu verbergen. »Es geht so. Ich versuche, all die Informationen zu sortieren, die ich über Reginald, Harald und Christian gesammelt habe, aber ich komme einfach nicht weiter.«

»Ich verstehe«, sagte Sir Bram mitfühlend. »Es kann überwältigend sein, wenn man versucht, die Puzzleteile zusammenzusetzen. Was genau macht dir Schwierigkeiten?«

Enya seufzte tief. »Es scheint, als ob es so viele verschiedene Richtungen gibt, in die ich schauen muss. Ich habe das Gefühl, dass ich etwas übersehe. Wir wissen, dass Harald und Christian eine größere Rolle spielen. Aber ich sehe keinen Ansatz, wie man Harald nachweisen kann, dass er mit Reginalds Tod in Verbindung steht.«

Sir Bram schwieg einen Moment, bevor er sprach. »Harald ist ein sehr einflussreicher Mann, so wie ich es von Ernest verstanden habe. Er hat wohl die Fähigkeit, Dinge hinter den

Kulissen zu bewegen und Menschen zu manipulieren, ohne dass es jemand merkt. Er war schon immer sehr geschickt darin, seine wahren Absichten zu verbergen. Und seitdem er im Ruhestand ist, hat er viel Zeit für sein Hobby.«

»Und das wäre?«

»Eben Strippen ziehen und Menschen manipulieren. Das macht ihn gefährlich.«

Enya nickte, obwohl Sir Bram das nicht sehen konnte. »Das habe ich auch bemerkt. Ernest hat mir erzählt, dass Harald immer ein Auge auf die Geschäfte der Distillery hatte. Mit Reginald und Joan haben sich die Besitzverhältnisse geändert. Mit der Wiedereröffnung muss noch etwas passiert sein.«

»Christian ist eine andere Geschichte«, sagte Sir Bram nachdenklich. »Wenn ich deinen Bericht richtig verstanden habe, fehlte ihm das Talent und die Entschlossenheit, um Master Distiller zu werden. Harald hatte ihn dennoch unterstützt. Das führte zu Spannungen, besonders mit Reginald.«

Enya spürte, wie die Puzzleteile langsam an ihren Platz fielen. »Du denkst also auch, dass Harald eine stärkere Rolle bei Reginalds Tod spielt als alle anderen?«

»Ja, das denke ich«, bestätigte Sir Bram. »Harald hat viele Motive. Eines könnte Rache sein. Aber wofür? Was hat Harald davon, dass Reginald die Distillery nicht neu aufbaut?«

Enya lehnte sich zurück und schloss die Augen. »Das Motiv ist nicht offensichtlich.«

Sir Bram lachte leise. »Das ist die Herausforderung, meine Liebe. Du musst tiefer graben. Suche nach Hinweisen, die Haralds wahren Absichten offenbaren. Vielleicht gibt es Aufzeichnungen oder Aussagen von Leuten, die mehr wissen.«

Enya fühlte sich etwas ermutigt. »Danke, Bram. Das hilft mir sehr. Ich werde mich auf Harald konzentrieren und sehen, was ich herausfinden kann.«

»Gern geschehen, Enya. Pass auf dich auf und lass mich wissen, wenn du weitere Hilfe brauchst.«

»Das werde ich. Danke nochmals.«

Enya legte auf und sah zu Moira hinunter, die sie neugierig ansah. »Na gut, Moira«, sagte sie unschlüssig. »Es sieht so aus, als hätten wir noch viel Arbeit vor uns.«

Enya blieb mit ihren Gedanken allein. ‚Hat das Gespräch wirklich weitergeholfen? Ich stehe weiter an dem Punkt, tiefer nach Haralds Motiven graben zu müssen.‘

Portree

Harald dachte nicht daran, die Verträge fertigzumachen. Er stand am Erkerfenster seines Büros und hatte es geöffnet, damit der Rauch seiner Zigarre nach draußen ziehen konnte. Die Asche fiel leise auf den Fenstersims, während er einen Gin im Glas schwenkte.

»Der Gin wird auch immer teurer«, dachte er und verzog das Gesicht. Aber er mochte die bittere Note, die sich perfekt mit dem Rauchgeschmack mischte. Und letztendlich waren seine Zigarren noch teuer.

»Nicht mit mir«, murmelte er und fühlte sich gehetzt. Er zog noch einmal an seiner Zigarre und schnippte den Stummel aus dem Fenster in das Blumenbeet. er blickte nachdenklich hinaus in den Regen. Der Rauch kräuselte sich vor ihm und verschwand zwischen den Tropfen. »Man kann mir vieles nachsagen. Aber nicht, dass ich dabei helfe, unsere Tradition nach Japan zu verkaufen. Joan bekommt von mir keine Verträge.«

Fergus erkannte, dass Enya eine Abwechslung benötigte. »Die letzten Tage waren anstrengend. Lass uns etwas unternehmen«, schlug er beim Frühstück vor.

Enya schaute etwas missmutig aus dem Fenster. »Was kann man denn bei diesem Wetter unternehmen?«

Fergus lachte. »Das bisschen Regen ist doch auf Skye wie Sommer. Solange der Regen nicht kalt ist, geht es doch.«

Enya biss nachdenklich in ihren Toast.

Mittlerweile wusste Fergus, dass sie lieber Kaffee als Tee trank. Er hatte sogar noch einen alten Keramikfilter aufgetrieben und dann Filtertüten und Kaffee gekauft. »Wollen wir vielleicht nochmals nach der Magie suchen? Es gibt zwei Orte auf der Insel, die das Wort „Fairy", also „feenhaft", im Namen tragen. Wollen wir uns die Orte anschauen?«

Enya war noch nicht überzeugt, aber andererseits hatte sie auch wenig Lust, hier über Reginalds Fall zu grübeln, ohne einen weiteren Ansatzpunkt zu haben. »Ich stecke bei Reginald sowieso in einer Sackgasse. Vielleicht tut mir etwas Abwechslung gut«, gab sie letztendlich nach.

»Gut«, meinte Fergus. »Dann kümmere ich mich nun um das Picknick und wenn du fertig bist, fahren wir los.«

Der Regen schlug ihr entgegen, als Enya aus Fergus Haus zu ihrem Cottage ging. Sie wollte wetterfeste Kleidung für die Tour packen.

Moira trottete – ohne dass sie sich um den Regen kümmerte – hinterher.

Wenig später verließen Enya und Fergus das Anwesen. Fergus steuerte den Land Rover und Enya konnte unterwegs die Landschaft genießen.

❦ ❦ ❦

Der Nieselregen ließ kleine Tropfen auf der Windschutzscheibe perlen. Die Scheibenwischer des Land Rovers schienen ebenso alt wie das Gefährt selbst zu sein; quasi Originalausstattung. Bei jeder Bewegung quietschten sie widerwillig und zogen Streifen. »Kannst du eigentlich durch diese Scheibe etwas sehen?«, fragte Enya zweifelnd.

»Ich kenne den Weg«, antwortete Fergus ausweichend. Er steuerte den Land Rover trotz der eingeschränkten Sicht zuverlässig durch die engen, kurvigen Straßen.

Die Straße von Flodigarry führte zunächst entlang der Küste, und durch das neblige Grau konnten sie ab und zu das tosende Meer auf der einen Seite und die steilen Klippen auf der anderen Seite erahnen. Die Fahrt war ruhig, unterbrochen nur vom leisen Brummen des Motors und dem regelmäßigen Plätschern des Regens auf dem Dach des Wagens. Wenn da nicht das Quietschen der Scheibenwischer rhythmisch die Ruhe unterbrochen hätte. Moira lag auf der Rückbank und schaute schläfrig aus dem Fenster, während Enya neben Fergus saß und über die bevorstehende Suche nach Magie nachdachte.

Die Landschaft von Skye bot trotz des Wetters das beeindruckende Panorama, das Enya vom ersten Tag an fasziniert hatte. Die grünen Hügel, die sich sanft in die Höhe wanden, waren durchzogen von kleinen Bächen, die sich ihren Weg ins Tal suchten. Schafe grasten friedlich auf den Weiden, ihre wolligen Körper bildeten weiße Punkte auf dem grünen Teppich. Auch sie schienen den Regen zu ignorieren.

Nach etwa einer halben Stunde Fahrt erreichten sie die kleine Ortschaft Uig. Enya wusste, dass Timothy hier seine Bar hatte und Ernest eine Beteiligung an einer kleinen Werft. Hier machten sie einen kurzen Stopp, um noch ein paar Snacks zu kaufen.

Fergus parkte den Land Rover vor einem kleinen Laden. Während er hineinging, um ein paar Süßigkeiten zu holen, blieb Enya im Wagen und beobachtete das Dorfleben. Die Menschen trotzten dem Regen und gingen ihren alltäglichen Aufgaben nach.

Mit einem halben Dutzend Schokoriegel und einer großen Packung *Shortbread*[56] ausgestattet, setzten sie ihre Fahrt fort. Die Straße wurde nun schmaler und kurviger, und der Regen nahm an Intensität zu.

»Das ist unsere Wetterseite«, erläuterte Fergus. »Der Westwind treibt den Regen vom Atlantik her.«

Fergus konzentrierte sich auf die Straße, während Enya noch tiefer in ihre Gedanken abrutschte. Der Weg führte sie nun ins Inland, vorbei an kargen Feldern und durch kleine Wälder, die in der dichten Feuchtigkeit fast verwunschen wirkten.

»Es gibt viel zu wenig Wald auf der Insel. Er wurde früher von den Schiffbauern abgeholzt, als man aus jedem Baum ein Boot bauen wollte. Und woraus kein Boot wurde, wurde Feuerholz. ... Manchmal wurden auch Boote zu Feuerholz. Wenn Engländer hier strandeten.«

Enya hatte bereits erkannt, dass Schottland sehr wenig Wald hatte und auf den Inseln war es extrem.

»Es gibt Inseln ganz ohne Bäume«, meinte Fergus bitter. Ich werde das auf meinem Land ändern. Ich habe die Vision, dass wenn ich einmal abtreten werde, die Trotternish-Halbinsel wieder bewaldet ist.«

Enya ließ Fergus weiterreden. Es war sehr selten, dass er sich in Monologe ergab.

Nach einer weiteren halben Stunde erreichten sie den Parkplatz des Fairy Glen, des feenhaften Tals. Die Szenerie änderte sich zunächst langsam, dann aber dramatisch. Vor ihnen erstreckte sich nach etwa fünfhundert Meter Fußweg eine Landschaft, die direkt einem Märchen entsprungen sein könnte: sanfte grüne Hügel, gesprenkelt mit wilden Blumen, und mysteriöse Felsformationen, die sich wie Türme oder Burgruinen in den Himmel erhoben. Der Regen hatte aufgehört, und der Wind trug eine frische, klare Luft heran, die die Sinne belebt.

Enya fühlte eine leichte Enttäuschung, als sie sah, dass der Parkplatz bereits mit Autos gefüllt war und eine lärmende Schulklasse aus einen Reisebus herausquoll und tobend und feixend in Richtung des Glens zog. Die Magie, die sie hier suchte, schien im Lärm und Trubel der Touristen verloren gegangen zu sein. Sie nahm Liath, das Buch, aus ihrer Tasche, aber es zeigte keine Reaktion. Kein Glühen, nichts deutete darauf hin, dass hier Magie zu finden war. Der Tartaneinband blieb in traurigem Grau, während Enya und Fergus sich in die lange Schlange der Besucher einreihten, die hier vergeblich Ruhe und das ursprüngliche Schottland suchten.

Stattdessen sah sie inmitten der Natur eine große, von Menschen angelegte Spirale, deren Ringe durch Felsbrocken betont wurden. »Einmal im Jahr räumen die Einwohner der umliegenden Orte die Felsbrocken wieder beiseite. Eine wahre Sisyphusarbeit! Es dauert nicht lange, und die Felsen liegen wieder dort«, erklärte Fergus.

Enya seufzte. »So etwas vertreibt die Magie. Es ist nur noch ein trauriger Ort.«

Fergus nickte verständnisvoll. »Manchmal sind die Touristenmassen zu viel für diese zarten Orte. Aber wir sollten nicht die Hoffnung verlieren.«

Enya sah sich um und bemerkte, wie sich die Schulklasse lautstark über das Wetter und die Anstrengung des Aufstiegs beschwerte. »Das Wetter ist typisch für Schottland«, murmelte sie.

Trotz des Lärms und der vielen Menschen konnte Enya die Schönheit des Ortes nicht leugnen. Die grünen Hügel und bizarren Felsformationen waren beeindruckend, aber kalt und tot.

Fairy Pools

Fergus bemerkte Enyas gedrückte Stimmung. Selbst Moira schien nur noch lustlos hinter Enya herzutrotten. »Lass uns zu den Fairy Pools weiterfahren«, schlug Fergus vor, um Enya ein wenig aufzumuntern.

»Auch ... *fairy*? Was erwartet uns dort?«

»Wasser und Felsen«, antwortete Fergus kryptisch.

»Wie überall. Na gut, dann machen wir das.«

Die Fahrt dauerte über eine Stunde. Enya hatte nicht damit gerechnet, dass diese beiden Orte weit auseinanderlagen. Die Fahrt verlief quer über Skye, ohne unterwegs das Meer zu sehen.

»Fast könnte man meinen, dass wir auf dem Festland sind.«

Als sie schließlich den Parkplatz der Fairy Pools erreichten, erschrak Enya erneut über das rege Treiben. Der Parkplatz war belegt. Einige Wohnmobile kämpften mit SUVs mit Londoner Kennzeichen oder vom Festland um mögliche Parkmöglichkeiten.

»Wir fahren zurück«, meinte Fergus.

»Wie? Wir sind die ganze Strecke gefahren, um unverrichteter Dinge wieder umzukehren?«, Enya war verärgert.

»Nein, nein«, entgegnete Fergus. »Wir fahren nur etwa eine halbe Meile zurück zu einem kleinen versteckten Parkplatz. Dort gibt es immer Platz.«

Fergus hatte mit seiner Einschätzung recht behalten. Auf dem kleinen Waldparkplatz waren fast alle Plätze frei. Lediglich ein junges Pärchen saß vor ihrem ausgebauten VW-Bus, der Fergus an seine Hippie-Zeit erinnerte. Von dem Bus weht ein schwerer, süßlich Geruch herüber. Die beiden winkten Fergus und Enya zu. Moira war sofort Feuer und Flamme, denn die beiden winkten mit Leckerlis.

Enyas Laune besserte sich schnell. Sie winkte zurück. Fergus und sie nahmen ihre Rücksäcke und liefen entlang der gut ausgebauten Straße zum Startpunkt des Wanderweges zu den Fairy Pools. Dort trafen sie wieder auf die Touristenmassen, die sie bereits am Parkplatz gesehen hatten.

»Ich habe es befürchtet«, meinte Enya, während sie sich in die Perlenschnur der Besucher einreihten.

»Als ich zuletzt hier war, gab es diese beiden Fußgängerbrücken noch nicht«, bemerkte Fergus.

»Das muss aber schon lange her sein«, erkannte Enya. »Die Brücken sehen nicht neu aus.«

»Es mag sein. Ich war lange nicht mehr hier. Damals musste man sich die Füße nass machen, wenn man den Bach querte. Deshalb gab es wohl auch keine Besucher hier.«

Enya stand schon bald am Ufer eines der Pools und starrte auf das kristallklare Wasser. »Es ist, als ob die Magie sich zurückzieht, weil zu viele Menschen hier sind«, sagte sie leise. »Selbst das Wasser weicht zurück.«

Fergus legte eine Hand auf ihre Schulter. »Vielleicht müssen wir an weniger bekannte Orte gehen«, schlug er vor. Enya nickte nachdenklich.

»Die Insel ist voller Magie, aber sie kommt nicht an die Oberfläche, solange die Touristen alles platttrampeln«, sagte sie leise. Langsam erkannte Enya, dass die Magie der Insel sich nicht schnell erschließt. Sie lag tief verborgen und war nicht so leicht zu finden.

»Hier liegt nicht der Eingang zu Tir na nÓg.« Die Enttäuschung wich aber langsam einer neuen Entschlossenheit. »Ich muss halt intensiver suchen.«

Auf dem Rückweg zum Land Rover mussten Enya und Fergus bergan laufen. Enya erkannte, dass der „alte Mann" noch immer über eine ordentliche Kondition verfügte. Er lief sogar mit Moira locker neben Enya her. Unterwegs hielt er kurz inne.

»Kannst du nicht mehr?«, fragte Enya besorgt.

»Nein«, erinnerte sich Fergus zerknirscht. »Mir fällt nur ein, dass ich vergessen habe, dir zu erzählen, was ich nach dem Ceilidh bei der Eröffnung der Distillery mitbekommen habe. Ich habe es irgendwie vergessen.«

»Was ist es?«

»Weißt du, Enya, am Ceilidh-Abend haben Shona und ich einen Streit zwischen Reginald und einer Frau am Maischebottich mitbekommen. Es war wohl Joan. Es war ziemlich heftig.«

Enya schaute ihn überrascht an. »Warum hast du mir das nicht früher gesagt?«

Fergus seufzte. »Ich habe es einfach vergessen. Es tut mir leid. Vielleicht erklärt das einiges.«

Zunächst war Enya enttäuscht, aber dann schlug sie spontan vor: »Lass uns zu Shona fahren. Vielleicht kann sie uns die Beobachtungen nach dem Ceilidh aus ihrer Sicht beschreiben.«

Staffin

Die Sonne stand tief über der rauen Landschaft von Staffin, als Fergus und Enya den Land Rover die schmale, kurvige Straße entlangfuhren. Ihr Ziel war das kleine Bed and Breakfast der Familie MacLeod, am Rande von Staffin. Shona wohnte noch bei ihren Eltern.

»Das B&B der MacLeods ist nicht weit entfernt,« sagte Fergus und blickte kurz zu Enya, die neben ihm saß.«

»Ich hoffe, Shona kann uns wirklich weiterhelfen,« antwortete Enya nachdenklich. »Es ist wichtig, dass wir mehr über die Nacht des Ceilidh erfahren.«

Fergus nickte. »Shona hatte einen klaren Kopf. Sie wird es wissen.«

Das Bed and Breakfast der MacLeods war ein charmantes Gebäude mit einer einladenden Veranda und blühenden Blumenbeeten. Als sie ankamen, wurden sie von Shonas Mutter herzlich begrüßt. Mrs. MacLeod war eine kleine, lebhafte Frau mit grauen Locken, die vor Aufregung strahlte.

»Willkommen, willkommen!« rief sie aus, als sie die Besucher sah. »Es ist eine Ehre, den Clan Chief in unserem bescheidenen Heim zu haben.«

Fergus lächelte. »Danke, Mrs. MacLeod. Wir freuen uns, hier zu sein.« Es war ihm peinlich, so begrüßt zu werden.

Enya folgte ihm und bemerkte, wie Mrs. MacLeod neugierig zu Moira schaute, die aufmerksam neben ihr stand. »Was für ein schöner Hund,« fügte sie hinzu.

Während sie ins Haus geführt wurden, konnte Enya die Aufregung und die Neugierde in der Stimme von Shonas Mutter hören. Sie war offensichtlich stolz, solch hohe Gäste zu empfangen, und konnte ihre Neugier kaum verbergen. Immer wieder warf sie verstohlene Blicke in ihre Richtung.

»Setzt euch, setzt euch,« drängte sie, bevor sie hektisch in Richtung Küche verschwand, um trotz der späten Stunde noch Tee und Gebäck zu holen.

Kurz darauf erschien Shona, die sich sichtlich über den Besuch freute. »Chief, und ... Enya ...« Shona erinnerte sich an Enyas Namen. »Schön, dass ihr gekommen seid. Wie kann ich euch helfen?« fragte sie, während sie sich setzte.

Enya nahm einen tiefen Atemzug und sah Shona direkt an. »Wir müssen über die Nacht des Ceilidh sprechen. Es gibt etwas, das du gesehen oder gehört hast, das uns helfen könnte.«

Shona nickte langsam und warf einen schnellen Blick zur Tür, wo ihre Mutter neugierig hereinschaute. »Mutter, könntest du uns bitte Tee machen?« bat sie freundlich, um ihrer Mutter zu verstehen zu geben, dass sie einen Augenblick mit den Gästen allein reden wollte.

Mrs. MacLeod nickte widerwillig und zog sich zurück, blieb jedoch in der Nähe, um vielleicht etwas aufzuschnappen. Ihre Präsenz war unübersehbar.

»Ich erinnere mich an den Streit in der Nacht,« begann Shona leise. »Es war laut, und ich konnte nicht alles verstehen. Aber ich hörte, wie Reginald mit jemandem schimpfte.«

Enya lehnte sich vor. »Weißt du, wer es war?«

Shona zögerte, bevor sie antwortete. »Natürlich die Chefin!«

»Sagte ich doch«, bestätigte Fergus die Aussage. »Es war Joan.«

»Nein, ach so«, korrigierte Shona. »Nicht die *Junior*-Chefin. Die richtige Chefin.«

Nun dämmerte es Fergus. »Du meinst nicht etwa Isabella?«

Fergus und Enya tauschten einen überraschten Blick. »Isabella?« wiederholte Fergus ungläubig seine Frage.

Shona nickte. »Ja, ich bin sicher. Sie hat eine unverkennbare Stimme. Sie schien sehr aufgebracht zu sein.«

Enya spürte, wie die Teile des Puzzles langsam auseinanderbrachen. Fieberhaft dachte sie über die neuen Wendungen nach. ,Zunächst wohl doch nicht Harald, nachdem Fergus vom Streit sprach.' Die Puzzleteile mussten neu gelegt werden. ,Und nun wieder eine Wendung. Nicht Joan. Es hätte Sinn ergeben. Nun liegt der Fokus auf Isabella. Warum!?'

Zaghaft meinte Enya: »das bedeutet, Isabella war die letzte Person, die Reginald lebend gesehen hat.«

Fergus nickte nachdenklich. »Das ändert alles. Wir müssen herausfinden, worüber sie gestritten haben.«

»Es klang, als ginge es um irgendetwas aus der Vergangenheit. Sie sprach von „damals"«, ergänzte Shona. »Aber ich konnte nicht alles verstehen. Sie sprachen über ... ach ich weiß es nicht. Es war so laut mit dem Ceilidh vor der Türe.«

Enya dachte über diese neuen Informationen nach. »Das ist ein wichtiger Hinweis. Vielen Dank, Shona. Du hast uns sehr geholfen.«

»Gern geschehen,« sagte Shona. »Ich hoffe, ihr findet heraus, was wirklich passiert ist.«

Fergus nickte zustimmend und stellte dann die Frage, die ihm schon die ganze Zeit auf der Zunge lag. »Was machst du jetzt, da die Distillery geschlossen ist, Shona? Wie verdienst du deinen Lebensunterhalt?«

Shona senkte den Blick und schüttelte den Kopf. »Ich weiß es nicht, Chief. Es ist schwer, eine Arbeit zu finden, besonders hier auf Skye.«

Fergus sah sie einen Moment lang an und dann lächelte er. »Ich könnte deine Hilfe gebrauchen. Ich plane, auf meinen Ländereien im Norden von Skye wieder Bäume anzupflanzen. Wie wäre es, wenn du in der Landschaftspflege für mich arbeitest?«

Shona blickte überrascht auf. »Wirklich? Das wäre großartig, Chief. Ich würde gerne helfen.«

»Es ist beschlossen,« sagte Fergus. »Du beginnst so bald wie möglich. Über das Gehalt werden wir uns sicher einig.«

Enya lächelte. Sie wusste, dass Shona in guten Händen war.

Fergus und Enya verabschiedeten sich und gingen zurück zum Land Rover. Moira lief natürlich wieder vorweg. Während sie die schmale Straße zurück nach Staffin und weiter nach

Flodigarry fuhren, sprachen sie über das Gehörte und versuchten, die neuen Informationen in ihre bisherigen Erkenntnisse einzuordnen.

»Wenn Isabella wirklich die letzte war, die Reginald gesehen hat, müssen wir mit ihr sprechen,« sagte Enya entschlossen.

»Das wird nicht einfach,« antwortete Fergus. »Aber es ist der nächste Schritt.«

Enya nickte. Sie wusste, dass sie jetzt mehr denn je auf ihre Intuition und ihre Fähigkeiten vertrauen musste, um die Wahrheit herauszufinden.

∽ ∾ ∿

Rund um die Insel

Der Mond war bereits aufgegangen und tauchte das Anwesen in ein sanftes, silbriges Licht, als das Grummeln des Land Rover Motors auf dem Hof vor Fergus Haus erstarb.

Fergus, der während der Fahrt still und nachdenklich gewesen war, atmete tief durch, als er aus dem klapprigen Gefährt stieg. »Warum Isabella?« Der Gedanke ließ ihn ebenso wenig los, wie der Ärger über sein Versäumnis, Enya nicht früher informiert zu haben.

Moira sprang sofort aus dem Wagen und lief auf den Hof, schnupperte an den vertrauten Stellen und markierte ihr Revier.

»Es war ein langer Tag«, sagte Fergus, als er sich zum Abschied an die Autotür lehnte.«

Enya nickte, ein leichtes Lächeln auf den Lippen. »Ja, das war es. Aber ich brauche noch ein wenig frische Luft. Ich werde noch ein paar Meter am Meer entlanglaufen und nachdenken.«

Fergus runzelte die Stirn. »Bist du sicher, dass du allein gehen möchtest? Es ist schon spät.«

»Ja, ich bin sicher«, antwortete Enya fest. »Ich nehme Liath mit. Außerdem tut mir die Meeresbrise gut.«

Fergus seufzte, wusste aber, dass er sie nicht aufhalten konnte.

»Ich lasse Moira so lange bei dir, wenn es Recht ist.«

Fergus nickte zustimmend.

Enya schloss die Tür des Land Rovers und machte sich auf den Weg Richtung Küste, während Fergus und Moira ins Haus gingen.

Der schmale Pfad führte Enya über die sanften Hügel hinunter zum Meer. Der Klang der Wellen, die sanft gegen die Felsen schlugen, beruhigte ihre Gedanken. Sie hielt Liath fest in der Hand und dachte intensiv nach. Isabella war die letzte Person, die Reginald lebend gesehen hatte, und Enya musste einen Weg finden, sie unter Druck zu setzen, um die Wahrheit herauszufinden.

Enya setzte sich auf einen großen, runden Felsen, der vom Mondlicht erleuchtet wurde, und öffnete das Buch. Die Seiten raschelten leise im Wind, als sie nach den Hinweisen suchte, die ihr helfen könnten. Sie wusste, dass Isabella nicht leicht zu knacken war, aber sie war fest entschlossen, die Wahrheit ans Licht zu bringen.

»Liath, ich brauche deine Hilfe«, flüsterte Enya in die kühle Nachtluft. Das Buch schimmerte leicht, als ob es ihre Worte verstanden hätte. Enya spürte eine leichte Vibration unter ihren Fingern. Sie erinnerte sich an ihre Begegnung mit Isabella. Die Frau hatte eine starke Fassade, aber Enya hatte bemerkt, dass sie kaum merklich nervös wurde, wenn das Gespräch auf Reginald kam. Isabella wusste mehr, als sie zugeben wollte, und

Enya musste herausfinden, wie sie sie zum Reden bringen konnte.

‚Der beste Weg wird wohl über Ernest führen‘, schätzte Enya die Situation ein. ‚Wenn ich Ernest morgen um Hilfe bitte, kann er vielleicht einen Weg finden, Isabella zu einem Treffen zu bewegen.‘

»Das ist es«, murmelte Enya zu sich selbst und schloss das Buch wieder. Mit einem festen Plan im Kopf machte sie sich auf den Rückweg zum Anwesen.

Unterdessen hatte Fergus sich mit Moira im Haus eingerichtet. Er hatte sich auf die alte, abgewetzte Couch gesetzt, die in der Ecke des Wohnzimmers stand, und Moira hatte sich neben ihn gelegt. Er kraulte sie hinter den Ohren, während er nachdachte und Moira zufrieden schnaufte.

»Weißt du, Moira«, begann er leise, »ich mache mir wirklich Sorgen um Enya. Sie ist so entschlossen, die Wahrheit herauszufinden, dass sie sich selbst in Gefahr bringen könnte.«

Moira hob den Kopf und blickte Fergus mit ihren großen, treuen Augen an. Sie schien zu verstehen, was er sagte, und legte eine Pfote auf seinen Schoß, als wollte sie ihn beruhigen.

»Wir müssen zusammenhalten«, fuhr Fergus fort. »Enya braucht unsere Unterstützung.«

Moira legte ihren Kopf wieder auf Fergus‘ Knie, und er streichelte sie sanft. In diesem Moment fühlte er eine tiefe Verbundenheit zu dem Hund. Sie waren beide Teil von Enyas Welt geworden, und sie würden ihr beistehen, egal was komme.

Während die Stunden verstrichen, dachte Fergus darüber nach, wie er Enya am besten unterstützen konnte.

Als Enya schließlich zurückkehrte, fand sie Fergus und Moira immer noch auf der Couch vor. Sie sah müde, aber entschlossen aus, als sie ins Wohnzimmer trat.

»Hast du einen Plan?«, fragte Fergus, als er sie sah.

Enya nickte und setzte sich auf den Sessel gegenüber. »Ja, Morgen werde ich mit Ernest sprechen. Ich glaube, er kann uns helfen, Isabella zu einem Treffen zu bewegen.«

Scheitern

Natürlich kamen nie ausgearbeitete Verträge von Harald Humphries an. Es herrschte Stille seitdem die Secret Skye Abfüllung bei der msh angekommen war.

Haruto saß an seinem Schreibtisch, seine Hände zitterten leicht, als er nochmals seine Korrespondenz und seine Gesprächsnotizen der vergangenen zwei Wochen mit Joan las. »1,5 Millionen Pfund haben wir geboten und dennoch keine Antwort bekommen.« Die Tage vergingen quälend langsam, während er sich fragte, warum sie nicht reagiert hatte. Er las jede Zeile sorgfältig, suchte nach einem Hinweis, einem Detail, das er übersehen haben könnte. Er schüttelte seinen Kopf. Er fand keinen Ansatz, warum sich die Verhandlungen hinzogen.

Haruto rief Gillian in sein Büro. »Recherchieren Sie bitte nochmals alle mit der Distillery verbundenen Eintragungen in den Registern. Alles, was in der Korrespondenz erwähnt wurde. Alles, was wir angeboten haben.«

Gillian verstand zunächst nicht, was Haruto von ihr wollte. »Was benötigen Sie?«

»Einfach alles. Weitere Gebäude, Belastungen wie Hypotheken, Namensrechte und so weiter.«

»Aber das haben wir doch schon alles erledigt«, widersprach Gillian.

»Ich muss wissen, warum diese Joan Greene zögert. Ich habe das Gefühl, etwas übersehen zu haben. Vielleicht auf unserer Seite. Vielleicht bei der Distillery.«

Gillian ging jeden einzelnen Punkt aus der Kommunikation nochmals durch. Irgendwann hatte sie den richtigen Gedanken. »Nun ja, die Namen haben wir nicht hinterfragt.«

Es dauerte etwa eine Stunde, bis Gillian eine Antwort für Haruto hatte, ohne die Brisanz ihrer Aussage zu erkennen. Sie blieb vor seinem Schreibtisch stehen und referierte ihre Erkenntnisse. »Es scheint alles in Ordnung. Die Distillery ist bei einem Reginald Greene und einer Joan Greene eingetragen. Es gibt einen Übertragungsvermerk, dass Reginalds Anteile an Joan überschrieben werden. Also ist sie die alleinige Eigentümerin.«

Haruto hörte aufmerksam zu. »Darüber hinaus gibt es weitere ältere Gebäude, wie das alte Whiskylager. Darauf haben wir wohl nicht geboten.«

»Das ist nicht in unserem Interesse.«

»Und es gab früher eine Vertriebsgesellschaft, welche Eigentümerin des Lagers ist.«

»Und wem gehört die Vertriebsgesellschaft? Ebenfalls Joan Greene?«

»Nein, aber es ist alles in Ordnung. Die ist auf Ernest Greene eingetragen.«

Haruto schaute fragend. »Dann dürfte ...« Haruto verstummte. Er ordnete seine Gedanken. »Das bedeutet, ... das bedeutet, Joan ist nicht Eigentümerin des Namens, den wir eigentlich kaufen wollen? Wir haben auf ein altes Gebäude geboten!« Der Samurai schluckte kurz und schaute fragend zu Gillian auf. »Sie kann uns gar nicht den Namen verkaufen! Wir haben ein einfaches Detail übersehen.«

Im Scheitern verallgemeinerte Haruto die Schuld.

Gillian registrierte es sofort. ‚Erfolge dem Samurai! Misserfolge dem Fußvolk!‘ Sie war verärgert, ließ es sich aber nicht anmerken. Irgendwann würde der richtige Zeitpunkt für sie kommen.

Haruto starrte auf Gillians Recherchen, die nun auf seinem Schreibtisch lagen. Sein Atem ging schwer. Die Distillery ohne die Namensrechte war für die Moon Shine Holding wertlos. »Fast hätten wir eine Millionensumme für eine leere Hülle ausgegeben.«

Gillian verstand.

Haruto stand langsam auf. An allen Gliedmaßen schienen Bleigewichte zu hängen. »Wir haben versagt. Ich habe versagt. Ein Samurai, der seine Mission nicht erfüllt hat.« Die Schande brannte sich tief auf den Namen Miyazaki ein. Seine Bewegungen waren mechanisch.

Gillian beobachtete, wie ihr Chef innerhalb weniger Minuten um Jahre alterte. Zum ersten Mal sah sie, dass sein Anzug nicht korrekt saß und sein ansonsten makelloses weißes Hemd durchgeschwitzt war. »Gillian, wir müssen unser Angebot zurückziehen.«

Sie blickte ihn überrascht an. »Das Angebot zurückziehen, Haruto-san?« Gillian nutzte selten den Ehrentitel „San".

Gillian nickte und verließ Harutos Büro. Sie setzte sich an ihren Schreibtisch, um den Brief zu verfassen.

Haruto starrte indes aus dem Fenster in den Regen Londons, sein Herz war schwer. Man würde ihm diese Unachtsamkeit in Osaka nicht verzeihen. Die Worte seines Meisters hallten in seinem Kopf wider, und er zitierte aus dem *Bushido* – dem Weg des Kriegers: »Ein Samurai muss stets bereit sein, Verantwortung für seine Taten zu übernehmen.«

Der Gedanke an *Seppuku*, das rituelle Selbstmordritual eines Samurai, drängte sich in seinen Geist. Er wusste, dass er die Ehre seiner Familie wiederherstellen musste, und es gab nur einen Weg. Er zog sein *Wakizashi*, das kurze Schwert eines Samurai, aus der Vitrine.

Gillian trat ein.

Haruto legte das Schwert unauffällig zur Seite, bevor Gillian es wahrnahm. Sie reichte ihm den Brief zur Durchsicht. Er las ihn und nickte zustimmend. »Gut. Schicken Sie ihn ab.«

Gillian verließ das Büro, und Haruto blieb allein zurück. Er legte das Jackett seines Anzugs ab. Er kniete sich nieder, das Schwert vor sich, und dachte an die Worte des Bushido: »Ehre ist wichtiger als das Leben selbst.«

Mit einem letzten Blick aus dem Fenster schloss er die Augen und atmete tief durch.

Haruto richtete die Klinge gegen sich selbst, seine Hände zitterten nicht mehr. In einem letzten Akt der Ehre und des Mutes setzte er das Schwert an. Sein letzter Gedanke galt seiner Familie und der Hoffnung, dass sie seine Tat verstehen und ihm vergeben würden. Mit einem ruhigen, entschlossenen Atemzug vollzog er das Ritual, das sein Leben beendete, aber seine Ehre wiederherstellte.

Portree

Die E-Mail war kurz und sachlich, aber sie war nichts anderes als ein Todesurteil für ihre Pläne. Joan war außer sich vor Wut. »Zurückgezogen? Wie zurückgezogen?«, schrie sie laut, als sie die Nachricht von der Absage des Angebots las. »Wie kann der Arsch einfach sein Angebot zurückziehen? Jetzt, nachdem Harald die Verträge fixiert hatte. Die verhandeln nicht einmal mehr über den Preis. Gut. Vielleicht waren zwei Millionen zu viel. Aber ganz zurückgezogen? Dieser Sushifresser!«

Sie versuchte, sich am Fenster ihres Hauses zu beruhigen. Ihr Atem ging hastig und flach vor Wut. Unfokussiert starrte sie auf die Straße hinunter, während ihre Hände zu Fäusten geballt waren. Joan zückte sofort ihr Telefon und versuchte, Haruto zu erreichen. Doch sein Telefon blieb stumm. Auch im Büro der

Moon Shine Holding ging niemand ans Telefon. Gillian hatte andere Sorgen.

Die Mehrfachverglasung hielt zuverlässig den Lärm der vielen Touristen draußen, während drinnen lediglich das Ticken der Wanduhr zu hören war. Joan schrie erneut laut: »Shit!«

Sie musste die Fakten zusammentragen. ‚Ich habe kein Angebot mehr von der msh. D&M bieten hingegen nur eine halbe Million. Aber mit der Summe komme ich nicht weit‘, erkannte sie.

Joan zog sich die Kapuze ihres Sweatshirts über den Kopf. Innerlich fröstelte sie. ‚Dann gibt es keinen Verkauf‘, dachte sie.

Langsam stieg der Frust in ihr hoch. ‚Der Schuss mit der Abfüllung ist wohl komplett nach hinten losgegangen. ... Na ja, nicht komplett. Immerhin hat die Abfüllung knapp 600.000 Pfund in die Kasse gespült. Irgendwie krank, wenn ich dann die Distillery für weniger an D&M verkaufen sollte.‘

Sie drehte sich um, nahm die Kapuze wieder vom Kopf und sprach laut zu sich selbst: »Joan, finde den Fehler! Und Lösungen!«

⊰ ⊱ ⊱

Portree

Joan saß gegen Mittag zu einem späten Snack in ihrem Lieblingscafé. Ihr Croissant blieb diesmal unberührt. Die Absage von Moon Shine Holding brannte in ihrem Kopf wie ein unerträgliches Feuer. ‚Wenn ich nicht verkaufen kann, muss ich verhindern, dass die Distillery zum Ballast für mich wird.‘

Joan lehnte sich zurück, schloss die Augen und versuchte, einen klaren Kopf zu bekommen. ‚Komischerweise hat aber der Handel mit den Whiskyfässern funktioniert. Irgendwie.‘ Joan rührte in ihrem Kaffee. ‚Kann der Handel eine Option sein? Diesmal offiziell. Diesmal mit Markennamen. Bringt der Handel mehr als ehrliche Arbeit?'

Joan nippte an ihrem mittlerweile erkalteten Kaffee. Sie biss in das Croissant. Sie schmeckte nichts, weil sie sich intensiv auf ihre mögliche Lösung konzentrierte. ‚Dafür brauche ich allerdings Ernest. Mehr denn je. Er hat das nötige Wissen und die Kontakte.'

Sie erkannte, dass eine Versöhnung mit Ernest unvermeidlich war. Joan beschloss, einen Schritt auf ihn zuzugehen und die Spannungen zu beseitigen.

Joan nahm ihr Telefon und wählte Ernests Nummer. Es klingelte mehrmals, bevor er abhob. Seine Stimme klang müde und vorsichtig.

»Joan? Was gibt es?«

Sie atmete tief durch und versuchte, ihre Stimme ruhig zu halten. »Ernest, ich möchte mich bei dir entschuldigen. Wir hatten in letzter Zeit unsere Differenzen, aber ich denke, es ist an der Zeit, dass wir das klären.«

Eine kurze Pause entstand, bevor Ernest antwortete. »Nun, Joan, ich höre zu.« Beim ihm gingen alle Alarmglocken an.

Joan spürte einen kleinen Hoffnungsschimmer. »Ich möchte, dass wir uns treffen und alles besprechen. Es gibt viel zu klären und ich brauche deine Unterstützung. Wie wäre es, wenn wir uns morgen zum Mittagessen treffen? Im Skeabost House Hotel[57]?«

Ernest zögerte erneut, doch dann sagte er: »In Ordnung, Joan. Ich werde da sein. Aber erwarte nicht zu viel.«

Nachdem sie aufgelegt hatte, fühlte Joan sich etwas erleichtert, aber die Nervosität blieb. Sie musste sich gut vorbereiten

---

[57] *Restaurant nördlich von Portree mit Guide Michlin Anerkennung*

und ihre Argumente durchdenken. Sie wusste, dass es nicht einfach werden würde, Ernest zu überzeugen.

Skeabost, nahe Portree

Am nächsten Morgen stieg Joan zunächst wieder auf ihr Spinningrad, um zur Ruhe zu kommen. Mittlerweile hatte sich der Gedanke manifestiert, dass sie den Handel mit Whisky in den Vordergrund stellen wollte. Insgeheim dachte sie auch daran, dass sie den Firmensitz nach London verlegen könnte, während die Distillery auf Skye als historischer Ankerpunkt bleibt. ‚Dies braucht Ernest aber noch nicht zu erfahren.'

Das Skeabost House Hotel lag malerisch am Ufer eines Meeresarms. Joan hatte einen Tisch im Restaurant reserviert, der einen atemberaubenden Blick auf das Wasser bot. Sie hoffte, dass die friedliche Umgebung dazu beitragen würde, das Gespräch positiv zu beeinflussen.

Ernest traf pünktlich ein, seine Gesichtszüge verrieten wenig von seinen Gedanken. Sie begrüßten sich höflich, und Joan konnte eine gewisse Anspannung in der Luft spüren.

Nachdem sie ihre Bestellungen aufgegeben hatten, kam Joan direkt zum Punkt. »Ernest, ich habe über unsere Situation nachgedacht. Ich werde nicht an die Japaner verkaufen.« Joan verschwieg, dass der geplatzte Deal von der msh ausging. Joan wollte den Eindruck erwecken, als hätte sie die Entscheidung gegen die Japaner getroffen.

»Endlich mal eine gute Nachricht«, meinte Ernest. »Und nun?«

»Ich denke, wir sollten den Whiskyhandel neu aufbauen. Mit deinem Wissen und deinen Kontakten könnten wir eine neue Marke etablieren, die den Namen Staffin Bay trägt. Wir könnten den Markt Schritt für Schritt – aber diesmal als Händler – zurückerobern.«

Ernest betrachtete sie aufmerksam. »Interessante Idee. Joan, aber es ist nicht so einfach, wie du denkst. Der Markt ist hart, hat viele Mitspieler und wir brauchen erhebliche Investitionen. Wie möchtest du das lösen?«

»Ich weiß es noch nicht«, antwortete Joan. »Vermutlich benötigen wir Fremdkapital. Es gibt noch einen Kaufinteressenten aus London, einen unabhängigen Abfüller: Douglas & Miller.«

Ernest konnte sich ein Lächeln nicht verkneifen. Joan entging das nicht.

Etwas irritiert fuhr sie fort: »Nein, ich habe nicht die Absicht, an Engländer zu verkaufen. Um ehrlich zu sein, sie haben für die Distillery geboten. Aber einfach zu wenig geboten. Vielleicht können wir Douglas & Miller als Partner gewinnen. Aber zu unseren Bedingungen.«

Ernest schien über ihre Worte nachzudenken. »Ich vermute, du meinst es ernst. Vielleicht gibt es tatsächlich einen Weg, den wir zusammen gehen können.«

Joan spürte Erleichterung. Sie verbrachten den Rest des Mittagessens damit, Ideen zu diskutieren. Joan wusste, dass noch ein langer Weg vor ihnen lag, aber sie sah eine Chance.

Ernest lehnte sich zurück und lächelte leicht. »Joan, es gibt etwas, das du wissen solltest. Das Angebot von D&M kam auf meine Bitte hin zustande.«

Joan war überrascht. »Deine Bitte? Warum?«

»Ich wollte vermeiden, dass du die Distillery an Moon Shine Holding verkaufst. Ich kenne Ralph Douglas von D&M schon seit vielen Jahren. Wir haben früher zusammengearbeitet, als sie unsere Whiskys international vertrieben haben. Es war auch

D&M, die uns den Anstoß gaben, die Markenzeichenrechte für den internationalen Vertrieb eintragen zu lassen.«

Joan hörte aufmerksam zu. »Das erklärt einiges. Warum hast du das getan?«

Ernest nahm einen tiefen Atemzug. »Ich wollte sicherstellen, dass die Distillery in guten Händen bleibt. Und letztendlich hätte ich die Distillery zurückgekauft, wenn es nötig gewesen wäre. Allerdings kenne ich die Höhe des japanischen Angebotes nicht.«

»Ich verstehe nicht«, meinte Joan. »Seit wann weißt du von den Verhandlungen?« Sie wusste sehr wohl, dass Gillians fehladressierte Mail Ernest informierte.

»Ich war in einer Mail von der msh mit im Verteiler. Wohl eher ungewollt.«

Joan schwankte zwischen Groll und Optimismus.

Beim Dessert meinte Ernest ernst: »Hör dir mal meine Ideen an. Du gründest eine gemeinsame neue Handelsgesellschaft mit D&M als Teilhaber. Sie haben das Know-how, das dir fehlt. Die Distillery wird für hochexklusive Abfüllungen weitergeführt.«

»Hierfür fehlt mir aber das Know-how.«

»Das kommt von Timothy. Er wird dir alles Wesentliche beibringen, ... falls du es ernst meinst. ... Oder später einen anderen Distiller einarbeiten. Das wird zwar dauern. Aber nun ja, alles was mit Whisky zu tun hat, braucht seine Zeit.«

Joan nickte. »Das könnte ein Plan sein.«

»Aber du musst dich zuerst beweisen. Zeig mir, dass du es diesmal ernst meinst und die Fähigkeit hast, die Distillery und den Handel erfolgreich zu führen ... und dass du nicht wieder so eine Plörre wie das Secret Skye Gesöff mit meinem guten Whisky anrührst.«

Joan sah ihn entschlossen an. »Das werde ich. Aber was ist mit dem Namen? Wir brauchen die Markenrechte, um auf dem internationalen Markt bestehen zu können.«

Ernest lehnte sich vor und legte eine Hand auf Joans Schulter. »Der Name wird später kommen. Betrachte dies als mein Beitrag zur neuen Gesellschaft. Konzentriere dich zuerst darauf, die Distillery wieder auf die Beine zu stellen und den Handel aufzubauen. Wenn du mir zeigst, dass du es schaffst, dann werde ich auch den Namen übertragen.«

Joan bemerkte, dass Ernest immer wieder auf seine Uhr schaute. »Es tut mir leid, schnell wieder aufbrechen zu müssen. Aber ich habe noch einen Termin mit Fergus in Uig. Übrigens danke für die Einladung, aber ich habe es mir nicht nehmen lassen, das Essen zu zahlen.«

Bottling

Letztendlich wird der Whisky abgefüllt. Der Masterblender stellt aus den Fässern der Brennerei einzelne oder auch mehrere Fässer zur Abfüllung zusammen. So lange die Fässer aus einer Brennerei stammen, spricht man von Single Malt. Wenn ein einzelnes Fass gewählt wird, spricht man von Single Cask Whisky.

Eine letzte Beeinflussung des Geschmacks – und des Aussehens – erfolgt durch die Wahl der Filtration. Bei der Kühlfiltrierung wird der Whisky heruntergekühlt, sodass Ester und Fette ausflocken und gefiltert werden können. Dadurch bleibt der Whisky klar, aber es können auch ungewollt Geschmacksstoffe entfernt werden.

In kleinen Brennereien kann die Filtration des Whiskys unterschiedlich erfolgen, je nach Präferenz des Brennmeisters. Im Gegensatz zu großen kommerziellen Brennereien haben kleine Brennereien mehr Freiheit bei der Herstellung.

Einige kleine Brennereien wenden die Kaltfiltration an. Andere verzichten auf die Kaltfiltration und lassen den Whisky auf natürliche Weise reifen, was zu einer gewissen Trübung führen kann. Anstelle feiner Filtermaterialien wie Kieselgur oder Aktivkohle verwenden manche gröbere Materialien wie Metallsiebe oder natürliche Siebe, um den Whisky zu klären, ohne viele Aromen zu verlieren. Einige kleine Brennereien entscheiden sich bewusst dafür, den Whisky nicht zu filtern, was zu einer natürlichen Trübung führt und mehr Aromen und Öle im Whisky belässt.

Diese Methoden tragen dazu bei, den endgültigen Charakter und Geschmack des Whiskys zu formen.

Boote

Während Ernest von Skeabost nach Uig weiterfuhr, was einer kurzen Fahrt von weniger als zwanzig Minuten bedurfte, brachen Fergus und Enya – diesmal mit dem Alfa Romeo – von Flodigarry auf. Entlang des Quiraing, quer über die nördliche Halbinsel, benötigten sie einige Minuten mehr.

Enya schaute sich suchend um, als sie Uig erreichten. »Wo ist diese Werft?«, fragte sie.

»Versuch es am Wasser«, entgegnete Fergus lachend.

»Hast du keine Adresse von Ernest bekommen?«

Fergus verneinte. »Warum auch? Eine Werft kann nur am Hafen liegen. Sie braucht den Zugang zum Meer.«

Enya konnte sich dieser Logik nicht verschließen. »Dann fahre ich mal zum Hafen runter. ... Wie bist du eigentlich auf die Idee gekommen, dass wir uns mit Ernest hier treffen?«

»Das hat drei Gründe«, meinte Fergus. »Erstens ist es ein relativ neutraler, vielleicht sogar freundlicher Ort für Ernest, und wir können dort wahrscheinlich offener mit ihm reden.«

»Und zweitens?«

»Wir minimieren die Gefahr, dass Isabella zufällig von unserer Absicht erfährt, wenn sie in der Nähe ist.«

»Und der dritte Grund?«

Fergus lachte. »Du kennst Uig noch nicht. Und den besten Seafood-Teller gibt es dort am Hafen.«

Ernest wartete vor der Werft, in der eine Handvoll Mitarbeiter an alten Fischerbooten und hochmodernen Segeljachten arbeiteten. Er winkte Enya und Fergus zu, als er das auffällige Auto sah.

Voller Stolz führte Ernest seine Gäste kurz durch die Werft. Sie bestand eigentlich nur aus einer großen Halle. In einer Ecke stand sein Segelboot. »Bald werde ich Zeit für diese Schönheit haben.« Auf dem weiteren Rundweg erläuterte er noch einige Details, die Enya aber nicht wirklich interessierten.

»Ernest, können wir ein paar Worte in Ruhe wechseln?«, fragte Fergus.

»Ich habe schon geahnt, dass wir uns nicht ohne Grund hier treffen. Und sicher nicht wegen des Bootes.«

Fergus nickte. »Lass uns ein paar Meter am Wasser entlanglaufen.«

Enya übernahm das Gespräch. Sie atmete tief durch, bevor sie sprach. »Ernest, ich möchte allein mit Isabella sprechen. Ich habe das Gefühl, dass sie mehr weiß, als sie zugibt. Vielleicht kann ich durch ein persönliches Gespräch mehr herausfinden.«

Ernest runzelte die Stirn und lehnte sich in seinem Sessel zurück. »Warum Isabella? Was erwartest du von ihr zu erfahren?«

Enya zögerte kurz und wählte ihre Worte sorgfältig. »Es ist schwer zu erklären, Ernest. Ich kann es nicht genau begründen, aber mein Instinkt sagt mir, dass Isabella etwas Wichtiges weiß. Vielleicht ist es etwas, das sie selbst nicht bewusst realisiert. Mehr kann ich aktuell nicht dazu sagen. «

Ernest schaute sie skeptisch an. »Du willst also allein mit ihr sprechen? Ohne Fergus oder mich?«

Enya nickte langsam. »Ja. Ich denke, es ist besser, wenn ich allein mit ihr rede. Manchmal öffnen sich Menschen leichter, wenn sie nicht das Gefühl haben, beobachtet zu werden. Wenn man von Frau zu Frau redet. Es ist ein sensibles Thema, und ich möchte behutsam vorgehen.«

Fergus lehnte sich vor und legte eine Hand auf Enyas Arm. »Ich vertraue Enyas Urteil, Ernest. Wenn sie sagt, dass Isabella mehr weiß, dann sollten wir ihr die Chance geben, das herauszufinden. Es könnte uns helfen, die Wahrheit über Reginalds Tod ans Licht zu bringen.«

Ernest seufzte und rieb sich die Schläfen. »Gut, ich verstehe. Was genau schwebt dir vor?«

Enya lächelte leicht, erleichtert, dass Ernest bereit war, ihr zu vertrauen. »Ich denke, es wäre am besten, wenn wir uns in einer für sie vertrauten Umgebung treffen. Vielleicht im Reitstall, wo Isabella sich wohlfühlt und entspannen kann. Dort könnten wir ungestört sprechen.«

Ernest nickte langsam. »Ich werde ein Treffen für morgen arrangieren. Fergus und ich werden in der Zwischenzeit am Wasser sein, damit Isabella sich nicht beobachtet fühlt.«

»Wir brauchen noch eine Legende«, meinte Enya. »Hast du eine Idee, welchen Grund wir vorschieben können?«

Ernest überlegte einen Augenblick. »Sie hat noch Pferdeboxen frei. Vielleicht möchtest du ja dort ein Pferd in einer Mietbox unterstellen?«

Fergus schaute Enya an. »Hast du Ahnung von Pferden?«

Enya schüttelte den Kopf. »Leider nein.«

»Dann werden wir heute Abend das Wichtigste lernen.«

Reitstall

Enya trat am nächsten Morgen früh aus dem Haus. Sie atmete tief die frische Morgenluft ein und spürte eine Mischung aus Nervosität und Entschlossenheit. Fergus und Enya machten sich auf den Weg zu Isabellas Reitstall. Das Gebäude gehörte zu Ernests Anwesen, stand allerdings etwas abseits. Die Fahrt war still; beide waren in Gedanken versunken und auf das bevorstehende Gespräch fokussiert.

Als sie ankamen, sahen sie Isabella draußen stehen, eine Bürste in der Hand, mit der sie gerade ein Pferd striegelte. Sie wirkte groß und aristokratisch, nicht so zerbrechlich, wie Ernest sie geschildert hatte.

»Guten Morgen, Isabella«, sagte Fergus und versuchte, seine Nervosität zu verbergen. »Das ist Enya. Sie wohnt bei mir im Cottage und regelt für mich ein paar Dinge.«

»Guten Morgen«, erwiderte Isabella höflich. »Ernest hat Enya bereits angekündigt.«

»Ist er drüben?«, fragte Fergus. »Wir haben auch noch etwas zu besprechen.«

Isabella nickte.

»Dann werde ich Moira aus dem Auto lassen und mit ihr zu ihm rübergehen. Enya lasse ich in deinen guten Händen. Sagt Bescheid, wenn ihr euch wegen der Pferdebox einig seid.«

Enya lächelte freundlich und trat auf Isabella zu. »Danke, dass du dir die Zeit genommen hast«, sagte Enya.

Isabella nickte. »Kein Problem. Ernest meinte, du möchtest ein Pferd hier unterstellen? ... Ich muss noch gerade das Pferd wieder in den Stall bringen. Dann habe ich Zeit für dich. Du kannst mich aber gerne begleiten. Dann siehst du auch gleich die Boxen.«

Das Pferd war schnell in seiner Box und Isabella wendete sich Enya zu.

Enya holte tief Luft. »Ich weiß, dass du in der Nacht, als Reginald starb, in der Distillery warst. Jemand hat dich dort gesehen.«

»Du wolltest hier ein Pferd unterstellen?« Isabella wich einen Schritt zurück. »Wieso Reginald?« Isabella blieb eiskalt. »Ich verstehe nicht. Was hat das mit der Pferdebox zu tun? ... Ich glaube, wir sollten das Gespräch an diesem Punkt beenden.«

Enya ließ sich nicht abwimmeln. »Euer Streit ist belauscht worden.«

Isabella kniff die Lippen zusammen. Sie beschloss, die Flucht nach vorne anzutreten. »Ich bin in die Distillery gegangen. Ich habe ihn gesucht. Er wurde beim Tanzen vermisst. Joan wollte ihm noch wichtige mögliche Geschäftspartner vorstellen.«

»So spät am Abend?«, fragte Enya.

»Sie sind wohl spät eingetroffen. Oder waren vorher nicht greifbar. Was weiß ich?«

Enya war sich nicht sicher, ob dies für Isabella nur ein Vorwand war. »Gut. Es wurde dann ein lautes Gespräch.«

»Ja, wir haben laut darüber gestritten. Reginald meinte, er müsse noch die Maische kontrollieren und kann jetzt nicht weg.« Isabellas Gesicht verhärtete sich. »Ich habe schon alles gesagt, was ich weiß.«

Enya schüttelte den Kopf. »Nein, Isabella. Du hast nicht alles gesagt.« Auch ohne es zu wissen spekulierte Enya: »Dafür war der Streit zu laut.«

Isabella erstarrte. »Das ist doch Blödsinn.«

Enya trat direkt vor Isabella und entschied, noch einen Schritt weiter zu gehen: »Du warst die letzte, die Reginald lebend gesehen hat. ... Es ist Zeit, die Wahrheit zu sagen.«

Isabella wich einen Schritt zurück. Sie wollte die alte Distanz zu Enya wiederherstellen. »Ich ... ich habe ihn nicht getötet. Wir haben nur gestritten.«

Enya trat wieder näher an Isabella heran und verkürzte die Distanz. »Erzähl, was passiert ist. Worüber habt ihr gestritten? Es kann nicht um die späten Gäste gegangen sein. Die gab es nicht.«

Isabella schluckte schwer und setzte sich auf einen Heuballen.

Enya erkannte, dass Isabella mit sich rang.

‚Soll ich reinen Tisch machen?', überlegte Isabella wohl fieberhaft. Sie verbarg das Gesicht in den Händen. »Reginald war wütend über meine Einmischung in die Distillery. Er war stur und wollte alles allein machen. Ich wollte ihm nur helfen, aber er hat mich nicht angehört.«

Enya setzte sich neben sie und sprach leise. »Isabella, nochmal: Worüber habt ihr wirklich gestritten? Um eine Einmischung kann es nicht gegangen sein. Genauso wenig wie um die späten Gäste. Du hast dich nie um die Distillery gekümmert.« Sie nahm tief Luft und ihre Stimme wurde schneidend: »Isabella, ... den wirklichen Grund!«

Isabella hob den Kopf und sah Enya mit einer gewissen eiskalten Arroganz an. »Ich bin gegangen. Ich habe ihn lebend zurückgelassen. Das schwöre ich.«

»Nein! Bist du nicht. Also: was war der Grund?«

Isabella ging einen Augenblick in sich. Sie suchte Stärke und fand sie wohl auch: »Was soll das eigentlich hier? Ein Verhör? Eine Befragung? Ich höre nur aggressive Unterstellungen. Dort geht es raus aus dem Stall und das Gespräch ist beendet.«

Enya hatte den Punkt kommen sehen. Ohne offizielle Befugnisse hatte sie nur subtile Möglichkeiten, der Wahrheit näherzukommen. Also musste sie ihre Strategie ändern.

Enya ging nicht. »Ich habe dir gesagt, es gibt bereits einige Personen, die Bescheid wissen, dass du als Letzte mit Reginald zusammen warst. Du kannst nicht mehr fortlaufen. Vielleicht sind es Wochen, vielleicht nur Tage oder auch nur Stunden, bis dass du von der Polizei befragt wirst. Du musst jetzt mit dir ins Reine kommen. Dann ist deine Position gegenüber der Polizei deutlich besser.« Enya vermied bewusst die Formulierung, dass Isabella sich stellen müsse.

Isabella antwortete nicht. Sie lief im Pferdestall zwischen den Boxen auf und ab. Sie blieb an der Box eines großen, eleganten Rappen stehen. Scheinbar abwesend wechselte Isabella das Thema. »Das ist mein Lieblingspferd. Groß. Stark. Impulsiv. Nur ich kann es reiten.«

Enya ließ Isabella weiterreden. Sie wollte den Redefluss nicht unterbrechen, bevor er begonnen hatte.

»Schau ihn dir an«, forderte Isabella Enya auf.

Enya trat näher an Isabella heran und stand mit ihr vor der Box.

»Schau, er ist ganz ruhig, wenn ich mit ihm rede. Als könnte er meine Worte verstehen.«

Isabella öffnete die Türe zur Box. »Lass uns reingehen und Diabolo begrüßen.«

Enya folgte Isabella zögerlich.

Isabella streichelte dem Hengst sanft über den Hals. Das große Pferd schnaubte beruhigt.

Enya streckte zaghaft die Hand aus, um es Isabella gleichzutun.

»Nicht so zaghaft. Diabolo mag kräftige Streicheleinheiten.«

Während Enya ihre Scheu überwand und sich auf das Pferd konzentrierte, trat Isabella einen Schritt zurück. Enya fühlte einen starken Hieb im Rücken. Sie fiel vorwärts, dem Pferd entgegen, und versuchte, mit beiden Händen einen Sturz abzufangen. Als sie den Pferdehals umklammerte, hörte sie ein lautes Krachen. Die Tür der Box schloss sich.

Isabella stand außerhalb und verriegelte die Türe mit schnellen, aber zitternden Händen.

Der Rappe geriet in Panik, als sich Enya an den Pferdehals klammerte. Diabolo schnaubte. Die Nüstern schienen Feuer zu spucken. Das Pferd stieg hoch. Es wollte Enya abschütteln, was auch mit Leichtigkeit gelang.

Enya fiel zu Boden. Liath rutschte aus ihrem Rucksack.

Draußen hämmerte Isabella mit einem metallischen Gegenstand gegen die Gitterstäbe der Boxentür. Das Scheppern verängstigte Diabolo mehr und mehr. Der Rappe stieg immer wieder hoch.

Gehetzt suchte Enya Schutz und versuchte, zur Türe zu gelangen. Schnell musste sie erkennen, dass es kein Entrinnen aus der kleinen Box gab.

Und das Ungetüm wütete weiter.

Fröhlich pfeifend radelte an diesem Morgen Liam zur Distillery. Sein Pfeifen mischte sich mit dem Quietschen eines alten Lagers an seinem Rad. Aber nicht die Brennerei, sondern Ernest Haus war sein Ziel. Er wollte mit seinem neuen Arbeitgeber seine kommenden Aufgaben besprechen. „Die Ländereien pflegen", hörte sich für ihn toll an. Irgendetwas zwischen Robin Hood – nein, der war Engländer, besser William Wallace – und Traktor fahren sowie Bäume pflanzen wird es wohl sein. Vielleicht auch die Schafe versorgen? Hatte Ernest überhaupt

Schafe? Liam hatte viele Fragen. Und er war froh. Er hatte Arbeit und musste nicht aus Staffin weg.

Liam registrierte den Alfa Romeo vor dem Stall stehen. ‚Den habe ich hier schon mal gesehen', dachte er und wunderte sich über die metallenen Geräusche, die nicht vom Wagen kamen.

Als er näher kam, sah er, dass Ernest mit dem Chief auf seiner Bank am Meer saß.

◈ ◈ ◈

»Jetzt ist es kein Auto«, ärgerte sich Phoebe.

»Es ist kein Auto«, nahm Steven den Gedanken auf und versuchte, Phoebes Entrüstung zu reflektieren, während er seine Zeitung, The Scotsman, beiseite legte.

»Es ist ein quietschendes Fahrrad. Und der Mann pfeift dazu, anstatt sich um das Quietschen zu kümmern.«

»Was ist dir denn jetzt lieber? Autos oder fröhliche Menschen auf Fahrrädern?«

»Wenn du mich so fragst … Fußgänger.«

»Gut. Dein Geklappere mit dem Geschirr ist wesentlich lauter als das Fahrrad. Wie soll man da ein Fahrrad hören?«

»Aber dein Traktor ist noch lauter. Das stört jedes Mal meine Hortensien.«

‚Nicht schon wieder die Blümchendiskussion', ärgerte sich Steven und versuchte, sich hinter seiner Zeitung zu verstecken, die er schnell wieder aufnahm. »Also Fußgänger«, versuchte er das Thema zu wechseln.

»Natürlich. Am liebsten Fußgänger.«

»Gut«, meinte Steven. »Dann muss ich dich gleich nicht zum Einkaufen fahren. Du kannst laufen.«

Eine Viertelstunde später stand der Krankenwagen vor dem Cottage. Der Notarzt meinte beim Schließen der Tür zu Phoebe:

»Ich weiß nicht, wie so etwas passieren konnte? Wer rennt schon gegen eine Bratpfanne? ... Aber wie dem auch sei. In einigen Wochen kann er wieder feste Nahrung zu sich nehmen.«

 торо

Es regnete nicht, aber der Wind wirbelte kleine Tropfen vom Meer die Klippen herauf. Auf der Bank war es frisch, aber nicht unangenehm.

»Was war so geheimnisvoll an Isabella, dass Enya allein mit ihr besprechen wollte?«, fragte Ernest direkt, nachdem er sich mit Fergus auf der Bank am Meer niedergelassen hatte. Er zog seinen Kragen höher und blickte Fergus fragend an.

Fergus schaute kurz über seine Schultern zurück zum Reitstall, als wollte er die richtigen Formulierungen dort finden. »Isabella weiß wirklich mehr, als sie sagt. Vermutlich kennt sie sogar das Geheimnis um Reginalds Tod«, begann der Chief vorsichtig.

»Dann hätte sie es mir sicher gesagt«, entgegnete Ernest.

»Wie gut kennst du eigentlich deine Frau?«, wollte Fergus daraufhin wissen.

Ernest blieb stumm und zog den Kragen seiner Jacke noch höher, als wollte er sich vor der Wahrheit schützen. »Mittlerweile weiß ich es nicht mehr. Irgendwie haben sich unsere Wege getrennt.«

Wildes Fahrradklingeln unterbrach die Diskussion. Moira spitzte sofort die Ohren und blickte sich als Erste um.

Ernest war über die Unterbrechung froh. Die beiden alten Männer schauten nun auch nach dem hier seltenen Geräusch. »Er ist wild, einfach und immer fröhlich«, erläuterte Ernest überflüssigerweise, nachdem er Liam auf dem Fahrrad erkannte.

Liam hatte es nicht so mit der Etikette, aber dafür war sein Verhalten gerade heraus und ehrlich. »Ich freue mich, dich hier anzutreffen, Chief.« Damit meinte er Ernest.

Dann erkannte Liam Fergus. »Und dich, Chief, ...« Er stutzte. »... ebenfalls. ... Noch ein Chief. Aber anders. Der Chief vom Clan. Neben dem Chief von der Distillery.« Liam lachte laut und herzlich über das, war er als Witz begriff. »Ein toller Tag.«

Sein Lachen war ansteckend. Ernest schmunzelte und Fergus musste unwillkürlich lachen, weil der Titel „Chief" Liam doch deutlich ins Straucheln brachte. Er konnte über Liams ehrliche Art nicht verärgert sein. Alles an Liam kam fröhlich herüber.

Ernest und Fergus erwiderten die überschwängliche Begrüßung knapp, und Liams Redefluss konnte kaum gestoppt werden. »Es ist toll, für dich arbeiten zu dürfen, Ernest. Shona arbeitet ja jetzt für den Chief ... ach verdammt. natürlich für den anderen Chief.«

Die beiden alten Männer lachten.

»Sicher gibt es viel auf den großen Wiesen für mich zu tun. Vielleicht auch im Stall. Da bin ich gerade vorbeigekommen. Ich kenne das tolle blaue Auto davor.«

Fergus wollte kurz erwähnen, dass es Enya gehörte und sie damit gekommen sind.

»Im Stall geht wohl etwas kaputt. Da klappert Metall ganz heftig. Da muss sicher bald etwas repariert werden. Soll ich das machen?«

Ernest wollte gerade antworten, dass dies dann Isabellas Aufgabe sei, aber er stoppte sofort. »Metallenes Klappern?«

Liam nickte. »Metall klappert auf Metall.«

Die beiden alten Männer schauten sich fragend an.

Ernest runzelte fragend die Stirn. »Da gibt es eigentlich nichts, was laut klappern kann. Die Tiere sind empfindlich.«

»Dann stimmt da irgendetwas nicht!«, folgerte Fergus. »Das sollten wir uns anschauen.«

Moira hatte die Unruhe schnell erfasst.

Auch Liam erkannte sofort, dass sich insbesondere Fergus, dann aber auch Ernest, Sorgen machten und um irgendetwas Angst hatten.

»Wir schauen uns das an«, reagierte Ernest noch verhalten.

»Schnell«, übernahm Fergus. »Das ist nicht gut.« Er drehte sich schnell zu Liam. »Los, Junge, lauf vor und schaue nach. Wir kommen so schnell es geht nach.«

Während die Männer sich von der Bank erhoben und Ernest sich auf seinen Stock stützte, sprang Moira sofort Liam hinterher. Ein siebter Sinn musste dem Hund wohl gesagt haben, dass Enya Hilfe brauchte.

Liam war als Erster am Stall, abgesehen von Moira, die längst kläffend zu den Boxen gerannt war.

Das zusätzliche Geräusch machte Diabolo nur noch wilder.

Enya bemerkte das Kläffen. »Still, Moira«, rief sie geistesgegenwärtig. Sie versuchte, sich seitlich vom Pferd zu halten. Sie hatte gelernt, dass die gefährlichsten Stellen die sind, an denen ein Pferd austreten oder aufsteigen kann. Also vorne und hinten.

Als sich Diabolo drehte, folgte Enya ihm geistesgegenwärtig, um an der Flanke des Pferdes zu bleiben. Das war nicht einfach, da Diabolo sich auch seitlich bewegte und häufig drehte. Enya gingen langsam die Kräfte aus. Sie versuchte beruhigend auf das Pferd einzureden: »Ruhig, pssst, ruhig ...« Der Erfolg war mäßig, solange das metallische Scheppern anhielt.

»Was ist hier kaputt?«, fragte Liam, als er in den Stall kam.

Isabella hielt kurz inne und war über Liams Erscheinen sichtlich irritiert. »Was? ... äh, nichts ist kaputt.«

Das Klappern an den Gitterstäben hörte kurz auf. Sie versuchte, ruhig aber bestimmt gegenüber Liam aufzutreten. Zeugen konnte sie jetzt keine gebrauchen. »Du kannst gehen. Alles ist in Ordnung.«

»Aber hier klappert doch etwas?«, entgegnete Liam.

»Es hat aufgehört«, fauchte Isabella Liam an.

Liam lauschte und hörte wirklich nur noch das Pferd unruhig in der Box herumspringen und schnaufen.

Enya ergriff die Chance. »Ich bin hier in der Box. Ich brauche Hilfe!«, rief sie laut vernehmbar.

»Da ist jemand drin«, erkannte Liam und sprach Isabella an. »Du musst sie rauslassen.«

»Dann rennt das Pferd weg.«

»Das fangen wir wieder ein. Aber du musst die Frau rauslassen.«

Isabella dachte nicht daran.

Moira knurrte und versuchte sich einzumischen. Als nächstes erschien Fergus, völlig außer Atem, im Stall. »Was geht hier vor?«, fragte er eindringlich.

»Da ist eine Frau in der Box bei dem Pferd«, erläuterte Liam, während Isabella ihn nur wütend ansah.

Ohne Rücksicht stieß Fergus Isabella zur Seite. Er war erstaunlich kräftig und entschlossen.

Liam wollte zunächst Isabella aufhelfen, aber Fergus gab ein scharfes Kommando: »Los! Du musst mir helfen. Wir müssen die Frau retten.«

Liam verstand und ordnete seine Loyalität neu. ‚Erst der Clan Chief, dann die Senior-Chefin. Also ... dann die Frau vom anderen Chief. Verdammt ist das kompliziert.‘

Fergus bemühte sich um Ruhe, um das Pferd nicht noch mehr zu verängstigen.

Liam schien eine gewisse Kenntnis von Pferden zu haben. »Wir müssen vorsichtig sein.«

»Kannst du zur Türe der Box kommen?«, fragte Fergus Enya, der sie in einer hinteren Ecke stehen sah. »Wir öffnen die Türe einen Spalt.«

Liam verstand und kümmerte sich um das Schloss der Türe. »Die Türe hat nicht gescheppert«, erkannte er.

Fergus behielt Enya im Auge, während Isabella sich wieder aufrappelte. Hinter Fergus Rücken griff sie nach einer Mistgabel, mit der sie wohl den Krach im Stall verursacht hatte.

»Runter mit der Forke!«, schrie Ernest Isabella an, als er auch angekommen war und als allererstes Isabella mit der Waffe in der Hand hinter Fergus stehen sah. Die Mistgabel war nur Zentimeter von Fergus Rücken entfernt. Wollte Isabella zustechen?

Auch Liam erkannte die Situation und stürzte sich auf Isabella. Er konnte ihr die Mistgabel entreißen. »Ich habe sie«, schrie er.

Diabolo wurde durch die Hektik vor der Boxentüre wieder verängstigt und wollte fliehen, was in der kleinen Box unmöglich war.

Aber Enya gelang es, zur Türe zu gelangen. Fergus schob schnell die Türe soweit zur Seite, dass Enya aus der Box schlüpfen konnte. Vollkommen erschöpft und mit Blutergüssen gezeichnet ließ sich Enya auf einen Heuballen fallen. Sie hielt Liath umklammert.

»Hast du das Buch die ganze Zeit festgehalten?«, wunderte sich Fergus.

»Ja. Es ist irgendwann wohl aus dem Rucksack gerutscht. Plötzlich hatte ich es in der Hand. Es hat mir gezeigt, wann und wie ich mich bewegen musste. Aber es hat nicht immer geklappt. Ich habe reichlich Tritte abbekommen.«

Zum ersten mal umarmte Fergus Enya.

Enya weinte.

Wahrheit

Staffin

Isabella wollte kommentarlos und heimlich den Stall verlassen.

»Du bleibst«, forderte Ernest sie auf. »Liam, kannst du bitte vor dem Stall warten?« Ernest wollte seinen jungen Helfer bei der weiteren Klärung nicht dabei haben.

Fergus versuchte, sich schnell einen Überblick zu verschaffen und eine Strategie zu entwickeln. »Ernest, kannst du mit Liam die Aufgaben auf deinen Ländereien besprechen? Ich kläre die Situation hier drinnen.« Sein Blick war eindringlich, und Ernest verstand sofort, dass er besser nicht anwesend sein sollte.

Ernest nickte und nahm Liam am Arm. »Lass uns besprechen, wobei ich deine Hilfe benötige. Natürlich werde ich dich fest anstellen. Ich kann das alles nicht mehr allein bewältigen.«

Bereits auf dem Weg aus dem Stall hatte Liam zahlreiche Fragen, die Ernest bereitwillig beantwortete. Allerdings schaute Ernest immer wieder zurück zu Fergus, Enya und Isabella.

Fergus blieb nun hinter Isabella stehen, während Enya ihr auf dem Heuballen gegenüber saß. Sie legte Liath neben sich auf dem Heuballen ab. »Bevor wir dort weitermachen, wo wir eben unterbrochen wurden, möchte ich dir Liath vorstellen. Es ist nicht nur ein Buch. Es ist der Schlüssel zu den Elementen und zur Wahrheit.«

Isabella lächelte spöttisch. »Esoterischer Quatsch!«

Enya ließ sich nicht beeindrucken. »Liath hat eine besondere Fähigkeit – es kann Lügen erkennen.«

Isabella hob eine Augenbraue und musterte das alte Buch skeptisch. Sie hatte nur ein spöttisches Lächeln für die Bemerkung übrig.

»Es mag ungewöhnlich klingen, aber ich werde es dir demonstrieren.« Sie sagte: »Ich bin eben auf Diabolo geritten.«

Isabella lachte schallend auf. »Niemals!«

Liath reagierte sofort, der Einband schimmerte in einem schwachen Rot. Enya lächelte und schaute Isabella an. »Siehst du, nicht nur du hast die Lüge erkannt. Auch Liath.«

Isabella betrachtete das Buch mit einem Hauch von Faszination, Unsicherheit und Aggression. »Interessant. Und was hat das mit mir zu tun?«

»Ganz einfach. Du wirst uns nun die ganze Geschichte so erzählen, dass Liath keinen Grund hat, rot zu leuchten.«

Isabella wusste, sie hatte verloren. Aber sie zögerte noch, ihre Geschichte zu erzählen. ‚Warum soll ich wildfremde Menschen einweihen. Es hat sie nicht zu interessieren.' Schließlich begann sie zögerlich. »Es stimmt. Ich fand ihn beim Maischebottich. Er schien völlig in seine Aufgaben vertieft, aber er schwankte. Reginald hatte wohl viel getrunken und was er am Maischebottich tat, erschloss sich mir nicht. Als er mich bemerkte, hielt er inne und sah mich an.«

Enya unterbrach Isabella nicht. Sie warf einen kurzen Blick auf Liath und nickte nur.

»Ich wollte, dass er Joan als gleichwertige Geschäftspartnerin anerkennt und nicht immer so überheblich niedermacht. Ja, er war der Master Distiller. Aber nicht alles sollte sich nur um ihn und seine Funktion drehen. Joan hatte genauso viel Recht, an der Distillery beteiligt zu sein. Letztendlich sollte der Whisky ja auch verkauft werden.«

Fergus spürte, dass etwas in Isabella brach, als sie weitersprach.

»Reginald ... er sah dies nicht ein. Er konfrontierte mich geradeheraus und behauptete, dass Joan nicht Ernests Tochter sein könne. Ich war schockiert und fragte ihn, wie er darauf käme.«

Liath flackerte kurz auf, aber der Umschlag blieb ansonsten nichtssagend grau.

»Und hat er Recht?«, fragte Enya.

»Natürlich nicht!«, entgegnete Isabella vehement. »Sie ist seine Tochter.«

»Definitiv nicht«, widersprach Enya nach einem Blick auf ihr Buch.

Fergus wunderte sich, mit welcher Sicherheit Enya dies aussprach. Er hatte Liaths Farbwechsel nicht bemerkt. So sensibel waren seine Sinne nicht.

»Wie kam Reginald zu dieser – sicherlich richtigen – Behauptung?«, fragte Enya weiter.

Isabella seufzte. »Reginald ging zu einem Lagerschrank in der Halle und kam mit einer alten Blechdose wieder zum Maischebottich. Er hob die Dose in die Höhe. Sie war alt und verrostet. Ich ahnte Böses.«

»Inwiefern?«

»Er hat alte Liebesbriefe aus der Zeit vor Ernest auf dem Heuboden im Reitstall gefunden. Sie beweisen, dass Joan bei einem Seitensprung gezeugt wurde, kurz bevor Ernest mich heiratete.«

»Deine Ehe begann mit einem Seitensprung?«, fragte Fergus ungläubig.

Isabella schluckte schwer und nickte. »So ist es wohl. Ich war außer mir vor Wut und Verzweiflung. ‚Was hast du überhaupt im Reitstall zu suchen?‘, schrie ich ihn an. Er behauptete, dass er einige eingelagerte Geräte vom Heuboden holen musste.«

»Und kann das stimmen?«, wollte Enya wissen.

»Vermutlich ja. Einerseits hatte ich irgendwo im Stall die Dose vermeintlich gut versteckt und andererseits war dort früher das Gerätelager der Distillery. Ich konnte es nicht fassen, dass er mich nun damit konfrontierte. Ernest hätte niemals eine illegitime Tochter akzeptiert. Er war immer so stolz auf seine reine schottische Blutlinie.«

Enya und Fergus tauschten einen besorgten Blick. Die Spannung in der Luft war spürbar, als Isabella fortfuhr. »Ich habe dann verhindert, dass Ernest dies erfahren würde. Es kam zum Handgemenge am Maischebottich.«

»Aber Reginald ist doch wesentlich stärker?«, vermutete Fergus.

Isabellas Stimme zitterte, als sie den Moment schilderte, in dem alles eskalierte. »Nicht, wenn er getrunken hatte. Ich schubste ihn, und er verlor das Gleichgewicht. Er fiel und schlug mit dem Kopf auf. Er ... er bewegte sich nicht mehr. Dann habe ich ihn über den Bottichrand gehoben und er versank in der Maische. In diesem Moment fühlte ich nichts. Kein Mitleid, keine Reue. Ich wusste nur, dass ich zurück zum Ceilidh musste, um nicht aufzufallen. Also ging ich zurück und tanzte weiter. Ich war eine Last los.«

Die Stille im Stall war erdrückend. Enya und Fergus standen reglos da, während Isabellas Worte nachhallten. Schließlich sprach Enya leise: »Isabella, das war nicht nur ein Unfall. Es war Mord.«

Enya stand gedankenverloren im Reitstall und wog die schwere Last der Wahrheit über Isabella ab. Ihre Gedanken kreisten darum, wie man Ernest schonend die Wahrheit beibringen konnte. Fergus bemerkte ihre Sorge und trat neben sie.

»Ich werde es übernehmen«, sagte er.

Zusammen machten sie sich auf den Weg zu Ernests Lieblingsplatz, der Bank am Meer. Die Wellen schlugen sanft gegen die Küste, und der salzige Wind wehte ihnen entgegen. Ernests Blick war stumpf auf das endlose Blau gerichtet.

»Liam ist gerade gefahren«, begann Ernest. »Wenn er sich bewährt, kann er hier wohl einiges erreichen«, meinte er nachdenklich, obwohl ihn wesentlich mehr interessierte, was Enya und Fergus von Isabella im Stall erfahren hatten. Aber es war nicht klar, ob er sich der Wahrheit stellen wollte und nun bewusst abschwenkte.

»Ernest«, begann Fergus vorsichtig, als sie neben ihm Platz nahmen. »Es gibt etwas, das wir mit dir besprechen müssen.«

Ernest drehte sich zu ihnen um, seine Augen suchten die ihren. »Ihr seht beide so ernst aus.«

»Wir wissen, was mit Reginald passiert ist«, begann Fergus.

»Und Isabella hat damit zu tun? Korrekt?«

»So ist es ... sogar mehr, als uns lieb sein kann. Sie ist schuld an seinem Tod.«

Ernest runzelte die Stirn, eine Mischung aus Sorge und Neugier in seinem Blick. »Was ist geschehen?«

Fergus atmete tief durch. Er hatte beschlossen, die Geschehnisse abzumildern. ‚Es würde keinem helfen, die volle Wahrheit zu erfahren‘, dachte er.

Enya sah ihn nachdenklich an und schien zu ahnen, was Fergus sagen wollte und vor allem, was nicht.

»Isabella hat Reginald im Streit gestoßen. Er ist unglücklich gestürzt.«

»Aber wie kam er in den Bottich? Da kann keiner einfach so reinstürzen. Der Rand ist viel zu hoch.«

»Isabella war in Panik. Sie wollte die Leiche verbergen. Sie hat ihn ...«

Ernest schluckte tief. Anschließend atmete er tief durch. Sein Gesicht war ganz fahl.

‚Er sieht irgendwie erleichtert aus – trotz der Nachricht‘, erkannte Enya. ‚Er braucht die Wahrheit, um abschließen zu können.‘

»Worüber ... worüber haben sie sich gestritten?«

Enya legte ihre Hand auf Ernests Schulter, und Fergus meinte mit sanfter Stimme: »Wir wissen, dass Joan nicht deine leibliche Tochter ist. Reginald hat es herausgefunden und Isabella damit konfrontiert.«

Eine schwere Stille legte sich über sie, nur unterbrochen vom Rauschen der Wellen. Ernest senkte den Kopf und schloss die Augen, als ob er die Worte verarbeiten müsse. Nach einem Moment der Stille sprach er, seine Stimme war ruhig, aber voller Schmerz. »Ich weiß es bereits seit 28 Jahren.«

Fergus und Enya sahen ihn überrascht an. »Ich habe die Liebesbriefe damals im Reitstall gefunden. Ich habe sie gelesen und zurückgelegt. Ich wollte damals Isabella nicht verlieren. Ich wollte die Familie nicht zerstören.«

Enya legte eine Hand auf Ernests Arm. »Du hast es die ganze Zeit gewusst und geschwiegen?«

Ernest nickte. »Ja. Mit der Zeit habe ich Joan als meine Tochter akzeptiert, obwohl sie es mir nicht leicht gemacht hat. Sie war immer zickig und schwierig, aber ich habe sie geliebt, wie man eben eine Tochter liebt.«

Fergus nickte verständnisvoll. »Du hast also bewusst entschieden, die Wahrheit zu ignorieren, um die Familie zusammenzuhalten.«

Ernest sah hinaus aufs Meer, seine Augen waren feucht. »Ja. Und jetzt habe ich Isabella endgültig verloren. Aber ich habe eine Tochter gefunden. ... Hoffentlich.«

Enya spürte die tiefe Traurigkeit und die leise Hoffnung in Ernests Stimme. Sie hoffte inständig, dass Joan dieser schweren Rolle gerecht werden könne, nach all dem Ärger der vergangenen Wochen. »Du hast das Richtige getan, Ernest. Du hast Joan eine Familie gegeben.«

Ernest nickte langsam. »Aber was nun? Was wird aus Isabella?«

»Wir werden nicht umhin kommen, Die Polizei zu informieren. Es sei denn, du triffst eine andere Entscheidung«, meinte Fergus.

Bevor Ernest antworten konnte, fuhr Enya in der Argumentation fort: »Nein, es kann keine andere Entscheidung geben. Nicht nur die Geschehnisse eben im Reitstall, sondern auch die Vergangenheit müssen gerecht aufgearbeitet werden.« Enya erinnerte sich an die Kälte, die ihr entgegenschlug, als sie in der Box mit Diabolo war, und an die frostigen Temperaturen, als Isabella sagte, dass sie keine Reue fühlte und wieder tanzen ging. All dies wollte sie vielleicht später einmal Ernest sagen. Aber nicht jetzt.

»Es wird einen Neuanfang geben«, meinte Ernest. »Wisst ihr, je älter man wird, desto schwieriger und holpriger werden „Neuanfänge". Joan wird die Distillery im kleinen Rahmen mit Timothy wieder starten. Im sehr kleinen Rahmen. Also ein kleiner Neuanfang. Ansonsten wird sie mit tatkräftiger Unterstützung eines Abfüllers in den Whiskyhandel einsteigen.«

Ernests Blick war unverändert auf die Weite des Meeres gerichtet. »Liam kümmert sich um mein Land. Und ich lerne segeln und mache mein Boot fertig. Das ist mein Neuanfang.«

»Bitte lasst mich nun einen Augenblick allein«, meinte Ernest. »... und regelt das mit Isabella und der Polizei für mich.«

Phoebe war mal wieder mit den Hortensien beschäftigt. Schon aus der Ferne hörte sie die Polizeisirenen. Sie schaute kurz auf und erschrak, als die beiden Polizeiwagen mit quietschenden Reifen die Abfahrt zur Distillery nahmen und knapp an ihrem Gartenzaun vorbeirauschten.

»Jetzt, wo man ihn braucht, hat sich Steven ins Krankenhaus abgeseilt. Jetzt! Hier hätte er eingreifen müssen. Die Hortensien vertragen diesen dauernden Stress nicht. Ich hätte einen standhafteren Mann heiraten sollen.«

Voller Wut schmiss sie die Gartenschere in den Eimer mit den verwelkten Blüten, die sie soeben abgeschnitten hatte.

»Warte, wenn du nach Hause kommst, Steven ...«, murmelte sie, während sie den Gartenzaun entlanglief und versuchte, einen Blick auf die Szene an der Distillery zu erhaschen.

Abschied

Enya und Fergus standen zusammen am Rande des Meeres und beobachteten, wie die Wellen sanft gegen die Küste schlugen. Der Tag neigte sich dem Ende zu, und eine melancholische Ruhe legte sich über die Landschaft. Die Farben des Sonnenuntergangs spiegelten sich auf dem Wasser, während die Sonne hinter ihnen über dem Quiraing verschwanden.

Enya spürte, dass die Zeit gekommen war, nach Hause zu fahren. »Joan wird es schwer genug haben«, sagte sie leise und blickte Fergus ernst an. »Sie muss Reginald und Isabella zugleich ersetzen und sich sowohl als Kauffrau als auch als Distillerin beweisen. Das wird keine leichte Aufgabe.«

Fergus nickte nachdenklich. »Selten gehen Geschichten im wahren Leben so gut aus, wie im Roman.«

Enya lächelte schwach, die Melancholie in ihren Augen spiegelte die Abschiedsstimmung wider. »Ich werde noch ein paar Tage bleiben, um zu sehen, dass alles in die richtigen Bahnen kommt. Aber dann fahre ich zurück nach Lewis, zu Annie. Da bin ich zu Hause.«

Fergus sah sie an, seine Augen voller Verständnis und Bedauern. »Lewis ist deine Heimat, und Annie wartet auf dich. Aber ... ich werde dich hier vermissen.«

Enya legte eine Hand auf seine Schulter, ihre Berührung war warm und tröstlich. »Ich werde euch nicht im Stich lassen. Aber meine Aufgabe ist es, weiter nach Tir na nÓg zu suchen, vielleicht im Speyside. Aber zunächst in Lewis. Da gibt es mehr magische Orte, die kaum einer kennt.«

Fergus nickte erneut, ein Hauch von Traurigkeit in seinem Blick. »Ich verstehe. Und ich wünsche dir viel Erfolg bei deiner

Suche. Aber vergiss nicht, dass du hier immer willkommen bist. Flodigarry wird immer einen Platz für dich haben.«

Enya lächelte dankbar für seine Worte. »Danke, Fergus. Ich werde dich auch vermissen. Sicher wird Shona dir hier eine Hilfe sein, und du hast deine Aufgabe.«

»Was meinst du?«

»Du wolltest den ganzen Norden der Insel mit Bäumen bepflanzen. Das ist eine große Aufgabe. Auch für einen Laird und Clan-Chief.«

Fergus lachte leise, ein bittersüßer Klang in der stillen Luft. »Ja, das ist wahr. Es wird Zeit und Mühe kosten, aber es wird die Landschaft verändern und etwas Bleibendes hinterlassen.«

Die beiden Freunde standen noch eine Weile schweigend da, genossen die friedliche Atmosphäre und die Verbindung, die sie trotz der bevorstehenden Trennung spürten.

Moira schnaufte tief und zufrieden.

Die Dunkelheit brach langsam herein, und die ersten Sterne erschienen am Himmel, während die Wellen weiterhin sanft an die Küste schlugen.

So war es immer.

So wird es immer sein.

Epiloge

Òró Sé do Bheatha Bhaile!

Nicht jede Geschichte findet ein Happy End.

Ein Jahr nach Reginalds Tod begann die Distillery unter Joans Leitung langsam zu erblühen. Ihr Einsatz und Engagement schienen sich auszuzahlen, und der erste junge Whisky wurde eingelagert, um in den kommenden Jahren im Lagerhaus zu reifen. Auch Barn #1 erwachte allmählich aus seinem Dornröschenschlaf.

Doch die Jahre vergingen, und die Herausforderungen wuchsen. Die Reserven an neuem Whisky nahmen zu, aber ohne dass sie Erträge brachten. Es stellte sich bald heraus, dass es für den Handel unrentabel war, Whiskyfässer erst nach Skye zu transportieren, um sie dann wieder nach London zu verschiffen.

Joan fehlte die Geduld. Warten war nie ihre Stärke gewesen. Schließlich zerstritt sie sich mit Timothy, als ihre gegenseitigen erotischen Machtspielchen die professionelle Arbeit in der Distillery unmöglich machten. Joan kehrte zu ihrer alten Leidenschaft, dem Pokern, zurück. Innerhalb kürzester Zeit musste die Distillery verkauft werden.

Ernest hatte mit seiner Vorsicht, den Markennamen Staffin Bay zu behalten, Recht behalten. So ging dieser nicht mit den Gebäuden unter. Er zog sich zurück, restaurierte sein Boot und begann tatsächlich, das Segeln zu lernen. Auf dem Meer fand er seinen Frieden. Das Segelboot, das er so lange vorbereitet hatte, wurde zu seinem ständigen Begleiter. Die Weite des Meeres und die Ruhe auf dem Wasser gaben ihm die Möglichkeit, über sein Leben nachzudenken und Frieden mit der Vergangenheit zu schließen.

Die Erinnerungen an Isabella und die komplizierte Familiengeschichte begleiteten ihn, verblassten aber immer mehr, je häufiger er auf den Wellen zwischen den Hebriden unterwegs war. Irgendwann verließ er, entgegen seiner üblichen Routine, spät am Abend den Hafen von Uig.

Es war eine Fahrt ohne Wiederkehr.

Besser lief es für Fergus.

Er gründete eine Partnerschaft, um die Landschaft und Kultur von Skye zu erhalten. Durch verschiedene Initiativen und Projekte setzte er sich dafür ein, die natürliche Schönheit der Insel zu bewahren und die lokale Kultur zu fördern. Shona zog in das Verwalter-Cottage am Flodigarry Mansion.

Fergus Vision, den Norden der Insel wieder aufzuforsten, nahm mit Hilfe von Shona langsam Gestalt an. Dies schuf nicht nur Arbeitsplätze, sondern stärkte auch das Gemeinschaftsgefühl und den Stolz der Bewohner auf ihre Heimat.

In Oban geschah ein Wunder: Christian erwachte aus dem Koma.

Seine Genesung war langsam und mühsam, aber seine Rückkehr ins Leben gab allen, die ihn kannten, neue Hoffnung und Freude. Es war ein weiteres Zeichen dafür, dass das Leben, trotz aller Rückschläge und Herausforderungen, weiterging und immer wieder neue Chancen bot.

Isabella verbrachte eine lange Zeit hinter Gittern. Sie hatte nie bereut, was mit Reginald geschehen war. Die einzige Reue, die sie verspürte, war, dass sie es versäumt hatte, das Gespräch mit Enya im Stall rechtzeitig abzubrechen.

Für Phoebe und Steven begann die Zeit der Langeweile. Ohne Joan, Timothy oder Ernest kamen nur noch selten Autos vorbei, die den Weg zur ehemaligen Distillery suchten.

Den Hortensien war es egal.

Tir na nÓg

Enya war weiterhin auf der Suche nach Tir na nÒg. Ihre Reisen führten sie durch viele magische und mystische Orte, immer auf der Suche nach diesem sagenumwobenen Land. Die Suche selbst war zu einem Teil ihres Lebens geworden, eine Reise, die sie mit tiefem Wissen und unzähligen Geschichten bereicherte. Sie wusste, dass diese Suche eines Tages enden würde, aber nicht jetzt. Noch gab es viele Geheimnisse zu entdecken und Abenteuer zu erleben.

Anhang

Personen

Manche, der handelnden Personen wurden bereits in *Liath – Die Farbe des Himmels* eingeführt.

Nach Vornamen sortiert

<u>Sir Abraham *Bram* Scobie, Laird of Siùna</u> (Person aus dem ersten Liath-Roman): Eigentlich Bram Stoker. Irischer Romanautor (Dracula). Er lebt als Hexenmeister weiter und ist Mitglied im Hexencoven um Enya. Mentor und graue Eminenz im Coven. Er lebt im (fiktiven) Caisteal an Siùna, einer Burg auf der gleichnamigen Insel im Loch Linnhe, nahe Oban.

<u>Enya Ansbach</u>: (Person aus dem ersten Liath-Roman) *Ausreißerin* aus ihrer Ehe in Bonn. Sie war die Auserwählte, welche den Hexencoven auf Lewis and Harris wieder aufbauen sollte. Sie blieb nach ihrer Wandlung zur Hexe auf der Insel und wurde dort heimisch. Sie lebte dort zusammen mit ihrer Freundin Annie Tempest.

<u>Ernest Greene</u>: Eigentümer der Staffin Bay Distillery im gleichnamigen Ort auf dem Weg in den Ruhestand. Ehemann von Isabella Greene. Vater von Reginald und Joan Greene.

<u>Fergus Nicholsons:</u> Laird (Landbesitzer) und Clan Chief des Nicholson-Clans, der einst auf der nördlichen Halbinsel von Skye, der Trotternish Peninsula beheimatet war. Verschrobener Einzelgänger und Umweltaktivist.

<u>Harald Humphries</u>: Langjähriger persönlicher Anwalt von Ernest Greene, aber nicht zwingend ein Freund.

<u>Isabella Greene</u>: Engländerin, welche früh Ernest Greene geheiratet hatte. sie ist die Mutter von Joan Greene.

<u>Joan Greene</u>: Tochter von Ernest Greene und Isabella Greene. Verhinderte neue Geschäftsführerin der Staffin Bay Distillery.

<u>Liam</u>: Junger Mann aus Staffin. Arbeiter in der Distillery und später bei Ernest in der Landschaftspflege. Einfach strukturiert

<u>Phoebe</u>: Ehefrau von Steven. Die eigentliche Herrin im Haus. Verschwörungstheoretikerin und Züchterin von Hortensien.

Reginald Greene: Sohn von Ernest Greene aus erster Ehe. Reginald lernte den Beruf des Distillers und wollte als Master Distiller die Staffin Bay Distillery wieder aufbauen.

Shona: Junge Frau aus Staffin. Arbeitet in der Staffin Bay Distillery und später für Fergus in der Landschaftspflege. Spontan, arbeitssam.

Steven: Einfach strukturierter Bauer, der in Staffin lebt. Verheiratet mit Phoebe.

Timothy McGregor: Der ehemalige Master Distiller der Staffin Bay Distillery. Nun im Ruhestand und Barbesitzer in Uig.

Weitere Referenzen

Moon Spirits Holding: Fiktiver Konzern

Staffin Bay Distillery: Fiktive Firma im malerischen Ort Staffin.

Douglas & Miller (D&M) Holding LLC: Fiktive Firma

Orte

In diesem Roman beschriebene Orte in alphabetischer Reihenfolge

Caisteal an Siùna: (fiktiver Ort) Burg auf der (realen) Insel Siùna im Loch Linnhe, nahe Oban. Wohnort von Sir Bram Scobie. In Sichtweite zum Castel Stalker.

Fairy Pools (realer Ort): Die Fairy Pools auf der Isle of Skye sind eine Reihe von klaren, kaskadenartigen Wasserbecken, die vom Fluss Brittle im Schatten der Cuillin-Berge gespeist werden. Sie sind bekannt für ihr kristallklares Wasser, das in verschiedenen Blau- und Grüntönen schimmert. Überlaufener Touristenmagnet.

Fairy Glen (realer Ort): Das Fairy Glen auf der Isle of Skye ist eine kleine, mystische Landschaft, die durch ihre ungewöhnlichen, grasbewachsenen Hügel und Felsformationen besticht. Die Gegend ist von einer Reihe von kleinen Teichen und spiralförmig angelegten Steinen geprägt. Obwohl das Fairy Glen keine Verbindung zu historischen Feenlegenden hat, zieht es aufgrund seiner einzigartigen Topographie viele Besucher an.

Flodigarry (realer Ort): Kleines Dorf am Fuße des Quiraing

Flodigarry Mansion (fiktiver Ort): Historisches Herrenhaus in der Nähe des Flodigarry House auf der Isle of Skye. Im Roman befindet sich dort der herrschaftliche Sitz des Clans Nicholson of Trotternish, dessen letzter Clanchief Fergus Nicholson ist.

Isle of Skye (realer Ort): Die Isle of Skye, die größte Insel der Inneren Hebriden vor der Westküste Schottlands, ist berühmt für ihre atemberaubenden Landschaften, die von zerklüfteten Küsten, majestätischen Bergen und tiefen Seen geprägt sind. Historische Burgen und charmante Dörfer wie Portree erzählen von der reichen Geschichte und Kultur der Insel.

Loch Hasco (realer Ort): Kleiner malerischer Bergsee am Fuß des Quiraing. Für Wanderer gut erreichbar.

Oban: (realer Ort) Oban, oft als "Tor zu den Inseln" bezeichnet, ist eine belebte Hafenstadt an der Westküste Schottlands. Bekannt für seine Whisky-Brennerei und die beeindruckende McCaig's Tower, zieht Oban jährlich zahlreiche Besucher an. Die Stadt dient als wichtiger Knotenpunkt für Fähren zu den Hebriden.

Old Man Of Storr (realer Ort): Der Old Man of Storr ist eine markante, steil aufragende Felsformation auf der Isle of Skye, die durch ihre ungewöhnliche Form und imposante Höhe beeindruckt. Umgeben von einer atemberaubenden Landschaft aus grünen Hügeln und dramatischen Klippen. Der Legende nach handelt es sich um einen versteinerten Riesen, dessen imposante Gestalt hoch über die Landschaft ragt und eine mystische Atmosphäre verbreitet. Überlaufener Touristenmagnet.

Portree: (realer Ort) Portree ist die größte Stadt auf der Isle of Skye und bekannt für ihren malerischen Hafen mit bunten Häusern. Die Stadt dient als Hauptverkehrsknotenpunkt der Insel und bietet eine Vielzahl von Restaurants, Geschäften und Unterkünften für Besucher.

Quiraing (realer Ort): Der Quiraing ist eine spektakuläre Landschaftsformation auf der Isle of Skye, geprägt von dramatischen Felsformationen und grünen, grasbewachsenen Hügeln. Dieser einzigartige geologische Bereich entstand durch einen massiven Erdrutsch und bietet atemberaubende Ausblicke über die nördliche Trotternish-Halbinsel. Wanderer und Naturliebhaber schätzen die wildromantische Schönheit des Quiraing, die von nebelverhangenen Gipfeln bis hin zu klaren, weiten Tälern reicht.

Staffin (realer Ort): Staffin ist ein kleines Dorf an der Nordostküste der Isle of Skye, bekannt für seine spektakuläre Küstenlandschaft und die Nähe zu den berühmten Felsformationen der Trotternish Ridge. Das Dorf bietet grundlegende Annehmlichkeiten wie Unterkünfte und Geschäfte, die sowohl Einwohner als auch Besucher versorgen. Staffin ist zudem ein beliebter Ausgangspunkt für Wanderungen und Erkundungen in der Umgebung.

Trotternish Peninsula (realer Ort): Die Trotternish Peninsula auf der Isle of Skye ist bekannt für ihre dramatische Landschaft mit zerklüfteten Klippen, grünen Hügeln und geologischen Formationen wie dem Quiraing und dem Old Man of Storr. Sie bietet spektakuläre Ausblicke über das Meer und die umliegenden Inseln. Die Halbinsel ist reich an Geschichte und Legenden, die sich in der wild-romantischen Natur widerspiegeln.

Uig: (realer Ort) Uig, ein malerisches Dorf an der Westküste der Isle of Skye, dient als wichtiger Fährhafen zu den Äußeren Hebriden. Bekannt für seine atemberaubenden Landschaften und die Uig Brewery, ist es ein beliebter Ausgangspunkt für Reisende und Wanderer.

Bernd Pesch, geboren 1963, studierte Physik und Elektrotechnik.

Er lebt im Rheinland und ist als Berater im Bereich der Metrologie selbstständig.

Romane und Kurzgeschichten bilden seinen Kreativbereich neben der Fotografie und Musik.

Eine besondere Liebe verbindet ihn mit Schottland. Viele seiner Romane und Kurzgeschichten spielen in diesen wunderschönen und rauen Landschaften.

Umschlagbild: Der Quiraing im Norden von Skye.

c: Bernd Pesch, 2022

Ebenfalls in dieser Reihe erschienen:

Liath – Die Farbe des Himmels (Teil 1)

Enya Ansbachs Leben nimmt eine unerwartete Wendung, als sie ein mysteriöses Buch entdeckt, das längst vergessene magische Kräfte freisetzt. Von Schottlands rauen Küsten bis zu den geheimnisvollen Steinkreisen der Hebriden muss Enya nicht nur ihre eigene Vergangenheit hinter sich lassen, sondern auch eine uralte Magie meistern. An ihrer Seite stehen treue Gefährten, während dunkle Mächte und alte Feinde lauern. Doch die größte Herausforderung wartet im Herzen des Steinkreises – und sie könnte die Welt für immer verändern.

Paperback, 490 Seiten, € 19,50 ISBN: 978-3759779083

Liath – Grün, wie der Tod (Teil 2)

In "Grün, wie der Tod" entführt uns ein mysteriöser Wettbewerb in die Welt der Scottish Colourists und ihrer düsteren Geheimnisse. Vier berühmte Gemälde, die scheinbar unschuldig Leuchttürme zeigen, werden zum Ausgangspunkt einer spannungsgeladenen Jagd nach der Wahrheit. Als der Hexencoven von Siùna auf eine tödliche Verschwörung stößt, müssen sie all ihre Kräfte bündeln, um die drohende Katastrophe abzuwenden. Ein packender Roman voller Kunst, Magie und Intrigen, der die Grenzen zwischen Vergangenheit und Gegenwart verschwimmen lässt.

Paperback, 284 Seiten, € 14,00 ISBN: 978-3759779212